出路

马慧娟 著

黄河出版传媒集团
宁夏人民出版社

图书在版编目（CIP）数据

出路 / 马慧娟著. -- 银川：宁夏人民出版社，
2021.2（2023.2 重印）
ISBN 978-7-227-07455-7

Ⅰ. ①出…　Ⅱ. ①马…　Ⅲ. ①自传体小说 - 中国 - 当代　Ⅳ. ① I247.5

中国版本图书馆 CIP 数据核字（2021）第 038464 号

出　路　　　　马慧娟　著

项目统筹　何志明　张燕宁
责任编辑　管世献
责任校对　杨敏媛
封面设计　姚欣迪
责任印制　宋　华

黄河出版传媒集团
宁夏人民出版社　出版发行

出 版 人　薛文斌
地　　址　宁夏银川市北京东路 139 号出版大厦（750001）
网　　址　http://www.yrpubm.com
网上书店　http://www.hh-book.com
电子信箱　nxrmcbs@126.com
邮购电话　0951-5052104　5052106
经　　销　全国新华书店
印刷装订　宁夏银报智能印刷科技有限公司
印刷委托书号　（宁）0025399

开本　720 mm × 980 mm　1/16
印张　19.5
字数　260 千字
版次　2021 年 2 月第 1 版
印次　2023 年 2 月第 3 次印刷
书号　ISBN 978-7-227-07455-7
定价　39.00 元

目录

内心留一席之地给那些不死不灭的梦想……

引　子

三月的北京，总是不同寻常的。

早晨八点刚过，我踏上最后一级台阶，人民大会堂的入口就在眼前。几片云彩在湛蓝的天空中像动画片一样变化着模样缓缓划过，会堂顶上红旗猎猎，巨大的国徽迎着太阳折射出耀眼的光辉。身边人头攒动，着盛装的少数民族兄弟姐妹在人群中异常显眼。扛着不同摄像机的记者来回穿梭，抓拍着一些精彩瞬间。再过一会儿，一场举世瞩目的会议即将在这里召开。

时间还早，我没有急于进会场。站在台阶上放眼望去，人民英雄纪念碑、国家博物馆和斜对面的天安门城楼各有风格和寓意。风雨几十年，它们见证了太多历史性的时刻，此刻它们于我的人生，也是一种见证。我来了，人生中第一次站在这里；我来了，带着很多人的嘱托和期盼；我来了，从广阔的黄土地即将到达人民大会堂。

二〇一八年的三月，我刚好三十八岁，站在人民大会堂门口的这一刻，我想到的是我逝去的父亲。

01

父亲从来不讲自己是怎么来的高干梁

当第一声鸡鸣响起的时候，高干梁也会跟着醒过来。一群搅和在一起的牛、驴、羊在呵斥和鞭子的驱赶下，吵闹着、拥挤着穿过庄子，带起一溜土尘奔涌着路过瓦窑坡去了阳山洼，很快就淹没在阳山洼的灌木丛里。只听见牛铃铛叮叮当当地在阳山洼流动，整个山都活泛了起来。要是在雨天，牛羊路过庄里就会踩得稀泥乱溅，顺便把自己的屎尿也混合在稀泥里。太阳一晒，高干梁所有的气息里都混合着牛粪羊屎的味道，久了，人不嫌弃牛羊，牛羊也不嫌弃人，他们在各自的生活里，活成了对方的一部分。

牛羊觅食去了，人也要为自己的嘴忙活。女人们揉着眼睛起床，用扁担挑着水桶咯吱着去了水泉沟。男人们要么去地里，要么去山上。睁开眼睛找不见父母的孩子也不惊慌，趴在窗台上用手把纸糊的窗户捅个洞洞，拿一只眼睛瞄着洞洞里被放大的世界。南湾的灌木丛里的野鸡脆生生地嘶鸣着，高干梁人一天的生活就这样拉开了序幕。

对我而言，高干梁的每一天都是新的，但每一天似乎又都是一样的。看见的山是相同的，山上长着的草木是相同的，看见的人是相同的，穿衣打扮、面貌气色是相同的。相同的地方还有吃食，早晨是馒头，下午是面条。洋芋是一年到头都在吃的主菜，炒着吃，煮着吃，蒸着吃，烧着吃，熘着吃，切成条条吃，剁成块块吃。大部分时间里，洋芋的各种做法抚慰了我们味觉上的单一，如果馋了，就把洋芋换一种做法，馋味就跟着洋芋去了胃里。天长日久，洋芋的各种味道融进血液，深入骨髓，此生都不能剥离。

在用手指捅开的窗户纸洞洞里，看着高干梁的时候，我无数次地想，外爷如果不来宁夏会怎么样？父亲如果不来高干梁会怎么样？母亲如果不嫁给父亲会怎么样？我是不是就不用出生在高干梁？至少我不会是高干梁人吧。那我的生活又会是什么样子呢？

五岁的我时常是愤愤不平的，既抱怨我的外爷，也抱怨我的父母，更抱怨着高干梁。高干梁春天的桃花、夏天的清凉、秋天的野果和冬天的雪景并不能取悦我，我为不能去看外面世界的风景而郁郁寡欢。

有人可能说，你一个五岁的孩子寡欢个啥？我的寡欢来自我远方的亲戚。我的父亲兄弟姊妹十个，我的母亲兄弟姊妹十一个。重点是，我母亲的哥哥姐姐、弟弟妹妹都有着比我们家优渥的条件，比如我的大舅舅工作在兰州，我的大姨生活在山西，我的三姨、小姨在吴忠，我的二舅、四舅都在县城，我的三舅是工人，我的小舅舅在念大学，四姨和五姨嫁的都是有铁饭碗的男人。唯独母亲嫁了父亲，还生活在高干梁这样一个封闭的地方。

我的父母好客，无论多忙，都要先把亲戚招待好。所以每一年的夏天，我们家都会有亲戚翻越大咀山来到我家里。我的小连手（朋友或玩伴）们只要看着人进了庄子，就会飞奔着先到我们家送信，说你们家又来亲戚了。因为除了我们家，再没有谁家的亲戚会来得这么频繁。报完信，大家就靠在墙上排成一溜儿，羞怯、好奇、羡慕地看着我的舅舅姨姨、我的表哥表姐们丰腴白净的面庞和光鲜洋气的衣服。

回头再看看身旁的连手们，像鸡窝一样乱糟糟的头发，脸上两坨晒伤的红蛋蛋，灰扑扑的衣服，垢痂摞着垢痂。我家的亲戚经过之后，我的小连手们就不自觉地低下了头，强烈的对比让大家心里都生出了羞耻感和自卑感。而我因为有这些亲戚，我的小连手们看我的眼神里满是羡慕和嫉妒，私下悄悄地和我咬耳朵：你们家亲戚真多，你们家亲戚真洋气，你们家亲戚脸好白，你们家亲戚真好看，你们家亲戚衣服真多……围绕着我们家亲戚，大家在一起可以说上一天。些许的优越感和得意之后，我和他们的羞耻感和自卑感是一样的，因为这些优越和得意与我没关系。同样生而为人，为什么差距这么大？同样是外爷的儿女和孙子，为什么差距这么大？

我的寡欢还来自其他的对比。大咀山的对面是崖背山，崖背山脚下就是高干梁。崖背山之外，从哪个方向看都是密密麻麻的群山。在这些山的映衬下，高干梁像卧底一样安插在群山之中，在季节的交替中蓄着势。方圆之内，只有高干梁住着人，能住人的地方，总是有些渊源的。高干梁听着好像好大一片地界，但你要是站在大咀山上朝下看，你就会替高干梁的人着急，因为在崖背山下五百多米长的促狭平台上，密密麻麻挤着八家子院落。严格来说，只有这八家院落占据的平台是高干梁。出了平台，从左向右，水泉沟、鼻梁洼、背洼、虎林、南湾、野猪林、石崖沟、瓦窑坡、韭菜梁、馒头咀、北槽子梁、堡堡儿梁围着高干梁。说它们是高干梁的一部分吧，它们各自都有名字和地界，说它们不是高干梁吧，高干梁离开它们的簇拥就不像个梁。高干梁是一个统称，高干梁人遵循着生老病死的自然规律，在沟沟峁峁上耕种着各种庄稼，也耕种着自己的一生。

我们要想去高干梁以外的地方，就得翻过大咀山，再蹚过一条河，顺着河道就可以到华兴村。华兴村是个大村庄，分为五个小队，庄子上有华兴一队、二队、三队、四队。按道理，高干梁是华兴五队，但没有人这样称呼，直接就成了高干梁。而且华兴村有电，有电就有了电磨坊，还有电视。

外爷家就有电视。外爷家的电视并不会轻易地打开，我们也不能时不时地去外爷家，偶尔碰上电视开着的时候，那些和我们生活完全不同的画面总让人目瞪口呆。

目瞪口呆的东西不仅仅是电视。外爷家的沙发，一张木床，一把躺椅，一株结着酸葡萄的葡萄树，枕巾被套，鼓风机，冬天架的炉子，烧水的铝壶……所有的东西都是我们家没有的，也是高干梁任何一家都没有的。

我在心里翻江倒海地疑惑，但我不问，他不说。我沉默地看着这些差距，心里对母亲的抱怨更多了，为什么我的其他姨姨们都嫁的是有铁饭碗的人，她就嫁给了父亲？！如果母亲不嫁给父亲，是不是我就不用出生在高干梁？如果我不出生在高干梁，我是不是也会有表哥表姐那样得体的花衣服？

但我出生在哪里不是我能选择的。我的母亲，生下六个孩子也不是她可以选择的。生活的窘迫和压力让她筋疲力尽，干完一天的活计回家，她已经累得顾不上看我一眼了，还哪里会去在意一个五岁的小姑娘想些什么。每次夜晚听着母亲因为劳累发出的鼾声，我都会在心里替她设计一番想当初——如果她不嫁给父亲，不来高干梁，那她的生活又将是怎样的一番光景呢？想着想着，我便在母亲的鼾声中沉沉睡去，然后困在梦里，奔跑着给自己寻找各种出路，直到把自己跑醒，再听着高干梁的夜风睡去。

我抱怨我的母亲并不代表我对我的父亲有什么意见，相反，我觉得我的父亲是最疼我的那个人。我对他的一生都充满着敬仰，我的很多处事原则都来自他的言传身教。

父亲一直以为，只要勤劳，日子一定能过好。每天清晨，父亲习惯性地站在院子里先咳嗽几声，然后开始喊我的大哥、二哥、三哥起来干活。大哥要去犁地，二哥要去挑水，三哥要去放羊。大姐早已出嫁，我和二姐还小，但在我们家，每个人都不能闲着，闲着就要饿肚子。父亲像个耙子，把所有能过日子的东西都扒拉回来。母亲像个匣子，把父亲扒拉回来的东西都归置在一起，哪个时期该动用哪一部分都要有一个明确的规划，不然下一个时期的日子就会不好过。窘迫的生活把人逼成了预算专家和规划专家。父亲常说的一句话就是“吃不穷，喝不穷，算计不到一世穷”。

一个八口之家，在高干梁只有二十亩地是远远不够的。种十亩麦子，种几亩洋芋，种点胡麻就再也没地了。但我们的生活中还需要燕麦、洋麦，需要大豌豆、小豌豆和荞麦。地不够种就吃不饱肚子。吃不饱肚子这件事情在父亲那里是不允许发生的。

靠山吃山，不仅是指吃山上的山货，还指可以在山上开荒。反正高干梁周围没别的，就山多。父亲有三个儿子，三个儿子都不吃闲饭。所以只要一有空闲，父亲就带着三个哥哥去开荒，找个平一点的地方，砍掉灌木，挖掉树根，一把火一烧，一亩地就出来了。再花点力气，种点秋粮，熟一下地，第三年就能种想种的庄稼。几年下来，家里的地多了，吃饱肚子还是没有问题的。

煤油灯顶端的黑烟扭着身子摇曳着去了屋顶，反倒是那一簇火苗在黑夜里躲躲闪闪，在周围一米的范围内照顾着每一个人的情绪。父亲在灯下说着古今（故事），我们瞪大眼睛看着父亲一张一合的嘴唇，一段段过往、一个个传奇从唇间还原了出来。我们竖起耳朵听着，唯恐错过古今里的任何精彩片断。

父亲从来不讲自己是怎么来的高干梁，话说起来，高干梁的人都不是生来就在高干梁的。历史的渊源中，为了活下去，人们总在进行着各种各样的迁徙。真不知道第一个来高干梁的人看上了这里的山还是这里的水，抑或是看上了这一块巴掌大的能住人的平台。此后接二连三地搬进来好几户，再多生几个孩子，这里居然就成了一个庄子。

母亲也从来不讲自己为什么要嫁给父亲，在兄弟姐妹们都过得比她好的时候，她在几十亩山地和六个儿女之间忙活着，任由岁月的风霜和贫寒的压力带走她年轻的容颜。以至于很多年以后，看着她在青春年华里拍下的一张照片，我怎么也不敢相信，那个梳着两根麻花辫的漂亮姑娘，就是现在的母亲。

母亲怎么嫁给父亲的，始终是个谜，特别是我的母亲还是个识文断字的女子。五岁的我一脑袋瓜的疑惑，但这也不影响我在高干梁撒欢。趁母亲不注意，我就疯跑出去和我的小连手们玩。鞋子破了，衣服扯了，我还学会了骂人。忙碌的生活让母亲无暇顾及我，但并不代表她不管教我。又一次疯跑之后，我故意不回应喊我吃饭的母亲，并且还洋洋自得地跟连手们炫耀。母亲来了，一脸平静，平静得让我觉得她接受了我的调皮捣蛋。但眼前的世界瞬间倒了起来，我的头皮几乎擦着地面。我就在我的小连手们面前被母亲倒提着回了家。

母亲不说话，直接用鞋底子招呼。我的屁股像被火烧了一样，又像在冬天滑雪时冻了一样，冰火两重天。直到母亲打得消了气，还是不说话，直接问，记住了没？我含着眼泪，吸着鼻子说记住了。是的，三十多年过去了，我仍然记得高干梁在我眼里颠倒了过来的瞬间，仍然记得那顿打。

我再也不跟着我的小连手们疯玩了。母亲又一次去外爷家走亲戚，回来的时候给我带来了两个本子和两支铅笔，我被告知，要开始学写字了。母亲的字笔画很规整，如同她的人一样，不拐弯，不妥协，方方正正，棱角分明。母亲说，这是她拿两个鸡蛋换来的。那会儿在高干梁，鸡蛋是软货币，可以拿到华兴村的小卖部里换取任何日用品。我猜小卖部的老板看着母亲拿鸡蛋换本子和铅笔时必然是诧异的，因为在高干梁，写字给谁看呢？

没有人看，我每天在固定的时间里写着母亲布置的作业，从1、2、3到声母韵母，从人、口、手到加减计算。我的另一种好奇心被激发出来，我开始悄悄对比，拼音拼出来的字和我方言里的字有什么不一样。

那时候的报纸是稀缺物品，但我们家有端铁饭碗的亲戚。大哥要结婚的时候，为了让房子里面洋气一点，就拿报纸把墙整个糊了。我趴在墙上，找我认识的字，蒙我能关联到一起的词。横着竖着的报纸上密密麻麻的字像编织起来的网，我像一只粘连在网上的鱼，无力挣脱也不想挣脱。这张网把我指引到了另外一个地方，那里充满着光明和希望。

高干梁像一潭死水，即使扔一块石头进去也不会激起任何波澜。大家按部就班，循规蹈矩地在梁里生活着，偶尔出去置办个油盐酱醋茶便再也不问山外的岁月。

大家都点着煤油灯的时候，华兴村和高干梁也没啥区别。但自从华兴村通上电，这种差别就开始显现出来，光是远远看着，心里都是明亮的。再看看高干梁，一盏煤油灯照着巴掌大的一点儿光亮，越看越黑眼。这种变化对父亲是个打击。想当初，他也是给华兴村当过大队会计的人，他来高干梁是完全的不得已，背后的故事父亲不愿意提及。但眼看着有了差距，父亲心里还是失落了一下。

现在的村支书老白是和父亲光着脚一起长大的连手，两个人曾经一起上山，一起念夜校。即使后来父亲搬到了高干梁，他俩曾经的情谊还是没有变。思前想后，父亲决定去找支书，询问有什么办法让高干梁也通上电。父亲的询问吓了支书一跳，他问父亲："老哥，你想啥呢？给高干梁拉电，怎么拉？就算人家水电局愿意拉，你们那山大沟深的你不知道吗？没有路，电线杆怎么进去？老哥，人还是要现实一点呢，再不要纠缠了。"

父亲不回去，他撵着支书不放："山大沟深咋了，凭啥你们四个队都有电了，就不给我们拉？难道高干梁不是共产党领导的天下吗？""咋胡说呢？那肯定是党的天下，只不过你们那个地方太麻稀（麻烦）了，你让我们咋办？"

“我不管，你帮我问问水电局，还是这句话，华兴村五个队，凭啥拉了四个最后一个不管？你这个村支书是咋当的？”

“喔，你能！你来把这个支书当了，你找水电局给你们拉电，老了老了还是个二硬子（犟人）。”

“咦，你不就当了个支书嘛，你当支书不就是给老百姓办点事情嘛，看把你能地不行行了。”

关系熟了，不在乎谁骂谁两句。抬完杠，父亲认真地对支书说：“兄弟，我没给你开玩笑，你看看咱们华兴村因为有了电，现在多亮堂，你不能让高干梁继续黑眼呀！”

支书点点头说：“老哥，你说的这个事情我也想过，确实有难度。咱们高干梁就那么几户人，还住得七零八散的。因为这几户人去拉电，成本太高了。你也要理解上面的难处不是，这件事情你也先别着急，我慢慢给咱想办法。”

“你可别给我慢慢。你要不抓紧，我只要没事就来你们家，来就吃你的喝你的，你看着办。”

“你咋成了个老油条了嘛，真是的！”

说话间，支书的老婆端着做好的饭来了。洋芋疙瘩浇长面，这就算是待客的差不多的饭了，如果里面再加上几片炒鸡蛋，那就是贵客的待遇。支书让父亲吃，父亲也不客气。两个人一边吃，一边聊着拉电应该找谁。

支书边吃边给父亲支着儿：“水电局局长就是咱们华兴村人，你不忙了我们去找找他，看对这个事情咋说。”父亲吸进去一口长面，边吃边点头，眼睛里充满了希冀。支书一边吃一边问：“你费这个劲干啥嘛，说到底，你也是咱华兴村的人。你大、你兄弟都在这里，不行了你再搬出来嘛！”

“你想得太简单了，我能搬到哪里去呢？家里就那么点地，都分给两个兄弟了，我连个盖房子的地方都没有。再说，我已经在高干梁落了户了，我那一家子搬到华兴村吃啥喝啥？别的我也不指望了，我就希望高干梁也能和咱们华兴村一样，有电。有电了就没那么黑眼了，人的心里也就亮堂了。”

“亮堂啥嘛，就那么个地方了，还能种出金子吗？没路，说啥都是白搭。”放下碗，支书忍不住出言打击了父亲一下。干了好几年村支书，他知道给高干梁拉电的阻力会非常大。

高干梁是他工作中的老大难，有时候乡上下个通知，就得他过河爬坡地跑过去说，站在大咀山上一遍一遍地喊，喊了还不一定有用，就得一次次去做工作。正经的事情没几个人回应，但凡有点鸡零狗碎的邻里纠纷，不把他喊到现场誓不罢休。他有一次去高干梁处理邻里纠纷，三句话没说完，反倒让那家的女人把他的脸和脖子挠了几道血口子出来，裤子也被撕扯烂了。就这还不算完，自家先人也被扯出来骂了个过来过去。他狼狈地从高干梁离开，回家又免不了被自己老婆臭骂。想起来这些事情，支书就觉得糟心。

父亲叹口气，扭头看着门外不说话。作为一个家族的长子长孙，他从十岁就跟着舅舅进山割竹子扎扫帚养家糊口，对于过好日子，他有着不同于常人的执念。在高干梁生活了这么久，高干梁的现状他比谁都清楚，但也只有高干梁是他的容身之处，那里有他的土地，他的牛羊，他的老婆孩子，那里才是他的王国。

看着父亲抿嘴不说话，支书也叹了口气：“老哥，你的心思我知道。拉电这个事情我记住了，只要有机会，我一定先给高干梁争取。”

天擦黑的时候，父亲站在了大咀山上，远处的华兴村亮起了电灯泡，好像把天上的星星抓下来撒了出去，散落着点点光芒。而近处的高干梁，煤油灯照出的光晕在夜幕中晃荡，仿佛随时都会熄灭一般。快步跑下大咀山，父亲知道，我们都在等他回家。

那年夏天，父亲把庄稼完全扔给了哥哥和母亲，三天两头地朝华兴村跑。母亲问父亲，你一天到晚不着家地跑啥呢？父亲不说，问急了就会说一句，到时候你就知道了！气得母亲给他一个大大的白眼和后背，再也不想搭理父亲。

整个夏天过去了，整个冬天过去了，高干梁的桃花开了的时候，父亲对母亲说："咱们高干梁要拉电了。"

"你做梦说胡话着呢吧，就咱们这几户人，人家水电局给你拉电？人家图啥，看上高干梁的山高了还是沟深了？"母亲以为父亲在开玩笑。高干梁的现状让大家早已认命了，电这么先进的东西怎么会和高干梁有关系呢？

"高干梁咋了？高干梁也是国家的一部分。拉个电咋了？真是的，女人家没见识。"父亲对母亲的话很不接受，两个人没说到一起，又是一阵子言语上的争吵，最终谁也没说服谁。

支书满头大汗喘着粗气来到了高干梁，让父亲把村里人喊到了我们家。村里那时也没多少人，八户人家分成了二十几户，还因为前年的移民搬迁，走了几户，剩下的也就十几户了。

三三两两地，家里的掌柜的都集合到我们家，对于支书的到来，大家并不是特别欢迎。平时支书来，不是催公粮就是分救济的衣服。公粮要颗粒饱满，晾晒干爽，还要把土尘瘪粒都筛去，就那拉去还不一定能交进去。大家就觉得这是支书不行，不帮他们说话。每年都会有不知道哪来的救济衣服，华兴村每家都会分到几件，高干梁人也会分到，但不是裙子就是褂子，这在高干梁断然是穿不出去的。天长日久，大家觉得这个村支书给大家也办不了个啥大事情，心里也就怠慢了起来。今天听说他来，要开会，大家以为又是什么不相干的闲事，人是来了，但都不是特别热情。

父亲来高干梁时借住在邻居的一间驴圈里。十几年以后，他盖了三间房子。平时待客的那一间叫碎房，碎是指小的意思。那间房是真的碎，一个炕一盘，就剩下不到一米宽的一个过道，待客都是放在炕上的。但显然，今天这么多人炕上也坐不下。

高干梁地方狭小，父亲把碎房窗台底下的台阶利用起来，给我们家的白驴盘了一个槽，槽边是一整根桦树截了两米多做成的边子。平时白驴干完活回来，父亲会在槽里给它加一碗豌豆作为奖励。白驴一边歇息一边享受地嚼着豌豆，甩着尾巴表达着自己的欢欣和满足。平时槽边都充当板凳的作用，有时来我们家串门的小伙子、大姑娘都是顺便一屁股就坐在槽边上，时间久了，槽边的桦木就被磨得溜光铿亮。今天也是，槽边上坐满了人，村支书坐在碎房门口的台阶上，其他人有坐小板凳的，也有站着的。

村里就那么十几户人家，三三两两地都到齐了。大家不耐烦地盯着村支书，心想啥事赶紧说，说完了还上地去呢，谁有时间陪你！

看着人到得差不多了，支书清了清嗓子："忙天，把大家喊来有这么个事情。大家也知道，华兴拉上电也一两年了，就高干梁一直没拉上。从去年开始我就在跑这个事情，现在终于有了一些眉眼，水电局批了这个事情。但大家也知道，高干梁山大沟深，连个路都没有，说拉电也不是那么容易的事情。我们商量了一下，有这么个解决办法，就是水电局出材料、出技术人员，咱们出力，挖栽电线杆的坑子，再把电线杆拉进来栽上，这样咱们就能通上电了，大家看咋样？"

支书的话让大家有点懵，木讷的脸上更加迷惑，满脸写着：咋可能吗？给高干梁拉电，这是想都不敢想的事情。一时间，大家心里反应不过来这个消息，也就不知道怎么回应支书。支书等了半天也不见个人说话，顿时就毛躁了起来，站起来说："再说一遍，要给高干梁拉电，你们就说，你们出不出力？真是的，平时一个个牙岔大口，话比谁都多，这会儿三棍子打不出来一个屁。要不想出力，你们就继续黑眼着去，我也不管了。"

父亲笑着把支书拉住打圆场："支书，你就别给我们耍脾气了，拉电是个好事，大家高兴还来不及呢，咋会不愿意？大伙儿说是不是？”

支书本来就没想不管，父亲一说，他又坐下了。其他人也纷纷点头，说这是个好事情，咱们就出点力，有啥不愿意的。

但还是有人不愿意。十来个男人中有一个女人特别扎眼，就是贵生家的女人。贵生女人腮帮子上没有多少肉，这就显得颧骨特别高，眼神里总透着一股子淡漠和狡黠，薄薄的嘴唇一翻，说出了让人翻白眼的话：“高干梁人老祖辈没有电还不是活着呢，那么高的山，电线杆咋拉上来？我看你们还是不要在这里耍把戏了，出那个力气干啥？”

在二十世纪八十年代，女人当家的现象还不多见，但在贵生家，贵生女人把家当得死死的。贵生除了干活再啥也不管，好多次在这种场合，贵生女人阴阳怪气的话语，都让在座的男人们恨不得去抓着贵生打一顿。也不知道贵生是个干啥的，动不动就让个女人来当家作主。

这次也一样，贵生女人的话让大家都很反感，但一群男人又不好和一个女人计较。村里辈分最高、资格最老的四叔说：“贵生家的，支书为我们争取来这个机会不容易，有电了庄里也就亮堂了，我们出点力也没啥，多的话就再不要说了。”

“哟，四叔，您老人家说得倒是轻巧。拉电呢，那又不是耍呢，电线杆我还是见过的，咱们这几个人能把那么重的电线杆抬上山吗？况且又不是一根两根。恐怕电没拉上，先把人挣死了。再说了，那拉上电就白拉了啊，那电费一个月也是好大一笔支出。”贵生女人最大的优点就是谁也不怯，在谁跟前都能把没理说成个有理。而且她的话还极具煽动性，好几个人脸上的神情也跟着犹豫起来。

“你这个女人，好事上没有你，说不好的事情说得一愣一愣的。你就说，你是同意出力还是不同意出力，扯那没用的干啥？”支书是个火暴脾气，之前很多次都被贵生女人弄得下不来台，所以一听见她说话，没来由地就生气。

“支书，话不能这么说，啥叫好事上没有我。我们家贵生人软弱些，也只好让我这个女人抛头露面来和你们商量。我就说句话，在你们这里倒成了挑是非了！”贵生女人一边说一边还作势准备抹眼泪。

四叔一看，急忙把话截住不让贵生女人再说。“支书把这个话说了，咱们就好好商量一下咋办，再不说这些闲话了。再没人反对我就当大家同意了，咱们就商量这个工咋出。”

尽管这件事情是父亲闹腾着村支书促成的，但在这种场合，他没有过多地表态，只是静静地听着大家的意见，心里独自谋划着。

商量了个差不多，村支书说：“那就按照四叔提出的，一家人出两个工，尽量是男人。一旦这个事情开始干，就不能停。办事情就要趁热打铁，这几天大家加把劲，尽快把地种上，忙完这几天，咱们就开始干。我先去汇报，做做准备工作。再就是还有一件事情，你们高干梁一直以来也没个小队长，我们村委会商量了一下，就让老马当吧，正好也协调一下这次拉电的事情。”

一九八五年，我的父亲成了高干梁第一任小队长，接下来要面对的就是拉电这件大事。

世上的事情，往往说起来容易做起来难。大家决定了的事情，到出工的时候就不是那么回事了。春耕之后，拉电正式提上了日程，一胖一瘦、一高一矮两个技术员住到了我们家的碎房里。父亲和母亲搬去了厨房，把家里最好的碎房腾出来给两个技术员住。拉电要用的铝线，分电线的瓷器做的电线葫芦，一批一批地用毛驴驮了进来，堆在我们家东边的院墙边上。

电线葫芦是用稻草成串成串裹起来的，在暗黄的稻草里面露出鹁鸽胸脯一样耀眼细密的白。铝线规则地缠绕在转盘上，让我想了很久也没想明白，是什么样细心的人才能把这些铝线缠得那么紧致。这些东西的堆放让我的小连手们艳羡不已，又三五成群地围在我们家的院子里不走。

我不喜欢煤油灯的摇曳，晃得人心里着急，我对电充满着期待。我也干不了啥，就守着那些电线葫芦和铝线，不让我的小连手们动它们。因为在某一天，这些电线葫芦会被人抽开稻草绳子拿走，我生怕丢了就不够了，不够了我们的电可咋拉？！

我六岁了，看着这些电线葫芦就觉得自己了不起，但我们家的白驴才两岁，就跟着自己的妈妈老白驴参与到拉电的工程中去了。作为高干梁长大的孩子，骑驴是最基本的技能。我没有白驴的力气大，但我能骑它。大嫂拉着白驴，我骑在驴背上，抱着一包馍馍和洋芋，这是大嫂给父亲、大哥和三哥准备的午饭。他们一大早就上工去了，父亲当了小队长，除了多出一个工外再没有任何特权。我们是去送饭，白驴是去替换自己的妈妈拉电线杆。

山路颠簸，我被白驴晃得头昏脑涨，但我又不能下来走路，因为我的两条小短腿根本跟不上大嫂。上了大咀山顶向背面望去，就看见一群人围在半山腰的一个电线杆坑子前忙活。两米多深的坑子，完全就是靠几个小伙子手工挖出来的。而另外的人则在山脚下忙着朝坑子跟前拉电线杆，他们就像一群蚂蚁，拖着沉重的电线杆在山上蹚出一条路，拖半截，缓一缓再拖，勉强有点路，就架在车车上挪半截。拖电线杆的速度赶不上挖坑子的速度，所以两拨人总有一段距离。

拖电线杆的人群中，贵生女人和他的大儿子特别显眼，一个是女人，一个是半大小子。大嫂带着我绕了半天才绕到，各家陆续都送来了午饭，到了该歇息的时候了。大哥在拖电线杆的队伍中，三哥在挖坑的队伍中。大哥为了不让我们跑路，撵了半截山路来到这边吃，然后再给父亲带下去。

吃饭休息的时候也是扯磨（聊天）的时候，不知谁提了一句，问贵生家为什么每天都是女人和娃娃来，贵生呢？

这一说，几个挖坑的小伙子顿时就开始抱怨，说开工都半个月了，大家都按时按点上工，就那家子人，天天来的是女人、娃娃不说，还来得迟走得早。谁还都不敢说，一说贵生女人就撒泼骂人。也不知道贵生一天是个干啥的，一点脸面都不顾。我一边听着这边的抱怨，一边看着那边从人群中分离出去的贵生女人和儿子，单独坐在电线杆上吃馒头。我心里对“脸面”这个词隐约有了一丝理解。

电线杆一路翻过大咀山栽了进来，到最后一根电线杆在大咀山上落脚的时候，伴随它的是响彻山巅的号子。这一天，水电局加派了好几个技术人员，年纪最长的黑脸技工挥着胳膊组织大家拖电线杆。拍完最后一锨土，就到了架线的环节，墙角的电线葫芦渐渐地少了，银色的铝线先一步照亮了人的眼睛，在太阳底下闪闪发光。

变压器安放在了碾麦子的大场上，两根电线杆缠着一个布满线路的铁疙瘩。大个子小于拿着我们家填炕的长叉叉棍，把连接线路的洋拐子挨个捣了上去，高压电就变成了照明电。高干梁的夜晚明亮了起来，那个管着电灯的开关着实让我们惊叹了好久。哪怕是白天，我们也想去拉扯它，那吧嗒吧嗒的声音在我们心里奏响了华美的乐章，一明一暗的灯光让我们对远方充满了向往，在眼前编织着金色的梦想。

突然暗下去的灯光不仅打碎了眼前金色的梦想，也让大人们气急败坏。一个灯泡好几毛钱呢，就这样烧掉了，一个鸡蛋也换不来一个灯泡，娃娃能把人气死。气归气，一旦享受了电的光明，谁又愿意再去和煤油灯纠缠。咬咬牙，新的灯泡又被换上了，只不过电线绳绳再也不会顺墙垂下来了。小孩子的热情都是一阵子，我们很快就被新的事物吸引走了。

02

“见过世面”的人

很多事情我都不记得了，我不知道我为什么要去四姨家。

为了去四姨家，母亲特意用自己秋裤的两条裤腿，给我改装了一条秋裤让我穿在里面。但母亲没有松紧带，就给我拽了半截细麻绳把秋裤紧紧地系在我的腰上，并且安顿我，在四姨家睡觉要穿着秋裤。

四姨住在黄花川，她家离学校只有几分钟的路程。大人们怎么商量的我完全不知道，我被大哥领到了四姨家。四姨家里有三个孩子，姨夫是一所学校的老师。四姨的婆婆是个严肃的老太太，他们家是河南来的移民，老太太完全保留着河南口音，我在大多数情况下都在猜她在说什么。

陌生的环境，陌生的语境，眼前的山突然远了。我坐在屋檐下的小板凳上发呆，我想大嫂做的浆水面，想和二姐一起抓羊拐，想听父亲在灯下讲古今，想和小连手们一起疯玩。但是这一切都和我有了距离。

表哥、表姐、表妹也都远远地看着我，眼里闪着疑惑和淡淡的排斥。在物资匮乏的年代，我的陡然出现会给他们的生活造成一定的影响。无论我的母亲和他们的母亲有着怎样的血亲关联，我们之间毕竟不是一个屋子里长大的，也不是一个土炕上睡大的，这种排斥也是自然而然的。

好不容易熬到睡觉的时候，我牢牢记着母亲的叮嘱，把腰间的麻绳紧了紧才睡了过去。半夜我被四姨喊醒了，因为我的呻吟声吵得她睡不着。四姨以为我病了，起身查看，才看到我腰间系着的麻绳已将皮肤勒出了血痕。四姨又气又笑，说你妈真是，也不给娃穿个松紧带，看把娃勒成啥了。这句话并没有起到安慰我的作用，我忍着泪花不说话。四姨以为我很疼，其实我是觉得丢脸。如果不是实在没有，我的母亲是不会给我系个麻绳让我出门的。

我在四姨家的日子从这段不愉快的经历后就开始了。第二天，我跟着大表姐和表哥去上学。我笨手笨脚，人又不机灵，跟在表姐身后像个呆瓜，这让表姐很没面子。她走得很快，我背着母亲给我手工缝制的花布挎包小跑着在后面撵，就这样一路到了学校。

黄花川真是个川，前后有十几公里，沿着一条大路，大大小小、密密麻麻分布着十几个村庄。四姨所在的村庄叫店堡，但这里既没有店也没有堡，就是黄花川沿线村落里的一个。村子中间位置的高台上建了一所学校，在校园里可以看到路上走过的人。

念书似乎是一件容易的事情，第一天上的课就是母亲教过的拼音和数字。我心不在焉，看着教室外面宽敞的校园，心里暗暗做着比较，校园和高干梁哪个地盘更大一些？同时心里也有些嫉妒，高干梁咋就没有这么宽展的地方呢？！

四姨很忙，姨夫一上班，家里所有的事情都是她的，所以，我大部分时间是跟着大表姐的。四年级的大表姐有她的朋友圈子和喜好，我就像个拖油瓶一样，让她不能像以前那样随心所欲地去玩，我总是小跑着撵她。

日子尽管沉闷，但小孩子总是容易找到快乐。表姐在某一天带回来一本薄薄的“花书”翻看。我凑过去瞅了一眼，就再也挪不开眼睛了。表姐不想和我分享，扭过身子，我又撵到另一边去看。三番两次之后，表姐大怒，转手把书甩给我，说：“爱看就拿远点去看。”我才不生气呢，乐呵呵地捧着“花书”看去了。

黑白的线条和留白勾勒出了一幅幅让人心动的画面。每一幅画底下一句解说，陌生的地名、人名，陌生的场景、故事，陌生的事物和人物对话，瞬间让我沉浸其中，仿佛灵魂出窍一般。原来，在我生活之外的地方，还有那么多的人和事。没一会儿我就翻完了，看得意犹未尽。趁着我发呆，表姐顺势拿走了“花书”。我的世界静止了，心却飞到了九霄云外。

我撵表姐撵得更紧了，因为表姐时不时地会有“花书”。有一天放学，我看着表姐空着手回来，心里失落了一下，但很快，表哥的一句话又让我期待了起来。表哥问表姐，咱们看电影什么时候走？表姐瞟了我一眼，给了表哥一个白眼，说：“就你话多。”表哥吐了吐舌头，转身跑了。

吃完饭，表哥表姐抱着小板凳准备出发，我眼巴巴地望着表姐。表姐领着表哥从大门口拐了出去，头也没回。我使劲咬了咬嘴皮，抬头看看逐渐暗下去的天色。四姨刷锅的声音从屋里传出来，婆婆咳嗽着去看她喂养的几只兔子。月亮从黄花川的东边探出半边脸，它也期待着电影的放映。

表哥喘着粗气从大门外跑了进来：“快去拿板凳，大姐说要带你去看电影！”

我的眼睛一下子亮了起来，抄起屁股底下的小板凳迎着表哥一起朝大门口跑去。路上好多抱着板凳的大人小孩，表姐站在路边，一脸的不耐烦：“干啥都磨磨蹭蹭的，真是，咋那么笨。记着啊，带你看电影可以，你可把我跟紧了，一会儿要是人多把你丢了你可别怪我。”

我使劲点头，虔诚地抱着小板凳跟在表姐身后，笨拙得像一只刚出壳的小鸡。

我在高干梁听父亲讲过看电影的事情。在贫乏的精神生活和匮乏的物质生活之下，一场电影就是一场盛宴。只要听说哪个村放电影，整个黄花川都是沸腾的，骑驴的、步行的、拖家带口的，大家都撵着去看。大孩子不用父母招呼，早早就跑了。小孩子哭着喊着撵哥哥姐姐，撵上的一起走了，撵不上的就使劲哭，恨不得把电影哭到自己村上来。不犟的小孩哭一阵子也就拉倒了，但遇上个犟的，撵不上的，哭也就算了，还非要“志气”一下，自己拖着个小短腿朝放电影的村子走。那会儿倒不存在会把孩子丢了，但那会儿有狼。

父亲说，就是店堡村的一个小孩，在大人走了之后非要撵到庙湾村去看电影。黄花川的村落与村落之间有没住人的空地，就在那个孩子离开店堡村还没到下一个村子时，就被一头狼给袭击了。幸好后面还有人，三呼二喊地把狼吓跑了，把这个孩子救了下来。但这个孩子还是为自己的“志气”付出了代价，狼好像是故意的，就叼走了他的两只耳朵。

这个小孩的遭遇从此成了一个警示典型，黄花川的大人们教育自己的孩子时总说：“不听老人言，吃亏在眼前。看，那个娃就是不听大人的话，才被狼把耳朵叼走了。”而我之前在走四姨家的时候，母亲确实给我指过那个没有耳朵的小孩，只不过他已经是个大人了。我顺着母亲描述的语言看过去，他确实没有耳朵，脸上还残留着骇人的疤痕。

这会儿走在那个小孩走过的路上，我想起了父亲讲述的那个故事，不由自主朝路边看去。路两边蒿草丛生，风一吹影影绰绰，说不出来的诡异，我忍不住朝路中间挪了挪，生怕突然会有一头狼蹿出来把我叼走。表姐喊我：“你瞎跑什么啊！跟你说了，把我跟紧。”我小跑着又回到表姐身旁，直到到了看电影的地方，我才松了一口气。

放电影的地方是一个碾麦子的大场，我们到的时候，有利的地形已经被别人抢占了，表姐噘着嘴有点不高兴。第一次看电影，我顾不上看表姐什么表情，伸着脖子看着场边挂起来的一块白布，心想电影在哪里呢？为啥要挂块白布呢？

表姐一只手夹着板凳一只手扯着我，利用小孩的灵活穿过熙熙攘攘的人群，在靠近白布的侧面找了个位置把我们的板凳安顿好，让我坐着看着，她又去找表哥。

星星手牵手簇拥着月亮，地上的人高喉咙大嗓子地说着话。一道白光越过人们的头顶，又被白布拦截了回来，映照出一片人头。一声洪亮的号声吹起，白布上晃晃悠悠出现了几个大字。我惊呆了，怎么也没想明白，一块白布上凭空怎么就有了字。还没想明白字咋出来的，和我们穿不一样衣服、说不一样话的人也出来了。就在一块白布上，在一个寻常的晚上，我目瞪口呆地看着、听着、琢磨着这些人和字是怎么在白布上演出来的。我想去那块白布后面看看，但我不敢动，我怕和表姐走散了，她就再也不带我玩了。很快，白布上不仅有画面，还出现了几颗放大的脑袋，有孩子站起来好奇地跑去白布后面找人，没一会儿又失望地回来了。

电影散场，我还是和表姐走散了。我是个笨小孩，跟不上表姐的脚步。人流拥挤，我一不小心，就被无数条腿分离在了场子中间。表姐找到我时，我抱着板凳站在大场的中间，不知道是走还是留下等表姐。周围的人都走得差不多了，表姐寻过来一把扯住我：“说你笨你还真笨，咋听人的话着呢，真是的！赶紧回家，再晚狼把你的耳朵也吃掉。”

我不敢回嘴，小跑着跟着。星星不再手拉手，它们也累了，想早点儿睡觉。

再回到高干梁的时候，我已经是“见过世面”的人了。我的小连手们簇拥着“衣锦还乡”的我，听我吹我看过的“花书”和那场电影。其实，我离开高干梁仅仅四个月而已，但对于他们来说，大有“山中才一日，世上已千年”的感慨。我知道的东西太多了，但我再也没去店堡村念书，至于为什么，我也忘了。

一九八八年的八月，高干梁一场接一场地下雨。雨过天晴之后，肥嘟嘟的蚂蚱拖着大肚子在地里蹦跶。我的父亲是个心灵手巧的人，他在割麦子休息的间隙用麦秆给我编了一个蚂蚱笼子，我用它养了好几批蚂蚱。绿的养烦了就换几只麻的，麻的看不顺眼了再换绿的。崖背山上的梯田像旋转楼梯一样盘旋着一直延伸到馒头咀，好一点的地里都种着麦子，此时也已经收割掉了。我拎着蚂蚱笼子爬上崖背山，雨后的麦茬地里，麦茬并不扎脚，我光着脚拎着蚂蚱笼子追捕着我看上的蚂蚱。在高干梁的怀抱里，可以玩的东西太多了。

一只长腿大肚子的绿蚂蚱跳得很快，我扑了几次都没抓住它，反倒跟着它跑了好几绺子地，我心说不抓住它对不起我跑的这些路。二哥站在地头上喊我，我全神贯注地跟着蚂蚱，并不想搭理二哥。二哥无奈，只能撵到地里扯着我的胳膊把我拎出来拽回家，我惦记着那只蚂蚱，噘着嘴反抗，但还是被拽了回去。

一进家门我瞬间老实了起来，因为家里来亲戚了。我把蚂蚱笼子藏到身后，使劲蜷缩着我的脚趾头，想把两只黑乎乎的脚藏起来，但在白净洋气的亲戚面前，我的两只脚就像刚从地里挖出来的洋芋一样，又土又丑。我无助地看着它们俩，躲避着亲戚满是笑意的目光和母亲责备的神情。

“叶叶，你不穿鞋脚扎不？”叶叶是我的小名。我被耳边的声音吸引到了，这是一种完全不同于泾源方言的口音，软糯中带着一种清脆，像山梁上的豁岘一样有高有低。我忍不住抬头看了一眼，心说，真好看。

“不扎。”相比于这种软糯和起伏，泾源人方言就像山上长了多年的杠木，又硬又粗。

“这是你三姨的大女儿，叫姐姐。”母亲难得温和，客气地介绍。三姨我知道，来过我们家，反正除了母亲自己，她们姊妹都很洋气。这个表姐更不用说了，瓜子脸，大眼睛，烫了的头发显得时髦又优雅。我见过的人中，就没有这么好看的人。我低声叫了一声姐姐，心思却还在刚才的蚂蚱身上。

“叶叶，你跟我去吴忠好不好，我们那没有山。”表姐继续用她的方言和我说，我听懂了“吴忠”两个字，但那会儿我不知道，我此后的人生会和吴忠这个地方有着千丝万缕的关联。

我不知道母亲和三姨是怎么商量的，但现在这个选择题却要我来做。三姨夫英年早逝，三姨一个人拉扯四个孩子。现在表哥表姐工作的工作，上学的上学，三姨一个人守着偌大的一个家。她需要一个小孩去给她做伴，而我需要一个地方念书。

促使我答应的原因肯定是因为能去看看我亲戚生活的地方到底是什么样子。因为再没有什么理由能让我舍弃在高干梁属于我自己的快乐。我的双脚洗干净了，就像洋芋被洗去了泥，白净了起来。表姐拿出给我买的一双新鞋子在我脚上试了一下，刚刚好，脚被包裹起来的感觉很舒服。但母亲不让我立刻穿，怕沾上泥。

八月的天气极不正常，雨后又起了雾，秋粮要在麦子之后紧跟着收割，父亲吃完早饭就喊着大哥、大嫂、二哥上地去割大豆。母亲留下送我和表姐离开。我第一次穿着买来的鞋子，跟在表姐身后穿过村庄。我的连手们撵在身后，我局促得不想回头和他们告别。

登上大咀山山顶回头看高干梁时，白茫茫一片，我突然有点慌乱，我的父亲母亲，我的哥哥姐姐，我的连手们连同高干梁一起淹没在了这大雾中。我看不见他们，他们也看不见我，我像被这一切抛弃了一样，成了外人。

心有千千结，我却无从表达。表姐逗了我一阵子，见我无趣，也就不再说话。我们站在粮站门口等班车，我低头看着脚上的新鞋子，无论我多么小心，它终究还是沾上了高干梁的泥巴，有些灰头土脸。黑色的柏油马路没等延伸就拐了弯，看不见路的远处。我百无聊赖地看着粮站高高的大门楼子，猜测着里面的风景。

我被表姐拉上了班车，安顿着靠窗坐下。越过粮站的大门楼子，我看见了比大门楼子还高的粮仓，我们每年的公粮就是装进了这些粮仓中。我想，每年都收公粮，这些粮仓装得下吗？没等我多看，车就启动了起来，我的额头碰到了前面的座椅靠背上，我揉了揉，没有哭。

坐车是件折磨人神经的事情，车在弯弯绕绕的山路上走得晃晃悠悠，我的脸被晃得煞白。拐了一个弯我就松一口气，但下一个弯又让我提心吊胆起来，我怕拐弯的时候车翻了，我怕爬坡的时候车突然上不去了。在我的担心中，山越来越少，就在路快直起来的时候，车子剧烈地颠簸了一下，我被颠得离开座椅又迅速地回落下来。我的眼泪再也忍不住了，咬着嘴唇啜泣了起来。表姐故意打趣我："哟，鼻子都快没了，可别哭了，这么大的姑娘了。"

我吸着鼻子把脸转过去面向车窗，窗外的风景像水一样流去，路没有尽头，风景也没有尽头。无论我对远方的向往多么热烈，我终究只是个七岁的孩子。我不知道我的父母亲有没有想我，但我已经开始想他们了。

精神高度紧张，加上哭了一场，我最终疲惫地睡了过去。等我再睁开眼睛时，班车就像跑在一块摊开的布上，布没边没沿，车不停向前。我扒着车窗惊讶地张大了嘴，吴忠真的没有山，高干梁最平的南湾也没有这里的十分之一平坦。此刻，太阳像一个巨大的红气球，在布的边沿上跳跃，我着急地看着太阳，没有山，太阳去哪里休息呢？

没等我给太阳操完心，我就被表姐牵着手下了班车，七拐八拐之后，我终于到了三姨家。三姨家的房顶没有瓦片，顶子也和高干梁的顶子不一样。高干梁的房顶是驴脊梁形的，两边码着青瓦，下再多的雨也不会漏。而这边的顶子就一个平塌塌，不知道下雨会不会漏雨。

我一边嫌弃着高干梁，一边又拿高干梁做着比较，我唯恐高干梁被比下去，那我也是不高兴的。

陌生的三姨，陌生的院子，陌生的气味。我突然想起初次到四姨家的情形，这次唯一不同的是家里只有我一个小孩子。表姐把我领回家就完成了她的使命，她有一份属于自己的工作，不能在家里待太久。所以，在我还没来得及和她熟悉的时候，家里就剩我和三姨两个人了。

相互熟悉的过程是漫长的。我不是个机灵孩子，语言的障碍让我屡屡不知所措。三姨让我去关一下门，我待在原地听不懂她说什么；问我吃什么饭，我一脸茫然地看着她。偶尔能听懂一句，我却为自己不能用她的语言回应她而苦恼，这让本来就有点口吃的我更加不愿意说话了。

学校马上就要开学了，我勉强能说点半生不熟的吴忠方言。一九八八年九月一日，我正式成了一名一年级小学生。我的母亲用她众多的姊妹关系让我及早受到了教育，但我当时并不能理解她的良苦用心。我只觉得，她是因为不喜欢我才让我一次次地去姨姨家里念书。

平原和新的学校、新的同学都让我不安。没有了山的束缚，我好像没了依靠，而我蹩脚的方言更是让大家不停发笑。还有一件事情让我没办法忍受，那就是我老觉得饿。泾源和吴忠是完全不同的饮食习惯，泾源人一天两顿饭，早晨蒸一大锅馒头，吃剩下的就挂起来，谁饿了随时都能拿到，然后天黑了再吃一顿面就行了。只要有馒头，我们就不会饿着。但吴忠人是不吃馒头的，他们一天三餐，只有米饭和面条。三姨一天忙得昏天黑地，直接把早餐省略了，所以大部分时间里，我在早晨都是眼巴巴地看着同学吃早餐，我饿着。

三姨家里养着两只羊，每到周末，我就拉着这两只羊去放。一个人跟在羊身后，平原的辽阔就这样展现在我眼前。太阳早上从地平线上升起，又在下午从地平线上落下。这里没有拥挤，没有狭隘，有的只是辽远和平坦。我像这平原上的一粒沙尘，渺小，但真实存在着。我看着远处的目光能到达的地平线，心里对远方有了新的认知和期待。

人总是会有朋友的。我和三姨家对门邻居的姑娘在一个班，一来二去便熟了，我俩开始一起上学，一起回家。跟着她，我渐渐学会了说吴忠方言。没事的时候，她也带我去她家玩，她的父母亲非常和蔼。有一次，她家做了“焖肚子”，就是把大米用各种调料拌好装进洗净的羊肚儿里面，上锅蒸熟，然后切片。她的母亲切好装在盘子里让我俩吃，一口咬下去，既有大米的清香，又有羊肚的筋道，两种食材融合在一起，让我觉得那是世界上最好吃的东西。

她还带我去她们家的西红柿地里，那是我第一次见到和吃到西红柿。我俩坐在地头上，一边吃西红柿，她一边听我讲我的老家泾源。她没办法想象周围全是山的村庄是什么样子，也没办法想象我们把洋芋做成各种吃食是什么样子，更没办法想象田里不浇水是怎么长庄稼的，就像我当初没办法想象没有山的地方是什么样子。我们都生活在不同的世界里，我们靠想象完成不了对对方生活的体验。

在吴忠，很多体验都是第一次。因为三姨太忙，我时常一个人应对生活中的麻烦，比如实在太饿了就自己扒拉着吃点，放学早了就自己在家待着，很多时候我都是孤单的。我偶尔会在周末去小姨家里。忘了交代一句，我的小姨也嫁到了吴忠。那会儿，远嫁到富庶一点的地区也是女性改变命运的一种方式，至少在这里，衣食无忧是最基本的，生活也不会像在泾源那般苦焦。

小姨夫那会儿刚刚当了父亲，他是个羊贩子，骑一个二八杠的自行车，后面捎两只铁筐。每一个有集的日子，他都要骑着自行车去集市贩羊，买进卖出赚个差价，日子倒也过得宽裕。有一次，小姨夫把我捎在自行车的前面去赶集。冬天的那个早晨，我在小姨夫蹬得飞快的自行车上看到了集市，看到了那么多的人，看到了热闹和繁华的人间烟火。小姨夫还给我买了一根糖葫芦，酸酸甜甜的味道到现在都在脑海里。

那是我第一次坐自行车，第一次让自己在自行车上飞起来。

我猜想我的父母也是想我的，但那会儿没有电话，交通不便，所以大半年都没有见到我的家人。有一天，我穿着三姨给我缝制的臃肿的棉裤抱着小姨的女儿时，我的大哥突然来到了吴忠。骤然见到大哥，我的脑子一片空白。仅仅半年时间，我已经能说一口流利的吴忠话了，我不知道我应该和大哥说泾源话还是吴忠话，说泾源话，会被大家笑，说吴忠话，怕大哥听不懂。

大哥和小姨、小姨夫年龄相仿，他们之间有更多共同语言。我和大哥相差十六岁，他是个大男人了，和我一个小屁孩儿也没什么好聊的。他只是路过吴忠，受父母的委托来看看我。小姨为大哥准备了丰盛的吃食，我跟在大哥的身边盘桓，想从他那里得到更多高干梁的讯息。

大哥来看我，回去总要给父母说点什么。小姨提议，让大哥带着我去照张相给家里带回去。那会儿，彩色照相机刚刚兴起，在我们的概念里，照相是一件大事。大哥端坐在椅子上，双手扶着膝盖，表情严肃端庄。我站在大哥身边，表情僵硬，一脸凝重。好不容易照完，照相的又拉着我和一只大公鸡模型照了一张，我扶着大公鸡的脖子，还是没笑出来，只有点龇牙。

很快，大哥揣着两张照片离开了，留下我在吴忠，过得越来越像个吴忠人了。三姨依旧忙碌，我从学校回来的大部分时间除了写作业，就是一个人胡思乱想。我无从得知世界上最远的远方会是哪里，也不知道我们在高干梁最终会过得怎么样。我的蚂蚱笼子还在不在，我的连手们都去念书了没有……

渐渐地，我熟悉了吴忠的生活，吴忠也接纳了懵懂无知的我，一转眼，我来吴忠已经一年半了。日子一天天过去，我在吴忠经历了春夏秋冬的交替，见过了种水稻、收玉米、脱粒机脱稻子，见过了拿车犁地、用水浇田。一切和高干梁都是不尽相同的，但一切又仿佛自然而然。高干梁的生活正在离我远去，此后的很多年我都在想，如果我当时在吴忠一直读书会是个什么结果，我的人生又将会有什么不同呢？但人生中的很多事情不是我能决定的，就像我来到吴忠时很突然，我离开的时候，也很随意。二年级的暑假，我没来得及和吴忠的朋友告别就被大哥领回了家。我当时并没有在意，只想着我还会回来的。我的回归在我的连手们心中激起了不小的波澜，回来的我皮肤又白，穿得又洋气，还顺带着说几句他们听不懂的洋气话。而他们，拖着鼻涕，穿着脏垢衣服围着我，问各种各样的问题。

我不在的一年半里，我们家也发生了很大的变化，我的父亲居然在县城开了一个小卖部。在高干梁人的惯常思维中，能在县城开小卖部得有两个条件：一是得有钱，二是得有本事。父亲像个神话一样被高干梁人猜测着，钱从哪里来，本事咋那么大？

总归，父亲一下子从农民变成了一个生意人，高干梁的沟沟峁峁上再也看不到他的身影。捎带着，我们家的人也隔三岔五去县上给父亲送东西。

县城似乎是个魔幻的地方，父亲每次回来，都会带点不一样的东西，有时候是一捆粉条，有时候是即将过期的麦乳精，有时候甚至是一斤牛肉或者青菜。我们家的生活骤然丰富起来，我又一次活在了连手们的羡慕中。

转眼又到了开学的时候，不知道怎么回事，我没有回吴忠上学，而是被父亲带到了县城去念二年级下学期。县城那会儿并不繁华，父亲的小店离学校很近。现在想来，父亲的小店小得可怜，一间铁皮房子，几张玻璃柜台，里面还支着一张床，旁边放着做饭的锅碗瓢盆，空间很狭小，出售的也不过是些日用百货，生意怎么样我没了印象。

小孩子总是会很快找到自己的群体，两周之后，我就有了新的玩伴，在县城的读书生活也正式开始。我还会想念我吴忠的朋友，想她们家的“焖肚子”和西红柿，想我们上学、放学路上的欢乐。然后再看看新的朋友和新的环境，重重地叹口气。

仔细想想，我从六岁到八岁之间一直在适应环境，从高干梁到四姨家，再到吴忠的三姨家，再回来到县城，兜兜转转，让我体会到了离别和伤感，总有我要适应的环境，也总有我要告别的朋友。就在县城念完二年级要升三年级的时候，我又离开了县城，回到了高干梁，父亲说了，三年级就去华兴小学念书。

我的连手们听到这个消息后兴高采烈，我在外面念书的这两年，他们也在华兴小学念书，所以，我们即将要成为同班同学，我对离开县城没有多少失意。兜兜转转，我还是觉得回到高干梁比较自在。

华兴小学在华兴一队和二队之间，好几个村子的孩子集中在这所学校念书，当年也是黄花川的重点小学。在这里，我的人生又将是另一场开始。

华兴村人一直觉得，高干梁是华兴村的一个负累，如果没有高干梁，华兴村四个队是一个整体。这种负累不光是行政上的，连我们上学也是和其他孩子不一样，华兴村的孩子可以睡到大天亮再去学校，而我们却不行。启明星还没有爬上堡子梁时，有起早的连手开始挨门挨户地喊我们起来出发。说得好像很壮观，其实念书的孩子只有年龄相仿的六个人，四叔家的天明，贵生家的有田，我和我二姐，女子和有福。十五瓦的灯泡确实比煤油灯亮，我们在灯下装好头天做好的馒头、饼子，这是我们一天的干粮，早晨出去上学，下午放学才能回来。每次准备出发的时候，贵生家的小儿子有田总不出来，一次两次的大家不说啥，每天都等，时间久了，大家就对有田有意见了。

穿过大场，就到了大咀山通往外界的小路上。每次走到那儿，我都有点怵，但每次不得不打起精神跟着连手们的脚步，呼哧呼哧的喘气声和眨眼的星星相呼应着，山渐渐就矮了下去。我们问有田：“你每天喊不出来干啥呢？不会是还要吃完你妈的奶才出来吧？”

有田的脸红了一下，喏喏地说：“没有，我妈给我烙饼子呢。”天明一听打趣有田：“你妈真好，来来来，把你妈烙的热饼子拿出来我尝尝。”

有田停下脚步，从挎包里掏出饼子，准备给每个人掰一点。但刚一掰，就扯得酵面像棉絮一样在饼的两端拉扯，粘在有田的手上，白花花一片。烙饼是个技术活，火大了不行，着急了不行，得有掌握火候的敏锐和耐心。有田的妈显然是太着急了，以至于饼子只熟了表皮，里面还完全是酵面的样子。我们几个大笑，有田的自尊心受到了伤害，抄起饼子扔向了旁边的灌木丛，负气说：“烙的这是个啥！”

天明扯起有田的胳膊说：“我们就开个玩笑，扔了就扔了吧，来，把你们背的馍馍一人给有田一个。”

每天在路上，我们都会有各种各样的小插曲，这也让上学之路没那么枯燥。翻过大咀山，顺着河道，在路过华兴四队、三队、二队之后，就到了学校。学校门口有一眼清泉，是从二队沟里流出来的，村民在学校门口用石头箍起了水坝，棚了顶。泉水二十四小时不间歇地流淌，养活着好几百口人。等中午放学，其他孩子都回家吃饭去了，我们就围在泉水边，吃几口馍馍，扒着泉水的漏槽喝几口泉水。

人生大部分的痛苦是来自对比。看着离家近的同学回家去吃饭，我们却只能围着泉水吃馍馍，心里便有了落差。每每走在上学、放学的路上，对高干梁的不满便多了几分。每次爬上大咀山，我都会想，什么时候我们才能离开高干梁，才能结束这种翻山越岭的日子。

但生活中也有让人欢喜的事情，比如，我在语文老师的办公室发现了好几书架的“花书”。为了能借到这些“花书”，我开始好好地学习语文。老师布置的作业第一时间完成，字也写得方方正正。终于，在三年级下学期，我当上了语文课代表，借着收发作业的机会，我和语文老师熟络了起来。老师已经五十多岁了，身体瘦弱单薄，仿佛一阵大风都能把他刮跑，每次讲起语文课都铆足了劲念课文，好像不用力人就会跌倒一样。有一天，我鼓起勇气和老师说，能不能借我几本“花书”看看。老师犹豫了一下，笑着说：“它的学名叫连环画。你咋想起来要借这些呢？小娃娃，还是多念些有用的书好。”

我不知道什么是有用的书，低着头用手绞着衣角不肯走。老师叹了口气，从书架上取下两本连环画递给我：“娃娃，这些书看看就还回来，还是要好好念书呢。”

我抱着连环画使劲点头，眼睛却还盯在书架上，心里遗憾书架上那么多连环画，我却只借到了两本。告别老师，出了办公室我就高兴地撒欢儿。拐到教室时跑得太猛，一下子肩膀蹭到了墙上，疼得我龇牙咧嘴。但两本连环画拿在手里的兴奋迅速冲淡了疼痛，我揉了揉肩膀，跑进教室急着把连环画塞进了挎包。

只要不下雨，放学的路上我们还是很自在的，一边走一边玩着就回家了。但今天不同，我有了连环画，就不和大家玩了，一边走一边翻着连环画，大家气恼我不合群，也没心思管我。我就那样高一脚、低一脚地走在路上。河道弯弯曲曲，一会儿要走在这边，一会儿又要跳到那边，要是平时，蹦蹦跳跳地也就走了。今天，我是捧着连环画的，三跳两跳，一脚没踩对，一下子就掉到了河里，连环画也摔在了水里，我急着爬起来捞连环画，才发现我装书的挎包也湿了半边。

一只手拿着滴水的连环画，一只手抓着湿了的挎包，我狼狈不堪地站在水里，一脸茫然。看着我的狼狈，我的连手们哈哈大笑。我甩了甩书上的水，从河里走出来。十一月的天气已经有了凉意，看着湿了半截的裤子，想起母亲严厉的眼神，我忍不住有点懊悔走路看书。

回家果然挨了一顿训，但更让我惆怅的是连环画湿透了，怎么才能干？我悄悄问大嫂怎么办，大嫂说：“我给你放灶台上暖着。”

等晚上脱衣服睡觉的时候我才发现，我的肩膀上被蹭掉了一大块皮，血都出来了。惦记那本湿了的“花书”，我一整夜迷迷糊糊没睡好，天还没亮就爬起来去看。灶台上的温度倒是让“花书”干了，但一些书页也粘连到了一起，我在灯泡下又一张一张地朝开分离，等弄完，“花书”也基本上面目全非，皱巴得不像样子。

到学校还连环画的时候，语文老师看着被我“糟蹋”了的“花书”，又免不了责怪我几句，后果就是再也不肯给我借书。之后每次去送作业，我都巴巴地看着书架上的那些连环画，一步三回头。在之后的时光里，因为看这些“闲书”，这样的糗事时有发生。时间久了，我的家人都觉得我有点傻，脑子不灵光。

03

电视和书的诱惑

因为开小店，家里的地和牛羊父亲完全不管了。我们家在高干梁确实风光了一阵子。铁皮房子因为城市建设拆掉了，父亲把店挪到了牛羊市场旁边，卖的好像还是那些东西，至于赚不赚钱，父亲也不会对十来岁的我说。高干梁凡是去赶集的人都会在我们家的小店里停留一下，喝口水，歇歇脚再返回，回来还不忘跟家里人念叨父亲的本事，流露出来的是羡慕和遥不可及。

华兴村有一家商店，旁边带着磨坊，高干梁人的油盐酱醋都在那里买。老板念过书，很早之前就折腾过创业，当过代课老师，干过裁缝，养过鸡。多年的挫败和一次次的试验让他终于找到了自己的致富方向。他用念过的书学懂了电磨子的原理，买回来在自家大院里架起来，开始为十里八乡的人加工面粉。然后又扩建了一家商店，捎带着卖日用百货。来磨面的人磨完面，再买点日用品，一来二去的，生意就做得红火了起来。老板是黄花川公认的有本事的人，但现在在高干梁人的眼里，父亲也开始比肩这个人。对方只是把铺子开在了黄花川，而父亲却是去了县城。

日子在平静中一天天地过去，如果没有山外的喧闹，高干梁人会认为自己的日子过得也挺好的。但有一天，这个开铺子的人给家里买了一台十四英寸的电视机。更神奇的是，他在屏幕上贴了一张塑料纸，他的电视机演出的图画就有了色彩——花是红的，树是绿的，人脸是白的，柏油马路是黑的。人的日常生活就这样被复制了出来，大家像看戏一样看着人家的电视。去磨面的人把这些稀奇的事情带回高干梁时，大家的嘴张得都能吞下一个鸡蛋。就那么个大疙瘩，里面怎么可能会有那么多新鲜的玩意。等大家都看到这个事实的时候，才相信邻居说的都是真的。所以在高干梁，两个邻居发生口角吵架的时候，对方如果来一句：你本事大了买个电视去！另一方就不会再吱声。那可是电视啊，能放出来别人生活的图像。

我们在表示了几次羡慕之后，父亲对母亲说："不行了咱们也买个电视吧，让娃们都看看。"

"你说得好听得很，一个电视怕得好几百，一头牛才几个钱。买得起吗？"母亲做惯了匣子，总想让日子宽展一点儿。这么大的家口，吃喝才是最重要的，电视，那是有钱有闲的人看的东西。

"钱这个东西，总也攒不下。咱再等等，等秋天了咱就买个电视回来。国家造那个东西，肯定有它的道理，咱买来看看，电视上一天都说啥？"母亲白了父亲一眼不肯再说话，这么多年的夫妻，她知道，父亲一旦想做什么，她挡是没有用的，索性不管。我们也相信，只要父亲说秋天买就一定会买。因为父亲对任何事情都充满着希望，也愿意为希望付出时间和精力。

那一年，家里的一头牛犊初长成。母亲尽心尽力地喂养着，她不止一次说，这头牛过两年一定是头犁地的好犍牛，可以替换家里的老牛了。所以有点菜叶子、刷锅水什么的，母亲都特意地喂给这头牛犊，希望它长得结结实实的。但是到了秋天，父亲就喊来一个牛贩子看牛，要把牛犊卖掉。母亲不同意，她用身子护着牛犊，大声质问父亲，家里暂时不娶媳妇不盖房子，为什么要早早地卖掉牛犊？父亲说，卖了买电视。

秋天的高干梁总是弥漫着雾气，周围所有的山都被雾遮挡了起来，仿佛都消失了一般。院子里，母亲坐在牛圈门口不肯起来，对于她而言，这是她生命中为数不多的几次失态的样子。母亲历来是高傲的，她不屑用一哭二闹三上吊的行为去争取什么，但她决定要干点什么的时候，又是偏执和决绝的。雾气没有散去，父亲和母亲的对抗胶着着，我懵懂地看着。相对于牛犊和电视之间的选择，我更倾向于选择电视。电视多好啊，可以看到外面的世界；牛犊今年没了，明年老牛还会再生一个。

对抗的最终结果是母亲赢了，牛犊保住了，但父亲却给家里欠了一笔债。秋收结束之后，雾气没那么多了，天气逐渐地干爽起来。父亲喊大哥去县上，他要带大哥去固原买个电视回来。相对于母亲的义愤填膺，我的心里充满了期待。我早早地和我的连手们吹嘘，我们家要买电视了，他们的期待不比我少。这一天来临的时候，我们几个晚饭后不去疯玩了，而是齐齐地凑到村口的大场上等着我大哥背电视机回来。

等待和期盼一样漫长，星星爬上大咀山，像下棋一样把高干梁的天空整个占据了的时候，大哥和父亲还是没有回来。我的连手们失去了耐心，开始质疑我的消息。我由期待变成了担心，万一父亲的钱不够咋办？万一今天电视买不上可咋办？万一太晚了大哥不回来住亲戚家咋办？不管哪种原因，只要电视买不回来，我都会在连手们面前失了信用。我盯着大咀山的豁岘，心里满是失落和紧张。

月亮将豁岘照得一片明亮，山顶的灰白色斑石在月光下很显眼，只要有人从山那边过来，我们就能看到。连手们一个个打着哈欠，一副想要回家睡觉的表情。我也再不说话了，生怕被大家嘲笑我吹牛。

就在我也准备放弃的时候，豁岘上闪过来两个身影。我赶紧喊身边剩下的连手确认，大家都说就是的，确实来人了。

从大咀山顶到场边也就十来分钟，但我觉得我的脖子都快伸断了。高干梁大部分的灯光已经暗了下去，没有什么事情可做，早早睡觉也是一种生活方式。来的人确实是大哥和父亲，大哥背着电视，父亲走在后面。老远，就听见大哥的喘息声，背着个大疙瘩走了几十里山路，他也累得够呛。

我顾不上去迎接大哥，而是早一步回家去和母亲报信。母亲还在生父亲的气，所以并没有表现出多么高兴，只是淡淡地嗯了一声。我也顾不上继续看母亲的表情，又奔出去迎接大哥。大哥满头大汗。电视机用床单裹着，看不清楚长什么样子，我抬手隔着床单摸了摸。哥哥说："快回去把灯拉亮去，回去我给你安上了你看。"我又赶紧跑回家去，我的连手们也跟在我身后奔跑。夜晚的高干梁，被我们的奔跑打乱了节奏，各家的灯又亮了起来。

母亲的淡漠并没有影响大家的心情，父亲和哥哥在插线板跟前忙活着。当银灰色壳子的电视机被架在柜子上的时候，凸起的荧光屏像一个开关，打开就能连接外面的世界。接通电源，并没有想象中的花花世界，而是一片密集的雪花。我们相互看着，都有点失望，心说这电视机是坏的吗？是高干梁的山太大没有信号吗？为啥没图像呢？但父亲并不着急。他走过去，拧起了电视机上可以旋转的圆形的按钮，叭叭叭几声，就像我们拿书打在同学身上一样的声音。转了几圈之后，一头猛虎呼啸着从屏幕上奔来，离电视最近的有田吓得哇的一声跌坐在地上。猛虎转瞬即逝，屏幕上出来了一盒膏药。父亲大笑着说，这是广告，虎骨膏，就是大家说的狗皮膏药。我们并不知道一片膏药为什么要在电视上广告，但电视出图像了，这才是让大家兴奋的事情。

广告结束后是个没头没尾的电视剧，不知道演的啥，但大家还是看得兴高采烈。母亲在另外的屋里不肯过来，父亲使眼色让我去喊母亲。我拉着母亲朝这个屋里拽。母亲极不情愿，但还是过来了，不肯进屋，倚在门口看着一屋子人。母亲的目光逐渐地被电视吸引，她和屋里的所有人都一样，被电视彻底征服了。屋里的大人不见娃娃回家睡觉，披了衣服来寻，进屋一看都围着电视看得着迷，大人也加入了进来。屋里的人越来越多，最后来的，直接站在门外看。大家怎么也没想到，高干梁现在居然有了电视。

通电让高干梁明亮了起来，而电视则让高干梁的夜晚不再那么单调。从此高干梁人多了一个念想，那就是晚饭后自带小板凳来我们家看电视。碎房再一次被挤爆了，无奈，父亲只好把电视用椅子支起来放在碎房门口，让大家坐在院子里看。

头顶是眨着眼睛的星星，背后是大咀山的遮挡，眼前是一个喧闹的、神奇的、动态的世界。十二英寸的屏幕，白天是中央电视台，晚上是宁夏电视台，其他的频道都是空的，分布着密集的雪花。但对于高干梁人来说已经足够了，劳作一天，吃一碗酸爽的浆水面，抱着板凳来看三个小时的电视。那会儿正在热播《封神榜》，各路神仙在云里雾里飞来飞去的场景着实让人神往。大家每天都盼着天快点儿黑，每一集都觉得那么短，顺带着，连中间插播的广告都觉得好看。两集电视剧结束，大家带着满脑子的“且看下回分解”散去，躺在炕上和家人讨论着、猜想着剧情睡去，好像生活也就是这样容易满足。

邻居们散去，电视机被放在碎房里，母亲夜夜都守着它。慢慢地，她接受了父亲欠债买的这个大疙瘩。在一个清晨，她让大哥赶着牛犊去县城卖了，把钱交给父亲。

一边是高干梁的家里每天晚上热闹非凡，一边却是县城生意的惨淡，父亲回来的次数少了，即使回来，也是皱着眉头不说话。我们并不能理解父亲当时面临的困境，在我眼里，他仍是那个无所不能的人。我们每天还是去上学，放学；每天在大咀山和学校之间穿梭，在路上嬉闹。

四年级的下学期期末，我在外爷家里发现了新的宝贝。我上师范的四舅毕业了，带回来一箱子书。一看见那些书，我的眼睛就直了。我没心思关注外爷家饭桌上丰盛的饭菜，我只想拿本书看。

外爷的孙子太多了，多得多谁少谁在人群中一时也不会有人发现。我趁着大家都忙于吃喝的时候溜进了外爷家放书的屋子里。书摆在书架上，浅浅的两排，我只能仰望。书脊上高矮不一的字像极了高干梁周围的山，一行字就是一个世界。我搬了个凳子，踩在凳子上和书平视了起来。这是除“花书”以外，我第一次看到正经八百的“闲书”。我伸出手想要抚摸一下这些书，手还没有伸出去，身后就传来了外爷的声音：“你在那儿干啥呢？”

我吓得一激灵，缩回了手，站在凳子上咬着手指不说话。外爷过来把我从凳子上扶下来：“女娃娃，不要爬这么高，小心摔了。还有，你舅舅的书不要乱动，他还要用呢。”

“我能不能拿一本看看？”我鼓足勇气抬头看着外爷。外爷个子很高，面目慈祥，一把胡子垂在胸口第二颗纽扣前，俊朗飘逸。在我见过的老人里，如外爷这般相貌的人不多。看见外爷，我总想起《封神榜》里的姜子牙。

外爷摸了摸我的头说：“念书的时候就要好好念书，这些闲书长大了再看。”

我的语文老师曾经说“花书”都是闲书，我的外爷又说这些书也是闲书，那这些闲书是干什么用的呢？怀着这个念头，我回到了院子里，但那些书已经把我的魂都勾走了。我心不在焉地坐在院子里，看着院子旁边的沟壑发呆。

我再一次溜进了屋子里，这次我没有多停留，从书架上拿了一本书塞在怀里就走。出门佯装肚子疼直接去了外爷家的后院，把书放在一堆木头的缝隙里，等会儿回家的时候，我可以先走一步，然后拿着书绕过屋子回家。

母亲一直教育我，不能随便拿别人的东西，我也一直是个听话的孩子。我们家从来没有出现过小孩偷家里钱的事情，但这一次，我却偷了外爷家的一本书。我母亲要知道这件事情，不打烂我的屁股才怪。自责、羞愧和忐忑让我面对外爷家的油香却一口都吃不下去。母亲看着我心不在焉的样子，以为我病了。同时，母亲又有点儿生气——好不容易有口好吃的，其他孩子都吃得不亦乐乎，我却不吃。

我成功地把这本书带离了外爷家。我想通了，等我看完再偷偷还回去就不是偷了。大咀山的山路上，母亲在前，我在后，书藏在衣服底下，硌得我腰上的皮肉疼。母亲喊我跟紧点儿，我磨蹭着回应，但不肯加快脚步。母亲觉察出我的异样，索性不走了，等着我一起走。十几步的距离，走得好像十几里地。母亲盯着我，我头也不敢抬。

"你衣服里塞着什么？"母亲的语气平静，但平静中透出的威严不容置疑。我的头垂得更低了。我在怨恨自己，为什么要偷一本书呢？见我不说话，母亲生气了，一把把我扯过去，三两下解开纽扣，书就那样掉在了回高干梁的山路上。"隋唐演义"几个字在晚霞中发烫，山风刮得书页哗啦啦地响，好像他们也着急要看书里面写的啥一样。

气氛在书页的翻动中凝固了起来，我等着母亲的盛怒。但只听见母亲叹了一口气，蹲下捡起书："说你笨你还真是笨，人家都偷着拿个油香呢，你倒好，偷了一本书。你说，这能当饭吃还是当钱花？"

我低着头不说话。或许，母亲、我的语文老师和外爷说得都对，但我就是想看书，就是想知道书里的故事。母亲见我不言语，把书塞进我的手里说："行了，赶紧回家吧，回去看完了就给你舅舅还了去。女子娃娃，少看点闲书。"

我点点头，拿起书快步向前走去，上山的路都轻快了起来。一口气爬上大咀山，看着近在眼前的高干梁，我真想站在山顶大声喊两嗓子。

第一次看这么大部头的书，而且还是半文言文，读起来很费劲。我看了一会儿就放下了。但过了一阵子，又拿起来看，不认识的字跳过去，理解不了的词跳过去，反正连蒙带猜的，居然也看了几十页，而且是越看越有意思，渐渐就沉迷在故事情节里面，迫切地想知道接下来怎么了。母亲喊我去给兔子拔点苦苦菜回来，喊了半天喊不动我。母亲就说："你要再不动弹就别想看书了，我连夜让你哥哥给你舅舅还回去。"

一听母亲这样说，我连忙把书藏好，提了个篮子就出门找草去了，但心思还停留在秦琼卖马的情节里。兔子是父亲在某一天心血来潮，不知道从哪里买来的，浑身雪白，眼睛红得像红玻璃弹珠，耷拉着大耳朵在院子里蹦跶。父亲把一辆废弃的风车维修了一下，就让这几只兔子住了进去。从此，我就多了一个活计，每天要给它们拔草回来。这几只小东西嘴细，除了苦苦菜其他的野菜都不好好吃。

出门拐过沟场，再向前经过一个浅坡就到了南湾的地里，在属于我们家的那条地埂上，长着一片茂盛的苦苦菜。我直奔那里，只想尽快地扯一篮草回去把兔子喂了，好继续看秦琼到底把黄骠马卖了没有。南湾是高干梁的阴面，种点麦子都要比崖背山上晚熟半个月。但这里的苦苦菜长得旁若无人，叶子肥厚，茎秆粗壮，偶尔扯断一根，就会流出奶白的汁水。我以为兔子爱吃苦苦菜是因为非常好吃，就尝试地舔这些汁水，结果舌根都发苦，心里瞬间对这些红眼睛的小东西充满同情——多可怜，吃这么苦的东西。

一边想一边继续扯，手指触到了一团柔软的东西，我被吓了一跳，那团柔软的东西也紧跟着移动起来。我仔细一看，居然是一只巴掌大的小野兔，可能刚断奶，也跑来觅食来了。我放下篮子，脱了外面的衣服就去撵它。小兔子被草绊得东倒西歪，跑不动。在追了一段距离后，我用衣服罩住了它，把它抱起来。这是和红眼睛的兔子完全不一样的生物，一身土黄色的毛，一条短尾巴，耳朵也没有家里的兔子大。被限制了自由的小兔子很愤怒，用它四只爪子轮番抠我的手背。我的手背瞬间被密密麻麻的白线覆盖，疼痛也一次次地提醒我放手。但我好不容易抓住的兔子，又怎么会轻易把它放了。我不管它的挣扎，拖起半篮草逮着它朝家里走去。

进门我就喊母亲和大嫂，向她们炫耀我的小兔子。大嫂一看兔子，再一看我的手，笑得腰都直不起来："你说你，逮它干啥嘛，你看看你的手被抓成啥样子了。"

我说："放到兔子窝里养上，看长大了会咋样？"

大嫂性情温和，对我一直都是宠溺和纵容的。但母亲看着我手里的兔子，并没有夸奖我，只是说："一个女孩子家家的，不要一天鸟啊猫啊狗啊地玩。"

我看着手里的兔子，心说，这是兔子。好在母亲只是说说，并没有过多地管我怎么安置小野兔。在大嫂的帮助下，我把小野兔也放进了风车里，我期待着它和家里的兔子一起生活，期待着它长成一只大兔子。

我沉浸在我的期望和对书的想象中，扔给兔子们一把苦苦菜就又忙着看书去了。

第二天一大早，我还在睡梦中，大嫂就把我喊了起来，说让我去看看我的小兔子哪去了，她喂的时候没看见。我一骨碌爬起来就去风车前看。几只大白兔欢快地嚼着苦苦菜，时不时还高兴地把耷拉着的大耳朵竖起来。我的小兔子哪去了呢？风车父亲钉得很严实，它跑出来的可能性不大。但它就是不见了，我拿根小棍子在风车上敲敲打打，但除了惊得几只大兔子拥挤着乱窜，就是没有小野兔的身影。大嫂看我垂头丧气的样子，走过来安慰我："野物就是野物，是养不熟的，跑了就让去吧。你圈着它，它心也是野的。"

大嫂说得对，之前大哥设陷阱抓来的野鸡就那样，不吃不喝，活生生把自己饿死，有的还活生生把自己气死。想到这，我也不纠结了，回去继续看我的《隋唐演义》。一天一夜，我已经看了三分之一，完全被这本书迷住了，我不想有任何的事情打搅自己，只想一口气看到底。

但我终究还是要去念书，要去拔草喂兔子，要帮大嫂舀水什么的。上学的路上，天是黑的，我看不了书。放学的路上，只要出了校门穿过华兴村，我就掏出书来看，边看边给我的连手们讲我看的半生不熟的内容。他们也被书里的故事吸引了，一边一个搀扶着我，他们负责带我走路，我负责给他们讲故事。

喜欢某件事情就会投入进去，一旦投入，时间也就过得飞快。此后上学、放学的路上，我们都开始默契了起来。我早晨讲的是我晚上看的内容，我下午放学就是边看边讲。一本《隋唐演义》看了将近二十天，等看到罗成被陷害被乱箭射死的时候，我的眼泪都下来了。在那时，我已经大概懂得了人世间的悲欢离合。此后，舅舅带回来的那些书被我一本一本调换着看了一遍。有的刚能看懂，有的就是走个过场。我猜我的外爷是知道我的这些小把戏的，但他从来没有说什么。舅舅带来的书里除了《隋唐演义》这样的书，还有金庸和琼瑶的书。武侠、江湖、爱恨情仇和痴情男女的故事就这样打开了我的世界，我的心里满是感动和好奇——这样的世界，这样的人，真的存在吗？每次看着山的远处，我都想变成千里眼和顺风耳，去听、去看这世界的精彩。当我把这个想法和我的连手们说的时候，他们说，我是颠着碾子打月亮——不知天高地厚、蒙着烂皮袄上天——不知云里雾里。好吧，说不明白，就不和他们说了，但每一次看着电视里或者书里和我们不一样的地方和生活，我都会去神游一番。

学习在五年级时开始难了起来，我贪看这些“闲书”，数学开始吃力起来。路程、时间、距离的应用题每天让我焦头烂额，各种各样的计算公式我总是出错。一个阶段以后，我的数学再也不及格了。母亲很生气，数次严厉地警告我，再看见我看那些“闲书”，看见一次烧一次。母亲生气也是有道理的，我曾经也是考过双百的人，现在怎么就这么差了？她把这些差归咎于我看了“闲书”。其实我很委屈，我的数学不及格和我看“闲书”没有多大关系。人就是这么奇怪，读一本书我能深切地感受到文字里的伤感离别，但面对数学题我却怎么也理解不了。无论怎样，不能明目张胆地看书已经成了铁的事实。我的母亲只看结果，不会听那“巧舌如簧”的解释。

我的老师从四年级开始带我，她看着我一步步从前几名滑到中不溜儿。她也很着急，好几次都找我谈话，问我是什么原因。其实我也说不出来，只是沉默着，要么就是写小纸条简单回几句。老师鼓励我说，不要紧，只要你努力，学习一定会跟上的。

那是相当痛苦和煎熬的一段时期，我由一个优秀的学生逐渐地退步下去，而我不知道怎么终止这个退步。我不看书了，也不在路上给连手们讲述。看着我一天比一天蔫，他们劝我说：“你吃力啥嘛！念书这个事情，念成了念，念不成了就算了，咱回家种地走。”

听着连手们的话，我竟无言反驳。其实这是大部分人的想法，念书从来都是个人的事情，家里的大人大字不识一个，只要能保证娃娃的吃喝就不错了。念得好就念，念得不好回家干活，谁也没怨言。可是，我念不好怎么办？我的远方、我的梦想怎么办？注定我是个比别人想得多的人，也注定了我的快乐远比别人少。

六年级时，我的语文老师也放弃我了。语文本是我的强项，但每一次语文测试，我的成绩都在七十几分。作为一百二十分的总分数来说，我顶多只算及格。每次上课，我都在逃避语文老师的目光。渐渐地，老师上课再也不提问我了。语文尚且成了这个样子，数学只能用惨不忍睹来形容，数次因为回答不上问题被数学老师罚站。我彻底地颓废了下去，一边复习，一边沉默，不知道自己下一步应该怎么办。

一九九三年的夏天，我们面临会考，全县的六年级毕业生一起参加考试，成绩优异的学生将会去县一中读书。想想都让人激动，县城，那可是我们能到达的最繁华的地方。但我也只是想想，老师已经不把我纳入能考上县一中的学生名单之中，只剩下一个人最后的一点儿挣扎。母亲也和我说，考不上就别念了。

家里的兔子已经不需要我喂了，因为在某个清晨醒来，它们都死光了。父亲说它们得了什么病，大嫂说可能吃什么中毒了。总归，随着风车被拆了当柴烧，我们家就再也没养过兔子。

很快，我们到了考试的时间。那天，天上下着大雨，我们在身上各披了一件塑料布就出门了。雨中的高干梁显得干净而青翠，但雨中的山路泥泞得让人无语。我们拖着脚上不停粘连上来的泥巴，一步三滑地向学校走去。会考在乡上举行，我们要早一点儿到学校，然后再一起走去乡上。

头发全湿了，衣服湿了半边，塑料布所能庇护的也只是半个身子，还要保证书包不被淋湿。好不容易走到学校，雨逐渐小了。语文老师和数学老师一起带我们去乡上。

沿着华兴村一路下去，路边的村庄被雨洗得干净极了。走在路上的我们反倒像是要破坏这种干净一样，把平整的路面踩得像野猪刨了一样。路过店堡村，我特意扭头看了看店堡小学。它没怎么变化，还是站在路上就能看到校园里。心里又神游了一阵子，如果我一直在这里念书将会怎样。

我们在集中的时间里考了三场——语文一场，数学一场，历史和政治一场。考完了，天气也晴朗了起来，阳光把泥泞的路面照得白了起来，走路也没那么沾脚了。在语文老师的带动下，我们并排走的七八个同学开始唱歌：雄赳赳，气昂昂，跨过鸭绿江；保和平，为祖国，就是保家乡……一路歌声，忘了走了十几里路的劳累。回到学校，其他的同学都散了，我们还有十几里路，要走着回家去。我的语文老师叫住了我，往我手里塞了一个煮鸡蛋。我瞬间有点想哭，但还是忍着没有哭出来。

等待出成绩是一件漫长的事情。夏天的高干梁，忙碌是主题，忙着给牛割草，忙着给地里送水，忙着帮大人打理家务。我对成绩既是期待的，又是畏惧的。我怕我考不上，家里不让我念了。

出成绩那天，我很早就到了学校，同学们也到得很早。我的语文老师在七月底的校园里像一朵盛开的玫瑰。她笑着迎接我，跟我说，祝贺你啊！我不知道老师祝贺我什么，我疑惑地看向她。老师接着说："祝贺你考上了县一中，真是没想到啊！"

一切都在这句话里变了，我不敢相信这个事实，问老师："您没和我开玩笑吧？"

老师说："这种事情我怎么会和你开玩笑，咱们班一共考了十一个，你就是其中一个。"

班里三十二个学生，我居然考上了。就是这么神奇，县一中的录取分数线是二百五十一分，我考了二百五十二分。我的语文考试超常发挥，考了一百零五分，政治和历史考了九十分，所以在数学得了五十七分的情况下，我比分数线多了一分，险险地考上了。老师的笑脸在眼前有点模糊，这个消息对于我来说，意外而震惊。我也是连手中唯一考上县一中的。

回家的路仿佛长了起来，我走得满头满脸的汗。母亲正在韭菜梁割燕麦，我又撵到韭菜梁去。韭菜梁的野韭菜多，但比野韭菜更多的是李子树。去韭菜梁的路像一条大蛇，一头在高干梁，一头绕了几道山梁在远处。砂石地里的燕麦，长得比人的膝盖稍高一点儿。母亲半跪着，身子向前倾着，一点一点往前挪，身后是稀疏的捆好的燕麦捆。我去蹲在母亲跟前，也半跪着，一把一把拔着燕麦。母亲看了我一眼，没有说什么。生活的辛劳让母亲没有过多的心思去想孩子在想什么，她也有她操不完的心和烦心事。拔了一捆燕麦之后，我才对母亲说，我考上一中了。母亲手里的镰刀停了一下，但很快又动了起来。眼前的燕麦矮了下去，在母亲手里汇集成了一把，又被重重地按在身后的草腰上，捆成了一捆。

接到录取通知书的那天，父亲也回到了高干梁，身后是白驴，驴身上驮着父亲的铺盖和一些日用品。县城的铺子彻底关门了，父亲能回的地方只有高干梁。没有人问为什么不开铺子了，也没有人问父亲为什么回来了，一切都像没有发生一样，仿佛父亲从来不曾离开过高干梁。

04

父亲的眉头总是皱着

有时候，人和动物的关系远比人和人亲密。在高干梁，因为没有路，一头驴在家里就显得尤为重要。拉车、驮柴、进山出山、买东西都少不了驴来出力。最后，老白驴因为年老体衰，被驴贩子买走了。小白驴日益健硕，完全接替了它母亲的工作，成了我们家重要的组成部分。在高干梁，大家觉得白公鸡、白狗、白猫都是有灵性的，再就是白驴。果然，在之后的农活中，白驴的灵性逐步地显现，比如，它只让我大哥骑它；比如，拉车子人只需要拿根树枝指挥着它就知道左右；再比如，它驮东西必须要走在所有驴的前面。这在很多年都让大哥引以为傲。

现在，白驴仍然是家里的主力。父亲从县城回来之后，对地里的活要求得更加精细。别人家的地犁一遍、耱一遍，我们家的地要耱两遍。耱完如果还有大的土坷垃，就再拿刨子去打一遍。总之，不把地收拾得平平整整就不算完。而且，父亲对山货抓得更紧了。夏天折蕨菜，打毛桃，打李子，挖中药；冬天上山剁糖杆，割糖条。又养了一群山羊，家里的每一个人都忙得团团转。

雾气逐渐从馒头咀上褪去的时候，太阳就能照耀到高干梁的每一个角落，十来户人家在各自的地里忙活着。我提着个篮子顺着崖背山一直上去，翻过馒头咀，就随便找个地方去游荡，头道沟、二道沟、大阳山洼，或者是更远一点的大东沟和端梁。这些地方都有蕨菜，这些地方长蕨菜所有人都知道。我其实是没有目标的，有的时候甚至白跑一趟。

这两年，高干梁周围的树越来越少。靠山吃山，也会把山吃空的。据父亲说，他们刚来高干梁的时候，面前的野猪林、虎林树长得人都过不去，但高干梁人要吃饭、要盖房子，这些都少不了去山上砍树。短短几年，附近的山就被砍得只剩下半人高的灌木丛了。再随后，大东沟都被砍空了。这几年想找个像样的木头出来，就要去更远的杏树沟和更险峻的猴牙岔。野生蕨菜是喜阴和喜水的植物，它最能感知土壤和环境的变化。父亲说，以前离我们最近的大阳山洼，在放牛的时候蕨菜密集得要拿棍子拦腰打倒才能走路，随便在哪里都能找到，通常都是拿篮子朝回担着吃。但现在的大阳山洼秃得只剩下蒿草，有的地方连蒿草都没了，远远看着就像一块伤疤一样。蕨菜更是稀疏到东边一根西边一根的，能找的地方已经被人都捋了一遍。大阳山洼也被找蕨菜的人在山上踩出来一条条“之”字形小路。

才五月下旬，天气就异常地燥热，远处的山头看着都好像有一层灰一样。今年开春下了一点点雨后就再也没见雨的影子，山是干的，人的日子就不好过。蕨菜能卖钱，就被各种地搜寻。蕨菜挡得人都过不去，拿篮子朝回担的情景我们可能再也看不到了。为了增加一点重量，人们开始拿铲子铲蕨菜，白生生的根都被铲出来了，蕨菜便越来越难找了。

我从来不在大阳山洼多做停留。蕨菜少了，只能多跑路，跑别人不愿意去跑的路。每天从大阳山洼的山头上下去，到堡子湾，从大洼上爬上去，再从酸刺咀下来，绕回到二道沟，经过头道沟，再在小阳山洼上搜寻一番。

酸刺咀是别人不愿意去的地方，听名字就知道，到处都是酸刺，扎得人都进不去。但那里面的蕨菜又高又胖，只要忍着被刺扎走进去，每天都能找一点儿蕨菜。

山上倒不会冷清和寂寞，因为哪里都能听到人说话的声音和牛羊吃草时甩动脖子上挂着的铃铛的声音，叮叮当当，让人心里生出一种安宁。此时，会突然觉得山好大，这么多的人和牛羊骡马都在山上，彼此只能听见声音却看不见，也是一件有趣的事。

脑子里想着，脚下却没有闲，酸刺咀到了。每次到这里，我心里都要挣扎一番，本能地会畏惧一阵子。我觉得酸刺这个东西，是所有木头里最难被处理和消化的——你拿它当个木头吧，它没办法做成任何家具或者农具；你不拿它当个木头吧，它又时不时地横在你面前；当柴烧吧，太扎人；不当柴烧吧，多了也是人的麻烦。

酸刺好像是背负着仇恨生长的，长得歪歪扭扭，把自己心里的不甘和戾气转化成枝干上的一根根利刺指向周围的草木，也隔挡着人进入它的领地。不被打搅的地方总会成为动物的领地，这里曾经是长虫的地盘。

多年的生长，酸刺咀上的酸刺已经快三米高了，枝干粗壮，利刺反而少了一点。顶部依旧张牙舞爪，但靠近地面的地方反而有了很大的空间。有人就尝试着从底下进入酸刺咀的中心位置，果然发现了很多好东西——蕨菜、穿地龙、柴胡、黄芪、党参……据说，有人在酸刺咀找到一株穿地龙叶子挖下去，就挖了三蛇皮袋子根，说那里的柴胡挖出来有指头那么粗，蕨菜有半人高……

一个人能进去，一群人也能进去。等酸刺咀值钱的东西都被挖走换成钱的时候，长虫也散得差不多了。幸好蕨菜是多年生的植物，不然也会被连根挖走吧。现在的酸刺咀，已经是一个谁想进就能进的地方了，但为了几根蕨菜被酸刺扎，也不是人人都觉得划算的事情。只有我这样的人才愿意多来，因为不管咋样，这里都比外面的蕨菜多一点儿。

我不得不这样勤劳，因为我得在山上给自己把学费刨出来，所以我给自己定了一个小目标，每天铲不够十斤蕨菜就不回家。十斤啊，要一根一根地在山上找，其实仔细想想，也是一件让人崩溃的事情。走了好几个小时的山路，我有点累了。看着酸刺横七竖八的利刺，我心里有点气馁，可再看看身后瘪着的袋子，心里默念着十斤的小目标，眼一闭心一横就进去了。

刚朝里一走，头发就被酸刺挂住了，扯得我不由自主仰天长叹，挣个钱咋这么难？在高干粱，挣个钱是真的难。在这茫茫大山里，人能仰仗的只有大山，可山上的产出越来越少了。我费劲巴拉地钻进酸刺咀的深处，里面的艾蒿和其他杂草因为干旱，底部的几层叶子已经蔫了。人在杂草间踩出的路白晃晃的，散落着许多个重叠起来的脚印。我把自己的脚也踩上去，猫着腰，左右打量着，看能不能在草的空隙里找到别人遗漏的蕨菜。

很多时候在山林间我都觉得自己是个贼，总是睁大眼睛左顾右盼，前瞻后顾，看哪里能找到自己需要的东西，然后拿走。夏天是蕨菜，秋天是野毛桃和李子，冬天是糖杆和糖条。我们总在山上流连，搜寻，总想从这里带走点什么。

今天的酸刺咀上蕨菜非常少，我转了好几个圈圈，只折了几根，一根还被酸刺把头挂掉了。看着手里的几根蕨菜，我从心里觉得疲惫。今天出来都两个多小时了，感觉袋子里的蕨菜还没有两斤重，离目标太远了。我在地上坐着休息了一下，思谋着下一步应该去哪里。酸刺咀的地界上，到处是挖了穿地龙之后遗留下来的土坑。用我们的话说，好像被野猪拱了。但长这么大，其实我们根本就没见过野猪，也不知道野猪把地拱了是什么样子，但一些话就这样流传了下来，没有见过的人只能从这些话里去猜测。

明天又是回学校的日子了。我考上县一中，家人还是很高兴的，特别是母亲。只不过我没有赶上父亲在县城的好日子，只能在学校住校。我们一个月有十五块钱的助学金，然后就是自己带够一周的馒头。想想要去学校我就发愁。夏天，馒头放两天就馊了，第三天就有了霉点。大部分同学都是吃两天，到第三天就把馒头皮剥掉吃。后来有聪明的同学就把后三天要吃的馒头晒干带上。不宽裕的年代，什么都是稀缺的，家里连一斤油都不敢多吃，蒸馒头是所有馍馍里面最节约成本的。单一的生活让人厌倦，单一的食物同样让人受不了，但馒头仍然是我们每周都要带走的必需品。

面对宿舍里其他家境好的同学带来的油旋饼和卷了香豆草的烙饼，我除了深深地馋着，还有一点无法说出的自卑。贫穷在某种程度上更多的是不自信的代名词。

一只屎壳郎从我脚边爬过，奋力地推搡着一颗粪球，但它的路被一个土坷垃给挡住了。相对于我，土坷垃也就比拳头大点，但对于屎壳郎而言，挡在它面前的就是一座山。这个家伙完全不懂变通，面前挡个山，你倒是换个方向啊，它不，在原地用几个爪子蹬得尘土都起来了也越不过这个土坷垃。看得我哑然失笑，用手帮它把土坷垃搬开，心说：这下一片坦途，你就赶紧回家吧。结果这个家伙一看眼前的“山”骤然不见了，被吓了一跳，自己辛苦滚的粪球也不要了。这会儿知道拐弯了，挥舞着爪子隐入一旁的草丛中，一会儿就没了踪影。

指头肚肚大的粪球就这样被扔下了，在屎壳郎的加工下，它更像兔子拉出来的一粒屎蛋蛋，不知道那个笨家伙会不会回来找它的战利品。我得继续出发了，眼看着阴凉从山脚蔓延了上来，再不动弹天都黑了。

太阳从远处的米缸山快要跌落的时候，我也走在了大阳山洼的山梁上。远处一片红晕，太阳剩下了一半脸，明天又是一个好天气。我掂了掂背上的袋子，也有点分量。在最后的搜寻中，我总算又找到了一些蕨菜，离我的小目标应该不远了。

从崖背山上一路小跑下去，牛羊也从瓦窑坡上来了，尘土飞扬中，分散进了各家的棚圈。村庄黯淡了下去，高干梁的一天就这样结束了。

假期的时候，我借到了好几本书，连同我的成绩单一起背回了高干梁。初中新增了英语，学习的难度更大了。这次期末考试，我的数学和英语都六十来分，一边发愁怎么向母亲交代，一边又对“闲书”痴迷不已。背回去的书自然不会让母亲看见，成绩单却无可避免地要给母亲看。母亲看了一眼没说什么，但深深的沉默还是让我感觉到了她的失望。沉默换来的也只有沉默，一切都不知道从何说起。从小在外面念书的经历让我内心很敏感，我能捕捉到别人的情绪变化，然后会深深地感觉是自己不好，从而更加不愿意解释什么，用沉默给自己做一副铠甲，将所有我认为不好的东西都拒之心门之外。“闲书”成了我唯一的慰藉和庇护，我在书里能打开心扉，跟着主人公的命运起起落落。

假期不会闲散到只让我们看书打发日子。家里人是期盼着这个假期的，要夏收了，多一个人就会多一份分担。学生干不了别的，放个牛羊、给地里送个水什么的，那是非常顶用的。

蕨菜随着季节结束了，李子和野毛桃成熟还要一段时间。我领到的任务就是放一群山羊。我不喜欢这些山羊，它们就像在屁股上点了一把火一样，一会儿跑上这个山头，一会儿一溜烟跑到那个山脚。我拿着书找个地方，屁股还没坐热，羊就已经没了踪影。一天下来，把我自己也弄得跟个猴一样上蹿下跳，筋疲力尽。

放羊的日子是忙乱的，但又是寂寞和漫长的，我不甘心被这些羊牵着鼻子走。山上的野毛桃树枝纤细而柔软，我想起父亲编的笼子、背篼什么的。大的我肯定编不了，就倒腾着编缩小版的。按着记忆，我边走边折一样长一样细的枝条，折得差不多了就开始打底子。记忆真的不是那么靠谱，跟着羊爬了三个山头也没打出个底子来，倒是桃枝丢了一把又折一把。事实证明，我不是个聪明的孩子，但绝对是个犟孩子。中午之后，我终于把底子套在一起圈了几圈。底子成了，剩下的就好办了，一圈一圈地编上去就好。

比一个大苹果大了一圈的笼子就在我的手里诞生了，但我不会收边子，试了好几次都没有收到一起。这次我不犟了，天快黑了，拿回家，让父亲给我收。

四十瓦的灯泡下，嫂子端了一桌子浆水面。一尺八的大锅，做了满满一锅饭，一轮舀下来就剩一半了。除了刚刚两岁的侄子，家里全是能吃饭的。劳累一天，这会儿的一碗面不光是安慰着身体，更是对心灵的一种安慰。人苦死苦活的，不就是为了吃饱肚子吗？而浆水，是对灵魂的一种安慰。只要有野菜，只要家里有个女人，浆水就是无穷无尽的悠长。无论冬夏，只要想做，浆水就会存在。

我拿着自己做的篮子挤到父亲跟前。母亲已经用眼神示意过好几次了，她希望我好好吃饭，不要打搅父亲。她不喜欢没规矩的孩子，不喜欢孩子哭闹、撒娇、黏人。但今天不行，我必须让父亲给我把笼子边边锁了。父亲没有母亲那般严厉，我又是他最小的女儿，所以偶尔，父亲会纵容我在他跟前撒个娇什么的。看着我编的小笼子，父亲忍不住笑："我的老女子还有这个手艺呢。"

母亲气得白了父亲一眼："女娃娃，不说学着缝个鞋垫子，绣个花，一天净捣鼓这些东西。学习学习不行，光顾着看闲书，我看你以后咋办？"

母亲积攒的情绪在这一刻被这个小笼子诱发了出来。我不再黏着父亲，端起碗就朝嘴里扒饭。浆水和葱结合在一起迸发出了新的清香，在唇齿之间划过，去了肠胃。我怯怯地看着我的小笼子，不知道接下来它会怎么样。

高干梁的夜晚静谧得能听见自己的心跳。透过窗帘的缝隙，星星就在眼前眨眼，大咀山连着天空，夜空这么低，又那么远。母亲的话让我心里吃力了一下。小学一毕业，我和我的小连手们就没那么亲密相处的时间了。二姐高我一届，在乡上的中学上学，我去了县一中，天明也去了乡上的中学，有田和女子不念书了，有福小学还没有毕业。我问女子，咋不去乡上念初中？女子手里提着一只鞋垫，一边缝一边说："我父亲说了，女子娃娃，念那么多书有什么用？早早学着做针线和茶饭，将来不要被婆婆家嫌弃。"从小耳濡目染，在大家的眼里，一个女娃娃，能不能念成书都是次要的，但不会针线和茶饭，以后是要吃亏的。在娘家怎么都好说，一家人，没人和你计较啥，但嫁到别人家里，别人就要拿你当一口人用。

我已经十五岁了，如果念不成书，最终的选择无非是嫁人。其实是没有选择的选择，只能是嫁人。若是嫁人，我必定不能再像现在这样看书了，也必定不能再去看外面的世界。难道女娃娃生来是没有选择的吗？那这个世界要女人干什么呢？只是为了生孩子，伺候一家老小，然后孤独地死去吗？很多年长一点的奶奶和阿姨，最终都失去了自己的名字，即使有人问起她们的名字，也会是一个讳莫如深的笑容和不愿启齿的羞赧。被遗忘得久了，她们也跟着遗忘了自己是这世上的组成部分。

我越想越忧伤，在静谧的夜里，第一次思考女娃娃的命运和出路。其实这何尝只是女娃娃的命运和出路，连有田这样的男娃娃也逃不出命运。他妈说了，念书光是个花钱、费粮，不如回家种地，钱攒下了早早娶媳妇，早养儿子早得济。或者，这是在高干梁长大的所有娃娃都要面临的抉择，二选一，没有其他。

第二天天刚亮，父亲照旧在院子里咳嗽着，清了清嗓子之后开始喊大家起床干活。在县城的几年，并没有改变他的生活习惯和做事的风格。我也爬起来准备去放羊。拉开窗帘的一瞬间，我居然看见外面窗台上放着我的小笼子，边子已经锁好了，像拧好的绳子牢牢把散落的枝条归结到了一起，细密，紧凑。笼子圆圆的，深红的枝条还没有失去水分，要不是敞开的笼子口，真让人觉得它是个苹果。一夜的忧伤被这个小笼子给冲淡了，隔着玻璃，我对着笼子傻笑。

夏收之后，人就能稍微缓口气了。父亲却不会让人清闲，他喊着大哥他们去山上割来指头粗的枝条子，谁闲谁就去编笆子。牧场那里的糖厂年年都收，一个八毛钱。尺寸是一米五乘两米的，盖房的时候铺在椽子上面挡泥。有过编笼子的经验，编笆子就是小儿科，竖着放五根当肋条，只要正反编上去两根，剩下就光朝上套就行了。我每天放羊回家，顺带着还要编两个笆子才睡觉。

眼看着就要开学了，父亲的眉头却总是皱着。虽然他没说什么，但我猜测，是与我和二姐的学费有关。哥哥那天拉了高高一车笆子，才卖了十几块钱。我摸出成绩单看了看，学费一百四十八元。如果编笆子，得卖将近两百个笆子才能凑够我的学费。麦子还没有碾，秋田粮食还没有拉回打麦场。就是想卖两袋粮食也没有什么可卖的。

我不知道说什么，每天回家就赶紧编笆子，书再也顾不上看了。心想，我绝不能让自己辍学了。脑子里想着事情，手里却没有停下来。在丈量了长度之后，一个新的笆子编好了，但中间放的肋条长了，得把它收拾得和其他的一样长才好看。为了省事，我没有去拿斧头和垫的木头，而是拿了割条子的镰刀准备把它削下来。左手提溜着肋条，右手举起镰刀，手起刀落。肋条还是那个肋条，我却跳了起来，中指和无名指上血顺着指尖朝下滴。我没有喊叫，也忘了疼痛，一时之间不知道要怎么处理。我旁边站着个来串门子的小伙子，一看我把手指砍伤了，急着冲进厨房喊我大嫂。我大嫂拿起火柴盒跑到我跟前，把那两块黑皮撕扯下来裹到我的伤口上。我有点木然地看着大嫂，心说这样有用吗？

手指滴血的速度慢了下去，两块黑皮牢牢地粘在了手上，大嫂又拿布条把两根手指各包了一圈才说："你看你吓人不，那镰刀幸亏是割了一天条子了，要是新磨的，只怕你这两根手指就不是你的了。"

父亲母亲回家，看着我包扎起来的手指，简单问了几句，我说没事，就再不管我了。相比于生活的劳累和辛苦，这些无关痛痒的小伤是可以忽略的。

后天就要去报名了，我和二姐好几次都想问问父亲我们的学费咋样了，但我始终开不了口，能不能去报名成了我们的心病。

第二天，我们家突然来了亲戚，大舅带着女儿女婿来了。父亲母亲很高兴，宰了家里的一只鸡，让大嫂给亲戚们做蒸鸡吃。大舅看见我和二姐，问我们咋还没上学，我说明天才报名呢。父亲接过去说："唉，学费贵的，一学期就要一百多。我正愁的，明天这两个的报名费在哪里呢。"

舅舅说："学还是要让上的。这样子，你看差多少，我给娃补上。"

本来无意的一场聊天，却让舅舅给我花费，父亲有点儿不好意思地搓着手说："这怎么好意思呢！唉，你看这事情弄的。"

舅舅笑："你还谦虚上了，我们这几年年年来麻烦你们，你们家的鸡都没少吃。再说，我是娃的舅舅，给娃给个学费咋了？"

舅舅尽力说着让我们心安理得地接受的理由，但父亲仍然觉得手足无措。我也觉得不好意思，就躲了出去。日子从小就没让人觉得宽裕，无形之中，对于钱，我们有着比别人更强烈的敏感。

学费的事情解决了，第二天，我和二姐背着书包去报名。爬上大咀山的时候，几片云彩跟着风在不远处嬉戏，云彩之下，山连绵不绝。

手上的伤结痂了，火柴的黑皮仍然粘在手指上，我试着撕了几次，扯得皮肉疼，就放弃了。一周以后，我蘸着水把黑皮一点点地剥离，却发现中指第一节手指弯了下去。我试着把它扶直，但一松手，它又弯了下去。再试了试，也不影响什么，就再不管了。从此，这节手指再也没直起来。

学校的生活千篇一律，只是我看到的“闲书”更多了。英语和数学依旧一塌糊涂，学不进去，就愈发地想看书。我也对自己的未来充满了迷茫和惆怅。

转眼到了寒假，高干梁的日子并没有清闲下来。天还没亮，大哥已给白驴槽里添好草，再给它挖一碗大豆加个料，然后回屋去喝茶吃馍馍。等他吃完，白驴也吃完了草料。大哥把白驴拉出来给披好鞍子，把麻绳、镰刀、斧头安置着绑在鞍子上，趁着黎明的曙光，和村里其他年轻人一起爬上堡子梁，朝大山里面出发。小年轻们不懂驴的辛苦，跷着二郎腿骑在自家的驴背上，只有大哥跟在白驴后面走。回来的时候，驴身上要驮将近二百斤的东西，大哥想给白驴节省点儿体力。

冬天是糖厂生意好的时候。烟熏炉子烧起来，把糖杆、糖条熏得柔软。三根糖杆套在三块打好眼的木头上，把木头等距离在糖杆上分开，把糖条像拧麻花一样在糖杆上交叉，一根一根地拧上去，直到排满，一个糖就拧成了。而拧一个糖是需要大量的糖条和糖杆的。

每年冬天，上山割糖条、剁糖杆也会成为家里的主要收入。高干梁凡是闲着的小伙子在冬天都会上山。

这两年去山上，一年比一年走得远了，近处的山上已经砍不出一根像样的木头。一般要三厘米粗细，木质坚硬，砍下来两头差不多，而且直溜的木材才能当糖杆，符合这样条件的木材也需要长三年以上。大哥从早晨出发，每天在山上能寻到的糖杆不过十一二根，运气好点能寻十五根。糖条相对好找一点，一天下来都在六百到八百根。冬天天短，等从树林里背出来，捆好驮到驴背上下了山，再交到糖厂回家，星星都出来了。每天能挣个不到二十块钱。

钱虽然少，但怎么着都是个收入。渐渐地，上山的人多了起来。

父亲也开始跟着大哥上山，每天割五百根左右的糖条，一根两分钱。放寒假在家闲着，我想着一开学又要交学费，就和父亲说，我也想跟着他们上山。父亲看了看我，犹豫了一下。我说："就带上我吧，割多少算多少，再不行了我给你们看着驴和行头。"

在山上，除了进山的人，还有各种飞禽走兽。乌鸦是智慧极高的生物，它总是循着味道来啄食进山的人带的干粮，往往等人从山上出来，干粮已被乌鸦祸害得八九不离十了。还有就是，驴会偷着跑，馍馍被乌鸦吃了顶多饿一会儿，驴要是偷跑了，那今天一天就白辛苦了，割多少都驮不回来。所以父亲再没有说啥，多拿了一把镰刀磨了起来，母亲也给我收拾了一双比较厚实的胶底鞋。

同样的时间，我们跟着启明星爬上了堡子梁，大哥把白驴拉住，跟我说路还远着呢，你把驴骑上。驴鞍子是父亲自己做的，贴着驴背铺着一块厚厚的毛毡。家里养着羊，羊毛很多，前两年的冬天，来了几个擀毡的匠人，除了给炕上擀了新毡，还特意给驴擀了两块垫鞍子的毛毡，这样鞍子就不会伤到驴背。

骑在披了鞍子的驴背上其实并不舒服，但总比走路省力气，而且人在高处，看得就比较远了。大哥说今天要去猴牙岔，那是我们上山能到达的最远的地方。不知道为什么，我对远方总是有着深切的执念。哪怕是要去最远的山上，也让我觉得期望不已。

走了两个小时才过端梁，常年上山，山梁上的路被踩得宽阔。几头驴三三两两地并排在一起向前走，其他人跟在驴后面。骑在驴背上看，前面的路没有尽头，身后的路正在远去。

林子逐渐地茂密了起来，猴牙岔也近了。听父亲说，再远就是甘肃的地界了。这里的每一个地名都起得随意，其实具体也不知道为什么叫猴牙岔，难道以前这里有猴？其实高干梁周围的很多地名都和事实不符，野猪湾没有野猪，虎林没有老虎，豹子台没有豹子，韭菜梁没有韭菜。所以，猴牙岔肯定也没有猴子。

相比于大东沟、大西沟、杏树沟、端梁，猴牙岔的植被要茂密得多。在这里，可以看见成片成片的桦树林，兔条杆密集得一眼看不过去，其他叫不上名字的树分散在各自的领域里，自成一道风景。

骑驴经过一条羊肠小道，两边的灌木即使在冬天，也完全把小道上空遮盖了起来，让人生出一种奇幻的感觉，仿佛经过了一片梦中的地方。

过了小道，就到达了今天的目的地。看着这个地方，实在想不出来猴牙上的岔在哪里，山顶是一片开阔的平地，在这里可以把驴的鞍子卸下来，前面是草场，驴就可以自在地吃草。等下午人出了山，再把驴找来披上鞍子，驮好东西回家。

一解开缰绳，驴就欢快地奔向草场。我们要去的是阴面的山，那里糖条更多一些。我第一次上山，父亲不让我单独行动，而是跟着他。穿进兔条杆编织的防线，就看见一丛一丛的枝条。我们就是要在这些枝条里找到指头粗细的割下来，再大概用镰刀清理一下小枝条，然后比画差不多的一个长度之后把枝头削掉，一根糖条就算成了。

镰刀很锋利，但我的臂力不是那么强，不能精准地挑选糖条，也不能很快地把枝条修剪掉，更不能精准地把握长度。所以好半天，我手里捏了不到十根糖条，算了算，我才挣了几毛钱。再看不远处的父亲，正在一丛枝子里面一根一根地割着，没一会儿脚边就堆了一捆。我的手腕已经开始酸麻起来，看着眼前的糖条也有点儿力不从心。等到中午大家会聚到一起吃干粮的时候，我悄悄地数了数，我割了不到六十根糖条。大哥从山上背来了十一根糖杆、一大捆糖条。父亲的看上去至少有二百根糖条。

干活都是趁早上，下午的时候就割多少算多少。山里是没有时间的，我们只是看太阳的高低推测是不是该回家了。父亲觉得差不多了，就让我去山背面喊大哥回家，顺便再看看大哥有没有需要我帮忙拿的。

这里不像其他地方，人多，牛羊也多。这里的山是空旷的，一个人走着，可以听见自己发出的任何声响，让人觉得有点瘆得慌。我不想下山去，就站在山边大声喊着大哥。很快，山就把我的声音又送了回来，也不见大哥回应。只听见一阵急促的声响踩着林中的落叶向山边上来了，我以为是大哥他们上来了，就不再呼喊，坐在山边等着。声响没有冲着我来，斜斜地穿过林边上了山梁，一下子就出现在了我的对面。居然是我从来没见过的三只动物，獠牙露在外面，粗壮的脖子上长着鬃毛，齐刷刷地用小眼睛看着我。我顿时觉得像被这目光穿透了一般不能动弹，脑子飞快地转着，这恐怕就是传说中的野猪吧。野猪盯着我看了足足有一两分钟，我就呆立在原地任它们看着。可能它们觉得我也没啥看头，齐刷刷地掉头，排着队爬上了另一个山包。直到看不见它们的身影，我才开始喊父亲。等父亲从山里出来，看着我脸色煞白，急忙问咋了，我说刚才有三只野猪过去了。

父亲说幸好你没跑，你要跑就麻烦了，这些家伙要发了疯可了不得。没一会儿，大哥也出山了。我说起刚才的野猪，他笑着说，可能是他们下山时把野猪惊动了，然后就让我遇上了，幸好我没事。

一天的光阴就这样过去了，驴身上或多或少地都驮着重物，压得鞍子吱吱嘎嘎地响。我们跟在驴后面，夕阳把每个人的影子在山梁上扯得老长，顿时有点《西游记》里跋山涉水的感觉。

长梁是去糖厂必经的路，在这里，我跟着父亲和大哥分开。我们抄近路先回家，大哥一个人去糖厂交今天的糖杆、糖条。我们回家很久之后，大哥和白驴才回到家。父亲挖了一碗豌豆给白驴，没有着急把毛毡从白驴身上揭下来，驴出了汗，怕着凉。一天了，也让白驴缓缓再进圈去。

第三天，我们还是早早出发，去的还是猴牙岔。没有再碰到野猪，但看到了好几个野猪窝。它们用牙齿把树枝的根部嚼断，在地上刨出的坑上把树枝一根根整齐地排放，就像蒙古包的顶子一样，远远看着像一件艺术品。

冬天的日子就这样忙乱着过去了，高干梁似乎没什么变化，但又在悄悄地变化着。

05

父亲的沉默和母亲的愤怒

人和土地的关系，貌似一直是人主导着土地的成长，但仔细想想，人其实是依附着土地生活的。土地里的产出直接决定着一家人的生活质量，也包括红白喜事的排场。

父亲在县城收了摊子回家的同时，还面临着人生中另外的艰难。我二哥和三哥都到了结婚的年龄，该娶媳妇了。为人父母，安顿孩子成家是必需的义务。盖房子、娶媳妇是人生中的大事。凡是大事，都和钱密不可分。但在农村，钱更多的是从土地获得的。一旦粮食歉收，一旦手里没有余粮，对一个庄户人家的打击就是致命的。

在高干梁，攒粮是一种习惯。我们只在新麦下来的时候象征性地吃一次，然后就囤起来，今年吃去年的，去年吃前年的，目的就是为了应对无法确定的年成。

那两年高干梁还算风调雨顺，家里也攒了一点粮食，还有那一群山羊和几头牛。一九九四年年底，父亲决定给二哥和三哥娶媳妇。两个人相差两岁，二哥又多念了几年书，两个人都到了结婚的年纪。父亲想着，能一起结婚更好，一场宴席就办了，可以节约一部分开支，也省得亲戚们再麻烦。

父亲从来都是一旦计划好一件事情，就会全力以赴地促成。从秋天开始，父亲就打发媒人给两个哥哥介绍对象，一遍遍地相亲。一遍遍，是因为父亲的为人、家道大家都很认同，但提起高干梁这个地方，很多人就会犹豫。毕竟是孩子一辈子的事情，一旦嫁进去，再搬出来的可能性就不大了。一辈子啊，哪个父母愿意拿自己女儿的一生去冒险？因此，这两门亲事说得并不顺利。

先是二哥的婚事。二哥是我们家里面念书最多的一个，高中毕业没考上大学，然后回村种地了。在大家的意识里，在土地上干活是不需要知识和文化的，力气远比这些虚无的东西重要。念过书的人大都力气薄弱，我二哥也不例外。所以人家一打听是念过书的，就不太愿意。兜兜转转说了七八处也没有说成，这让好强了半辈子的父亲很窝火。但这种事情又不是窝火就能解决的，只能再打发媒人，换个地方再说。某一天，父亲和一个朋友说起这件事情，希望朋友留意着，看有没有合适的姑娘给二哥介绍一个。朋友一听，笑着说："你给我说，就是瞌睡遇上枕头了。我们庄子上刚好也有这么个姑娘，高中毕业没考上大学。一般的小伙子又看不上，我去试着给你儿子说说看。"

父亲一听，反倒更犹豫了："一般的小伙子都看不上，能看上我儿子？再说了，两个人都念过书，能过好日子吗？"

朋友说："看你说的，正因为一般人看不上，才能轮到你儿子。念书的人看着念书的人顺眼。过日子这个事情，担子担到谁身上谁就知道了。"

父亲虽然还有疑虑，但被朋友说得再也说不出来什么话来，就只能打算试试看。

确实如父亲的朋友所说，两个念过书的人反倒看着彼此顺眼，相了一次亲就说可以。剩下的就是钱的问题。

三哥这边倒比二哥顺利一点儿。他从小就干农活，身强体壮，相貌堂堂，是别人眼里标准的过日子的一把好手。姑娘嫁给他，怎么看都觉得放心。

结婚是大事，那就容不得简单仓促。再说，钱也不是一步就能到位的。两家说好了，女方就会去看男方家里，如果没什么意见，看完家里接见面钱，这件婚事才算基本敲定了。接下来就是买衣服、订婚、认亲戚等一系列繁杂的程序。走完这些程序，到快娶的时候还要经历一场送彩礼、继续认亲戚的过程。到结婚那天，更是有许多的规矩和过程要走一遍。而这一切过程，除了人的劳累，更要钱的到位。

媳妇说下了，父亲母亲却更愁了。家里的三十几只羊、两头牛已经变卖掉了，又和亲戚借了一部分，但还是差一些。左右思量，实在是没办法，能借的都借了，能卖的也都卖了。现在还能变成钱的，就只剩下家里这两年攒下的上万斤麦子了。卖牛羊的时候父亲并没有多少犹豫，但真要卖这些麦子，父亲却犹豫起来了。

早些年的饥饿在人心里留下太多的阴影，没有粮食的恐慌，吃不饱肚子的惆怅仿佛还在昨天。麦子卖掉了，万一明年是个灾年可怎么办？这么一大家子人呢，没有粮食简直不可想象。明年的事情不是今年就能知道的，但今年的事情却是急需要解决的。

除留下足够今年吃的麦子以外，其他的都被卖掉了。看着空荡荡的粮仓，父亲叹了口气。

钱够了，事情就好办了，一次次地去县城，一场场地走程序。整个冬天，父亲领着二哥三哥忙活着结婚的各项事宜，直到在冬天快结束时，才把两个人的婚事给操办完了。

忙完两个哥哥的婚事，父亲整整睡了两天。他觉得，他人生中的大事就算告一段落了，为人父的责任义务也尽完了。接下来，就是三个儿子自己过光阴的事情了。但他不知道，生活中还有更大的危机等着他。

娶了儿媳妇的那年春天，天气就不怎么正常，从开春没有落一滴雨，麦子旱得根部干了一层，后来勉强落了一点儿雨，就紧赶着给上了点化肥。但到底前期已经欠了水分，等正常落雨的时候，麦子比起往年，长势就弱了许多。六月之后，又是好多天没有下雨。洋芋蔓蔫不拉几地趴在地上，没有一点力气；胡麻纤细的身子好像支不住开花的头，随时准备跌倒一样；豌豆底部的叶子像被火燎了一样；麦子长到膝盖就开始抽穗。一切都等着一场雨来拯救，但每天的晚霞都把高干梁照得红彤彤的，看得人心里也像要起火一样。

干旱让大家心里都开始恐慌。某一天的早晨，堡子梁的山梁上多了一面白旗，上面画着不认识的符号。父亲说，天太干旱了，这是祈雨的人插上去的。从那天起，我就天天听着白旗在山梁上猎猎地响。再看看天气，云彩不知道飘去哪里了，只剩下瓦蓝瓦蓝的天空。

那天雨终于来了，云彩像赶集一样朝高干梁的天空聚集，雷也虚张声势地跟着凑热闹。此刻的高干梁就像一口炒着豌豆的锅，厚厚的云彩像锅盖一样盖着，任由雷声像豌豆一样在锅里炸裂。早前大人一再给小孩子安顿，不许站在屋檐下，但大家盼雨的心情显然已经超越了对雷雨的恐惧，齐齐站在屋檐下等着雨落下来的那一刻。

炸裂的雷声变成了雨点从天空倾泻了下来，砸在满是尘土的院子里，又向四周溅起。逐渐地，整个院子都被砸满，无处可去的水滴开始拥挤起来，在院子里乱窜，又密集地朝低洼处汇集，再流向院子的出水口。

屋顶的青瓦喝够了，多余的水顺着屋檐扯成一条条线，在地上敲打出一个个酒窝。我隔着屋檐伸出手，任雨水冲刷自己的手。母亲在身后喊，不要拿屋檐水洗手，洗了是要长瘊子的。

雨来得快走得也快。就在我们期盼着能多下一点儿的时候，赶来了一场大风，几下就把云彩打散了。太阳欢欣地跑了出来。空气里弥漫着雨和泥土混合后略腥的味道。一场雨就这样过去了，对于干旱了许久的土地来说，这点雨只是浸润了一下表皮而已，土地还是干的。

小麦在灌浆的时候没有喝到足够的水，麦穗比往年足足瘪了一圈，个子也矬。明显地，今年的庄稼是要歉收了。几个老人坐在村头聊天时感叹，这只怕又是一个瞎年头。

好像就是一夜之间，麦子都像镀了一层金，麦秆、麦穗、叶子上都沾满了金黄的粉末。人要从麦田间经过，手上、裤子上都会沾上，人仿佛也被镀金了一样，看着都贵气起来了。

父亲看着麦子开始叹气，二十几亩麦子，无一幸免。即使收回去，麦粒也是瘪的。更何况今年这样的年成，麦子根本就没来得及长，甚至连麦草牛都不吃。对于去年刚把积攒的麦子卖掉的父亲来说，这个后果不敢想象。

现实是不需要想的，想也没用，这样一个后果出现了，人就只能面对。麦子是不行了，就指望这秋田粮食好一点儿，但秋田粮食的种植和麦子比简直是小巫见大巫，也是没有多少指望的。

在学校的日子因为年馑不好也跟着拮据起来。往常的白面馒头成了白面和玉米面掺杂着的馒头，偶尔烙的饼里再也没有了油。每周回去吃的都是玉米面窝头和汤面，吃一顿长面纯粹成了一种奢望。家里人都表情凝重，十二口人的大家庭，一点儿考虑不到就挨不到明年粮食下来，而明年还遥遥无期得很。况且，谁又知道明年是个什么年成。土地和气候要是无情起来，人就是蝼蚁般的存在。贫穷如影随形的时候，一丁点儿的矛盾都会被放大。

本来家里添了两口人，按道理劳力更多才对，但地里产出不多，吃饭都成问题，又是大锅饭，一来二去的，三个嫂子都不高兴，总觉得自己干得多了，对方占了便宜。

先是三哥和三嫂。三嫂来自一个盛产麦子的村子，对于粮食从来没有缺过。在我们家大半年之后，天天掺着玉米面吃，我们都受不了，更别说三嫂。因此，三嫂一回娘家就不愿意回来。她不回来不说，连三哥也一起不想回来。他们不回来就要家里两个嫂子多干活，大嫂心里不愿意，但不会说什么。可二嫂就不这么想了，凭什么我们干活，你们回来光是个吃？

女人之间的恩怨有时候不需要太多理由，可能一盒火柴、一勺饭、一个眼神、一句话就会成为两个人翻脸的起因。但是很奇怪，这次吵架的不是二嫂和三嫂，而是大嫂和二嫂。语言被揉成一个雪团，像打雪仗一样你来我往，你砸我一下，我必然要还你两下。你扔过来一个大的，我也必然会回你一个更大的。小小的院子，无处安放这些雪团，在密集的冲撞中，冲进了周围的邻居家，也散落到了整个高干梁。

这是我们家自搬迁到高干梁以来第一次因为家事被邻居围观。父亲历来豁达，母亲又知书达理，两个人这么多年没有大声地争嚷过。所以这次两个媳妇吵架，对于他俩来说，是极伤脸面的事情。说不成儿媳妇，只能骂得两个哥哥没地方站。最后以两个哥哥扯着自家媳妇各回各屋而收场。连着好几天，家里的气氛都是紧张而压抑的。在一番思量之后，父亲终于决定要分家。

这几年，父亲在院子的东南角又扩建了两间房子，本来门窗向着西面，但为了分家，又把门窗向东开了。日子穷了，连分家都是寒酸的。几个碗、几双筷子、一口锅、二斤油、一袋子面和两个水桶，再就是二哥自己的铺盖朝进一搬，一家人就成了两家人。二哥还分走了一头毛驴和几亩薄地，但对于两个念过书的人来说，这对他们的日子起不到任何作用。

本以为把二哥分出去家里的日子能消停一点儿，但在冬闲的时候，家里来了客人。来的人是三嫂的父亲——一个瘦削高大的老人，早些年当过兵。来了客人，家里自然是想方设法地招待，吃完饭喝完茶之后，老人开始吭吭哧哧地说明来意。

老人也是个命苦的人，一共生了七个孩子，两男五女。但两个儿子都在未成年时发生了不测，一个因病去世，一个因事故去世。老人就这样失去了儿子。没有儿子，家里没人干活不说，去世了连个上坟的人都没有。前几年老人还没有觉得怎么样，但这两年，随着女儿一个个出嫁之后，愈发觉得家里没个壮劳力是非常艰难的事情。这一个时期，我三哥经常去丈人家，老人一看，觉得这个女婿挺实诚，人也正直，所以这次来和我父亲商量，想让我三哥去他们家生活去。

老人的话让父亲一时反应不过来应该怎么回答。他好强了一辈子，若是打算让儿子入赘，当初又何必要卖粮、卖牛羊地给儿子娶媳妇呢？这结婚刚没两年，去丈人家算怎么回事？在传统生活中，大部分父母最后都是和小儿子一起生活的。况且，三哥是父亲最喜爱的儿子，父亲好多次都明确表示，他老了要和三哥一起生活。亲家的这个要求，对父亲来说是非常难以接受和无法理解的。

话不投机，但父亲也不会让亲家难堪，只说这件事情要和家里再做商量。三嫂的父亲走后，父亲坐在院子里的榆树底下好半天没有起来。从华兴村到高干梁，从高干梁到县城，又从县城回到高干梁，父亲的心高气傲就像磨盘里的麦子，一次次地被重复碾压，一遍遍地粉身碎骨，仅有的一点儿梦想也快被生活挫骨扬灰了。他此刻只想一家人在一起好好过日子，但很明显，这只是他的一厢情愿。

那年春天，春雪在二月一遍遍地撒，高干梁的路烂得和散饭一样，哪儿都是稀泥。三嫂在整个冬天都没怎么在家，连同三哥一起待在娘家。三嫂的父亲一遍遍地穿梭于自家和高干梁之间，一次次地对父亲说着自家的难肠和没有儿子的凄凉，动情处还抹着眼泪。

父亲问过三哥好几次，对这件事情什么意见。三哥只是沉默着不说话。两个人中间好像隔着一座山，山高得让两个人都看不见对方的表情和心思。几番沉默之后，当三嫂的父亲顶着春雪，踩着烂泥再一次来到高干梁时，父亲点头同意了，让亲家选个日子，他送三哥过去。这么长时间，三哥的行为和沉默让父亲接受了这个现实。看来，想让三哥去不仅仅是亲家的意愿，三哥自己也是要去的。

亲戚们得知这个消息时都很诧异，明明媳妇已经娶进了门，为什么还要反过来再入赘到人家家里去，这是什么道理？甚至有邻居说，父亲是养活不了这一大家子人了。也有人说，父亲是因为贪图亲家的家产，才让三哥去丈人家的。

父亲在答应亲家的要求之后似乎瞬间苍老了下去。在他答应这个要求时，就意味着他的脸面也掉落在了烂泥里面，再也捡拾不起来了。但亲家的执着和眼泪，以及三哥的躲闪态度让他心里难受。

三哥走的那一天是个星期天，一众亲戚都来相送。丈人家雇了一个班车在华兴村等着，我们踩着烂泥穿过村庄，经过大场，爬上大咀山。三哥看不出来高兴还是不高兴，三嫂早已经兴高采烈地回去做待客的席面去了。

班车走了一个多小时，路过了很多个村庄，最终还是爬上了一座山，在半山腰停了下来。这是山腰上的一个村庄，车停在一座没有院墙的院子里，三间房子外带一个小厨房就是这家人的全部家产。我站在院子里看了半天，房子是旧的，院子也不大，这哪里像是有钱、有家产的样子嘛！除了不翻山，我也没看出来这里和高干梁有什么区别。高干梁的山上好歹还有个树，这里除了蒿子，再没有其他东西。

比起迎娶三嫂，我们送三哥过来就显得冷清多了。两家亲戚简单地吃了个便饭就准备走。三哥送我们到路口，这边的邻居也都撵出来看热闹。离别就在眼前，此后再回高干梁，三哥就是客人了。父亲什么都没有说，安顿亲戚们都上车之后，自己也上了车。车子缓缓驶离，下了坡之后，我回头再看一眼路口，三哥还在那儿站着，而父亲已经忍不住抹起了眼泪。这是我第一次看见父亲落泪，他使劲忍着，但眼泪还是让他狼狈起来。亲戚们都扭头看着窗外，他们也不明白，三哥来这里的意义是什么，出路又是什么。或者，世上的一些事情是不需要理由的。

三哥三嫂的离开让家里宽敞了起来，我和二姐被安置在了碎房里，终于有了自己的空间。本来以为二哥分出去了，三哥也走了，家里应该能平静下来，大家好好过日子，只要年成好了，日子自然就过得去。可这种平静并没有持续多久。对于清贫的日子来说，任何事情都是人心里怨气的开关。二嫂读过书，娘家住在公路边上，家里的哥哥姐姐也有书读得好的端上铁饭碗的。对于婚姻的选择，她看中的是二哥身上读书人的气质，但具体到过日子，具体到干农活，这些气质比起一把力气来太微不足道了。二哥已经很努力了，但日子还是穷得没有一点儿可以指望的地方。几亩薄地，种了麦子就没办法种秋田，山上挣的一点点钱，只够维持油盐酱醋。贫贱夫妻百事哀，争吵就这样没完没了地开始了。

在小侄子一岁的时候，两个人的矛盾已经愈演愈烈。读书多道理就多，两个人谁也说服不了谁。二嫂数次愤怒："这是个什么破地方，在这儿指望你能把日子过好，我就跟你姓。我咋这么倒霉，大眼睛睁上嫁到了这山沟沟里，我图啥呢？"

二哥自然不肯示弱："你嫌这地方不好，嫌跟我倒霉，你去啊！看上哪儿走哪儿。"

二嫂真的走了，没有和二哥打招呼，也没有带走小侄子。就在五月的一个早晨，她消失在了高干梁的山梁上。小侄子的哭声惊扰到了二哥，他爬起来急忙哄侄子。侄子哄好了，二嫂却不见回来，他才意识到二嫂走了。

吵架归吵架，人走了是很严重的事情。二哥第一时间去了二嫂的娘家，但并没有找到二嫂。小侄子在哭了两个晚上之后，也只好接受母亲不在的这个事实。整个夏天，二哥一边种地，一边奔波着找二嫂。小侄子寄放在家里，久了，侄子就蜷缩在大嫂的怀里不肯下来。

收割大豆的时候，二哥终于打听到了二嫂的消息，听说是在银川的罐头厂打工。二哥丢下家里的活计，坐着车去了银川。

早些年，就有移民搬迁的政策，当时是朝平吉堡奶牛场附近的一个叫芦草洼的荒滩上搬，说是平原、水浇地。高干梁也搬走了一批人，但是去也是吃尽了苦头。风沙大，地不好种，又没有能挣钱的地方。但再回来吧又回不来了，只要一走，地和房子就都留给家里的弟弟了，还咋回来？回不来就只有咬牙坚持着，十几年过去，那里慢慢地好起来了。户口什么的也都正规了起来，再想去就得花钱买宅基地，一般人也拿不出这个钱。

二嫂的两个哥哥就是早些年搬走的那批人，现在生活稳定了下来。二嫂当时离家出走，去的也是两个哥哥家里。在那里待了一段时间，就在别人的介绍下去了罐头厂打工，一去她就不想再回高干梁了。现在在这里只要你勤快，就能挣上钱。而高干梁的日子，就像一潭死水，稍微一使劲，水就舀干了，人就要活在恐慌和无助中，看不到指望。

二哥找到二嫂的时候，二嫂刚下班。离开高干梁三个多月，二嫂皮肤白了，人也变得洋气起来。反倒是二哥，风尘仆仆的，有些狼狈，面对二嫂倒有点不好意思。

几个月过去，两个人的怨气早散得八九不离十了，彼此也就心平气和地商量下一步的日子咋办。二嫂在这几个月已经想得很明白了，她对二哥说："日子我跟你过呢，但跟你再回高干梁是不可能的了。我这几个月在这里也看着呢，搬迁到这儿的人虽然苦大，但日子活泛，挣钱容易，就是人下点苦也是值得的。你要想和我过，就回去收拾了上来，先跟我哥哥借个房落脚，咱们俩再一起打工，过两年就能在这儿安家。你要是还想守在高干梁，我也没话说，咱们就好聚好散，离婚各过各的。实话和你说，高干梁我是看透了，再过多少年，那个地方还是不会有什么变化。"

二嫂该说的话都已经说明白了。二哥沉默着，思量着。家是要两个人经营的，二嫂走了这几个月，二哥又是种地，又是带孩子，也是吃尽了苦头。既然二嫂执意不回去，那就搬吧，反正在哪儿都是下苦，一家人在一起总是好的。

两个人聊完，想法达成了一致。二嫂给了二哥几百块钱的盘缠，让二哥回去安顿着搬家，她在这边一边上班一边找哥哥借房子，等着二哥和小侄子。

季节到了深秋，地里所有的庄稼收完之后，二哥就开始着手搬家的事情。分家几年了，家里还是当初的那些家当，除了当用的，再也没啥好收拾的。磨了几袋子面，装了几袋子洋芋，铺盖一卷，儿子一领，二哥就可以离开高干梁了。

父亲让大哥借了几头毛驴，帮二哥把东西分批驮到粮站那边。自从移民搬迁之后，每天都会有一趟长途班车从粮站经过。最后一趟东西要驮走的时候，父亲站在院子里默默地看着二哥和小侄子。语言在某些时候是苍白的，说了不如不说。短短大半年，两个儿子从这个家里走出去，自此就是客人了。这让父亲从心里很自责，是自己没给儿子置办下家业，这个家没能留住儿子。甚至二哥要走，他都没能力给二哥添一点点钱。所以能说啥呢?

相比于父亲的沉默和自责，母亲是愤怒的，谁要走就让走，谁的本事大就让去。生活中已经有太多的无能为力，即使伤神了还是无能为力。母亲把一个包裹塞给二哥，里面是她给侄子缝的棉衣棉裤。她已经尽力了，半辈子在土地上劳作，半辈子都没有宽宽展展地过过日子。粮食要省，油要省，钱更要省，连高干梁最不缺的洋芋都要省，时常连个洋芋皮皮都不敢削。所以对于儿子要走，母亲除了愤怒，更多的是无奈。

大哥赶着驴，二哥背着儿子一前一后从大门里出去了。母亲终究没忍住，撵出去又给二哥安顿，不忙了就领着娃回来看看。二哥点头，跟着大哥的脚步离开了。

离别的伤感只是人的情绪，高干梁的沟沟洼洼和树木花草仍旧各自在各自的地盘上存在着生长着。谁来了，或者谁走了，和它们没有任何关系。

不大的院子愈发冷清了起来，冬天很快就来了。父亲和大哥仍然去山上割糠条剁糠杆。三哥两三个月走一回亲戚，每次都骑一辆老式的飞鸽自行车。三哥朝来走得三个多小时，然后把车寄存在华兴村，自己走过来。我们都在回避讨论三哥搬过去之后过得好不好的话题，似乎不谈，就是过得好。母亲有时候看着大咀山会念叨：不知道二哥在那边冬天是咋过的，不知道洋芋能不能放到春天，不知道带去的面够不够吃。没有电话，没有书信，所有的消息只能靠托人捎话来完成。但高干梁又太闭塞，不是每天都会有人往来。所有念想都被大咀山挡得死死的，久了，也就剩下一声叹息了。

穷是一种连锁反应。地里不产出了，吃的用的，穿衣吃饭都会大打折扣，连带着牛羊连草料都没有。两个哥哥的离开并没有给家里腾出来多少资源，除了院子空了，日子还是一如既往地焦灼。指望似乎就是没有指望，在一年的庄稼歉收之后，高干梁又有几户分家另过的年轻人离开了。他们去别处也是借别人的房子住，然后慢慢地再打工凑钱买房子。驴驮着东西一趟一趟地朝出送，各家的父母跟在身后安顿着自己能想到的所有事情，拉着孙子的手抹了好几遍眼泪。特别是三蛋的妈，舍不得儿子走，就跟着儿子的脚后跟一个劲地说："去那边啥也没有，我的娃可怎么活？"儿子听得心里毛躁，回了母亲一句："你老人家就放下心，人家去的人都活得好好的。"

无论怎么不舍和挽留，这几个人终究是走了。高干梁又空了一点。堡子梁上插着的祈雨的白旗现在只剩下一根旗杆，再过一阵子，旗杆可能也就倒掉了。

二姐高我一届，中考成绩并不理想，复读也是无望，最终去了外面打工，每个月寄点钱回来补贴家用，有时候也会给我写封信说说她在外面的生活。每次看着她的信，我都会无端地难过一场。

紧跟着，我也即将面临中考，而我却抱着一本《简·爱》看得唏嘘不已。数理化始终是我的弱项，对于中考，我没有任何的把握。没有把握就不知道怎么办，不知道怎么办那就先看会儿书吧。以前的中考是要么考高中，要么考中专，只能选一项。大部分人选择考中专，学制短，出来包分配工作。但就在我中考的那一年，我们不用选择了，考不上中专可以上高中。中专无望，只能寄希望于高中。看着周围的同学，我在想，高中我们还会是同学吗？

年成仍然不好，天气在该下雨的时候不下，不该下雨的时候连着下。属于高干梁风调雨顺的年成再也没有了，种地都是靠运气。带去学校的馒头掺的玉米面越来越多了，我的舍友倒是稀罕得紧，因为她们没见过白面和玉米面做成的夹层馒头，白的一道黄的一道，光看着是好看。这是大嫂在日子艰难中创造出的花样，好歹好吃了一点点。中考越来越近，我的心也越来越慌。考不上怎么办？上不了高中怎么办？面对未知和不确定性，每个人心里的恐慌是一样的。

十六岁应该是个简单、美好而充满憧憬的年纪，而我却已经看到太多的无可奈何和生活对人的蹂躏。方寸之间的高干梁有些许美好之后，更多的是困顿于其中的无助。

忐忑与无助之间，该来的还是要来。我的恐慌变成了现实，中考成绩一塌糊涂。走在回高干梁的山路上，太阳很晒，我却没有丝毫热的感觉。山路白晃晃地刺眼，像一条蛇一样连接着山顶，路两边的蒿草被晒得蔫头耷脑，和此刻的我是一样的。今年又是一个灾年，持续的干旱让山干得都快起火了，庄稼更不用说。

走到山顶的时候，刮来了一阵风，几株山丹丹花跟着风向我挥手。我过去折了一枝，看着它妩媚而娇俏的花瓣，再看看远处绵延不绝的群山，我真想对着某个方向哭一场。

家总是要回的，家里人都去地里割麦子了，我喝了一点水，拿着镰刀去找要割麦的地。我没有太多的时间去悲伤我的未来，和未来比，眼下的生活还是要顾及的。自从二哥三哥走了以后，家里能干活的人就这么几个了。

天气旱得到处都是白晃晃的，太阳精神地挂在天上，周围连朵云彩都没有。麦子地里也呈现出一种不正常的灰白，书上说的金黄色的麦浪滚滚在今年根本看不见。麦穗和蚂蚱一样在麦秆上趴着，我们管这种麦子叫苍蝇头。今年的麦子很薄，割好半天才能捆一捆。

父亲蹲坐在田埂跟前磨着镰刀。大哥大嫂在不远处弯腰向前割着。母亲也在地边半跪着向前，一伸一展间，面前的麦子就会少一片。不好的麦子麦秆上自带着一层灰。这样的天气，早一天割早一天了，再迟就没有捆麦子的草腰了。我绕过父亲跟在大嫂身后割起了麦子，母亲扭头看着我，我低下头不肯看她。父亲在身后问："考得咋样？"

我左手攥着手里的麦子朝怀里拉，右手使劲拿镰刀在麦子根部割过来。镰刀有点老，一下没割断，倒割进了土里。再把镰刀退出来割二遍，一把麦子抓在手里，麦秆好像没有筋骨一样，绵绵的。我回头看着父亲。父亲的脸上，汗水把落下的灰冲刷得条条绺绺的，手里忙着的父亲顾不得抬手擦一下。我叹口气说："没考上。"

父亲抬手抹了一把脸上的汗，又低头磨镰刀。我转身，又抓起一把麦子割。大哥大嫂也停了一下，回头看了看我，又开始弯腰向前。这是我们家里人的优点，说了不好，就再也没人问了。

一把一把地攥麦子，一镰刀一镰刀地割，眼前的麦子一点一点倒下去。身后多了一条路，镰刀就是开路的工具。到了下午，一块地割完，路也断了。父亲、母亲坐在麦子捆上缓着。大哥拿着镰刀在地埂上给牛割着蒿草。大嫂收拾东西准备回家做饭。我朝一块儿拉着麦子捆。一会儿，割倒的麦子还要拉到一起码起来才能结束。

太阳还在阳山洼顶子上探头探脑的，再过一会儿它会被拽走，天色就会暗下去。牛羊已经从山上一伙一伙地下山了，等在沟底的放羊娃等着收牛羊。当牛铃铛在一起打起拍子合唱的时候，瓦窑坡就热闹起来了。

收麦子的时候，我们总是回得比牛羊晚。把麦子码起来之后，还要找着给牛羊割草。割上之后捆好，一人一捆背回家，大嫂的饭已经做得差不多了。我和哥哥开始给牛铡草，父亲拿篮子揽着给牛添上。铡完最后一把草，大嫂的饭也做得端到桌子上了。牛开始吃草，我们开始吃饭。

夏天的时候，浆水面是我们百吃不厌的面食。没什么油水，一人两碗，一天的疲乏也就过去了。晴天的夜晚，星星总是很低，露水快下来的时候，也就到了睡觉的时候。我走进碎房，门关上的那一瞬间，我和外面的世界终于分离。关于中考，关于梦想，关于我能不能上学的纠结和焦虑再一次将我包围。我趴在枕头上，用枕巾把自己的脸包起来，这样，我就不用一遍一遍擦眼泪了。

06

我没有去学校报名

忙乱的生活从来不给人多余的时间伤感。对于没考上这件事情，家里人已经习以为常。二哥当年没考上，老老实实当起了农民；二姐也没考上，去外地打工去了；现在我又没考上，家里人觉得，没考上就没考上吧，都就这么个命了。反正家里的活儿也是需要人干的。特别是夏天，多一个人干活总是好的。

拉完麦子，紧跟着又开始碾麦子。天气的炎热和农活的繁忙让人喘不过气来，头发和脖子里总是落着灰。八月是个收获的季节，一年的新粮下来了，本该有喜悦，但麦子的收成不行，喜悦也就无从谈起，接下来的日子怎么过才是人要考虑的问题。

对我来说，除了忙乱就是心里的煎熬。没有人和我说开学了到底要不要去上高中，家里的每个人每天在自己的轨道上忙碌着，也习惯了我分担其中的一部分。八月中旬的时候，我要好的同学来到了家里，告诉我今年大家整体的中考成绩都不怎么样。她和我说，你的成绩又不是班里最差的，最差的都准备上高中了，你也准备上吧。这句话给了我希望，我暗暗下着决心，只要能上高中，我一定好好学习，再也不看“闲书”了。

第二天，我开始更加卖力地干活，希望在开学之前替父母和哥哥嫂子多分担一些，然后心安理得地去念高中。心里有了期盼，心情就好了起来，话也多了，撵着和大嫂说话。再有一场，今年的麦子就碾完了。结束了一天的忙乱之后，吃完晚饭，父亲坐在榆树底下一边喝茶一边休息。我早早地回到碎房，偷偷整理着我开学要用的东西。但没一会儿，就听见母亲喊大哥，问大哥哪里还有去痛片和阿司匹林，因为父亲突然觉得胸口闷得慌。

我出去时，父亲已经被母亲扶进了屋子，大哥拿着两片药随后也进去了。父亲扶着柜子侧坐在炕上，脸色蜡黄，头上直冒冷汗。母亲急忙把药片给父亲递过去。来不及倒开水，父亲就着茶水把两片阿司匹林吞了下去。母亲把枕头拉过来，和大哥一起扶着父亲躺下。

村里人生病，因为山高路远，是没有及时去医院看病的习惯的，从来不是阿司匹林就是去痛片，吃两片再看，好了就好了，不好了再说。大部分人都好了，但也有被耽搁了的。邻居家一个七岁的孩子，就是因为没及时送医院，第二天就去世了，但似乎没有人觉得这是高干梁的错。

父亲屋子里的灯亮了一夜。天刚麻麻亮，母亲就喊哥哥，说父亲胸口疼了一晚上都没有缓解。母亲让哥哥把白驴拉出来，送父亲去医院。

父亲捂着胸口，在大哥的帮助下才骑到白驴背上。母亲也跟着匆匆而去。人都走了，今天的麦子肯定碾不成了，可我和大嫂也不能闲着。想了半天，大嫂说，那我俩去割大豆吧。

割大豆是不需要磨镰刀的。我俩做着吃了早饭，就背着小侄子去了地里。大豆种在北槽子梁，一般秋田粮食都种在薄山陡洼的地方，成不成就看运气了。大嫂嫁到我们家一共生了三个儿子，两个大的都上小学了。这个小侄子还不到两岁，大嫂给他带了一个馒头，到地里给他找了个地方坐下。小侄子啃着馒头自己玩，我俩就开始一根一根地割大豆。父亲的突然生病让我又开始焦虑，不知道父亲怎么了，得的什么病？不知道严重不？家里现在发生的任何一点点的小事情都牵扯到我能不能上学的问题。我问大嫂：“嫂子，你说，大是什么病呢？”

大嫂说：“不知道么。唉，说病就病了。”

可怜我的大嫂，从出生到出嫁再到过日子，都是在高干梁度过的，问她这样的问题就是在为难她。但此刻只有我和她，能讨论的也只有这个话题。在北槽子梁，看大咀山的豁岘是平行的，我割一会儿看一会儿，希望能看到父亲他们早点回来。一直到中午过去，小侄子在几捆大豆上睡着了，豁岘上也没个人影。大嫂过去给侄子拿大豆秆挡了挡太阳。我心不在焉，不想干活，就跟嫂子靠着大豆捆一起坐下。嫂子问我：“是不是快开学了？你这念书咋办呢？”

我拨弄着眼前的一根狗尾巴草，看着豁岘的方向无奈地说：“谁知道咋办呢。家里这个样子，还能拿出来钱让我念书不？”

大嫂是看着我长大的，我四岁时她和大哥结婚。这些年，母亲是严厉和忙碌的，反倒我和大嫂比较亲近，有什么事情也愿意和大嫂说说。大嫂说：“你们念书的事情我也不懂。你也别太吃力了，这世上不念书的人一层，大家也都过着呢。”

我笑了笑，不知道怎么回答，大嫂是为了劝解我才这样说的。但我念过的书也让我知道，如果不念书，我所向往的远方这辈子就都看不到了。我的想法大嫂也不能理解，周围的人一辈子去得最远的地方不就是个县城吗！甚至去县城的次数都是数得过来的。人怎么过都是一辈子，为什么非要去远方？在高干梁这个地方说理想这个词是奢侈的，没有人会觉得你有理想是多么伟大的事情，反而会觉得你异想天开，不切实际。

一到秋天，苍蝇就格外多。它们在侄子的脸上又是吸吮又是爬行的，侄子被欺负得没睡一会儿就哭醒了，大嫂过去哄他。大豆稀疏地长在地里，一株一株的间距很大，每株都是半腰上挑着不多的几个豆荚。要是在雨水丰茂的年景，豆荚是从根部开始一直结到头上的。

大豆丰收的年月里，我们总会在下雨天把一袋袋的大豆倒在地上，一家人围坐在一起，在里面挑出大的好的，预留成明年的种子，把烂得厉害的留下给驴加料，把中不溜的等着雨停了让毛驴驮出去卖钱。我们总会要求大嫂在挑拣豆子的时候给我们炒上些吃。生豆子和熟豆子就变得不一样了。父亲总在说，熟豆子拿好，不要丢了，丢了也赶紧捡起来，不然豆子哭呢。我们问为啥，父亲说，生豆子掉在地上了还能生根发芽，熟豆子就不行了，所以它会哭。从那时起，我就格外珍惜我手里的每一颗熟豆子，我不想让豆子哭。

但像今年这样，豆子的收成估计也不咋样。除了给明年留的种子，剩下的也就是能给白驴加个料了。豁岘上仍然没有动静，小侄子闹腾着不想在地里待了。他渴了，也厌倦了一个人枯燥地坐着。我对大嫂说："算了，我俩回去吧，娃哭得可怜的。"大嫂说："要不你带着娃回去，我一个人割。"

我没有答应，因为我不想带侄子，他哭闹起来我毫无办法，只能增添我的烦躁。我就对大嫂说："要不你带着他回去，我一个人割。"大嫂说："你一个人咋割呀？"我们就这样陷入到了两难之中。

豁岘上终于有了动静。先是远远看见白驴跨过来了，紧跟着大哥也从山后面出现，但他身后再也没有人了。我和大嫂一看，大豆也不割了，收拾东西就回家。我们几乎和大哥一起到的家门口，白驴站在栅栏跟前啃着树皮。看见大哥，我急忙问："大呢？他的病咋样？"

大哥抹了一把头上的汗说："我送到了县医院，大夫说情况比较严重，估计是心脏病，又联系着转到固原去呢。妈跟着，也叫了四舅舅，所以我就先回来了，还不知道是个啥情况么。"

一听要转院到固原，我的心就提起来了，想着我们平时能不吃药就不吃药的人，现在一去县医院就让转院，可想而知病情肯定很重。唉，也不知道父亲得的是什么病，也不知道母亲一个人在医院怎么办，四舅舅毕竟是上班的人，不可能一直守在固原。只怕这次要借很多钱才能让父亲住院吧？一瞬间，脑子里已经闪出无数念头，大哥也是皱着眉头，想必我想到的，他在路上也已经想了很多遍了。

很多时候，想是没有什么用的，该发生的事情已经发生了，但眼前该进行的事情还在进行。比如场里的麦子还没有碾完，比如地里的秋田粮食还没有割回来。所以大哥一回家，就牵着白驴拿起镰刀要继续去割大豆。

我也跟着大哥重新返回北槽子梁。一路上没什么说的，白驴甩着尾巴走在前面，大哥紧跟着白驴的脚步。我没那么快的脚程，不一会儿就落在了后面。对于爬山路，我总是有点抵触和力不从心。再想想父亲的病和家里的事情，心里就更加懊恼起来，只怕我想去上高中的事情要黄了。

白驴被大哥带着的长绳拴在馒头咀的顶上吃草，无论它怎么活动，范围都固定在绳子能到达的地方。它有时候忘了，想去吃绳子范围之外的草时，就会被扯得绊一下，只好又退回来。

天快黑的时候，我和大哥一人背着一捆草回到家里，牛已经在圈里伸着脖子等着吃夜草。大嫂做好饭等着，但我们也只能先给牛把草铡了才能吃饭。

小侄子不会用筷子，大嫂也没时间和耐心教他。每次吃饭，都是先给侄子舀出来晾着，然后给他洗干净手让他自己抓着吃。小侄子也不哭闹，小手抓住一根面条，头侧着仰起，再把面条的一端塞进嘴里，吸溜着吃下去。等他咕囔着吃完，我们也吃完了。大嫂再给他洗干净手，他的一天就这样过去了。

大哥和大嫂早早地去摊麦子。我在家看着侄子。摊好麦子，大嫂回来做饭。大哥去喂驴，特意给驴拌了草料，额外又给添了一碗大豆。因为驴的脚程快，用的地方多，在前年，父亲又用一头牛犊倒换了一头黑驴。

我几乎是和白驴一起长大的。我一直没想明白，别人为什么说谁笨，就会说蠢得和驴一样，因为我在白驴身上看到的是它的温顺、聪慧、勤快和好强。直到这头黑驴来到我们家，我才知道别人说这个话是有原因的。人和人之间是有差距的，驴和驴之间也有差距。这头黑驴又倔，又邋遢，又没眼色。白驴拉屎撒尿总会向后挪几步，所以它卧着休息的地方永远是干的，白驴身上一直就是干干净净的。但黑驴就不会，每天早晨出圈，这边屁股蛋蛋上糊着屎，那边湿着尿，看得人嫌弃的，可它还一副悠然自得的神情。它的邋遢和蠢笨为它省了不少力气，只要是用一头驴干的活，都是白驴去干，它在圈里休息。今天要碾场，白驴一个拉碾子有点吃力，所以必须得两头驴一起。

驴吃完草料，大嫂的饭也做好了。吃完饭，麦子也晾得差不多了，大哥就开始给两头驴套缰绳和拥脖子，再架上夹板。白驴没费什么劲就套好了。但黑驴明显不想去干活，使劲地和缰绳过不去，一会儿把蹄子套在里面，大哥刚给调整好，没一会儿又套住了。再调整，再套。气得大哥抽了黑驴两鞭子，黑驴才消停下来，乖乖地被赶去了场里。

一捆捆的麦子被摊成了降落伞一样的圆形平铺在场里。两头毛驴要拉动上千斤的碾子，持续滚动起来，在麦子上不停地转圈。这个圈也是有讲究的，从哪开始要转大点儿，从哪又要收得转小点儿。要保证这个圈过去必须和上个圈接上茬口，还要保证不浪费每一次碾过去的次数。碾场也是个技术活，大哥在十来岁就开始干农活，也不知道在多少次的实践中才掌握了这门技术。总归，随着他的鞭子和吆喝声，蓬松起来的麦子一点点地扁平了下去，最后像个摊饼一样平铺在场里。这就意味着第一遍麦子已经碾好了。白驴和黑驴在树荫下短暂地休息了起来。我和大嫂一人一个木杈开始给麦子翻身。第一遍，麦秆还没有完全地被碾化，撕撕扯扯的，一杈挑不到底。我们从边边上开始翻，大嫂在前面挑开一个茬口，我在后面跟着挑。转了好几个圈圈，总算是翻完了。大哥急忙又在边边上挑了几杈麦草把中间填平。大嫂拿扫帚把散落在周围的麦粒和麦秆再一次扫到一起。晾晒了一会儿，白驴和黑驴又拉起碾子，哥哥拽着缰绳拿着鞭子又开始下一轮的吆喝。时光仿佛在这一圈一圈的转动中定格了下来，过往和未来就这样交替开去。

这是今年的最后一场麦子，大哥着急着碾了，准备明天去固原看看父亲到底得的是什么病。三个人碾一场麦子，等收拾完拉回家，又是日头下山了。

家里没什么钱，大哥一大早就去找小舅舅。小舅舅大学毕业之后在隔壁乡上的储蓄所上班。向他借钱是大哥能想到的唯一办法。

在高干梁，所有的消息要么去亲自验证，要么就要等待。大哥是亲身去验证消息的人，我和大嫂是等待消息的人，而其他邻居是观望消息的人。我们家这几年事情不断，这次父亲到底得了什么病，邻居们也在看着。大哥一大早出门，天黑了才回来，走得满头大汗。从固原回来的时候连顿饭都没舍得吃，进门就喊饿。大嫂急着给大哥盛饭，大哥一边吃一边和我们说，父亲的病查清楚了，心肌梗死。这病麻烦着呢，幸好那天发病吃了阿司匹林，第二天及时去了医院，不然后果就非常严重。现在住下了，就是需要时间治疗，几个舅舅给凑了点钱，能住到病好。母亲不让大哥再去了，说父亲现在病情稳定了，再去来回费钱的。她看着就行，出院了他们就回来了。

我说不出来是什么感觉，父亲快六十岁了，人生中第一次住院。在他的理想碎了一地的时候，他的心劲儿也散落了，所以心脏才会出问题吧，但这也只是我的猜测而已。我和大哥大嫂再没有过多的交流，就各自睡了，高干梁的夜晚一如既往地漫长而静谧。

十天以后，出去买东西的人捎话回来，说父亲明天出院，让大哥明天去华兴村等着接。这十天里，我们把一些秋粮也收得差不多了，现在就等着收洋芋。

父亲骑着白驴回来了，驴身上垫着厚厚的褥子。十来天没见，父亲的脸色仍然苍白，神情异常憔悴。父亲出院，我的亲戚们三五成群地过来看父亲，家里也着实热闹了两天。

后天就是九月一日了，还是没有人和我说我到底能不能去上学的事。父亲回家就是卧床休息，母亲还得时刻在身边照顾。医生说了，这下要时刻注意着，不能生气，不能情绪激动，不能干重活。要吃好喝好，好好养着。我看了好几次，母亲都没有要和我谈谈的意思，我也不知道自己应该怎么来提起这个话题。

大哥大嫂一如既往地早出晚归，家里的农活完全担在了我们三个人身上。我的话越来越少，在大哥和大嫂的聊天中，我听到父亲这次住院，一共借了几个舅舅两千块钱。

九月一日那天，我没有去学校报名，而是在大哥的帮助下，套起了白驴和黑驴，去犁北槽子梁上的大豆地。节气一过白露，就要种冬小麦了。但父亲住院，大哥忙不过来，一些地都没有犁，再拖下去，今年的麦子就又要少种。

我在这两年的秋季，周末都会在早晨给父亲送干粮，父亲歇着吃一口的间歇，我就赶着驴帮着犁一会儿地。一来二去的，居然也犁得很熟练，父亲不止一次地夸我，说我犁地犁得细致。

多事之秋，父亲突然生病欠下这么多钱，对这个家来说无异于雪上加霜。上学这件事情，现在是这个家里最能被放下的事情。地里收成不行，外面欠了那么多钱，任谁想起来都会头疼。我能说什么呢？说什么都是给这些亲人增压力、添负担。高中不像初中，没有生活补贴，什么都要从家里拿钱，钱在哪里？我安慰自己，等一年吧，上高中也好，初中补习也好，再等等。等家里过了这个艰难的时候，我再去读书。这是我唯一能说服自己的理由。

当白驴和黑驴拖着我和步犁爬上崖背山的时候，天色刚微微亮，远远近近犁地的吆喝声已经此起彼伏。农忙时节，大家都抢时间。能早一点就早一点。所以即使一个人在北槽子梁，我也没什么好害怕的。

扯地边是一件费劲的事情，梯田靠近地边的地方都是半人高的崖。牛和驴出于天生的恐惧，往往不愿意到边上去。一般早晨都是家里放一个闲人一起去，拉着牲口把地边扯开了才让正式犁地。但我们家没人，我就得自己想办法。

进了地里，恰好是黑驴把边，这个家伙拖着屁股死死地靠在白驴身上，一步也不肯朝边上走。它不走，挤得白驴也到不了边上。步犁就进不了地，被斜拖着过去了。感觉没使上什么劲儿，黑驴愈发得意，直接小跑了起来，白驴也被煽动得跟着兴奋。我不由自主被带着空跑了一趟，到地的那一头，额头已经有了细密的汗珠。地头挡住了两头驴的得意，让我得以重新控制局面。我歇了口气，继续犁地。掉头过去就是白驴把边，如果再扯不开地边，今天早晨就够我和这两头驴耗的。

如果说黑驴是个狡诈的恶仆，那白驴就是忠实的管家。它在我们家长大，它和家里的每个人都有默契。我拉了拉它的缰绳，它就已经安静了下来，稳稳地站在地边上了。轻轻挥了挥鞭子，白驴带着黑驴走开了，步犁甩到地边上，铧尖顺势插进了地里。土地就这样被撕开了一道口子，两头驴的套绳绷得笔直，顺着地边走了过去。

地边开了，驴就有了标准，一头驴走在犁开的壕沟里，一头驴走在地里，步犁被拉得欢快起来，土顺着铧面被抛在了另一边。犁了两个来回的时候，贵生的老婆给大儿子拉着一对牛也来到了北槽子梁犁地。看见我，贵生的老婆顿时大惊小怪起来："哎哟，不得活了，这家的女子这是要上天呢。别人谁家的女子犁地着呢，真是的，看可怜不？！"

我没有接话，高干梁发生的每一件事情都有她这样阴阳怪气的腔调，每个人都习以为常，不搭理就是对她最好的蔑视。果然，见我不接话，她又甩了一句："哎哟，这念了几天书还人大得很，眼里谁都不放。"

我仍然没有说话，在我打算来犁地的时候，就已经做好了各种思想准备。在整个高干梁，对于男女分工还是有界限的，犁地属于重体力活，女人参与的不多，女孩子更少。但在这种情形之下，我只能忽略我的性别，不去计较我应该干什么活。贵生女人是第一个这样大惊小怪的人，但绝对不是最后一个。

母亲提着一个小篮篮爬上北槽子梁时，那块大豆地我已经犁了一半。给犁地的人送干粮是我们家的独创，也曾在一个时期被高干梁人当笑话一样讲，说我们家人眼睛一睁就要吃要喝的，这个样子怎么能干活。但笑话归笑话，习惯是习惯，你笑话你的，我吃我的。

篮篮里装的不是什么可口的早餐，不过是昨天早晨的馒头和今天早晨新泡的茶水而已。父亲很早就因为病痛掉光了牙齿，这给他的生活带来了极大的不便。所以他喜欢泡一杯滚烫烫的酽茶，一口馒头一口热茶地就着吃，馒头遇水即化，不用太多咀嚼，这样肠胃就舒服一点儿。我们也在生活习惯中延续了父亲这样的吃法，即使什么都没有，也要喝一口茶，吃一口馒头。

吆喝住了两头驴，步犁插在土里直立着，我迎着母亲过去。崖背山比较陡，一路上来，她微微有些喘，帽子边边也被汗水打湿了。我很多时候在家里是不说话的，因为我说话略微有些结巴，还表达得不是特别清楚。孩子多，日子过得艰难，家里人也没心思听我三遍两遍地说一个意思。时间久了，我就不说话了，只默默干属于我的活。现在也一样，我从母亲手里接过篮篮，找了个干燥一点的地方坐下。昨天早晨的馒头已经硬了，怕水凉了，母亲用一条围巾裹着，一路摇晃上来，茶水浑浊，颜色深沉，倒像是父亲吃的中药。

其实我不知道母亲给我送干粮的意义在哪里。一个馒头，我也吃不下去，茶水苦涩，有什么好喝的呢？是对我不能上学的抱歉，还是对让我一个姑娘家犁地的歉疚？这些我都无从得知。唯一的意义，可能就是这是母亲亲自送来的。在我们的家庭关系中，最欠缺的就是表达。不问，不说，每个人在各自的世界里自己和自己对话，揣测家里人的意思和想法。

咬了一口，馒头无味得很，在嘴里来回打转咽不下去。使劲拧开杯子，茶的苦涩扑鼻而来，喝了一口，和着馒头咽了下去。我突然想，这么苦的茶，父亲喝了这么多年是为什么，然后大哥也跟着喝，如今又是我，难道就是为了把嘴里的馒头冲下去，中和馒头的无味吗？母亲立在一边，看着远处，不知道在想什么。两头驴甩着耳朵，摇着尾巴，驱赶着苍蝇的骚扰。太阳照在北槽子梁上，天气开始热了。

我吃了半个馒头，茶水基本上没有动。收拾着装到篮篮里，递给母亲，提起鞭子准备继续犁地。母亲看了一眼篮篮，问道："怎么吃那么一口？一早晨呢。"

我说："不饿，吃一口就行了。"

母亲这样问是因为犁地是个苦力活，在来来回回的掉头中一遍遍不停地走，一点一点地把一块地走完，这中间除了吃馒头休息的这点时间，再不会休息的。看着我挥起鞭子开始犁地，母亲叹口气，她对生活、对这个家的掌控越来越无力。如果有选择，她是不愿意让我来犁地的。

或许很多年来，母亲都是没有选择的，生活裹挟着她向前，一步步地走向了高干梁，一步步在重复高干梁所有女人共同的命运。

十点钟，天气热了起来，到了收工回家的时候了。每天这个时候，无论犁了多少，大家都会收工，几个小时的高强度体力支出，无论是人还是牛和驴，身体都到了极限。

我在别人都收工回家之后才收工，因为不想再碰上贵生女人那样大惊小怪的人。上山容易下山难，这次是完全地把驴的行头拿掉，让驴自己走，我得扛着步犁回家。

这步犁是前几年扶贫时候推广的，说是个什么项目，类似于无息贷款补贴的形式，等大家有钱了再给。当时老支书在我家院子里把嘴皮都磨破了也没人要。因为大家觉得木犁也不错，这个铁犁犁地咋样还不知道，还要欠国家的钱，万一不好拿啥还呢？气得老支书翻白眼，甩上走了。

父亲当时让大哥去村委会驮了两个回来，他对新兴的事物永远保持着热情。驮回来就让大哥试着犁地，但一开始犁出来的地并不好，犁不进地不说，还不好控制行距。犁出来的地条条绺绺的，邻居们一看步犁犁出来的地更坚定了自己的想法，觉得这个东西不好。父亲没想明白这是为什么，按道理，新的东西出来，都应该是在做了各种实验之后才推广的，怎么会不好呢？随步犁一起驮来的还有两个小塑料袋袋，里面装着几个备用的配件以及说明书。父亲就在灯下仔细研究说明书，看这个步犁到底怎么使唤。经过研究才发现，步犁的头是活动的，到地头上掉头时得用脚把犁头向外踢过去，这样犁地就把土直接向一面翻出去，不像木犁，是把土分向两边的。在步犁的底部还有一个插销，可以调节深浅。这样一看，这个步犁确实比木犁先进得多，只不过大家不会用而已。

研究透了原理，父亲第二天和大哥一人一架步犁，套上牛犁地去了。在来回的翻转中，犁出来的地始终把土朝一面翻，肥沃的土壤就到了底下，更好地为庄稼提供肥力。

在我们家用步犁犁了一年地以后，大家都不约而同地把木犁换成了步犁，既轻便，又耐用。但即使轻便，也要几十斤重，加上步犁的弯梁又是个扁钢，没一会儿，我就只觉得肩膀上针扎一样的疼，扁钢好像要切进肉里面一样。两头驴在结束了早晨的劳动，解开束缚之后撒着欢一溜烟地跑了。我无心顾及它俩，只愁怎么早点把步犁扛回去。

猛地又想起今天是九月一日，报名的日子，我的同学们这会儿应该已经从家里出发去学校了吧？而我却是在回家的路上，肩上还扛着死沉死沉的步犁，或者，这就是我此后的生活。

一切疼痛都会过去，一切让人疼痛的原因也渐渐会麻木。在高干梁，忙碌和劳累会让你忘了你的梦想和挣扎，大家都是一样的。一样的天空，一样的土地，一样的农活，一样的在为生活忙乱，没有谁过得比谁好，也没有谁能比谁多攒点儿钱。

我在大家诧异的目光中，犁地一天比一天顺手，不止犁地顺手，拉车子、使唤两头驴也一样顺手。父亲还在休养之中，大夫不让他再喝浓茶。母亲会在每天早晨雷打不动地给我送干粮，仍然是一个馒头和一杯苦茶，从来没有换过花样。

不念书了，就努力去适应高干梁的生活。不止我不念书了，我们一起念过书的几个连手都不念了。天明初二就不念了，有田和女子直接没有上初中，最小的有成小学没毕业就跑了，不知道去了哪里闯荡。一时之间，高干梁的黎明之中，孩子咋咋呼呼去念书的声音少了很多。没人觉得这有什么不对，不念了就不念了，就像大嫂说的，不念书的人多了去了，不都活着吗？

忙完了一季的庄稼，把冬麦种进了地里，我的手上长了一层茧子，在茧子蜕皮的时候，高干梁的生活就闲散了下来。母亲粘了一摞鞋垫子，我拿起针开始缝。相比于我看闲书，母亲更希望我能做点针线活。

我拿着鞋垫子去找女子，女子比我大一岁，小时候我们关系很好。现在都不念书，我俩终于一样了。几年的居家锻炼，女子俨然已经针线、茶饭样样精通，处处透着一副什么都会的自信。而我，目前只会缝个鞋垫子，做饭连火都生不着。

女子翻出她绣的几双花鞋垫让我看，夸张的花朵之外，两只鞋垫上分别绣了“百年”“好合”字样，其他的也分别是各种规则的图案和花花草草，颜色艳丽。我笑着说：“真好看。这么好看的东西谁舍得塞在臭鞋里面，真是糟蹋好东西呢。”

女子说：“这糟蹋啥呢，只要想绣，要多少有多少。”

“那也得花时间啊，这个东西，一看就麻烦得很。”我有点不认同。

“女人家嘛，除了麻烦再干啥去呢，不就是缝缝补补、洗洗涮涮吗？还能干啥？像你一天跟着驴犁地的女子有几个呢？不过别说，你咋那么能呢，还能犁地。”女子满脸的不以为然。

“赶紧算了，我还不是没办法，能啥？我看见你绣的这些花花绿绿的东西，我还觉得你能呢。”对于女子的夸赞我不以为意，因为犁地只是生活所迫，并不是我想做的。

我和女子的思维已经不在同一条线上，但这也并不妨碍我们做朋友。两个人，她绣她的鞋垫，我缝我的鞋垫，然后一起把一天漫长的日子打发过去。

冬闲了，娶媳妇嫁女儿的就多了，高干梁也不例外。在某一天，女子家也来了媒人。我远远看着，一个黑瘦的小伙子跟着媒人进了女子家。

过了两天，女子一脸娇羞地跟着这个小伙子去买衣服了，然后就是各种烦琐的礼节。我私下偷偷问女子，她看上小伙子啥。女子脸红了，说：“看上啥嘛，连人长什么样都没看清楚，但我妈说了，女子家迟早都要嫁人的，早嫁有早嫁的好处。说那家子住在川里，离县城近，日子活泛，就同意了。我没啥意见，能过日子就好。”

我有点愕然，连脸都没看清楚，就打算过日子了？但看着女子一脸的憧憬，我也只好把想说的话咽进肚子里。这不是我能说的事情了，只能祈祷女子嫁的这个人真的能和她好好过日子。

忙乱了两个月之后，女子的婚事终于要提上日程了。作为邻居和好朋友，我妈派我去给女子家帮忙。结婚的席面，无非是请亲戚邻人来吃个饭，见证一下婚礼，证明这场婚姻是合法的。我们帮忙的目的，就是给来的这些人准备一顿饭。几百号人吃一顿饭，光准备的过程就得好几天。我们先从蒸馒头开始，一次次地发面、和面，再到蒸熟。我之前没有做过饭，没有蒸过馒头，在女子的指导下，我照猫画虎，居然也蒸熟了一锅馒头。再后面，就无须指导了，几个邻居女人进来掀看馒头，还一个劲地说馒头蒸得好，着实让我汗颜。

连着蒸了三天馒头，女子的妈才说够了。我们又开始切萝卜、压粉条。冬天天短，其实是干不了多少活的。

连着准备了好多天，终于到了女子出嫁的那天。作为朋友，我可以去送亲的。那天就再不用我们帮忙了，有厨子烩菜，有男人们帮着端菜招呼客人。女子穿上了大红的嫁衣，头发梳起来，上面别上几朵红的粉的假花。早在昨天晚上，女子的脸已经被捋过了，再加上抹了点粉，看着有点傻白，也有可能是天气冷的缘故。对于她大喜的日子，她看起来既忐忑又兴奋。过了今天，她就是有家的女人了，她得和那个黑瘦的小伙子一起过日子了。

离开了高干梁，我们就可以坐车送女子。女子嫁的果然是川里，距离县城一点点路，村庄很大，在靠近公路的地方，田地围绕着村庄，周围都是平坦的开阔地。我为女子高兴，至少以后她不用再待在高干梁了。

庄子大，住的人就多，所以婚礼也很热闹。每一个村庄接纳新人的方式都差不多，每一场婚礼的过程也差不多，在一群不认识的人的围观中，十七岁的女子进入了她的婚礼，在大家的簇拥之下，她脱了鞋子坐在了炕上。新郎进来掀起了盖头，门口挤满了要看新娘子的小孩子。

婚礼之后有一个要去亲戚家吃饭认亲的环节，我陪着女子去了，去的这家据说是男方的姑姑的亲家。高干梁人少，去的姑娘就我一个人。新亲戚，大家都不熟，除了客气谁也不会真正吃，但是待客的礼数在那里放着，七碟子八碗的各种果茶，满满摆了一桌子。所谓客七主八，说的就是这样子的。

我坐在炕边抓了几个瓜子装模作样地嗑着。这家的老太太站在炕前礼让着，客气得让人不知道怎么动筷子。老太太打量我许久："这个女子是新娘子的啥，有主儿了没？"

"这是新娘子的朋友，今天来送亲的，十六了，还小着呢。"一起来的亲戚介绍着，我礼貌地笑着，没说话。

"十六，也不小了，女子娃娃，迟早是要嫁人的，我有个外孙，那模样叫一个俊，个子叫一个高，人又有礼数。我一会儿喊过来你们看看，要行，我们完了打发媒人过去。"老太太扭捏着腰身把自己的外孙夸了一番。我却听得头上汗都下来了，这哪跟哪啊?

"老姨娘，不着急，这件事情还是回头再说。"亲戚急着把老太太拦截了一下，也怕把小伙子喊来我们都下不了台。

"哎哟，这些事情就要热事热办，我看这个女子模样各方面都好，人也壮实，干活、生孩子肯定错不了。我们外孙也不差，过日子嘛，差不多就行了。"老太太仍然热情地说着，打量我的眼神像极了牛羊市场的贩子。

"老姨娘，我们这个女子是念过书的，现在还不想找婆家，等找的时候再来麻烦您老人家。"亲戚被逼得都不知道说什么好。

"哎哟，念过书的就算了，心眼多。过日子，还是要没念过书的好。来来来，大家吃菜，吃啊，来了一趟了，总要吃饱了再回去。"

老太太总算把目光从我的身上挪开了，又热情地让大家吃饭。但我已经没有任何吃喝的胃口了，念不成书在村里就是一个尴尬的存在。

婚礼结束了，我们也该返回了。女子不能出来相送，她已经是这个村庄里的一部分了。

07

选择其实就是不停地割舍

在高干梁，就这么几户人家，日子总是不温不火地继续着。春天很快过去了，小麦在一个冬天的休养中蜕过了黄苗。一场雨之后，地里的洋芋、胡麻、大豆争着露头，高干梁绿了起来。

没人再提我上学的事情了，我有时候赶着白驴干活的时候总在想，白驴有没有梦想呢？它这一辈子都要在奔波中度过，它有没有觉得自己很悲惨？我拽了拽它的长耳朵，它使劲挣脱开，扭头看着远处，一头灰驴驮着两捆柴火正在卖力地爬坡。我仿佛听见白驴说：看，大家都一样。

三哥隔三岔五地回来一趟，每次来，都会给父亲带一点锅盔；每次走，母亲都会大包小包地装些东西给三哥带走，有莜麦面、胡麻油、给孩子的旧衣服，或者是一点点儿钱。三哥到那边过得并不是想象中那么好。二哥一去几乎杳无音信，没有消息可能就是最好的消息，没有回来说明已经站住脚了。唯一一直有消息的可能就是二姐，她时不时地写信告知着自己的情况，每个月准时地把不多的工资寄回家。我那时尚不懂在外打工的艰难，心里对二姐充满了羡慕，觉得她可以去那么远的地方，真是一件幸福的事情。

父亲的病一直不好不坏，总之就是不能干活，不能生气，还随时都得母亲在跟前照应着。我和大哥大嫂成了家里的主力，几十亩山地，从种到收，马不停蹄地忙碌着。我越来越沉默，不是因为农活劳累，而是心情总是无处安放。

我时不时会收到淑琴的来信，她是我最好的朋友，初中毕业上了中专师范学校。淑琴的来信总是热情洋溢，说自己在学校的点滴，和舍友的关系，说追她的那个男孩子，以及对未来生活的憧憬。我一边干活一边想象着淑琴的校园生活，一边会感叹一下人生的无常，每个人的人生都是不一样的，每个人都有自己的路要走。在不同的生活轨迹上走得久了，多年以后，我和淑琴还会是朋友吗？很多时候，我的精神和身体就这样分离着，身体在劳作中前行，精神在万水千山中翱翔，时而痛苦，时而愉悦，时而悲伤。我有时候也刻意地强迫自己不要想，因为越想，就越会觉得未来渺茫。

六月到来的时候，地里的活暂时告一段落，收麦子还早，大哥背起一个蛇皮袋子，挎上镰架，出门赶麦场去了。父亲的病需要长期服药，还欠着外债，家里又有这样那样的花销，这些都需要钱来运转。而且从今年年初，小侄子总是莫名其妙发烧，找华兴村的村医看，也说不出来个所以然来，给了点退烧药就让回来了。本以为吃点药就没事了，但此后小侄子隔三岔五就会发烧。我们在心里都存着侥幸，心情也跟着孩子会不会发烧而起起落落。不发烧的日子我们都很高兴，想着是不是侄子此后都不会发烧了；但只要孩子精神萎靡不振，我们也跟着垂头丧气。没有钱，人连多余的想法都不敢有，去医院，是一件山高水远的事情。

大哥可能是想了很久，才决定要去赶麦场的。这是个下大苦的活儿，接近四十摄氏度的高温之下，人弯着腰不停地向前，说挥汗如雨都是轻的。为了多挣钱，一个人一天得割出来二亩地。没有足够强壮的体魄和持久的耐力，根本撑不下来。每年去陕西割麦子的人各有悲喜，有挣了钱的，也有没挣上钱的，还有赔进去路费的，更有病在陕西被家里人接回来的。但每一年，还是有人络绎不绝地挤上去西安的班车，只为了挣点钱贴补家用。

在家的我们没办法想象陕西的高温，搭场的艰难，出门在外的不容易，走了的大哥成了我们共同的期待，期待的目的都是一样的，希望他带钱回来。大嫂期待大哥回来带小侄子去看病，我期待大哥回来能改变家里的困窘，父母盼着大哥回来就有了新的指望。总归，大哥现在成了家里的一片天。

等待的过程总是煎熬的，小侄子发烧越来越频繁，家里的气氛越来越不安起来，似乎等大哥回来成了唯一的指望和出路。

六月底，大哥回来了，身上的衣服被汗浸泡得变了颜色，脸晒得黧黑，人也消瘦了很多。散发着汗味的钱在灯光下软软地耷拉着，它经历了怎样的流通之后才被大哥带回了高干梁，又被大哥递到父亲手里，然后又被零零散散地花费到各种地方，最后还会不会兜兜转转地又回到高干梁呢？我盯着这沓钱，突然希望它可以变得很多很多，这样，我们家现在的困境就都能解决了。

这沓钱在父亲那里只放了一个晚上就又交给了大哥，因为小侄子又发烧了。大哥带着大嫂领着小侄子去了医院，但县医院却不收治，说查不清楚病因。建议到甘肃平凉的市医院去看看，那里的医疗设备比较先进一些。平凉和泾源接壤，平时大家赶集看病什么的都习惯性地去平凉。

大哥回家和父母说了一声之后，又带着大嫂和孩子去了平凉。几天之后，大哥独自一个人回来了，说是查出来病了：类风湿性关节炎、贫血，还说了两样我们从来没有听过的病。发烧是因为炎症引起的，类风湿目前没有什么好的治疗方法，只能缓解，不能根治，孩子大一点有可能引起关节变形，甚至残疾。医生说的时候毫无保留，把能预料到的风险和可能会发生的后果都说了出来，我的大哥已经完全混乱了，所以他回家既是报信也是想从父母亲这里讨个主意——到底应该怎么办？他挣的那点钱在医院根本不够花销，在平凉的这几天他都没敢吃顿饱饭。他没办法想象，白白嫩嫩，和花骨朵一样的小儿子，将来会被这个病折磨成什么样子。

父亲披着衣服坐在院子里久久没有吭声，他的煎熬不比大哥少。眼看露水都下来了，母亲忍不住说父亲："进屋里去吧，有什么事情我们再商量。"

灯光的明亮没办法缓解人内心的焦灼，事情总要有解决的方法。父亲对大哥说："你早早缓着睡去，明天一大早，我们俩去赶集，把黑驴和那头黄犍牛卖了去。"

大哥惊讶地说："把牛和驴卖了，我们那么多地拿什么犁？"

父亲说："不卖拿啥给娃看病？不是还有白驴和那头母牛呢吗？娃的病重要，卖了给娃好好看病，就算看不好，人心里也没有什么遗憾。"

大哥四点钟就起来了，在碎房屋檐下的槽里满满拌了一槽草料，把黑驴和黄犍牛单独拉出来喂上。牛和驴咀嚼着草料，发出贪婪的声响，一顿丰盛的草料就让它们觉得满足。大哥站在槽边看着，路灯把大哥的影子拉得好长。一边是他的儿子，一边是他喂养的牛和驴，对他来说，手心手背都是肉，割舍哪一个都让他心疼。

选择其实就是不停地割舍。大哥割舍了黑驴和黄犍牛，把它们换成一沓钞票，再将这沓钞票从医院的窗口递进去。从此，黑驴和黄犍牛就从我们的生活中彻底消失了。虽然后来母牛又生了一头黄牛，和黄犍牛长得一模一样，但我们都知道，这一头已不是那一头了。

七月中旬的时候，侄子出院回家了。在医院捂了这么久，小侄子白嫩得像剥了皮的鸡蛋一样，没有了发烧的拖累，人也开始调皮起来，坐在他父亲怀里各种闹腾。我们一家人看着欢快起来的侄子，都觉得松了一口气。

又到了一年一度割麦子的时候。经过一年的休养，父亲的身体好多了，虽然不能割麦子，但至少可以给我们磨镰刀。母亲在家烧水做饭，顺便带小侄子，日子仿佛又平静了起来。今年的庄稼长势不错，我潜藏在心里的期待又开始蠢蠢欲动。不知道今年九月份我能不能回学校补习去?

我私下里写信让淑琴帮我打听，像我这样的情况回学校补习的概率大不大，需要多少钱。淑琴回信和我开玩笑说让我别着急，等她师范毕业了，出来领工资了，她供我上学。我大笑，心里觉得暖暖的。能和她一直做朋友，是一件多么美好的事情啊!

日子一如既往地忙碌，等待也是一如既往地漫长。农忙的时候，就没有人去华兴村了，淑琴的信久久不见。眼看九月将至，我便在等待中变得没有耐心，任何一点事情都会让我暴躁和生气，我动不动就发脾气，三五天都阴沉着脸不说话。家里人不知道我的暴躁和生气是为了什么，我也不知道该怎样表达自己想去复读的意愿。每天在高干梁的山梁上忙碌的时候，远处的山就像无穷无尽的海浪一样扑面而来，常常让我觉得窒息，逃离是我那会儿想得最多的一个词语。只要不是高干梁，只要能离开这里，我觉得去哪儿都可以接受。但离开的方式到底是什么呢?像二姐一样出去打工?还是和其他女子一样嫁出去?前者没有机会，后者是我目前最不想面对的结果。

无端的烦恼中，是无端的挣扎，梦想是说不出口的难堪。家里一拨一拨地继续来着亲戚，大家关心着父亲和小侄子的病情，同样也关心着我这个大姑娘的婚嫁问题。不念书了，嫁人不是再正常不过的事情吗?每次碰到这样的关心，我只能尴尬地笑笑，躲又不能躲，说又不能说，只能在心里难堪一阵子。

九月不咸不淡地到来了，淑琴的信没有及时收到。重点是家里也没人再提我上学的事情，或许在我的生命中，上学这件事情就这样消失了。我坐在山梁上，我旁边是吃草的白驴，黑驴被卖掉以后，它的脸上看不出来悲喜。我想，这样也挺好，动物没有文字，没有表达的方式，也就不用承担思考带来的痛苦，它们才是最自然本性地活着吧。

在碎房的炕上放着一张长桌，我初中所有的课本都摆放在上面，我把屋子打扫得干干净净。每天干活回来，带着一身尘土踏进屋子时，第一眼就能看到这些书，于是我的心里就会温暖一阵，至少这一方天地是属于我一个人的。一有时间，我就会翻开书，看着之前在书上做的一些笔记，总会想起在课堂上和同学、老师在一起的点点滴滴，一天的劳累也就随之淡去了，我想着自己总会回到学校去的。

十二月份，二姐打工回来了。出门在外一年多，她出落得更加漂亮了，洋气得让高干梁都有了色彩。我高兴地忙前忙后，因为二姐回来让我的心里又多了一点期盼——别人不懂梦想的意义，二姐肯定懂；别人不支持我回学校念书，二姐肯定是支持的。

听二姐讲完外面的故事，天也不早了，家里就那么大，二姐肯定是和我睡。我早早地给二姐暖好被子，枕巾被套都是我洗干净的。二姐披着衣服进来躺下了，招呼我也上炕睡。

我和二姐相差两岁，是从小一起玩到大的，但我们两个人是完全不同的性格。我像一个面团，几乎是家里人说什么就是什么的一个孩子，从来不会主动说自己的意愿。而二姐刚烈得像一只刺猬，有一次走在放学路上，有成开玩笑伸腿把二姐绊着摔了一跤。这要是我，笑笑可能就过去了，但二姐不，抡起书包就打有成。有成一看不好，像兔子一样撒腿就朝家里跑，本想着躲进奶奶怀里就没事了吧，但二姐不，回家拿了个灰耙子又打上门去了。有成奶奶差点拦不住，气得老太太衣服襟子直抖，一个劲地说："这女子还了得，简直和母老虎一样，这谁家以后敢娶去当儿媳妇。"

从那之后，在上学的路上，我们几个看见二姐都会礼让三分。二姐还是我们家唯一一个被母亲骂时敢和母亲顶嘴的孩子，所以我对二姐历来都是又敬又怕。关于我喜欢看书这件事情，二姐也总是颇有微词，她总觉得我过于理想化，不够踏实。被人说得久了，就会对自己产生怀疑，或许，自己真的是有点不务正业。但这次，我还是想和二姐聊聊我的事情，因为她现在在家里说话有用。

我试探着问二姐："姐，你在外面这一年多，觉得外面咋样？""外面还能咋样？外面再好，也不是自己的家，而且外面的人看不起我们这些打工的人。说不成！"二姐对这个话题并不热情。

"姐，我还想念书去呢，你看行不行？"希望就像曾经高干梁夜晚亮着的煤油灯，周围全是黑暗，只有这豆大的一点光亮撑着整个夜晚，灯要灭了，黑暗就会铺天盖地。我憋了半天，总算把这句话说了出来。二姐本来背对着我睡着，听见这句话，转过身来诧异地看着我，我低着头不敢看二姐的眼睛，我等着她给我一个结果。其实我的心都是抖的，我太怕被拒绝，太怕我最后的希望也被掐灭。

"你还不死心吗？你看不到家里现在是个什么样子吗？你都十八了，你想啥呢？"二姐难以置信地连环三问，我听见了灵魂深处灯被吹灭的声音，肚子里想了千百遍的理由被黑暗淹没。我拥着被子躺下，二姐再说什么我就不听了，任思绪在黑暗中游走，磕磕绊绊，跌跌撞撞。二姐说了半天不见我回应，气得一把拉灭灯泡，裹挟着一股冷风睡了。黑暗真好，可以把人所有的情绪都遮掩住，包括眼泪。

从小到大很多时候，我都在羡慕二姐，觉得有那么多人喜欢她，真好！我也敬佩她做出的那些勇敢的事情，但我知道，我永远都不可能和她一样，因为我不够勇敢。每次羡慕完二姐，我都会叹口气，然后就又放任自己在脑海里天马行空，想外面的世界，想我那不切实际的梦想。我只是一个人想，再也不会对谁去说了。

二姐回来并没有消消停停在高干梁待几天，不是今天同学结婚，就是明天同学叫去玩。二姐性格好，人长得好看，走到哪儿都是被众星捧月般地围着。母亲也喜欢二姐的性格，觉得她能为自己当家作主，不像我，总是个蔫的，做事也没个主意。

很快，二姐和暗恋她的一个学兄开始谈婚论嫁。学兄家境不错，人长得帅不说，还有一份正式的工作。这在高干梁人眼里是一件被艳羡的事情，觉得二姐攀了高枝儿，此后就可以衣食无忧，再也不用为生计发愁了。我们家里人自然也是高兴的，忙忙碌碌地操持着二姐出嫁的事情。

在农村，婚礼的过程大都差不多，除了吃喝就是凑热闹。为了配得上二姐夫公家人的身份，二姐的嫁妆买的都是好一点的。加上我们家一群公家人的亲戚，倒也让二姐的婚礼颇为体面和壮观。二姐是村里第一个坐着汽车嫁出去的姑娘，也是第一个买了彩色电视机做嫁妆的姑娘。

二姐出嫁了，碎房又成了我一个人的，我除了做着抵达不了的梦，也开始为自己的未来担忧。二姐说得对，我都十八了，还想啥呢？女子回来浪娘家，和她女婿一人抱着一个娃，她已经是一对双胞胎的妈了。女子完全没有为人母的稳重，一到高干梁，就把一对双胞胎扔给自己老公，一溜烟跑我们家看电视来了，顺便和我聊天。我问她结了婚感觉咋样？她说，能咋样，女人家，不就是个做饭、生娃么，她的任务也完成得差不多了，一下子生了两个。说完大笑，她自己把自己笑瘫在我们家炕上了。女子并不想回去看娃，所以在我们家一直待着，稍晚些时候，她女婿找了过来，站在门口喊她："出了门就不知道回去了？娃哭着要吃奶呢。"

她白了女婿一眼："那又不是我一个人的娃，你喊啥？"

女婿红着脸，搓着手站在门口不知道走还是留。女子冲我挤挤眼，慢腾腾地下炕找鞋，女婿急忙进来给女子把鞋摆正。女子把鞋穿上对我说："我先看娃去啊，回头再和你浪。"

看着两人一前一后地走了，我忍不住笑，没想到以前念书念不好的女子管女婿倒是有一套。也好着呢，至少自己不受罪。

贵生的女人，也就是有田的妈，这几天有事没事地总往我们家跑。这几年，她愈发瘦了，鬓间的头发白了，颧骨更加高，脸上总是泛着不正常的灰。这个女人精明，也肯吃苦，加上孩子都大了，日子居然好起来了，去年刚新盖了三间房子，准备给十八岁的有田说媳妇呢。她着急的原因是自己有三个儿子，早娶一个儿媳妇早少一个负担。可她频繁地来我们家是几个意思？

果然在一个午后，有田妈热情地拉着母亲的手说："老姐姐，说起来咱们高干梁，能在人前头说上话的就咱们两家子。你和我老哥都是实在人，我也是实在人，你看咱们两家子结个亲咋样？"

母亲被这种骤然的热情弄得有点不知所措。有田妈也真是敢说。我的母亲好歹算是大户人家出来的，知书达理，勤俭持家。而有田妈呢，三句话不离撒泼耍浑，一副和谁都想吵架的姿势，骂起男人和儿子跟喝凉水一样。这从什么时候，她和我妈成了一个水平线上的人了？

有田妈才不管母亲是什么反应，仍然自顾自地说："老姐姐，你看，咱们女子是念过书的，我们有田也念过书，咱们家里情况不差，我们家也不差，房子都是新盖的。只要咱们女子嫁过去，就是独门独院。我和贵生还年轻，都能给娃照看着。离这么近，有田不忙了也能给你们帮着干活。再说了，你看，我们有田这两年长得多气派，要模样有模样，要个子有个子，也绝对亏不了咱们女子。再说，老姐姐，我也不瞒你，我是看上咱们女子干活了，那犁地犁得叫一个细致……"

母亲的脸色有点惨白，她被气到了。有田妈一口一个"咱们"，似乎已经笃定这桩婚事可行。母亲生气的原因是，即使我一家女百家求，你好歹使个媒人来说，行不行地都有个转圜的余地，她自己这样撵来说算什么事情？再说，看上我女子干活的人多了，要你这样揭短一样地说吗？

母亲生气了，后果很严重。她一把挣脱有田妈，冷冷地说：“我的女子不嫁在高干梁，你另说去。”

这下轮到有田妈用难以置信的眼光看着母亲，她不明白，她的儿子不差，她家条件也不差，母亲为什么要拒绝她！“老姐姐，我觉得咱们两家挺合适的，你再想想。”

“我没什么好想的，我的女子就是不嫁在高干梁。”母亲又说了一遍，一副要送客的样子。有田妈讪讪地收回了要抓母亲的手，准备再说点啥，但终究被母亲的冷漠给挡了回去。她不自在地拉了拉自己的衣襟，转身离开了，临走还不忘甩一句狠话：“哼，女子娃娃不给人，留着养老啊，我眼睛擦亮等着，看你的女子能嫁个县长不！”

母亲气得脸色煞白，即便这样，也没说出什么重话来，眼睁睁看着有田妈离开。父亲心疼母亲，叹了口气说：“别气了，世上就这么个世理，哪怕人家儿子是个烂抹布，人家都敢到咱们门上来提亲。不结亲就是了，气啥？”

这件事情之后，有田再看见我，脸就红得和柿子一样。有一次我要去挑水，又和他碰在村道上，他急赤白脸、慌慌张张地说：“我知道你看不上我，我妈说啥你别往心里去。唉，真是的，我都不敢见你了。”

有田的话让我莫名其妙，我真不存在看上看不上他的问题，而是我根本就没考虑要不要结婚的问题。作为一个男孩子，他已经在考虑成家立业娶媳妇过日子的事情了，而我还在做着不切实际的梦。我和他，就像我的母亲和他的母亲一样，永远都不在一个水平线上。

“是我高攀不起你！哎，听说你妈最近到处给你说媒呢，说上了没？说上了我们也好吃喜糖。”我大笑，作为一起上学长大的伙伴，除谈婚论嫁让人尴尬和脸红以外，我们还是可以一起讨论一下人生大事的。

“嘿，再不提了。说了一大圈了，人家都能看上我，但一听高干梁就没人愿意了，说得我都心乏得不行了，我妈还在那儿折腾呢。让说去，我也不小了，想着娶了算了，人总是要结婚的，就不知道人家哪个姑娘愿意。”说起给自己娶媳妇，有田的窘相总算过去了，人也活泛了起来，年轻的脸庞上充满着对未来生活的期待。

“愁啥嘛，你长得攒劲，总有女子会看上你的，别着急。”我劝慰了一下有田，迎面却碰上了有田妈挑水回来。我怕这个女人又说出什么疯话来，匆忙和有田道别。果然身后传来有田妈问有田的声音，一个劲儿地问有田我说啥了。我无奈地叹口气，挑着水桶走向水泉沟。

我没想到我和有田站在路边随口说了几句话，竟会在有田母亲的渲染下成为另一个版本。那个清晨，碎房的门被母亲使劲推开了，我被吓得急着坐起来，以为母亲喊我没喊起来突然发火了。我一脸茫然地看着盛怒的母亲。母亲劈头盖脸就开始数落我：“我知道女子大了留不住，我也没想留你。你看上有田你直说，我也不拦着你，你和他偷偷摸摸地商量着私奔算怎么回事？你眼里还有我们老人吗？你究竟打的是什么主意？你今天不给我说清楚就不行。”

母亲气得已经有点失控了。这几年，不时地会有谁家女子跟人私奔的消息，母亲和父亲大半辈子都是把脸面看得极其重要的人。我要跟人私奔了，那简直是要老两口的命。可问题是我压根儿不知道这个事情啊，您老人家在这儿气得要死要活的干啥？

我捂着被子一头栽在枕头上：“妈，你老人家听说啥了？我啥时候看上有田了？又啥时候要和他私奔？这都谁给你说的这些事情啊？”

“你还不承认，有田妈说得有鼻子有眼，说他们家给你把新衣服都买好了，就等你和有田走呢。你要走就走，不要把我们的脸丢尽就好。走了就再不要回来，也不要再认我们！”母亲被这件事情气得已经有点失去理智了。

“妈，我就是看上谁，只要你和我大不同意，我就不会嫁他。有田妈编溜谎半辈子了，她的话你也信？哎呀呀，我的妈呀，咱们家是有头有脸的人家，我要嫁人我就嫁了，何必偷偷摸摸地跟人私奔？”我从被子里把头探出来，一本正经地和母亲说。

“真的没这回事？”母亲的口气总算缓和了下来。

“真要有这回事，有田妈会满世界给人说吗？她不就是要打击报复吗？只要我一直在，看她还说啥？”我心里恼恨这个长嘴毒舌妇，没有达到目的，就各种的造谣中伤。

“唉，你哥眼睛一睁就给我说这件事情，说他担水去人家都说得有鼻子有眼的，我一时也是气糊涂了。”母亲如释重负的表情让我心疼了一下，同时也有点委屈，因为母亲居然会觉得我会跟人私奔！我为什么要私奔呢？这很让人受伤。

出了这档子事情，我见了有田和有田妈再也不说话了，好几次有田都想和我搭讪，但我都远远地躲开了。有些人是不能招惹的，一旦招惹了就是是非，而高干梁的人是不问是非因何而起的，大家只看结果。

有田妈始终没有闲着，两个月以后，一个姑娘走进了有田家的新房子来相亲。有田妈发挥出了半辈子积攒起来的口舌之才，把自己、自己家、自己儿子夸得天花乱坠，又极力夸大高干梁的优势，回避了劣势，说得姑娘和姑娘的妈光是个点头。但谁也不是没长眼睛，山里的高干梁还是让姑娘犹豫不决，迟迟没有在现场答应这桩婚事，只说回去考虑。

这一考虑就没了消息，急得有田妈抓耳挠腮，天天打发有田去媒人家里问话。直到一个月以后，媒人才回话说姑娘家同意了，但彩礼钱要比山外高出五百块钱。多五百块钱基本就是家里半年的收入，这让有田妈感到肉疼，又三番五次地去和媒人交涉，最后总算少下去了一百块钱，两家人才正式开始谈婚论嫁。

又过了一段时间，姑娘穿着一身大红的嫁衣走进了高干梁。有田拉着个毛驴去迎亲，可姑娘不会骑驴，只好自己走了进来。一身红衣的姑娘在从大咀山上下来的时候走得跌跌撞撞，头上的盖头也被风吹得歪歪扭扭。有田家已经摆好了宴席，等着姑娘进门。

喧闹过后，是琐碎平常的继续。褪去嫁衣，姑娘成了一个勤快的媳妇，每天天不亮就去挑水，回家就烧水做饭伺候公婆和男人。有田妈笑得嘴都合不拢，但在媳妇面前，又装出一副威严的样子。

两年时间，当初一起上学的六个人已经有三个成家了。天明去给自己哥哥帮忙了，有成不知道在哪里闯荡，我还做着不切实际的梦。但最终呢？我们都得和所有高干梁人一样，结婚生子，延续这种生活。难道，这就是我们的命运，是我们唯一的出路吗？

08

她继续上学，我继续种地

老支书又来我们家了。这一次，他是来和父亲商量，要给高干梁修路。作为高干梁的小队长，父亲一年也不会有多少事情要处理，所以大部分时间大家都忽略着父亲这个队长的身份。老支书这两年也显老了，他进门就笑父亲：“你个老棺材瓤子，这几年缩在高干梁享福着呢，也不多到华兴村去走动走动。”

“享个鬼的福，这几年过得半死不活的，也就不好意思去华兴村丢人现眼。话说，啥风把你这个当官的刮到我门上来了？”父亲赶紧起身招呼老支书，言语里满是亲热和惊喜。

“我还不是吃饱了撑的，跑这一架山路来给你做好事来了。”老支书一边接过父亲递来的茶，一边说。

“可拉倒吧，你也说了，我都是棺材瓤子了，就算有好事，和我有啥关系？”父亲佯装并不领情，和老支书抬杠。

“你个老不死的，经常就是得了便宜还卖乖，谁还不知道你啊！你就说听不听？不听我就走呢。”老支书也故意卖关子。

“听，听呢，你是官，我是民，不听你的听谁的？”父亲急忙赔好话。

“不是听我的，是要听党的，在高干梁蹴得人都不机灵了。”老支书笑笑，坐下吸溜着开始喝茶。

父亲也不计较，陪着喝了一气子茶之后才问：“再不开玩笑了，咱正经说话，你来是为了啥事？”

“是这么个事情，我想把你们高干梁周围的荒山给一个老板承包出去栽树，我来问问你，看给这些邻居能把工作做通不。承包这些荒山不是目的，目的是让这个老板给你们把路修通。你看看你们高干梁，这些年没个路，把人都吃力死了。外面的人都骑上摩托，开上手扶拖拉机、三轮蹦蹦车了，咱们连个自行车都骑不了，看着着急啊！”老支书收起刚才的嬉笑怒骂，一本正经地和父亲说。

“把荒山承包了，高干梁人放牛羊咋办？再说，种树就要管呢，这谁来管？不管不行，一管就要和高干梁这些人翻脸，这事情不好办啊，兄弟！”父亲一瞬间已经把事情想得差不多了。

“说的啥呢，你说的这些事情我都想到了，所以没有通知其他人，只是来和你商量。但是我从长远考虑，这是个好事情，树栽到这里，迟早是你们高干梁人得实惠。你看这几年，你们把山上的树砍成啥了，方圆还有棵像样的树吗？这些树长大，就算他们把树砍掉卖钱，也得让你们砍，得给你们工钱。再者，借这个机会给你们把路修开，你们一年买个化肥、赶个集什么的也就方便了。”老支书重重地抹了一把额头上的汗。几年的工夫，他的额头皱得就像村口的老杏树皮一样。

“事情从长远看确实是个好事情，可眼下不让牛羊出山，只怕这些人一时半会儿想不通。”父亲对这件事情顾虑重重。

“老哥，困难都是一时的，咱们要从长远考虑。你要觉得没问题，我就给大家通知。”老支书说。

“我当然没有什么问题。你是一心为了高干梁好，这一点我是知道的。你有啥需要我干的，你说就是了。”父亲被老支书的情绪感染了，拍着胸脯保证。

碎房的门口又一次坐满了人，各家主事的都来了，贵生的女人抱着孙子，在一群男人里面依旧显眼。老支书说了要把周围的山头承包出去的想法后，大家就炸窝了。在高干梁，不管是人还是牛羊，都是自在而畅快的，突然要给大家画个圈圈，立个规矩，大家自然是不愿意的。人就算了，不让牛羊出山，这简直是要人的命，那一张张嘴让吃啥？谁天天给牛羊割草去？

人是靠习惯活着的，一旦要打破某个习惯，就好像要断他的口粮一样。别人还没说啥呢，贵生女人就出头了：“老支书，我们高干梁天宽地阔，自由自在惯了。我们这么多年没有路也活得好好的，我们的女子也嫁了，儿子也娶了，我们的娃娃一年年地也长着呢。我们为啥要为了一条路，把牛羊圈起来，把人限制住？”

这一次，没有人站出来说话，贵生女人说出了大家都想说的话，大家齐刷刷地看着老支书，想看看他能说出什么理由来。老支书喝了一口茶，把茶杯放在台阶上，看了看贵生女人，又看了看大家：“你们是不是觉得，我是能挣多少钱还是能落多少人情，才撵着给大家修路呢？大家想一想，华兴村用手扶拖拉机碾场碾了多久了，人家有的人骑摩托骑了多久了，但咱们高干梁的人呢，会骑自行车的有几个？你们不伤心吗？说实话，我是为了高干梁以后的发展。有路了，你们进出就方便了，娃娃上学也就不犯难了。”

“老支书，你别说得那么好听，我一点都不相信你是为了高干梁人好，谁知道你又想在高干梁干点啥。”老支书的话贵生女人并不领情，无利不起早，老支书上赶着要来修路，肯定都是有弯弯绕的。不仅贵生女人不领情，除了父亲，大家都不领情，在高干梁，沉默就是最大的质疑和反对。

“老支书确实是为了大家好，没有路，我们这些年受的限制还少吗？种点洋芋和大豌豆拉不出去，外面的东西也拉不进来，咱们过得都快和野人一样了。要不是前几年支书给咱们跑前跑后地拉电，咱们到现在还黑着呢。我们还是要向前看呢。”父亲看着老支书孤立无援，赶紧站起来说了几句。

“拉了电又能咋？磨面还不是要去华兴村？除了一个月多花一笔电费，电给高干梁带来了啥？我看，支书这么热情地要给咱们修路，只怕是自己一年的公粮任务完不成吧？路修成了好让咱们交公粮利索一点。”不得不说，贵生女人蛊惑人心的口才是一流的，好几个人的脸上都有了恍然大悟的表情，仿佛终于想明白，支书这样上赶着要修路是为了啥。大家的沉默更深了，看向贵生女人的眼光第一次出现了肯定，还是这个女人看得明白。

支书来之前是有考虑过这件事情的难度，但没想到，难度会这么大。他也预料到贵生女人肯定出来反对，但没预料到所有人都反对。支书一时不知道说什么，院子里安静得有点尴尬。母亲喂养的大公鸡在院子里踱着方步，身后跟着几只点头哈腰的胖母鸡。贵生女人怀里抱着的孙子不知怎的“哇”地哭了起来，惊得大家都打了一个激灵。

那个哭闹不休的孩子拯救了大家的尴尬，贵生女人哄了半天也没有哄好，不得已只好先走了。支书问剩下的人：“贵生女人把该说的都说了，老马也把原因说了，现在总轮到你们大家说点啥了吧。我和一个女人也没啥好说的，但在座的都是爷们儿，我就想问大家一句话：这个路你们修还是不修？我无所谓，大不了，你们高干梁我再不来了，我有啥过不去的。”

“大家有啥想法，都说说，好与不好咱们先听听，再商量商量。”父亲打着圆场。

“那除了占我们的山头不让我们放牛羊外，还要我们干啥呢？”四叔接过话问了问支书。

“老哥，啥叫你们的山头，那是国家的山头，只不过你们在这儿住着、用着。”老支书不得不纠正四叔的说法。

“那不管是国家的山头还是我们的山头，总归我们的牛羊不能出山了，咋办？我们总不能天天放家里喂着吧？”四叔说。

“看你老哥说的，你们高干梁除了山多还有啥，你说？我的意思，栽树的那几个山头你们三两年就不要再让牛羊上去了，剩下的山头你们还是可以放牛羊，谁还能把你们管死？”老支书只得又耐心地解释着。

“那除了占几个山头，我们还要干啥呢？”四叔继续问。

“你们还是和上次拉电一样，一家出几个工就算了，这样行不行？你们给个痛快话！”老支书快被耗得没有耐心了。

又是一阵沉默。没有了贵生女人，大家又需要另外一个人替他们说话。四叔只能继续说：“那这样的话，大家看行不行？老支书远远地来了，我们总要说个啥呢嘛。”

又一阵沉默后，大家都同意了。正要散的时候，贵生女人又抱着孙子来了，一看大家要散，就问四叔：“咋商量了？”

四叔说：“支书说只占几个山头，其他的还是可以放牛羊的。再就是修路，还是和拉电一样，大家再出工就是了。”

贵生女人一听就奓毛了：“凭啥？凭啥？占了我们的山头还要我们再出工，这是啥事情？这是哪家的王法？你们这群男人就是绵羊头，人家说啥就是啥啊。谁答应的谁干去，别指望我们家出工！”

一群男人被贵生女人骂蒙了，他们觉得不如一个女人有“见识”。说好的事情被这个女人一棍子打翻了，男人们面面相觑，齐齐瞅向四叔，四叔看着父亲，父亲看着老支书，一时之间大家都不知道应该怎么办。刚刚统一起来的想法又动摇了起来，老支书气得脸色发黑，额头上的皱纹愈发地明显起来。他噌地站起来，准备发火。大公鸡突然扯着嗓子打了一声鸣，几只胖母鸡赶紧围到公鸡身边，一副诚惶诚恐的样子。老支书又坐了下去，挥着手说：“你们自己看吧，这个路修也行，不修也行，商量好了下个礼拜给我捎个话。都该忙啥忙啥去，都去吧。”

小院空落了起来，母亲招呼父亲和老支书到屋子里吃饭，是大嫂擀的鸡蛋长面。老支书坐在炕桌旁边久久不说话，父亲拿起筷子递到老支书的手跟前：“来来来，先吃饭。你看你，置这个气干啥？”

“我倒不是着气，我是在想，人穷是有原因的。你说，这么好的事情，为什么贵生女人几句话大家就翻船了？就是因为大家不相信这个事情会好，只顾眼前，不想身后的事情，不穷都说不过去。”老支书接过筷子，敲着碗边边说。

“还说没生气，你小心把我的碗敲碎了。我说，你也别气了，为啥说是小农思想，大家也是穷怕了，不敢折腾，只怕比过去更穷。这几年搬走了一批人，高干梁这几户人刚刚缓了一口气，大家不同意都是正常的。修路的事情，不行了就再缓一步商量。”父亲在高干梁多年，对这些老邻居的心思很明白。

“你说的我都知道，但这些事情，过了这个村就没那个店了。等你们想修的时候，我怕又没机会修了，我着急也是怕错过。不然你说，我是闲得往高干梁跑？真是的。”老支书没那么气了，一边搅饭一边说着自己的苦心。

“看你说的，你不来我们高干梁你心里过不去。先吃饭吧，不要和贵生女人一样，一说起来就啰啰唆唆的，天大的事情吃了再说。”眼看着老连手没那么气了，父亲又开始调侃。

吃饱了饭，老支书喝茶缓了缓，父亲让我去喊四叔，一起再商量商量怎么办。四叔一辈子生了六个儿子，他大半辈子的事业就忙在给儿子娶媳妇这件事情上了。天明是家里的小儿子，和我一起长大，一起上学，又一起辍学。不过男孩子总是出路多一点，初中没毕业他就去银川给哥哥帮忙去了，这两年都没有见他回来。四叔在高干梁辈分最大，平时邻里有个鸡飞狗跳的矛盾，都会找四叔调解，所以四叔在高干梁说句话还是有用的。

多年土地上的劳作，把四叔压榨成了一个干瘪的老头，他穿的衣服在身上晃荡着。我去说了父亲的意思，四叔放下手里的活计就过来了。

母亲给四叔端来一碗面，四叔说刚吃过馒头，不吃了。老支书再没说话，父亲就把老支书要修路的初衷又给四叔说了一遍，问四叔这件事情最终怎么解决。

枯瘦的四叔跷着二郎腿蜷缩在椅子上，用右手的食指和大拇指一遍遍地捋着自己的胡须，一边听一边点头。他是个明白人，自然听得懂这些道理。父亲最后问四叔："老哥，你看这件事情咋办呢？就怕过了这个村就没那个店了。错过这次，再想修路就得我们自己花钱。"

四叔半天没有言语。他知道，自己现在答应了，就等于要他出面去做其他人的工作，毕竟出工的事情不是他一家的事情。老支书终究没有了耐心："行了，我看今天也说不出来个所以然，我先回家吧，这回去还得好一阵子呢。"

送走老支书，高干梁又恢复到了一片寂静之中，炊烟从各家的烟囱里争抢着冒出来，一股子葱花炝浆水的酸味儿跟着乱窜，把各家的距离又拉近了一些，没有谁比谁吃得特殊。

修路这件事情像一块伤疤，大家都不愿再提起。父亲好几天都闷闷不乐，站在院子里看着眼前的大咀山发呆，他觉得自己愧对老支书。他这大半辈子比任何一个人都想在高干梁找到一条出路，但这么多年过去除了一身伤病，再没有任何改变。心里的出路断了，但至少眼前的出路还在，可自己却要眼睁睁看着这条出路也断了，这对父亲来说是残忍的；他恨不能再年轻二十岁，那样，即使所有人都反对修路，他也可以拿自己的一身力气去对抗。但现在呢，自己的三个儿子走了两个，他又病着，大哥要养家，没有村里其他人帮忙，这条路是修不通的，所以他心里憋屈、烦闷、懊恼、沮丧，但是他又没办法说。母亲拿了一件衣服给父亲披上，劝说道：“你一个病身子，就少想点事情。路又不是你一个人能修通的，修通也不是你一个人走的，你操心这些事情干啥？”

父亲说：“也不是操心，就是想起支书说的话心里难受。我们穷是因为心穷，心打不开，有路也富不了。你看看这高干梁，以后的日子咋过？咱们也就算了，娃娃念书吃力死了嘛。”

两个人都不说话了，小侄子抱着个板凳歪歪扭扭走向爷爷：“爷，爷，板凳，板凳……”

父亲转身把小侄子抱进怀里，亲了亲他的脸蛋，对母亲说：“你看，多好的娃娃呀。”

修路的事情因为无人响应最终搁置了，高干梁的牛羊自由地在各个山头上吃草。山外的拖拉机欢快地在路上蹦，偶尔一辆摩托车呼啸着超过拖拉机驶向远方，而我们则仍旧赶着毛驴爬行在山路上。

因为修路的事情，老支书扔下狠话，再也不来高干梁了，再也不管高干梁了。但在第二年春天，他拄着个棍又来到了我们家。这次是因为退耕还林。

同样是在我们家院子里，同样是那些人，贵生女人依旧在男人中显眼，老支书坐的还是相同的位置。老支书说：“国家有政策了，让你们把种的那些薄山陡洼，以及自己开荒出来的那些地再不要种了，国家给你们一亩地补贴二百斤粮食、二百块钱。我这次给高干梁争取了三百亩退耕地，你们看，谁家要退就报名，然后登记丈量了就办手续，今年就不要种了。”

父亲早就听说了这件事情，在他的概念里，国家做的决策都是要响应的，响应了准没错。他也和大哥商量了，南湾那几十亩山地产出不多，路又陡，准备退呢。崖背山上的地好，留着继续种。

这件事情又把高干梁人难住了，一亩地补二百斤粮食能干啥？

年成好一点，地里也七八百斤地打粮食呢，这退了，中间的差额岂不是让人吃亏？这次没轮到贵生女人说话，也没轮到其他人说话，老支书就把剩下的话说了：“我不是来和你们商量的，我也不是来求你们的，我更不是指标多得完不成了来的——我就是来通知的。你们看行就行，不行我立马走，再的话就不说了。你们不要的，华兴人头打破地等着呢。”

以前拉电的时候商量，修路的时候商量，最后也没商量出个结果，所以这次老支书也不打算商量了，直接就问行不行。这次，反倒是行了。父亲早有准备，先报了自己的亩数，其他人都陆陆续续报了，连贵生女人也报了，三百亩很快就够了。老支书在我们家吃了个饭，打着饱嗝离开了，这次他很满意，以为高干梁人终于开窍了，思想进步了，跟上国家的发展脚步了。他怎么也不会想到，剧情反转得比他想象的还快。

贵生女人一大早就哭哭啼啼地去了四叔家，进门一屁股坐在门槛上就是个哭，把四叔吓得胡子都抖起来了，心说这一大早来自己家哭是几个意思。四婶刚倒完尿罐还没顾上洗手，不知道是该去拉贵生女人还是不该拉。老两口隔着门槛用眼神交流，两个人一样茫然。贵生女人抽抽噎噎地哭了半天不见老两口管她，只好自己收住眼泪，站起来拉着四婶的手说：“老姐姐啊，我命苦得说不成。我在高干梁没个亲人，没个体己人，娘家又远，我就是被人欺负了也没个人给我当家作主。所以我越想越伤心，只好一大早来你们家说说冤屈。”

说罢又抽抽噎噎地开始啜泣。可她说了半天，四叔老两口也不知道发生了啥事，她被谁欺负了。四婶只好把贵生女人扶到椅子上坐下：“你这是咋了，啥事情啊？这一大早把人心惊的。”

“老哥、老姐姐，还不是为那个什么退啥还啥的事情。我一个女人家，没主意，昨儿个支书来，我一看大家伙儿都报了，我也就跟着报了。我想着，大家都赞成的事情肯定是个好事情，可我回去给贵生一说，人家就把我骂了个鬼吹火，日娘掏老子地骂我啊，老姐姐。骂了半夜，骂得我实在挡不住了，我就顶了人家几句，人就把我压住一顿打。老姐姐，这是我老哥在呢，要不然我给你脱了，让你看看我这一身伤，呜呜呜呜……”贵生女人边说边抹眼泪。

“人家让我要去呢，老姐姐，说我要不把地要回来就把我的皮剥了。我就想着，我一个女人家，我咋要，我怕说得不好了又让支书把我打一顿。所以我思前想后，一大早就来麻烦你们老两口。老姐姐，你给我老哥说说，麻烦我老哥去帮我要一下地，别人我也不敢找，我怕人家笑话我呢。呜呜呜呜……”缓了一口气，贵生女人总算把来的目的说清楚了，然后眼泪吧嚓地看着四叔老两口。

四叔看了贵生女人一眼说：“你这是给我出难题呢！这昨天刚说好的事情，你今天就翻，咱们以后还咋见人？”

贵生女人用袖子揩了一下鼻涕，吸溜着说：“四叔，你是个明白人。你说，你南湾的那五亩地哪一年不打几千斤粮食，现在好了，一年一共就补一千斤，够干啥？要是种五亩大豌豆，一年下来也卖几千块钱呢吧，国家一亩就补二百块钱，你说，你划算不？”

“账不是这样算的，那还有种子、化肥、人工呢，你光算收入呢？”四叔虽然在反驳，但口气已经没那么坚决了。

“好我的老哥，说你憨你还真憨。咱们农民是个干啥的，不就是为了种地吗？咱们不下苦咱们再干啥去？”贵生女人已经听出了四叔话里的动摇，开始进一步煽风点火。

送走贵生女人，四叔吃了一口馒头拄着个棍就去了华兴村。他没有和父亲商量，直接就去找支书了。一看见支书，四叔就把支书的腿抱住了，说今天不把他的地还给他，他就不走。支书一时没反应过来，低头问四叔：“什么地？我给你还什么？我干啥用了你的地了？”

四叔说：“就昨天的地，我不退了，我退了我们一家人就饿死了。补贴的那一点点粮食够干啥？我不退了。”

老支书这才明白过来，气得直跺脚也没把四叔抖开，于是喊会计和妇女主任：“哎，我说你们俩也不说给拉起来，这抱着我的腿算怎么回事，不知道的还以为我咋了呢。哎，真是的，你们高干梁的人就该穷着，人撵着撵着给你送点门路都送不进去。你给我起来，你今儿把你的地要回去，再想退就连门都没有了。哎呀，你起来，你的地我不要了。”

四叔将信将疑地把手松开，问支书：“这就行了，再也不需要个手续啥的？”

支书说：“那你意思呢？我再给你写个证明盖个公章还是咋的？”

“需要呢，你给我写一个。”四叔没听出来这是支书的调侃，还满心地期待着。

“行了，你回去好好种你的地去，回去再顺便给庄里人说一声，谁不想退了今天就不用来办手续了，昨天的报名我就当放了个屁。”老支书也是被大家弄得没脾气了。

四叔一听，高兴地拄着棍子走了，回去挨家挨户地通知这个消息。而其他人也早被贵生女人游说得没了立场，四叔的消息无疑是一颗定心丸，让大家的心里都稳当了一下。

但父亲的心里并不稳当，他把大哥和我们都叫到一起，问大哥：“你看，我们是退呢还是种呢？人家都不退了。”

“咱们退了去，薄山陡洼地不说，路又难走，退了，我们把剩下的种好还是一样的。”在这件事情上，大哥倒没有什么犹豫。南湾的半坡有我们一块地，每一年都种燕麦，从种到收都还可以，但到朝回拉的时候我们就都头疼。没有路，我们像蚂蚁一样，把燕麦一捆一捆朝平的地方背，然后再装到架子车上，费工费时不说，糟蹋的燕麦粒哪儿哪儿都是。父亲同意，大哥也同意，我们自然没什么意见。大哥吃完早饭就去华兴村办手续去了。

南湾的那些地当年再没有种庄稼，野草乘机长得到处都是，野兔在里面安了家，鼢鼠在地下建造着宫殿。在这些地的周围，齐整地生长着胡麻、大豆、莜麦、燕麦，眼看着今年是一个丰收的年景，但我们家的退耕粮还没有补贴到位。这让坚持没有退的人坚定了自己当时的英明决定，不然，这一茬好庄稼岂不是耽搁了。贵生女人更是人前人后地笑话我们家跟着老支书那个疯子扬土，这下好，想吃飞食呢没吃上，连眼前的也没抓住。

时间越久，我们自己心里也开始嘀咕，难道老支书说的不是真的？难道政策又变了？父亲有点闷闷不乐，但他又不是那种大呼小叫的人，所以我们都在等待，看最后会咋样。

夏天过去了，秋天过去了，冬麦都种到地里了，还是没有消息。大哥也有点沉不住气了，嘟囔着说，要再没消息他就把牛套起来把地犁一遍让放着去，冬天让土层缓缓，明年继续种。父亲说，再等等吧，着啥急呢！

眼看着天气冷了起来，某一天，老支书让村里的人捎话给父亲，明天去一趟华兴村。父亲第二天就骑着白驴去了，我们猜想，等了快一年的事情应该有结果了。

父亲回来时一脸的高兴，进门就让母亲把我们都喊到一起。其实家里现在也就他们老两口和大哥一家，再就是我。父亲一边喝茶一边说："还是要相信政策呢，支书把我叫去，是给退耕还林的补贴款办存折呢，还给了个条子，明天开始就能去粮站上打粮食。你们看，这是条子和存折，哎，终于等来了，这下看他们都有啥说的。"

大家确实没啥说的，一亩地二百斤粮食是按比例给的，小麦居多，玉米和大米各占一部分。当白驴把白花花的大米驮进高干梁时，大部分人的眼睛都直了。那可是大米，是高干梁的地里从来都不会长的庄稼！怎么还会给大米呢？怎么老支书以前没说过。

父亲让母亲把一袋子大米等量地分匀称，打发我给邻居们一家送一份。轮到贵生家的时候我不愿意去，我想不明白，明明这么讨厌的一个人，我们为什么还要给她送大米。母亲说：“人要把自己的心放开呢，你和她计较，你和她又有什么区别？”

但我还是没去，母亲只好自己去送。

日子一天天流淌，生活在高干梁的人似乎从来都不着急，反正着急也就那样，人没有什么变化，日子更没有什么变化。高干梁的每一个人都在自己的生活轨迹上行走，就像时钟上的分秒针。

我在自己的轨迹上每天忙忙碌碌，脑子里却在天马行空地乱想，其实很多时候我不知道这样想于我的生活有什么益处，如同二姐说的，我想啥呢，都十八了。女子的双胞胎两岁了，有田的媳妇进门都快一年了，二姐嫁人了，我却还想着去念书，还想去远方。我一遍遍地打压着自己心里的念想，却总是不自觉地看着远方发呆。

收麦的时候，淑琴来到了高干梁。太阳还没有从阳山洼上落下去，我正在崖背山上拉着麦捆，大嫂站在鼻梁洼上大声喊我，说有人找我。我心想，谁会找我呢？

用蓬头垢面来形容我有点不合适，用邋遢来形容也不合适。没有干过农活的人是没办法明白那种感受的，就是干了一天活，头上、脸上、身上、手上、裤子上、鞋子上都是灰尘和草屑、汗水和泥垢，所有劳作之后的痕迹在这个时候争着抢着在身上呈现。我就这样猝不及防地和淑琴见面了。她不是一个人，一起来的还有她的朋友。

和我的狼狈相比，淑琴和她带来的朋友就像雨后的山丹丹花，明艳，干净。我木讷地看着淑琴，不知道该怎么招呼她和她的朋友。这种感觉像极了当年我赤着脚被二哥领回家见到表姐的情形，我急于想把自己的狼狈掩饰起来。

我不知道淑琴懂不懂这种感受，或许在我和她做朋友的许多年里，我都不会去说这种感受，但那一刻，我的自卑和敏感无所遁形。

反倒是淑琴，看见我，急忙过来接过我手里的东西，搂着我的肩膀对她的朋友介绍："这是马慧娟，我最好的朋友，我最有才华的朋友。"

淑琴介绍我的时候是自信和自豪的，我相信她的热情和真诚也是发自内心的，不然她也不会走两个多小时来高干梁。对于没有种过地的她来说，如果不是绝对的真诚，她又何必这么远来看我。我反应过来后，急忙挣脱淑琴的手，怕我身上的土尘弄脏她的衣服，又急忙把她提给我的东西接过来，礼让着淑琴和她的朋友去屋里坐。

碎房虽小，但收拾得尚且干净。没有多余的凳子，我让她们坐在炕沿上。我翻找出一身干净的衣服，去大嫂屋里换上，又洗了一把脸，简单收拾了一下重新来和淑琴打招呼。

淑琴正在翻看我桌子上的课本和几本闲书，看见我进来，又亲热地拉着我的手让我挨着她坐下。她的朋友百无聊赖地打量着我的屋子，她可能没想明白，淑琴跑这里干啥来了。淑琴看着我手掌上的一个血泡，问我："疼不疼啊？"

我笑着摇头，把手抽了回来，起身要去给她们倒水。淑琴要跟着我一起，我不知道该怎么拒绝。农忙时节，家家都忙着抢收粮食，每天早出晚归，家里根本顾不上收拾，哪里都是乱的和脏的。即使淑琴不在意，但我却不知道怎么把这种生活的不堪完全展现在淑琴面前，又怎么去和她解释一个农民家里的这些现象。因为淑琴从小没有在农村生活过，她的父母都是有工作的人，她一直生活在城里。

我有点狼狈地洗着杯子，淑琴却无所谓地拿着水壶给我倒水。她调侃我说："你这个知识分子这两年被改造得无所不能啊！啥都会干，真能！哪像我，你看，走了个山路，脚上都磨出了水疱。"

我的拘谨被她伸过来的脚给冲淡了，我笑着说："你是大小姐，和我比啥呢？哎，我说你咋想起来来我家了？"

“总算想起来问我了。哎，可怜我的脚都快走断了，你看见我还爱搭不理的。要不是我撵着来，你是不是再不打算理我了？”淑琴调皮地质问我。

淑琴这样质问我是有原因的，自从上次二姐问“你想啥呢”，我就再没给淑琴回过信。淑琴来信一次次问我为什么不回信、我怎么了、我好着没，我就是不回她一个字。其实二姐还说了很多。

二姐说：“你和你的朋友们早就不是一个世界的人了，你还天真啥呢？人家将来是有工作的，你呢，除了会种地，还会干啥？你怎么和人家做朋友？”每当我想给淑琴回信的时候，都会不由自主地想一遍二姐的话——你拿什么和淑琴做朋友？然后写信的念头就没有了。

我低着头使劲洗着杯子边边，我怕抬头看见淑琴真诚的眼睛。淑琴朝杯子里倒了一点水继续说：“你的心情我理解，你的处境我也明白，但朋友就是朋友，念书的时候我们能做朋友，以后不念书了我们也能做朋友，这有什么问题吗？”

在说话讲道理这方面，我永远都说不过淑琴。不只是她，对所有人我都是说不过的，因为我所有的心思只会在心里。我甩了甩杯子上的水，起身说：“咋说呢，一言难尽，你能来，我还是很高兴的。”

“我可没看见你高兴，从我看见你你就愁眉苦脸的。”淑琴笑着调侃我。

我不好意思地笑笑，给杯子里放上茶叶，端到碎房里让淑琴和她朋友先喝茶。淑琴的朋友从包里拿出一瓶矿泉水说不用，她自己带水了。我让淑琴陪朋友先坐着，然后去厨房找大嫂。

小侄子在锅台前拿着柴火朝灶膛里面塞，大嫂正在擀着一片面，一米多长的擀面杖在大嫂手里来回滚动，面就一圈圈地大了起来。我站在旁边看着，却不知道怎么开口。大嫂回头看见我，问我咋了，我说我来看看做的啥饭。大嫂笑：“咱们能有个啥饭嘛，还是浆水面。”

我有点泄气，淑琴大老远地来，难道我就拿浆水面招待她吗？可就像大嫂说的，除了浆水面我们还能吃啥呢？我没有再说什么，从厨房里退了出来。

因为淑琴的到来，我晚上没有给牛铡草。对于浆水面，淑琴表达了足够的赞叹，也踏踏实实吃了两碗。看她吸溜着喝汤，我忍不住笑了。因为她的朋友在，淑琴很努力地想拉近我和她朋友之间的关系，但我始终放松不下来，话也就不多。淑琴从包里摸出一副扑克，我们玩了一阵子，很多话就在沉默中逐渐隐去了。高干梁的星星近得仿佛就在窗前，淑琴说："只有在你这儿，才能看到这么美的星星。"

星星仿佛听见了淑琴的赞美，此起彼伏闪烁着，像一颗颗耀眼的宝石。我想，每一颗星星都在自己的位置上，每一颗星星都在努力地发着光，有没有哪颗星星会不发光呢？不发光的星星该怎么办呢？或者，她只是暂时不发光，等她想发光了是不是就又闪亮起来了呢？

第二天一早，淑琴走了，她继续上学，我继续种地。

09

我以为，我把自己嫁了就没事了

我们家是没人催我赶紧结婚的，因为我们家的人都有分寸感，什么事情能做，什么事情做不了，大家心里都有标杆，这是在长期的规矩之下形成的自觉性。

我开始莫名地焦虑，眼看着和我年龄相仿的表姐、表妹都结婚了，我却还在高干梁赶着白驴犁地。我在想着诗和远方的时候，也想着世俗的烟火生活。我能怎么办呢，我总要生活，总要在这世上活下去，那我就得和其他人一样，在该结婚的时候结婚。但是，我为什么对结婚这件事情抱着深深的抵触情绪呢？看过太多关于爱情的悲伤后，我认定这世间没有完美的婚姻。

我的姑姑隔三岔五就要来一次我们家，每一次都是哭着来，带着各种各样的外伤；每一次来都要住几天，然后再被姑父接回去。姑姑每一次来，父亲都被气得脸色发青，因为姑姑身上的伤总是没断过。而姑父每一次来都说的比唱的好听，一次次承诺再也不会有下次了，但隔一段时间，姑姑就又带着一身伤来了。

父亲没有办法处理这件事情，他所能做的就是一个人生闷气。姑姑结婚好多年了，刚结婚的时候总想着，有了孩子就会好了；有了孩子之后就想着，孩子大了就好了。可现在，儿媳妇都娶进门了，她还是落不下一点好。她所能做的就是一次次回娘家，可回来又能怎么样呢？娘家虽好，却不是她的家，她最终还是得回去。

每一次看着姑姑鼻青脸肿，我都无法把这些伤和姑父联系起来。他每次来接姑姑，都是彬彬有礼、和蔼可亲的，一口一个哥哥、一口一个嫂子地叫着，对我们这些侄子侄女更是嘘寒问暖。这样一个人，怎么能是下手把姑姑打伤的人呢？我问大嫂："姑父真的打姑姑吗？"

大嫂说："咋不打？往死打呢！姑姑也是命苦得很，倒了霉了跟了这么个人，狗脸一变，不问青红皂白就打。唉，淘气得很。你看，姑姑脸上什么时候宽展过？"

姑姑的脸上确实没有宽展过，她的额头上就像压着一个山头，让她的眉头总是皱着，或者在她的心里也压着一座山。姑姑是极勤快的女人，我们还是相当喜欢姑姑来的，她一来，就变着花样给我们做饭，还把我们家的屋子里里外外都打扫一遍，帮母亲拆洗被子，帮大嫂给侄子缝棉衣棉裤。我说不出来姑姑哪里不好，可这么好的姑姑，姑父为什么要打她呢？

大嫂说："人家有外心呢！人从头到脚就没看上过姑姑。人家家里以前是地主，就喜欢那种娇小姐。姑姑太老实了，人家看不上。"

这我就更想不明白了：既然看不上，为什么要娶姑姑？既然娶了，又为什么不喜欢？不喜欢就算了，为什么一次次地还要叫回去？

大嫂大笑："念了书的人就是问题多。哪有那么多的为什么，这世上的事情谁又能说清楚呢。"

说是说不清楚，但从那以后，姑父再来我们家我就不搭理他。我的心里一直挺矛盾的，我盼着姑姑来给我们做好吃的，但又怕姑姑带着一身伤哭着来。我心疼姑姑，却不知道怎么才能让姑姑不哭。

一些不好的事情总是有阴影的，每次送走姑姑，我都会想：姑姑要是不结婚是不是就没有这么多的烦恼？不只是姑姑，我们家邻居两口子，三天不打架大家都会奇怪：这家人今天怎么这么安静？还没奇怪完，男人就会追着女人在高干梁转圈圈，一把扯住头发就开始拳打脚踢，下手那叫一个狠，好像结了几辈子仇怨一样，恨不得置对方于死地。打完消停那么几天，下一轮的追打就又开始了。不知道人家这样几十年是怎么过下来的。

十九岁快结束的时候，来给我说亲的人多了起来。我猜是父母给我的七大姑八大姨都打了招呼吧，要不然，怎么一下子这么多媒人上门？有了二姐的前车之鉴，母亲也极想让我嫁得好一点。

我觉得我是没有选择的权利的，因为无论选择和谁相亲对方都是陌生人，这种陌生不是见过两次面就能消除的。更何况，见两面又怎么去判定这个人就是个好人，就是能和你过日子的人呢？这样的婚姻就像一场赌博，赌对了嫁一个好人，赌不对就嫁一个和姑父一样的人。

道理我都明白，但我说不出来。我不能让父母亲伤心，所以他们说什么我就听什么。很快，我被安排和一个铁匠的儿子相亲，对方在一个乡镇的集市上有一间铺子。二叔把这家人夸得和一朵花一样，父母明理、儿子成材、家庭条件优渥，嫁过去肯定不受罪。

母亲叮嘱我穿得体面一点，头发再梳一遍，再洗把脸。我心不在焉地答应着，心里却不以为意，想着看不上就看不上吧。我随便套了件衣服，就在碎房里等着，心里充满了忐忑，我很怕对方看上我，然后和我谈婚论嫁。

小伙子走得气喘吁吁的，对于没有来过高干梁的人来说，走路就是一个挑战。小伙子个子很高，皮肤焕发着健康的古铜色，算不上特别帅气，但绝对不难看。

我们就在院子里相互看了一眼，小伙子一脸高冷，我也不苟言笑。两个人就远远地瞅了对方一眼，我没看出来他眼里有什么热情，甚至看出点失望，这种失望不仅仅是因为我这个人，也失望着自己跑这么远来相亲。

小伙子很快避开了我的眼光，我也没心思再看。我们就像偶遇的两条鱼，快速地擦肩而过。我觉得我的任务完成了，进屋换了干活的衣服继续干活。

母亲问我对这个小伙子啥印象，我笑着说："一看就是家里宠出来的孩子，高傲、自负着呢！再说，就看了一眼，可能长什么样都没记住。"

母亲说："我看着还好，小伙子高高大大，举止稳重不轻浮。男人么，丑俊不重要，重要的是人要踏实。"

母亲话里话外透露着对小伙子的满意，我的心又悬了起来，不知道自己的命运将会怎样。

过了一天，二叔来我们家了，也就是说对方相看的结果出来了。二叔吞吞吐吐地半天不说结果。父亲气得翻了二叔一眼，让他有话就说，别这么磨蹭。二叔被父亲一凶，仿佛下了决心一般说："人家娃娃说，嫌咱们女子年龄大了。"

父亲看了二叔一眼，二叔朝后缩了缩，不敢抬头再看父亲。父亲问二叔："你一下子把这家人夸得天上没有、地上难寻的。不就是相个亲吗？啊？看不上就看不上，说这个话是啥意思？"

"哥哥，我也没想到他们会这样说，我也气得，感觉都没脸给你来回话。不过人家也说得对着呢，咱女子也确实年龄有点大了。"二叔唯唯诺诺地解释着。

作为兄弟，二叔是和父亲完全不同的那种性格，做事瞻前顾后，说话不掂量轻重。眼看着父亲脸都气青了，他还能说出和对方一样的话来。

对方说这个话是有原因的。在我们这里，女子都是十七岁结婚，有田的媳妇嫁过来也刚十八岁，更早一点的还有十六岁就结婚的。像我这样，眼看着二十岁出头才准备嫁人的确实不多。年龄大点，别人就会各种猜想，是脑子有毛病，身体有隐疾，被人退婚了，还是名声不好？总归，大家会想出各种我们自己都不知道的问题来进行各种猜测。而这世上最不缺的就是这种为别人操碎了心的人。

二叔还在那絮絮叨叨，母亲怕二叔的话气着父亲，就急忙对二叔说：“他二叔，让你费心了，先喝口茶，我让媳妇子给你做饭着呢。”

父亲披着衣服出去了，事关脸面问题，父亲总觉得一口恶气出不来。我被这个理由逗得大笑，我问大嫂：“那个小伙子长得咋样？”大嫂愤愤不平地说：“也就那么个姿势，还弹嫌你。”

我又一次大笑，这才是我的亲嫂子。

第二个来相亲的是姑父领来的，我从心里对姑父有意见，所以对他带来的人也不热心。没想到姑父带来的人居然是二姐的同学，一个油嘴滑舌的小伙子。这次相亲比上次还尴尬，不管对方愿意不愿意，反正我是不愿意的。家里人也没看上这个小伙子，总觉得不是个踏实过日子的人，所以直接就忽略掉了。

第三个小伙子很有派头，是自己一个人来的，梳着大背头，穿着老板裤和蝙蝠衫，略微凸起的肚子彰显着自信。小伙子一进门就热情地和家里每一个人打招呼，又对自己做了一番介绍。他这么多年都在外面闯荡着，这次回来就想娶个媳妇带出去做生意。他一边说还一边热情地帮大哥干活。

对于陌生的人，我始终保持着一种戒备的心理。但这样热情的人会给任何人都留下一个好印象。小伙子让家里的每一个人都觉得不错。表现了一番的小伙子礼貌地走了，我们客气地说过两天回话。

大嫂问我：“这个咋样？”

我说：“不知道啊，谁知道咋样？”

母亲说："看着不错，是个实在的小伙子，也有眼色。"

大哥说："嗯嗯，小伙子干活麻利着呢，人也机灵。"

只有父亲没有说话，可能他的心里是另一番考量吧。家里的意见是三比二的结果，大哥大嫂和母亲都觉得不错，我以为我就要跟这个人正式相亲的时候，天明回来了。

说起天明，他比我大一岁，我们一起长大、一起上学，他是我们几个中最机灵的那个，一天到晚带着有田和有成"搞破坏"。但他人又特别义气，有吃的大家一起吃，谁欺负我们了，他第一个带着我们去和人打架。当然，这样一个人是不会待在高干梁的。几年没见，当初那个青涩瘦弱的少年已经长成了一个意气风发的大小伙子，洋气得让人不敢认。

我出去填炕的时候，他正好手插在裤兜里站在他们家门口张望，我有一阵子没反应过来，心说这是谁啊？天明看见我笑着问："几年没见，你就忘了给你吃油旋饼的人了吗？"

他这样一说我才反应过来，急忙和他打招呼："是你啊，洋气得我都不敢认了。哎，啥时候回来的？"

"回来有一阵子了，我以为你都嫁人了，没想到你还在家呢。"天明笑着说。

"你那时候老说我丑，现在好了，丑得都嫁不出去了，人家女子和有田的娃都满地跑了。"我自嘲地笑着说。

"嘿，这是要我负责的节奏吗？干脆，我也不嫌你丑，咱俩结婚算了。"口齿伶俐是天明的另一个特点。

我的脸腾地一下红了，提着篮子不知道该怎么接这个话。我以为我们还是念书那会儿，能口无遮拦地开玩笑，可一转眼才发现，我们都到了谈婚论嫁的年龄。看着我的囧样，天明大笑："哈，没想到我们会骑驴、会犁地的女侠客还会脸红呢。算了算了，再不为难你了，你要真没嫁我倒真的可以考虑考虑你，反正你这么丑，别人也看不上你，我就当替你们家解决困难了。”

我白了天明一眼就不再搭理他，气呼呼地拿着篮子回去了，心说这个人出去逛了几年咋这么油嘴滑舌了。看见我不高兴，大嫂问我：“怎么出去了一趟噘着嘴回来了，谁惹你了？”

“就那个天明么，嘴里从来没说出来过好话，气死了。”想起天明的话我心里就耿耿于怀。

“说啥了吗？看把你气得。”大嫂一直都是这么好脾气。

“人家说我长得丑，要是嫁不出去，他可以考虑一下，就当替咱们家解决困难了！嫂子你说，这是一个大小伙子该说的话吗？”我急于想让嫂子同意我的观点。

“哈哈，这个天明越来越皮了。哎，他这样说不会是真的看上你了，想和你谈婚论嫁吧？”大嫂并没有我这样的气愤，只把这些看作两个人的玩笑。

“他能看上我啥？再说，咱们两家离得这么近，我难道要在高干梁待一辈子？”打死我也不信天明说的话。

“你还别说，天明这个小伙子倒是不错。其实咱们一个农民，在不在高干梁都是一样的。女人家，最终要图那个男人对你好。”大嫂自有她的人生理论。

大嫂的话我没有理由去反驳，就再不说话了，反正一想起天明的话我就生气，从上学的时候就动不动说我丑，说了这么多年还不放过我。丑就丑，关他什么事情！

我的愤愤不平好半天都过不去，没想到稍晚一点，天明又溜达到我们家来了。父亲一直比较喜欢和村里的年轻人玩，不忙的时候和他们打打扑克、下下方。天明从小就对这些游戏无师自通，而且水平还不错。他一进门父亲就招呼他：“天明回来了啊，长成大小伙子了。来来来，摆两方耍耍。”

天明也不客气，坐在院子里就和父亲摆开了场子。我看着他咋那么气呢？可我又不能说什么，关起碎房门看书去了。其实我也没什么书，就是随便翻翻我的课本。翻得越久，沮丧的情绪就越多，索性不看了。唯一的两本文学书籍已经看了好几遍，看上句就知道下句写什么。一本是三毛的《梦里花落知多少》，这是我捡来的书，当年被扔在宿舍的楼道里，封皮不知道被谁撕得没了踪影，我捡起来一看是本文学书，就收了起来。后来不念书了就带回了高干梁，一直放在屋子里。这会儿翻开看，我被书里怀念的情绪感染得伤感不已，整个人都不好了。另一本书是我去年夏天打蕨菜攒钱买的，张贤亮的中短篇小说集。这是我人生中第一次买书，花了十八块钱“巨款”，回来还被母亲说了几句：“一个女子家，也不说给自己买个抹脸的，买个梳子镜子之类的，买本书给谁看？”我不作声，看见我不说话，母亲更气了：“这么大的人了，一天天地不知道想啥呢！”

其实我啥也没想，我就是不知道说什么而已。母亲气呼呼地走了，我抱着书进了碎房。有时候我特别感谢碎房，只要进去，这就是我一个人的世界，高兴也好，忧愁也罢，都可以被这间小屋子接纳，说话与不说话都可以，睡觉或者看书也可以，我觉得这里就是高干梁的世外桃源。

院子里的酣战还在继续，父亲和天明你来我往，胜负持平。我在碎房里待得有点百无聊赖，想出去帮大嫂做饭，却又怕出去要和天明打招呼，犹豫了半天还是出去了。正准备忙忙张张地先进厨房，却被父亲喊住：“给我倒杯水来，哦，给天明也倒点。”

天明没有拒绝父亲的提议，甚至眼皮都没有抬起来看我一下，却在嘴角扯出了一抹笑意。这个坏东西，真是招人讨厌得很。我无可奈何地给他倒了一杯茶，端过去他都没接一下，我放到他跟前就走了，真是太气人了。大嫂看着我气鼓鼓的样子光是个笑。

那个相亲的小伙子又来了，大嫂说：“看这来的架势是看上你了啊！哎，你看上他没？”

我真是搞不懂大家的逻辑，就一眼、就说了一两句话，怎么看上嘛，还一个劲地问看上没，难道一眼就能看一辈子？要那么神奇，姑姑一天鼻涕一把眼泪一把地哭啥？我又不说话了，大嫂一看，笑着说："这又思考去了，妈让我问你到底行不行，总要给人家小伙子个话呢么。"

我没了主意，也乱了方寸，我问大嫂："嫂子，你觉得咋样，行不行？"

大嫂说："我咋说呢，这将来万一不好你又要怪我，这个事情还得你自己想。要我说，小伙子人还不错，就看你咋想。"

这种事情咋想嘛？可一想起天明说的，我丑得很，他要替我们家解决困难我就来气，你不是说没人看上我吗，那我就让你看看，到底有没有人看上我！想到这，我和嫂子说："行呢，让给人家回话，我同意。"

家里人都松了一口气，看来，我的人生大事也快解决了。小伙子也高高兴兴地表示，回去就请媒人。小伙子走了，我却有点恍惚。按说见了两次了，我总该记住他的模样了吧，但为什么我此时一点儿都想不起来小伙子长什么样，只记得个头不是特别高，略微有点啤酒肚。关于他的脸，没有丝毫的印象。

两天过去了，小伙子没有任何消息，大嫂和我嘀咕："那天走的时候高高兴兴的，怎么一回去就没有动静了，你说咋了？"

我也奇怪咋了，难道小伙子半路看上别人了？我这样想是有原因的，见了我两次就能看上我，那也就能看上别人。大嫂笑了，说我一天到晚想的都是别人想不到的。除了奇怪我没有其他的感觉，如果真的见一面就能对一个人心心念念，那就太奇怪了。

一周过去了，小伙子还是没来，家里人都挺气的，这说好的事情，成不成的总有句话呢么，这是几个意思？母亲让父亲去骂介绍的人一顿，不带这么欺负人的。

我在大门口又碰见了天明。高干梁就这么大，一眼就能看到头，想不碰上都难。我低着头不搭理他，天明笑嘻嘻地问我："你咋了，蔫成这样子？"

我不理他，掉头就走，天明说："说你丑你还不信，看人家没看上你不是？"

真是哪壶不开提哪壶啊！我猛地回头问他："是不是别人看不上我你很开心啊？我丑归我丑，关你什么事情？！"

"我觉得吧，是我把你说丑了，我得对你负责啊。要不然你嫁不出去，得费你们家多少粮食啊！"看我急了，天明却一点都不急。仍旧笑嘻嘻的，不紧不慢地说着。

我真是快被这个人气疯了，我不知道他要干啥，一面说着嫌我丑，一面要对我负责，我都想跳起来骂他了。但我不能骂，高干梁就这么大，我一骂他，别人指不定又说啥呢，气死我了。

我只能转身加快脚步，天明在我身后喊："哎，再别等了，那个小伙子不会再来了。"

我被气糊涂了，也没有再去想这句话。回去就到大嫂的屋子里照镜子，我得再仔细看看，我哪里丑了。看了半天，没看出来我漂亮，但也绝对不丑啊！我皮肤白，我浓眉大眼，我就是不秀气而已，我丑什么？对着镜子，我把对天明的腹诽重复了一遍。

大嫂推门进来问我干吗呢，我问大嫂："我长得丑吗？"大嫂说："问这个干吗？大姑娘家，怎么也和丑扯不上关系啊！"

"那天明那个坏蛋天天说我丑干啥，气死我了，还一个劲说我嫁不出去。"我仍然在生气。

"那可能就是和你闹着玩呢，你别理他。"大嫂劝道。

"我也不想理他，可他一个劲地撵着和我说话，烦死了。"对这件事情我有一种深深的无力感。

"哎，你说，天明是不是真看上你了，要不他天天撵着你干啥？”大嫂仍然坚持着自己的想法，可我就是觉得怎么可能嘛。

女子又来浪娘家了，拖着她的双胞胎，怀里抱着刚满月不久的小儿子，黑脸的女婿跟在后面拎着娘儿仨的东西。他们总是一个月要来一次高干梁。女子看着状态还不错，她可能就是那个赌对了的人，至少在她脸上看不出来她对这场婚姻有什么不满意。每次来，女子都会把娃扔给黑脸女婿，专门到我们家来和我聊天。我笑女子，你两次完成了三件人生大事，不容易。女子撇嘴：“女人家，不给人家生娃咋办？人家养个老母鸡还指望下个蛋呢。”

我说：“你这蛋下得够快的，你婆家这下满意了吧？”

女子大笑着，一脸的得意：“这还有啥不满意的，该生的都生了。”

我们有一搭没一搭地聊着，她说着她们家的琐碎、庄子里的故事、孩子的哭闹、女婿的好和不好。我就静静听着，偶尔调侃几句。女子苦口婆心地劝我：“你也想开点，差不多就找个人嫁了算了，女人家，总是要嫁人的，不然后半辈子咋过？”

我有点不喜欢女子一口一个女人家。女人家咋了嘛，女人家就非得将就着，委屈着？但我又没有实力来反驳女子，不管咋，她已经觉得自己人生圆满了，而我还巴巴地在这剩着。不高兴归不高兴，但我也不会和女子翻脸，毕竟她每次来都是把娃扔给女婿就来看我，也是愿意给我分享人生经验呢。

女子每次来都住一周左右，几乎每一天都要和我凑在一起说一阵子话。这天刚吃完晚饭，我正帮着大嫂洗锅，女子就又来了，我心想这晚上不管娃吗？女子却拉着我说：“走，我们俩到你碎房里说。”

看着女子神神秘秘火急火燎的样子，我心里有点嘀咕：“这什么事情，还要背过大嫂和我说呢？”进门刚坐定，女子就说：“你的好事来了。”

我说：“可算了，我能有啥好事？”女子说：“我要给你当媒。”

女子的话吓了我一跳，好端端的，她给我当的什么媒。我白了她一眼：“快好好哄你的娃去，自己才刚嫁出去没几年，就惦记着当媒婆了？不知道又祸害谁家的女子呢！”

“哎哎，我说你这个人咋老一副水火不动的样子，我把娃扔下来给你说事情，你一副爱答不理的样子。真是的，热脸贴着冷屁股！”我的态度让女子恼了起来。

“好好好，你说，说，我听着呢，啥好事？”我又笑着哄她。

“哼，都不想管你了。不过不管你得管那个人，所以我就不计较了。”看我态度好了，女子的口气也软了下来。

“哈哈，那个人是谁嘛？”看着女子嘟嘴的样子，我觉得她好可爱。

“再别捣乱，听我说。那个人让我来给你说，不要再和别人相亲了，他要和你处对象。”女子一本正经地说着那个人说的话。可我更加糊涂了，那个人是谁嘛？

“说你不聪明吧，你比谁都道理多。说你聪明吧，你总是看着糊里糊涂的。那个人和咱们一起念书、一起放牛羊、一起长大的，你说还有谁？”女子一副孺子不可教的表情，甚至有点同情地看着我。

难道他说的是天明？我的脑子突然有点大，这两个人搞啥着呢，这是？我突然没了底气，又追问了女子一句：“谁嘛？”

“服了你了，有田结婚了，有成没有回来，就剩个天明了，你还在这装糊涂。你想啥呢？”女子被我弄得有点哭笑不得。

“别和我提他，天天说我丑！奶奶的腿，我丑关他啥事？现在又和你说要和我找对象，有意思吗？你告诉他，不要再来戏耍我了。”说起这件事情我就气得慌，天明就是个坏，坏！

“那个还真没开玩笑，你知道前几天你相亲的那个小伙子为什么不来了？是天明喊的有田把人家堵在背洼上威胁了一顿，说再来提亲就打断人家的腿。”女子说得一脸感动。

我一听那个气呀，说他是坏都便宜他了，他要干啥呢这是？一次次地欺负人不说，还一次次地坏我的事情。我嫁别人至少还能离开高干梁，我嫁给他，我这辈子就要待在这里老死终生！高干梁的风景我是看够了，我讨厌这个地方，讨厌到了想逃离的地步。可能女子没办法理解这种情绪，高干梁生了我们、养了我们，我为什么表现得像个仇人一样。有时候，生养和生存是两码事情，贫瘠的土地除了不长庄稼，连草都不长，贫瘠得让梦想没办法立足。这些东西女子是不会明白的，她已经完成了作为一个女人的大部分事情，她也将继续沿着这个轨迹生活下去。这没什么不好，只是我们道不同。

“你给他说，我不想和他找对象，我也不想嫁在高干梁，让他别再一天天地欺负人了，不知道的还以为我咋了。”我咬牙切齿地对女子说。

“你再想想嘛，我觉得天明人又聪明，长得又帅，还是可以考虑考虑的。高干梁咋了嘛，高干梁人祖祖辈辈不也都过着呢么？”女子并不能理解我的想法，一个劲地劝说着我。

“就你把他夸得和一朵花一样，他好你咋不等着嫁他？”我赌气地调侃着女子。

“嗨，人家看不上我，真是的，哪像你，还在这二上了。”女子气哼哼地说。

“行了，你也别劝我了，我和他不是一路人。不早了，快回去管你的娃去，不然你的黑脸女婿又站我们家门口说，娃哭的，弄得我像个罪人一样。”我也不和女子客气，直接就撵她走。

“嗨，你还撵上我了，我走呢，走了再也不来了。”女子赌气要走，我大笑，送她出去，叮嘱她看着点路。远远地，女子喊了一声：“没良心。”我又大笑。

此后的几天，天明像蔫了一样，见我再也不油嘴滑舌了，我也乐得清闲，再也没人说我丑了。但家里人挺着急的，一直疑惑那个小伙子说得好好的为什么再也没来。我装作不知道，因为这件事情我没办法说，只能等着再来媒人上门提亲。

每天挑水的时候，都要路过天明家。有一天我前脚到水泉跟前刚蹲下舀水，天明后脚就挑着水桶上来了，还把桶和我的桶排在一起。我又不好意思舀上就走，就把他的顺带着也舀满了，天明拄着个扁担却不把水挑走。水泉边就那么大点地方，他不走我就没办法走。我拿眼睛瞪着他，希望他让路，可他却笑眯嘻嘻地看着我："瞪我干啥？你给我说说，你为啥不和我找对象？为啥我们就不是一路人？"

"我为啥要和你找对象？又为啥要和你成一路人？世界那么大，我们大路朝天各走一边不好吗？"我被质问得有点毛躁。

"不、不、不！大路是朝天，但我们一直是走在一条路上的，你得给我和你一起走的机会。"天明的口才好是我们几个都公认的，我承认我说不过他。

"算了，你也别把咱们俩朝一块生拉硬拽，你又不丑，不愁找不到媳妇。"说不过他我只能说好话。

"哈哈，感情你还在记仇啊？我那不是和你闹着玩吗，你其实不丑。你看，高干梁男娃娃里我不差，女娃娃里要算你有见识，咱俩刚好。"天明分析着我们的条件。

"我不想一辈子生活在高干梁，我不想将来我的孩子上学要和我一样翻山越岭！我受够了高干梁，我不想嫁在这里！"我气急败坏地吼着我的想法。

天明还想说什么，但有田的妈挑着水桶也来担水了。看见这个女人我就心慌，她总是滴一点就能印一片，把没有的事情说成有的，把死的说成活的。我起身把天明的水桶一把提开，担起自己的水就走了。和有田的妈擦肩而过的时候，这个婆娘果然说："哎哟，快二十的女子了也没个婆家。"

我一口气憋在心里，泛不上来话。天明挑着水在我身后说：“看你操的闲心不是，人家找个婆家还不是分分钟的事情。”

“哎哟，我就擦亮眼睛等着看着，她妈说她的女子不嫁在高干梁，我咋看着这离嫁也不远了。我也看着，她的女子嫁个乡长呢还是县长。”有田的妈朝天明脸上看一眼，朝我脸上看一眼，一副好像发现了天大的秘密一样的表情，笑得暧昧而揶揄。

我气得说不出来个所以然，只能担着水头也不回地离开，天明也担着水跟着我，好像我们俩真咋了似的。我一边走一边在心里骂着天明，平时伶牙俐齿的，这会儿怎么哑巴了？你倒是狠狠地怼这个长嘴的妇人啊！直到下了坡，路宽展一点了，天明抡着两条长腿超过了我，还扭头和我说：“你着啥急嘛，离开高干梁还不简单，人家这几年到处在移民搬迁，只要想走，咱们结婚后搬迁就是了，这也不能成为我们俩不能找对象的理由啊？”

我把水桶“咣”的一声放地上不走了，水从水桶里溅出来，路上湿了一片。刚才的一口恶气出不来，我正气着呢，他又吧唧吧唧地说这件事情。“你咋这么脸皮厚呢？我要说几次你才能明白，咱们俩不合适！”

天明把扁担在肩膀上挪动了一下，有点无奈地说：“咋就这么犟呢？”

天明走了，直到看他拐进家里我才重新担起水，刚才一溅至少少了两舀子水，半天白担了。我朝身后看了看，有田的妈又快撵上我了，我担起水桶赶紧回家。

大嫂问我：“你挑了个水一脸不高兴的，咋了？”我也是没主意了，就和大嫂说了在水泉边上发生的事情。大嫂说：“这个有田的妈就像人碗边上的苍蝇一样，你不把她当个事吧，她总在你碗边骚扰，你把她当个事情吧，她就是个让人讨厌的苍蝇。所以啊，就让她去吧，你以后的路还长着呢。”

不知不觉我的婚事就搁置了起来。据说天明也被家里安排着相了几次亲，但都因为各种原因没有成。有一次，我偶然听见父亲和母亲说："你说，咱们女子咋也没个合适的主呢？年龄也不小了。再不嫁怕嫁起来吃力。唉，都怪我，要不是我生病，咱们女子也不会又是犁地又是干各种活的，是不是这样就显得老气，所以没人说了呢？"

母亲也叹气："说的啥呢，都二十了，再不结婚别人说闲话呢。"

两声叹息让我的心被撕扯了一下。原来，父母亲和二叔的想法是一样的，我得赶紧把自己嫁了才好。可我嫁谁去呢？这么多年，我除了和天明、有田他们熟，再和其他人也没什么交集啊。想到这，突然又觉得自己挺可怜的，多余连个认识的人都没有。

女子又来浪娘家了，我和她说，让她问天明，之前说的话还算数不？女子吃惊地看着我，然后又连忙点头，忙忙地跑着问去了。

我以为，我把自己嫁了总没事吧，结果，当天明打发的媒人进门的时候，父亲没说什么，母亲却勃然大怒，撵到碎房劈头盖脸把我一顿骂。这次是真的骂，以前只是说教而已。母亲的怒火像瓢泼的大雨一样把我淋了个透，这么多年，她都没有这样愤怒过。她质问我："你到底想什么呢？我一直觉得你是个老实孩子，但我没想到你的主意这么大，人家都哭着喊着嫁出高干梁，你倒好，鸡罩变了个牛笼嘴，你居然要嫁在高干梁？"

我想，在这一刻，母亲是没办法理解我的，我也同样没办法理解母亲。我想着把自己嫁了就是给父母减轻负担，但母亲觉得人往高处走，我怎么就这么没出息。我的沉默是我最大的铠甲，我的沉默也让母亲束手无策，骂着骂着，母亲的语气开始无力起来。

母亲不再和我说话，因为父亲答应了媒人的提亲，我和天明的婚事被正式提上了日程。

10

远方正在慢慢来到眼前

从提亲到结婚是一个煎熬的过程，因为母亲不高兴，整个过程都是压抑和无奈的。我总是惴惴不安地看着母亲的脸色，但母亲的脸上基本没有脸色，她要么不说话，要么就是不得不说的时候只说一两句。大嫂悄悄和我抱怨：“你看妈，事情都成了，还不高兴地要咋吗？女子娃娃总是要嫁人的，嫁了才知道好不好呢么。”

我没有附和大嫂，也没办法附和。母亲有她的骄傲和想法，在有田的妈来提亲的时候，她一口回绝，并且自信地认为她的女子不会嫁到高干梁。二姐的婚姻让母亲看到了希望，而我的婚姻，让母亲看到了第二个自己。她怎么能高兴？而且，她的骄傲也因为我的婚姻将成为有田妈时不时会抖出来的一个笑话。母亲的脸面素来金贵，这样的结果，让她情何以堪？道理我都明白，但一些鸿沟一旦形成，就再也难以抹平。

磕磕绊绊中，腊月伊始，高干梁的两家人在同一天举行了婚礼。天气很好，参加宴席的人吃得高高兴兴的，他们只是围观者。我的婚礼没有婚车，没有毛驴，我被两个姑姑搀着进了天明的家门。我不知道我出门的那一刻母亲流泪了没有，但我知道，从此以后，我就是这个家的客人。

大部分女人的婚姻都是相同的，我也不例外，唯一的区别就是，嫁给天明我再也不犁地了，不拉车子了。我成了高干梁众多媳妇里的一个，每天过着和大家差不多的生活。

我走了碎房就空闲了下来，我抽空回去了一趟，把淑琴和所有同学写的信翻找了出来拿回家，几年时间居然积攒了那么厚一沓。我重新翻看着这些信件，有淑琴刚到学校时写的校园的模样，有她鼓励我写的名人的事例，有我们彼此的小情绪和小伤感，有太多可以分享的话题和现实的困扰。看着看着，我的眼泪就下来了，天明进来看见了，问我："好端端的，哭啥？"

我吸了一下鼻子，说："没哭，就是眼睛酸的。"

天明也不再说什么，忙自己的事情去了。我找了个灰盆子，一边看一边点火，把信一封一封点着，蓝色的火焰变成了红色，在盆子里跳着欢快的舞蹈，一些字迹跟着这舞蹈化成了灰蝶，翩翩起舞之后又跌落下去，很多故事和情感也跟着跌落在盆子底部，一层一层的。我想，我和我的过往作了一次诀别。

又想了想，人总要向前看，没有更好的选择的时候，可能就得先顾着眼前的生活。烧了这些信，我只是想和过往做个了断，让自己不要再空想。

季节总是很快，从春到秋就是一眨眼的工夫。高干梁前半年又旱了，庄稼不是太好，但也看得过去，只能说今年年成不好不坏。麦子收割到地里码起来之后，总要让再干一干、醒一醒才好拉上场。小的时候，常听嫂子给我们说古今——"对面子地里一群鬼，铺的沙毡捂的嘴"，让我们猜这是什么，我们总也猜不出来。大嫂就笑，说："不就是码起来的麦子吗？"我们恍然大悟。

这两年的人越来越图便利，等着麦子干得差不多了就从地里拉回去碾过后装起来了，不像过去，要垛一个大麦垛，一直放到冬天才碾。

然而今年的天气却没有给麦子干的机会，从麦子割倒，就开始下雨。刚开始大家都还挺高兴的，忙活了这么久，下点雨让人缓缓。可缓着缓着，大家就不高兴了，天气就像一块被水浸透的湿抹布，滴答滴答地下个没完没了。一会儿大，一会儿小，但就是没有停的意思。

烧的柴火开始短缺起来，点炕的胡麻柴也湿透了，牛羊的身上总是湿漉漉的，鸡蜷缩在屋檐下的窝里不出来。远处的山总是雾蒙蒙的，椽子上都有了霉点点，瓦片的缝隙里长出了蒿子，猫一天到晚赖在炕上打呼噜，人觉得骨头里面都是个酸的。每天天一亮，大家都掀开窗帘先看一下下雨着没。一看下着呢，就捂着被子再睡一会儿；一看没下，心里先高兴一阵子，计划着不下雨了要干点啥，可还没等计划完，雨就又开始下了。

这样连天地下雨，磨面成了大问题，可人总是要吃饭的，有田的妈端着个盆子，已经挨个在高干梁借了一遍面了。很多时候大家都想不明白，有田的妈哪来的自信觉得自己在高干梁吃得开，但当她拿着盆子来借面的时候，大家又不得不借给她。或许这种不得不借就是人家的底气和信心。

我始终不愿意和这个女人打交道，她端着盆子进来的时候，我刚好在和面。人家一看见我就热情地打招呼："哟，阿姨一直把你小看了，以为你只会犁地拉车子，这么一看你原来会的还多呢么。面要多揉，你没听老年人说'打到的媳妇揉到的面'，面越揉越精呢。"

"您有啥事吗？"我问了一句，不带任何表情。

"哎哟，你看我这个记性，光顾着和你说话了。家里没面了，你看这个鬼天气，把人搅和得磨不来面了，能不能把你们家的面给我借点？"我还没顾上说话，人家又补了一句："哎哟，我怕问你白问着呢，你一个新媳妇，肯定不当家作主。你婆婆呢，我问她去。"

说罢扭着腰身就去找婆婆，剩下我有点不知所措。我一直觉得，这个女人活在世上唯一的作用就是为了来给别人添堵的，幸好我不是她的儿媳妇，不然这日子咋过。话是这样子说，可日子该咋过还得咋过，就算这雨一直下个不停，该吃的饭却是一顿都少不了。没有柴火了找几根不用的干木头劈了，湿的就早早地抱进来在灶台底下熏着，没醋了赶紧出去借一点，反正在高干梁，就没有不能借的东西。

一转眼，雨下了一个月了，高干梁门前的小溪又淌了起来，有田的妈动不动就冒着雨提一篮子洋芋去洗，浑浊的溪水把洋芋洗得白白胖胖的，回家再用清水一冲。在过日子这块，这个女人一直都是精打细算的。

村道上的积水一直没有干过，加上牛羊每天踩踏，直接就是个稀泥塘，每天挑水的人再踩几遍，匀称得就像打了一锅搅团。崖背山上，梯田一层层地掉边子，和远处山上的豁岘相对应着。

四叔现在是我的老公公，他坐在地上一遍遍地粘着雨鞋上的口子，锉刀锉得屋子里一股胶皮的味道。一边锉一边看着外面的雨，念叨着："可不敢再下了，再下这山走了咋办，把我们都压在底下了，我们老了也就不说了，这娃娃芽芽的，还没有活人呢。"

公公的担心不无道理，这雨下得太久了。白天睡得多了，夜里总是醒来，总是听见房檐水在不停地滴滴答答，心里也就愁闷了起来。不由得又想起读过的书里描写的外面的世界，那里有没有这样多的雨？有没有在雨夜和我一样睡不着的人？这世界上有没有和高干梁一样的地方？我已经这样子了，未来和出路又在哪里？我就要这样在高干梁过一辈子了吗？一想到这些，更加没了睡意，只觉得长夜漫漫，人生无望。窗外是漆黑的夜，屋里是天明轻微的鼾声，唯独我像个无所事事的游魂，思考着各种没有未来的事情。

思考除了让人徒添烦恼再没有任何益处，早晨醒来，我就觉得头昏脑涨，喊天明起来去担水。他说："水缸满着呢，不用担。"我又躺了一会儿，听见厨房门响，婆婆进屋做饭去了，我赶紧爬起来去给打下手。柴火熏了一晚上，半湿不干的，我好半天都没有生着火，反倒给自己抹了一脸灰。婆婆一看，举着两只糊了面的手过来了，三下五除二就把火生好了，回头看了我一眼，转身又去揉面。我小心地呵护着这团火，看着一点点地开花，把整个锅底包围。

念书之后就是不停地干农活，对于茶饭，我会的实在不多。但我又不能坐等着婆婆伺候我，所以总是来帮忙，但每次都笨手笨脚，不得要领。我常想，幸好婆婆还算宽厚，要是有田的妈，只怕我们家的门槛都被踏断了，天天会去给我妈说我的不是吧。

一转眼，我结婚已经八个月了，婆婆有意无意地总会试探着问，有没有怀孕的反应。我却总是不知道怎么回答，就干脆不说话，时间久了，婆婆看着有点不高兴。说起这件事情其实也挺尴尬的，和我一起结婚的，都眼看着肚子和吹气球一样鼓了起来，就我没什么动静。婆婆有这些反应也是正常的。时间越久，婆婆就越着急，有几天还念念叨叨地说要给我抱养一个孩子，还举例说谁谁谁嫁了人之后好多年都不生养，最后抱养了一个孩子后生了自己的孩子，我这大半年都没动静，肯定也是这种情况。说得多了，天明就不耐烦起来，说了婆婆一顿，这件事情才暂时搁置了下来。我却更不愿意说话了，因为不知道怎么说。

雨总算停了下来，麦码子上长着绿油油的青苗。天明说：“这是返青了。”又过了一周，路渐渐干燥了起来。人是地上的旱虫，一干燥就忙乱起来。麦子就算返青了也是要朝回拉的，各家各户收拾了自家的场，又和蚂蚁一样，东山西山的，一点点收拾着往回搬。

今年的雨太多了，麦子不垛不行。公公是垛麦垛的高手，所以我们一边拉一边就开始垛。垛子已经有一米高了，公公站在上面，天明一捆一捆地朝上扔着麦捆，公公给每一个麦捆找着合适的位置。我把周围拉来的麦捆朝天明跟前集中。

大咀梁上远远地传来呼喊声："哎，高干梁的人，谁愿意朝红寺堡搬迁呢，明天到华兴报名去。哎，高干梁的人，听见的给都说一下。……"

老公公问："山顶那个人喊啥呢？要干啥？"

"说朝红寺堡搬迁呢。"天明听清楚了，给老公公说着。

"哦，搬迁呢，我都老了，搬哪儿去呢？"公公嘴里说着手里的活却没有停，将麦子捆头向里、麦秆向外挨个儿压进了麦垛。

不光我们听见了搬迁的消息，高干梁的人都听见了，就这么大个地方，想听不见都难。大家的反应都不一样，老年人觉得这件事情和他们没关系，一辈子都在高干梁过了，现在搬不搬无所谓。年轻人兴奋了起来，他们这几年出去打工，眼看着搬出去的人一天天日子都过好了，就高干梁这么多年都没有什么变化。

我的心里像平静的湖面被丢进去了一颗石子，开始乱了起来，这就是天明说的离开高干梁的方法啊！搬，彻底地搬走不就离开了吗？哪里的黄土不埋人啊，守着高干梁干啥？

晚上我问天明对这件事情咋想的，天明说："这有啥好想的，搬就是了！你看那些搬走了的人，现在都过得好呢。在高干梁当时最穷的人，人家现在都去厂子里面赚钱去了。咱们把这儿守着干啥呢？"

天明的话让我长出了一口气，只要他愿意走，这一切的事情就都改变了。我突然有了期待，期望着早点离开。

高干梁的人很快分成了两派，要走的年轻人和不走的老年人。公公虽然也不愿意搬迁，但他也没有表现得太过激烈，只是表示自己不搬，但不反对天明搬。他的意思，年轻人，总还是出去好。

很快，村里的年轻人就都去华兴村报了名。村上说过几天先组织大家去看看，看了再决定到底搬不搬，然后再迁户口，再去划分宅基地，这几天大家就赶紧把家里的粮食什么的收一收。搬迁这件事情让大家都兴奋了起来，如果说之前对高干梁的不满意还可以忍受的话，那么这连着下四十天的雨已经彻底把这种不满激发了出来，大哥也跟着大家去报了名。

可我怎么也没有想到，反对最厉害的那个人会是父亲。多年的劳作，大哥已经厌倦了高干梁的生活模式，所以他想搬迁。但没想到，大哥和父亲说了这个想法之后，父亲居然拿绝食来威胁大哥，说大哥要搬走，就先把他埋了再说。父亲的想法让大哥束手无策，只能来找我，他说了一大堆生气和抱怨的话。我也深深地疑惑：父亲大半辈子不都在寻找出路吗？怎么现在出路来了，他反倒反对起来了呢？

我去看父亲，父亲靠着一摞被子坐着，正生着闷气，看见我，也不和我说话。我笑着问父亲："谁惹您生气了这是？"

"谁惹我，都是惹我的人！养儿子有啥用？一个个的要离开，一个个的都不想养活我，我六十岁了，干不动活了，我指望谁去？你们都要走，走了我咋办？"父亲气呼呼地扔下这些话。

"咱们一起走啊，怎么会把您扔下呢？"我觉得父亲的想法很奇怪。

"走什么走？我这一辈子都想走出去，可最后还是回来了。我老了，走不动了！再说，先人的坟都在这里，我也想和他们埋在一起，我还有几年可活的呢？我再去一个人孤零零地插个新坟，你们这是在害我！反正要走你们走，我不去，也不要转我的户口。死也让我死在高干梁！"父亲说得有点哽咽。

我有点默然，不知道再说什么，陪父亲坐了一会儿就回家了。天明问我干啥去了，我说了父亲的想法，天明说："你大一辈子是个有想法、跟得上时代的人，怎么这次反倒不同意呢？"

我说："不同意也是正常的，我大老了，没心劲儿了。"

天明说："也是，人老了，心乏了，蹦不过一个蚂蚱了。不过，我有办法让你大同意搬，你信不信？"

"我才不信，我大要犟起来，那谁的话都不听。"我以为天明又在逗我。

“我就知道你不信。你大的心病我知道，走，我们俩去看看老爷子。”天明自信地说。

我们俩到父亲家的时候，大哥正被父亲呲得还不了口。我们家素来家教很严，父母说什么我们只能听着，不能回嘴。看见大哥气得长吁短叹我不由得想笑，但这个场合笑也不合适。我给大哥使眼色，让他先回避一下。看见我们来，父亲自然不再训大哥，招呼天明坐下。

天明问父亲：“姨夫，您最近身体还好不？好几天也没见您出来，我过来看看。”

“好着呢，好着呢！你们最近忙啥呢？粮食都收回来了吗？”父亲对我们严格要求，但对家里来的任何一个客人都非常客气。

“那就好，这几天没见你，我还想着是不是身体又不好了。我这几天忙着收拾粮食着呢。人家不是通知搬迁嘛，收拾了咱们也好去看看新地方，然后万一要搬，咱们也好早早准备。哎，姨夫，我看我哥也报名了，咱们家收拾得咋样了？要不要我们俩来帮帮忙？”天明装作不知道父亲的意见，装模作样说得有鼻子有眼的，这一直是天明的长处。

“哦，我没收拾，你哥报名了，我不想去，也不想管。人老了，多一事不如少一事。看他咋弄呢弄去。”父亲自然也不好意思给天明说自己反对。

“咦，看您老人家说的，您可是咱们的主心骨，您不去看看怎么行！只有您看了，我们才有主意，搬不搬还要看您的意思呢。我们毕竟经的事情少，没眼光，大事还是要问老年人。”天明一副吃惊的样子。

“唉，我老了，还是要看你们年轻人的意思呢。”父亲虽然这样谦让着，但口气已经松动了许多，脸上也高兴了起来。

“姨夫，这样子，咱们这两天看还有啥需要干的，我们俩来再帮着干干。过两天人家要去看地方，您就领着我们去，您看行不行？”天明继续给父亲说着。

“我说了又不算，还得看你哥的主意么。”父亲说。

“我哥那还不是您说了算。叶叶，你去喊哥哥去，咱们今天就把这些事情都商量了。”天明一听父亲有了改变主意的意思，赶紧让我去喊大哥进来。

大哥苦着脸进来了。这几天，父亲的情绪和唠叨把他折磨得够呛。天明看见大哥进来，赶紧招呼：“哥，最近准备得咋样了？要是还有需要帮忙的我们俩再来帮帮。我和姨夫说好了，过两天让姨夫领着我们去看地方，姨夫说那个地方好咱们就搬，不好咱们再回来，你说呢？”

大哥一听连忙点头：“这没问题，肯定要听老人的意见么。”

我不由得笑了，憨厚的大哥难得这么机灵一回，居然顺利地把天明的话接了过去。

天明又说：“姨夫，您就辛苦一回，跟着我们走一趟吧。”

父亲犹豫了一下，征询似的目光看着我们，说：“真要我去走一趟吗？”

天明一脸的笃定：“那必须的么，您不去怎么行，没人给我们定主意啊！”

父亲最终被天明的话说动了，同意去红寺堡看看。

回到家里我问天明：“你就那么肯定我大能看上那个地方？看不上看你怎么收场，我们还搬不搬？”

天明笑着说：“你就把心放到肚子里吧！你想想看，国家下决心要开发的地方，能不好到哪里去？当年芦草洼开发的时候，咱们说不好，你看人家现在过好了没？人挪一步活呢，难道国家的眼光还没有你大的眼光好？他老人家要真看不上那个地方，才是他的失误。你大一辈子也是争强好胜的人，他这次反对并不是不想搬，只不过是在生你哥的气，觉得你哥报名没有问他，明白了没？别看你是你大的女子，但说起来，我才是了解他的人。”

我白了天明一眼：“就你日能，就你啥都知道。”

天明又大笑：“好了好了，再不说了。你不是说不想一辈子待在高干梁吗？现在就是机会，我们离开的机会。”

我点了点头，心里有点感慨。我们离开了最终又能去哪里呢？要去的地方是不是我心里向往的地方呢？其实这些都是未知的，我们就像迁徙的鸟，来来去去只是为了讨口吃的。为了这口吃的，我们总在拼尽全力。

在高干梁，当家作主、抛头露面从来都是男人的事情。说去看地方，就连有田的妈都把自己家男人使出去了。老支书雇了一个大中巴，把想搬迁的人都拉上走了。留下我们这些女人和娃娃，站在高干梁，想着那个叫红寺堡的地方到底是个什么样子。同时又羡慕着那些扬长而去的男人，他们要去见世面了，真是一件让人羡慕的事情。

三天以后，男人们兴高采烈地回来了，父亲更是容光焕发，满脸的笑意。我们很久都没有在他的脸上看见这样的神采了。父亲一进家门就笑着招呼我们：“都来，都来，哎呀呀，这次去看地方没有白去啊！你们来看看，这是人家红寺堡种出来的玉米，这是人家种的油葵！那个地方，准准的黄土，平得和镜面子一样。人要无常了埋在那里，这一辈子就没白活！”

父亲带回来的三个玉米棒子在灯底下闪着亮黄的光泽，我们在高干梁从来没有见过籽粒这么饱满、个头这么大的玉米。油葵更是稀奇，在高干梁，一年都吃不了一把葵花籽，父亲却带来了三个比盘子还大的油葵头。所有的这些，都是那个叫红寺堡的土地上长出来的。

小侄子抱着玉米棒子说：“壮得和电壶胆一样呢。”

一家人大笑，看着父亲高兴的样子，我们都知道，搬迁这件事情是板上钉钉的了，接下来就是什么时候走的问题。

名报了，地方也看了，剩下就是迁户口的事情了。但还有些老人对这件事情不热心，就像父亲说的，先人都埋在高干梁，走了怎么办？可年轻人的心已经不在这里了，为了孩子上学，也不可能因为老人不同意就不搬了。

每一家关起门来都有这样那样的不得已，每一家开了门日子还得过。前院里的水不往后院里流，老人的固执最终为儿孙让了步。年轻人揣着户口高高兴兴地去了，老年人倚着墙角长长地叹气。风从高干梁吹过，所有的景都晃荡了起来，人的心也开始晃荡。

迁户口的事情办了之后，乡上又组织大家去抓了一次阄。据说给高干梁的十来户人家集中划分了一个巷道，但大家众口难调，有的人想住边上，有的人想住中间，排序号根本分不下去，所以抓阄就成了解决争执的唯一办法。运气是让人服气的借口，一把抓下去，谁都没说的。

按照规划，红寺堡是按照户口分给我们一家一个一亩半大的宅基地，但房子要自己盖。想想也是发愁啊，人生地不熟，有这个没那个的，这房子怎么盖？好在红寺堡已经有人住了，天明他们上次去的时候打听过了，盖两间房子四千块钱就够了。所以，最主要的还是先筹钱。

钱真是个好东西，它能解决我们生活中除生死以外所有的问题。可钱这个东西又不是那么容易拥有，我们需要太多的东西去和它交换才能拥有它。比如我们的力气，比如我们辛辛苦苦养大的牛羊，比如我们费劲巴拉种出来的粮食。总之，没有谁啥都不干就能有钱。

四千块钱啊，也是需要去筹集一阵子的。先是卖能卖的牛，再就是卖多余的粮食，然后不知道谁说信用社可以贷款，天明就天天跑着去华兴村，拉着老支书好说歹说要贷款。老支书带他们去乡上的信用社，刚吃完饭的信贷主任叼着一根牙签问大家：“你们都是要搬迁走的人了，贷上款拿什么还？”

天明说："款贷给我们你放心，我们跑了还有老支书挡呢，我们坑谁也不能坑了老支书不是。"

主任掉头问老支书："你给担保不？你担保我就贷给他们。"

老支书笑着用指头指了指天明："你这个碎怂鬼得很，居然给我下套。"

天明笑着说："看您老人家说的，您给我们担保也是帮您自己。您想想，高干梁这些人搬走，您得省多大的心？从此以后再也不用去高干梁调烂泥了，您也不用跟着我们淘这些闲气了。您说是不是？"

"你娃娃是高干梁的人才啊，就冲你这句话，我得给你们担保。哎，你们可不敢坑我啊，到时间一定要给人家还，知道不？"老支书语重心长地安顿着。

天明和大家把头点得和啄食的鸡一样，表情真诚得连信贷主任都觉得感动。

半个月以后，大家把盖房子的钱筹集够了，又开始发愁怎么走。十来户人家，要带够盖房用的面和土豆、油盐、其他各种零碎，还有人。班车拉不了这么多东西，大家就商量着雇个卡车，最好能连人带东西一车拉走。反正大家对坐什么车去红寺堡也没概念，卡车也是车，能把人和东西拉到红寺堡就行了。

几个大小伙子去雇车，比对过来、计较过去，最后相中了一辆车厢长四米的半旧的卡车，司机要一千元车费，他们好说歹说说了八百元车费成交。大家想着，就那么些东西那么些人，车大了也浪费了，而且手里都没什么钱，就想一分当作两分花，分摊下来，也在大家的承受范围之内。

高干梁忙乱了起来，又是淘洗麦子，又是磨面，又是榨油，又是准备带走的东西。毛驴一遍遍地从大咀山上来回走动，一次次地把东西驮过去集中放在华兴村的商店里，就等大家都收拾好了以后集中装车。

雨又多了起来，三天两天的毛毛雨哩哩啦啦的，路总是还没干透，就又湿了起来，用高干梁人的话说就是“油泼蒜”。人走在上面，一个不小心就摔个四仰八叉，嘟囔着抱怨几句之后爬起来又朝前走。

整整收拾了半个月，终于决定要出发了。大家早早就搭好了连手，三家子、五家子一合作，准备去了一起盖房子。

父亲和大哥一再商量，马上要种冬麦，还有一些地没有犁。很显然，大哥是走不了的，那就只能是父亲去。天明说，没事，就让父亲去吧，再带上我，还有他五哥，我们三家子一合作。我去了可以做饭，大活有天明和他哥哥，父亲跟着操心就好。

父亲虽然这几年身体不行，但他和村里的年轻人历来要好。五哥也是父亲看着长大的孩子，对于这样的提议没什么意见，还一再和父亲说，让父亲不要有什么心理负担，跟着他们走就是了，大家以前是老邻居，现又都是亲戚，吃亏占便宜的就不要计较了。

其他邻居也是寻自己要好的邻居搭伙，早早说好，去了就各自开始盖房子。说是这样说，但其实谁都不知道在红寺堡盖房子是个啥概念，在高干梁生活得久了，人对外面的世界都缺少了见识和想象。

暂时要离开高干梁了，这是我许久以来第一次离开，也是眼下走得最远的地方，听说有七八个小时的车程。我对高干梁以外的任何地方都充满着想象和期待，如果没有意外那里以后就是我们的家了。我去和母亲道别，母亲有点忧心忡忡，给父亲收拾必带药、装茶叶，也没心思和我说话。我坐了一会儿，大嫂在厨房做饭，招呼我：“吃了再走。”我说：“不了。”大嫂说：“这一去还不知道啥时候回来呢，把该带的衣服都带上。”我点头，感受到了离别的忧伤。母亲终究是不放心父亲，在我临出门时和我说：“你去了把你大的吃喝当回事，他是个病人，不要让干太重的活了。”

我点头，期待着母亲再安顿些什么，但母亲的话到这就完了。我有点失望，她还在生我的气吗？我有点沮丧。

细雨像烟雾一样把高干梁盖了起来，多年的土坯房在雨中显得更加落寞和陈旧，山上的植被在多雨的季节里开始疯长，但季节毕竟已经深秋，黄的、绿的、红的颜色在灿烂了之后就是败落。

中午车就到了华兴村，年轻人都过去装车去了，女人、娃娃和家里的老人不放心，又撵过去送行。二十几号人在大咀山上走着，泥泞的山路和迷蒙的细雨让大家都湿漉漉的，可能心里也是湿漉漉的吧，只是都把情绪掩盖在心里面，忙着赶路，忙着甩脚上的烂泥，忙着到华兴村送别。

这种送别在高干梁是最大规模的一次，因为以前的搬迁，都是一家一户的这种走法，除了自己家人，邻居们没有多少离别的伤感。可这一次，差不多所有高干梁人都选择了搬迁。

华兴村有本事的那家人不仅开着磨坊和小卖部，这几年更是开始榨油、倒煤、粉料，只要能挣钱，他们家都忙着经营。而他们家一砖到底的大瓦房更是十里八乡的独一户，红砖、红瓦让每一个来磨面榨油的人都艳羡。天明曾经不止一次地感叹，咱们什么时候能有人家那么几间房子也就没白活。

这会儿，他家的磨坊门口热闹非凡，拴驴的桩上，几头毛驴相互啃着脖子，旁边就是来送行的女人和娃娃。雨逐渐大了起来，娃娃哭闹着要方便面的声音，女人叮嘱男人出门在外要小心的声音，老人叮嘱儿子把钱带好的声音，某个人突然想起来东西没有带够的惊呼声……磨坊门前是条小河，这些声音就像小河里的水流，走了一拨，又来一拨。

车装起来才发现，雇的车小了，光东西就把车厢的一大半占掉了，还有将近二十个人呢。司机嘴里叼着一根烟使劲吸着，父亲问：“能拉下不？”司机眯着一只眼说：“差不多。人嘛，挤一挤，走开了晃着晃着就松动了，也就七八个小时，一会儿也就到了。”

眼看着天要黑了，送行的人就先散了。天气更加阴沉起来，雨更大了，似乎是为了特意挽留这些人。可人的心已经走了，雨再下，也没什么用。司机拿出帆布，把车厢整个蒙起来。我好奇车都装好了为什么还不走。天明说："这车没运营证，走得早了路上运管查呢，在这儿等时间呢。"

这一等就到了晚上八点多，司机招呼大家上车。父亲年龄大了，被安排坐在驾驶室。司机嫌车厢里人多，又让我和天明也挤在驾驶室。没办法坐，我只好坐在天明的腿上。其他人呼啦一下挤进了车厢，背靠背，腿搭腿，呵出的气味喷在彼此脸上，他的脚在他的怀里，他的头在他的肩上，可没有人说啥。车在一片风雨中摇摇晃晃启程，车厢里的人忍受着拥挤，踏上一片未知的旅程。

一路前行，风雨没有丝毫要减弱的意思，雨刷不停地刮着车玻璃上的雨水，扯出一道道清晰，随即又被雨水打模糊。车超载了，走得很吃力。出了泾源，快到固原地界时，正好有一段路在翻修，路面被挖得坑坑洼洼，司机心里没底了，减速慢慢向前挪。

车灯照见前面路面上几个水坑，司机犹豫了一下，还是慢慢让车挪着。就在他以为绕过了水坑时，车身剧烈地颤动了一下，他赶紧踩刹车，紧紧握住方向盘。还好，车控制住了，司机抹了一把头上的冷汗，心说再大意一下，这车就得侧翻，车厢里可还有十几号人呢！

车厢里坐的人也感觉到了颠簸和倾斜，车停下了，他们不知道为什么停车，拍打着帆布问咋了。我和天明下车一看，车一侧的轮胎陷进一个坑里，车身有点倾斜，司机不敢再朝前开了。他在车里吸了一支烟平静了一下，然后冒雨下车，招呼车里的人下来。

人一下来，车轻了好多。雨丝毫没有要停的意思，十几个人和一辆车在这暗夜里，在这空旷的路上，像被父母遗弃的孩子。父亲抬头看着落雨的天空，忍不住说："老了老了，做了离乡人。"

司机和大家商量，让推一下车。这种情况下，肯定没有人说不行。车轮甩着泥浆，一次次地打滑，大家的身上又是雨又是泥浆，一个个狼狈不堪，但每一次都不顾甩过来的泥浆奋力地推搡着。卡车又一次冲刺，大家使劲地推搡。一次次地重复之后，卡车跌跌撞撞爬出了泥坑。大家都松了一口气，雨仍然在下，父亲用手抹了一下脸，不知道是雨水还是汗水，只是这一抹，手上的泥又糊到了脸上。

大家又七手八脚地钻进了卡车车厢，也把泥泞和潮湿带了进去。卡车在昏暗的灯光中冒雨继续前进，推车累了的人们昏昏欲睡，离乡的路上一路风雨相伴，远方正在慢慢来到眼前。

11

所有的想法都是多余的

这是一片怎样的土地啊？！

广袤、荒凉、空旷、粗犷都不能具体来形容它的地貌，它就像一个流浪已久，饱经世事沧桑之后又参悟人生大道的人回归后的样子，让人看着同情，又充满敬畏，让人想亲近却又不得不远远看着。

太阳升起的时候，我们到了红寺堡的地界上。宁夏有很多的堡，比较出名的是镇北堡，我们知道的有惠安堡，但红寺堡这个地名我们绝对是第一次听说。我在第一次听到这个地名的时候就想，难道这片土地上有一个叫红寺的堡子吗？我们当时不知道的是，这里是宁夏脱贫攻坚的主战场，即将要在未来十年集中安置二十三万人口。一九九八年这里就开始朝来搬人了，一年一批，今年是二〇〇〇年，我们算是第三批到红寺堡的人。

车在一片干沙滩上七拐八拐一直向前走，好像总也到不了目的地。我们总好像要远远看着一座山才踏实一点，还好，这里有山。远处的一座山扑面而来，但总也到不了跟前，父亲说，那是罗山。

终于看到了村庄的模样在沙滩上突兀地出现了，房子的顶子都是平塌塌的，完全没有老家房子的一点样子。我小时候在吴忠待过，这些房子就和吴忠的房子一样，我心说，果然是到了川里，房子也跟着吴忠的样式盖了。

车子终于停下来了，在这个村庄的后面还是一片光沙滩。天明说，我们的房子就要盖在这里了。我伸着脖子看了看，后面的沙滩除了沙子再啥也没有，我心里有点疑惑，父亲说的好地方到底好在哪里？

平安到达，对新地方的好奇冲淡了大家昨晚的胆战心惊和疲惫。司机催着卸车，卸了他还着急赶路。可这么多东西，一时半会儿朝哪里安置呢？大家迅速地商量了一下，先把东西卸下来，然后再找地方，看能不能借到前面盖好的房子。

人活着就靠一股心劲儿朝前蹦跶着，为了让自己也能种出和电壶胆一样粗大的玉米棒子，我们就抛弃了高干梁多年的经营，一口气跑到这里来了。靠着这股心劲儿，三下五除二把东西卸下来就让司机走了，完全没想过要是借不上房子我们今晚住哪里。我让天明把老家带来的炉子和水壶先找出来。车上拥挤，水壶被弄了一个坑坑，我有点心疼，但也没办法。我准备生火给父亲先烧口茶水喝，一晚上了，又是颠簸又是操心的，他的嘴唇都有点裂。可拿出来才想到，拿什么生火呢？水在哪里？原来，我们以为我们做了万全的准备，到这里才发现，我们基本上一无所有。

我拿出昨天在小卖部买的两块钱的一瓶可乐，拿出母亲给父亲装的油饼，让父亲坐在装铺盖的袋子上先吃一口，缓缓再说。父亲就那样一口饼子一口可乐地吃了起来。天明和有田满庄子地找人，希望可以借到其中的一间房子让大家落脚。

过了许久，天明他们有点沮丧地回来了。原来，这个村子大部分的房子都没有住人，找到一两户住人的，也是只有自己住的一间房子。邻居都是不认识的人，凭什么做主把房子借给我们？

得知这个结果，大家都有点不知所措，好几个人已经打起了其他主意。有的说，亲戚在这里，要不先去投奔亲戚；有的说不如早点动手，挖个地坑，先把头藏住；还有人开始抱怨，这是个啥烂地方，还不如高干梁。一群人围着一堆东西，在空旷的沙滩上显得可怜且无助。我看了看天明，他也看了看我，两个人苦笑了一下，大家能想到的，在我们心里也都过了一遍。

远远地来了一群羊，白色的羊是黄沙滩上的救星。明明沙滩上啥都没有，羊却闷头一边吃着一边走。一个穿着绿色军大衣，头戴绿色棉帽子的人，夹着鞭子跟在羊群后面。这个人身材高大，脸被太阳晒得黝黑，看不出来具体的年龄。我们打量着他，他也打量着我们。看见人，就有了打听的方向。天明迎了上去，赔着笑问："老乡，您是这里的人吗？您知道这里有没有空房子可以借给我们，我们刚搬到这里，想盖房子，但没地方住。"

"你们是哪点搬来的人？"牧羊人一口吴忠话。

"泾源的，泾源的。"天明赶紧回答。

"哦，这个地方搬来的都是泾源的。你们这么多人，是要一起住还是怎个呢？"牧羊人继续问。

"能一起住最好，我们想借个房子，哪怕给人家掏点房钱。"天明谦恭地回答着。

"那你们问我就算问对人了！看，前面这三间房子，房主走的时候让我给帮忙照看着，里面也没什么东西，你们把门搬开，先安置进去。钱的事情你们看，要是住一个月就给人家三百块钱，行就住去吧。"牧羊人拿鞭子指着三间房子说。

"那太好了，三百块钱行呢！我们就住这儿，回头安顿下来把钱收到一起了给你行不？"天明说。

"行呢，有啥不行的，以后我们就是邻居了。"牧羊人摆摆手，一副大气的样子，赶着羊群缓缓地离去了。我看着远去的羊群有点发呆，事情太顺利了就让人有种不真实的感觉。

房子的门是用砖垒起来的，所以牧羊人让我们搬开。住的地方找到了，搬几块砖还是事吗？人多，几分钟就把砖搬开，门打开了，屋子里果然什么都没有。三间房子中间隔了一道隔墙，两间大、一间小。地上的浮土一踩一个脚窝。窗户上没有安窗子，也是拿砖堵着的。屋子里黑咕隆咚，人进去好半天才适应。屋子里还剩了一点砖，大家各自找好角落，七手八脚地拿这些砖开始支床板，朝屋里搬东西。

安顿好东西之后，天明和其他几个人开始研究这家的房子，很显然，能在这里盖这么三间房子，说明这个人手里还是有钱的，这点只要看房顶的木料就知道了。这家的屋顶上的椽子都是松木的，每根直径都在十厘米以上，大梁和檩条也是松木的，都很粗壮。天明说，这三间房子光木料怕得四五千，大家跟着感叹了一阵子有钱的好处。

这边的房子都是拿砖砌的墙，和其他地方砌墙的区别是，这里的砖是拿泥粘着的。沙子水泥盖房下来成本太高了，用泥，只要土里面加点水就可以了。检验一个瓦工技术的高低就是看砖墙的拐角和墙面的垂直度，这家的房子盖得真的不错，棱是棱角是角的。

人是安顿下来了，接下来就得考虑盖房子先从哪里开始着手。毕竟这和在高干梁盖房子有着千差万别的不同，高干梁没有砖但可以打胡墼，木头可以去山上砍，在这里，所有的问题都要拿钱解决。时间还早，天明和五哥去找他们姑舅哥。上次来看地方的时候去过姑舅哥家里，他们搬来这里已经两年了，而且姑舅哥已经是瓦工了。这一点让我们都吃惊不已，在老家的时候，姑舅哥不务正业，天天为过日子和老婆打得你死我活。姑舅哥临搬走时没钱，还跑到高干梁找五哥借了二百块钱呢。这才过了两年，人家就成了瓦工，成了匠人，一天挣好几十呢。再去人家家里，收拾得井井有条，人说话的口气都不一样了，一听我们也要搬迁，就说："赶紧搬，再不搬，就把人穷死在那山沟沟里了。这里是花钱，但这里也挣钱啊，你看我们对门这小伙子，买个蹦蹦车，就给人拉砖，一天挣一百多！下苦也要下对地方呢。在老家，把人苦死都过不上个好日子。”

他们俩这次去姑舅哥家里，就是想请姑舅哥给他们砌墙，再联系给拉砖什么的。姑舅哥很热心地答应了下来，然后就给介绍了邻居去拉砖，回头又给安顿要买个大塑料桶，庄子上没水，做饭都成问题。

这是一块生机勃勃的土地。在我们到达的第二天，拉砖的车、拉水的车就来了。距离我们五公里以外，就是泾源县的移民指挥部，据说这个移民工程只搬迁西海固的人。在红寺堡的其他地方，各县都设有指挥部，协调解决新搬来移民的各种问题。指挥部的周边有很多的简易商铺，我们盖房子用的所有东西在那里都可以买到。比如，蓄水的大塑料袋、装水的水桶、铁钉、铁锹、各种砌墙的工具，还有日用品。

各家的宅基地都是一亩半大，看着是一片沙滩，其实是用木桩等量后划分成了很多个小块。我们根据抓阄的结果，挨个去认领了属于自己家的那一块地。我们今年的搬迁不像往年，往年搬迁是一个村搬个三五户，然后一个县划分一个村，大家相互都不认识。到了今年，是一个村一个巷道这样划分。高干梁搬来的这些人就像站队一样，一字竖着排了下去。有的在高干梁是紧挨着的邻居，到了这里还是邻居。这样挺好，一出门看见的就是熟悉的人，大家之前就都比较了解，不用再构建新的邻里关系了。

安顿下来之后，我才有心思重新来打量这片土地。罗山是这里的王，远远看去，我们所处的土地和周围能看到的土地都在罗山脚下。这里很辽阔，但不是完全的平坦。就拿我们所处的这个村子来说，前后落差估计在十米左右，东边还有一条沟壑，看着像是罗山上的洪水下来之后冲击的结果，因为附近有很多石头。

父亲的宅基地和我们隔着十来家，我们和五哥隔着三家。父亲让先给我们家和五哥家盖房子，他到最后再盖。我和五哥家一人计划了两间，这个计划是和钱等量的。其实给谁盖都一样，因为总是要盖的，所以没什么意见。

在添置好装水的大塑料袋后，天明和五哥用土在院子里围了个圈，把塑料袋的一头扎住，一头留着等拉水的车来把水灌进去。几家子合着买了一三轮车水泥，一家一车沙子，砌墙可以拿泥砌，但地基却是不敢马虎，还是要拿沙灰水泥灌的。在等待拉石头和砖头时，姑舅哥来把地基的线放了，我们就去把地基挖了。其他人也没有闲着，在我们掏钱拉石头的时候，勤快的人就去周围捡石头，没几天就把垫地基的石头捡够了。在过日子这方面，高干梁的人永远都是精打细算的。

一边做着这些准备，一边就是木料的问题。去问过好几次，一根椽子都在十五块钱，尺寸大一点的更是要十七块钱，而且不讲价。父亲说，樱桃卖季节呢，正是贵的时候。可贵也得买，把整个市场都转遍了之后，一个老板说："你们要是不挑大小，我这些椽子就十三块钱卖给你们。"这是个不小的诱惑，别看便宜了两块钱，一座房子怎么都得七八十根椽子，一家子下来省一百多呢，足够叫三个瓦工干一天活了。大家伙都看着彼此，等着那个拿主意的人。父亲说："可以是可以，拉回去怎么分，细的肯定没人愿意要，大家伙可想好了。"

人在某些时候是附和型的生物，一个人说可以，其他人就会跟风。好几个年轻人都说："听老汉的，老汉说咋办就咋办。"

父亲说："办法也不是没有，我们再压一压，等天快黑了再朝回拉，拉回去刚好天黑了，我们就根据自己买的数量一家一家分，不要点灯，也不要打手电，扔下去哪根你就认哪根，这样就没口舌。黑灯瞎火，我们只数数字，不看大小，分得好的也别高兴，分得不好的也别惆怅，就当你的命了，好坏都认着。"

命运这个东西很多时候是人好好活着的理由，只要想到这是自己的命，吃苦受难的就都挨过去了。年轻人不得不承认，父亲这个办法是最公平、明智的。大家再说不出来其他的好办法，又想贪这点小便宜，就只能同意父亲的建议。一直等到太阳落山才开始装车，等回到村里，已经是晚上九点钟。顺着巷道，一家一家开始朝下卸，一边卸一边数，足足卸了一个多小时才卸完。

第二天一大早，大家起来的第一件事情就是去看自己家分的椽子，果然有粗有细，但早已分成定局，谁也不好再说啥，一群人凑在一起感叹："幸亏昨晚连夜分了，要是白天分，就怕要打架呢。"

在所有的准备工作都做好之后，终于开始盖房子了。土是就近在院子里取的，拿水早早泡上，醒一阵子，居然连铁锨都不沾。就是身上掉个泥点子，干了一抖落也是干干净净的。见惯了高干梁黏得和鼻涕一样的泥，再看着这里干干散散的泥，我们都笑了，地方和地方还真是不一样啊。

分成了小组，自然也就全面地开工了，大家都忙着盖房子。姑舅哥带了一个搭档过来，两个人一人一头开始砌墙。父亲负责和泥，天明和五哥又是供砖又是搭架子，忙活得和猴一样上蹿下跳，墙也迅速地增长着高度，一天天地有了样子。

借住的房子无形中被分割成了很多区域，几个跟着做饭的女人各自为营，在属于自己的那一块区域里谋划着每天的茶饭。在这里做饭，我才真正理解了啥叫"巧妇难为无米之炊"。

先说水，这里吃的水完全靠拉砖的车从砖厂朝来带，每一桶水都来得不容易，也就容不得一点点浪费。有时候水一时半会儿到不了，男人们又急等吃饭，女人们就去把盖房子用的水拎半桶来，先把饭做熟再说，因为瓦工都是花钱雇来的，耽搁不起。

再说烧的，我们在高干梁时，随手捡到的都是可以做饭的木柴。但在这里，连个点火的都没有，买了一袋子炭回来，愣是不知道怎么样才能点着。后来为了留点续火的引子，女人们更是挖空了心思，又是多续炭，又是晚上拿灰压着残留的火种。一个老式的炉子，就像得了慢性病的老年人，每一天都有气无力的，一点点炉火时着时不着的，一把米下到锅里，米都泡成糊糊了就是没有开的意思。男人回来一看脸拉的，自己人就算了，这还有人家瓦工师傅呢！饭这个样子，怎么吃嘛。男人的恼怒当着客人的面说不出来，但话里就带了不满的情绪，这让女人们很没面子，心想下一次一定要做好，但炉子就是不争气，急得女人满头大汗也赶不上快，抱怨的同时，也想起了高干梁的一点好。至少，烧柴从来没有犯过难。

再说电，一夜之间，我们回到了二十世纪八十年代，继续点起了煤油灯。趁天没黑，男人们赶紧收工吃饭。女人们紧赶慢赶地收拾，天就完全黑了下来，几盏煤油灯在三间房里支撑起了光亮，男人们在灯下讨论着砖的价格、瓦工手艺的高低、房子的进度、这里的物价以及对以后在这里生活的困惑。煤油灯照不到每个人的脸，大家的表情也忽明忽暗。说是说不出来个所以然的，但有些话还是要说的。没底气的事情，说出来就有了信心；没希望的想法，大家要认同了也就有了干劲。人总是需要连手，需要在一起相互倾诉的。

不忙的时候，我远远看着罗山，除了山顶是绿的，其他地方都是裸露的黄土地，一道沟一道梁的，似乎有路直通山顶，还有村庄和农田的迹象。我想着，罗山好像离我们也很近。我和父亲说，盖完房子了走着去看看罗山。父亲笑道：“瓜女子，你看着近，那没有一天怕是到不了山脚下，望山跑死马呢。不着急，以后就要住在这里了，有的是时间和机会去看罗山。”

一周以后，我们家房子的墙砌起来了，但一时没有合适的木工，就先放下了，去给五哥家砌墙。但凡和技术相关的活，无非就是《卖油翁》里面说的那句话：唯手熟耳。砌墙也是一样的，瓦工对泥的掌握、对砖的把控，再加上眼力见儿和手上积累的经验，就造就了一个瓦工的技术高低。

姑舅哥经过一年多的锻炼，已经算是个半熟练工了，盖这种简单的房子不在话下。墙面是最基本的梅花体，说白了就是横着砌一层，竖着砌一层，然后整个墙体看起来就像一朵朵梅花组合起来的。技术好的人砌出来的墙是四棱上线的几何体，从第一层到最后一层竖着看都是一条线。姑舅哥还没有到这种程度，但已经不错了。

忙碌起来日子就过得快了，转眼之间，我们来红寺堡已经半个月。五哥的墙圈圈也起来了。父亲说，先把我们两家的房顶捂上再说，我们也就有了自己的安身之处了，一些东西也好归置。但没有木匠仍然是困扰我们的问题。父亲想了想说："这里盖的房子简单，就是看着把大梁和檩条朝好斧正一下，然后看着在墙上校平就可以了，其实也没什么难度。这样子，我说，老五来给咱们校怎么样？你们都是灵巧的娃，这些活难不住你们。"

五哥想了想说："行呢，想一想也没啥难的，咱们自己干了算了。"

父亲历来都是有把握才说话的，所以我们都没什么意见。第二天就按父亲说的，五哥把大梁和檩条斧正了一顿，让我看也就是把大梁的两头拿平顶（大板斧）给削成方正的，好在墙上留出的垛口上放平。檩条也是这样的处理方式。就是要在木头上找一个平衡点，让它和墙更加协调统一地融为一体，分散房顶的木头和泥带来的重量。

想着很难的事情，就被父亲和五哥轻易地解决了，房子的进度也就快了起来。要是在老家，给房子上大梁那可是一件大事情，所有的亲戚朋友都要来道贺，隆重点的还要挂红和出礼金。但在红寺堡，一切就从简了。本来就没什么人，大家又都是盖房子来的，也就不讲究这些了。为了不耽误别人的时间，一大清早，天明就把其他人都喊过来上大梁。

墙上留出来的垛口处站了几个精壮的小伙子，其他人在墙底下把大梁扶住，墙上的人把绳子扔下来挽住大梁的一头朝上拉，底下的人用椽子绑成的叉子使劲朝上送，父亲站在旁边指挥着。在整齐有力的号子声中，大梁被平稳地送到了垛口上。大梁一上去，檩条就没那么费劲了，不到半个小时，四个檩条就稳稳地架在房顶上。

其他人散了，去忙自己的事情，剩下校檩条、钉椽子这些活五哥和天明就干了。松木椽子在院子里摞得齐整，我在做饭之余把上面暗红色的皮拿镰刀刮掉了，白色的木质就裸露了出来，散发着阵阵木香。椽子有粗有细，父亲按照房子承受的力道不同，一根一根朝墙根儿前掮，靠墙的就放细的，越到中间就放越粗的。天明站在墙上把父亲掮来的椽子一根根地拽上去架在檩条上。五哥骑在一根檩条上，身上背着天明念书时用过的黄挎包，里面装着钉子。五哥手里拿着锤子，有序地挨个钉着椽子。天明拽一根上去摆好，五哥钉一根。

粗细不同的椽子整齐地钉在了檩条上，椽子上面再铺上席子，席子上面再铺上芦苇扎成的帘子，然后就可以上泥了。帘子把泥完全阻隔在席子外面，从里面看，屋顶黄亮而平滑，席子的花纹让顶子有了些许的洋气。红寺堡是一个降水量很小的地区，房顶上一层一砖厚的泥就可以了，完全不用担心漏雨。但高干梁的人都有未雨绸缪的打算，为了保险起见，在帘子上面又铺了一层塑料，用大家的话说，这叫双保险。

我一天天地看着我家的房子在后沙滩上建了起来，从码地基到砌砖，到上梁，再到捂顶，此后，这里就要成为我的家了。我们心心念念的砖房在离开高干梁就变成了现实，连最穷的那家都盖起来一间。人生真是奇妙，只要我们迈出去一步，远方和未来永远都有惊喜。

五哥的房子很快也捂上了顶子，没有安门窗，看着怪怪的。院子里盖房时东边挖一个坑，西边挖一个坑，中间也挖一个坑，就是为了取土方便，把个平整的院子挖得坑坑洼洼的，一片混乱。五哥是个细致的人，一有闲时间就下去收拾，没几天，院子就有了样子。坑填平了，剩下的砖也归置到了一起，墙上糊上泥的部分用扫帚扫了一顿，一下子就看着顺眼了起来。有了人的痕迹，一切就都活泛了起来。

父亲的房子是最后一个盖的。地基砌好，眼看着第二天要砌砖了，和姑舅哥一起来的搭档却临时有事情走了。这让大家都很被动，一个人砌墙，在进度上就慢了一大截。再说一天有一天的事情，都耽搁不起。但临时发生的变化，三两下也找不出来个瓦工，姑舅哥说："没事，明天了再看吧，不行了我先砌着，这两天盖房子的人也松动下来了，我看能碰上熟人了再联系。"

一时找不到人，也只能这样子。第二天，父亲他们三个人的工作量就减轻了下来，父亲在和好泥后站在路边看着巷道里拔地而起的房子，不知道在思谋着什么。远远地来了一个人，父亲还想着，这里怎么会有半大的孩子转悠。到跟前一看，原来是一个身高没长起来的成年人，也就一米五的样子，身材瘦削，面容看着有四十岁左右的样子。父亲之所以会注意这个人是因为他手里提着一个瓦刀，父亲就和他搭讪："哎，小伙儿，砌墙不？"

来人背着手抬头看了一眼父亲："砌么，给多少钱？"父亲说："一天三十五，这里雇的大工都是这个价。"

这个人又抬头看了一下天色，想了想说："三十五就三十五吧，砌。"

搭完讪领着这个人去砌墙的时候，父亲其实是有点后悔的。这么点身高，这么瘦，能砌个墙吗？可一句话已经说了，现在再也不好说啥了，只能带着去。

天明和五哥看见父亲带的这个人心里就疑惑，带的这是谁呢？只有姑舅哥一抬头看见这个人的时候眼里满是惊讶和欣喜："六五，你咋在这儿呢？"

那人看见姑舅哥，脸上的神情也松弛了下来："哎，一个亲戚介绍我来给人砌墙，转了半早晨也没找见，碰见这个老汉在路边找人，顺手就搭过来了。"

“哦哦，那可真是缘分。哈哈，不过这个老汉能请动你也是不容易，你来，他这个房子就成得快了。”姑舅哥满心欢喜地恭维着这个人。

“唉，碰上了么，谁砌都一样。”人家倒是谦虚。

原来这个人姑舅哥认识，父亲的心暂时放了下来，但还是有点嘀咕，这么点身高，墙高了他怎么砌呢，总不能不停地搭架吧。别说父亲，天明和五哥也是满心的疑问，这么大个人人儿，站在架上会不会一阵风刮下来。

事实证明，大家的猜想和嘀咕都是多余的。我们以为人家会和姑舅哥砌一面墙，两个人一人把一头。可姑舅哥说：“给六五师傅在对面备好泥和砖，人家是大匠人，从来都是一个人砌一面墙。”

这一说又把大家惊到了，从来还没见过一个人提线把两头的，但姑舅哥说了，大家也不好再说啥，按照吩咐在对面给备好了泥和砖。只见这个六五师傅吸完最后一口烟，把烟屁股一扔，提着瓦刀就去了姑舅哥对面，天明不情不愿地跟着过去给供泥供砖去了。

我之前一直觉得瓦工是一门技术，但看了这个六五师傅砌砖，才知道他把技术升华成了艺术。姑舅哥砌砖，一瓦刀下去，泥不是多了就是少了，等把泥抹匀，才把砖放上去边敲边找平衡，三敲两敲就得一阵子耽搁。再看六五师傅砌砖，右手一瓦刀下去，捞上来的泥顺手摊在砖上，左手紧跟着抓起一块砖按在泥上，手起刀落只敲一下，砖就平平稳稳地和上一块砖保持了平衡。砌到墙角，他会多砌几层上去，九十度的角把控得很标准，基本不用吊线看。姑舅哥砌墙全靠线掌握墙面的水平，一层一挂，没线就觉得不会砌墙。所以大家也把砌墙的瓦工戏称为“耍线的”。但线在六五师傅这里就是个做伴的。他只靠自己的感觉砌墙，好半天才提一次线，一弯腰，一瓦刀泥，一块砖，一抹一拍一敲，再没有任何多余的动作，光是个往过走。天明供砖供泥供得满头大汗，心里最初的轻慢一点点地没有了，只剩下惊讶和赞叹。

大家担心的六五师傅个子小，墙高了够不着的问题对他来说完全就是多余的。车有车路，马有马路，六五师傅有他的办法，架上去的砖成了他垫脚增加高度的道具。这样一来，身高完全不是他的劣势，别人砌多高，他也能砌多高，而且墙面干净得连一点泥点都没有，真正做到了一条线到底。

很快，两面墙砌的进度就出现了明显的差距，这边架都搭起来了，那边还没有砌到相应的高度。姑舅哥和五哥说：“开玩笑呢？你去指挥部打听一下，谁不知道六五师傅，他就是瓦工界的一个传奇。人家的那个瓦刀要比我们的重，一般人抡一天胳膊都肿了，但他就那么大个人人，抡了这么多年都没事。你再说人家的个子，完全不影响啥，还有人家那个速度，就人家缓缓地砌，一天三千块砖飘飘地就砌完了，我们砌两千块就撑死了。人家一直挣的高工资，一天四十五。今天是没搭上活，被这个老汉捡了个便宜，一般人叫都叫不来。”

六五师傅果然有过人之处，一个人一天就把一扇侧墙砌成了，而姑舅哥只砌到二架上。我们家盖两间房子砌墙用了四天，而父亲的三间房子砌墙只用了三天。六五师傅话不多，接了父亲的活儿就一直给父亲把墙砌起来才走，工钱也是按每天三十五结了。姑舅哥笑着说：“这个老汉占了大便宜了。”

捂了顶子，父亲的房子也盖起来了，时间已经过去了一个月。来时看到的一片沙滩现在成了一片居住区。有盖一间的，有盖两间的，虽然不整齐，但我们都知道，此后在这片土地上，我们就有了容身之处。指挥部的人来看了几次，说等大家把房子都盖起来之后就开始分地。眼看冬天了，电明年再拉，盖好房子就先回老家过冬。

村庄之外是广袤的土地，我们憧憬着，不知道哪一块土地会是我们以后养家糊口的根本，农民嘛，总是贪恋着一块属于自己的地，只要有地在，生活的希望就生生不息。

我们的房子顶子捂得早，天明刚来的时候就拉来一扇旧门，所以门早早安上了，但比预留的窄了许多，也低了许多，虽然丑点，但好歹有了一个遮挡。我们搬离了租来的房子，把锅碗瓢盆都安置在了自己家。天明和五哥连夜盘了一个灶台，有刮下来的树皮和校正大梁、檩条时劈下来的木屑，做饭的柴火基本上够用。虽然我茶饭做得不好，但大家也好歹能吃上饭了。这里自打我们来就没有下过雨，日子每天都过得忙忙碌碌的，父亲居然也忽略了自己的病，一回头才发现好几天没有吃药了，倒也没觉得哪里不舒服。父亲说："这个地方干燥，还是挺适合老年人来住的。"

一个月的奔波和辛劳，加上水土不服，又没地方和水洗澡，让这里的每一个人都一种脸色，再加上头发又长，胡子拉碴的，衣服也脏，一个个就像难民一样。父亲说："都把苦下了，就看地分得咋样，总体来说，这里还是看得到希望的。苦只是一时的，慢慢就好了。"

分地的那天，天蓝得像水洗了一样，连片云彩都没有，太阳晒到人身上，暖暖的，很舒服。指挥部的几个工作人员通知大家去村子西边分地。大家相互吼了一声就结伴去了西边，我闲着没事，也跟着父亲和天明去看热闹。

这边的地也是整整齐齐一块一块的，南北走向的一条水渠把这些土地一分为二。分地的干部告诉我们，村子最前面的大水渠叫支渠，到我们这挨个数到了十一支，把地一分为二的这条水渠叫斗渠，将来进我们地的就叫毛渠了。这里的地根据斗渠分成了八处，靠近村庄的三处斗渠的地已经分给早来的人了，今天要给我们分的就是剩下的四处斗渠的地。

高干梁的人历来对地抓得很紧，以前修梯田，后来开荒，是把所有期望都寄托在土地上，所以出一把力气也是无怨无悔的。来到这里，更是奔着对好日子的期望来的，对于今天分地，大家寄予的期望更高，所以好几个人都是掮着铁锨来的，就怕地里有石头。

分地的干部先带着大家来到一斗准备挨个朝下分，可铁锨朝地里一铲，就咔的一声插不进去，大家就起哄，说啥也不要。干部口干舌燥地说了半天也分不下去，只好妥协，再朝三斗走。可腿快的人早把这处的地也侦察了一遍，也不满意，还是没有分下去。直到到了五斗，大家才停下了脚步，终于到了父亲说的准准的黄土上了。分地还是按照抓阄进行的，谁抓到的名次靠前就先给谁分，除过宅基地占用的，按照户口一口人分一亩八分半地。

以前种山地，片儿山片儿洼的，从来没觉得土地有多少，但这次一分地，才发现十来亩土地居然多得离谱，那么长一条子，那么宽。早在两三年前，这里就用推土机推成了方方正正的土地，又根据村庄的规划铺了支渠斗渠，每一条地都有明显的分界线，把一块田野分割成了无数块。想想真是大工程，幸亏这是国家规划建设的，这要给个人，哪里有这么大的场子和魄力。

人像旗子一样，被下在了自己的位置上，分了地的人停留在自己的地里再一次仔细打量着自己以后的立身之本，跟着分地的人越来越少。抓阄的时候，天明和五哥居然抓到的数字紧挨着，分的地也就紧挨在了一起，都在五斗二农。父亲抓得比较远，分到七斗去了。一天时间就在等等量量中过去了，大家最后都很满意这样的分配，各自心满意足地散了。土地又空旷了起来，一群野鸽子从天空飞过，几只鹰在更高远的地方盘旋，一群大雁排着队向南飞，喜鹊无聊地在旷野里蹦跶。

落了户，盖了房，分了地，我们在这片叫红寺堡的土地上有了印记，如果没有意外，这里以后将是我们的家了。时间已经到了十月中旬，在这里相应的事情都结束了，大家就收拾了准备回家。

窗户用砖头砌了起来，剩下的砖和沙子挪到了屋子里面，把院子里的坑都填了，最后做的事情就是半夜起来再把门拿砖堵了，然后急急忙忙地去赶红寺堡到泾源的唯一一趟班车。班车早上七点钟经过指挥部，我们要到指挥部的门口去等车。

回家的路上，大家讨论着：“我们搬迁的村子除了叫十一支，还叫啥？”不知道谁说了一句：“我知道，分地的那天人家说，我们这儿以后就叫玉池村了。”

我睡得有点迷糊，心里想着：“一个干沙滩，是有玉呢还是有池呢？不然为啥叫玉池。红寺堡又为啥叫红寺堡呢？真是奇怪的地名。”

12

人是大地上的鼢鼠

回到高干梁的时候，野柿子、面犁豆豆、剪子豆豆红得一塌糊涂，山上的灌木红一片、黄一片、绿一片的，我们像凯旋的战士，高干梁的一切都在欢迎着我们。当然，家里人更高兴，母亲看父亲平安归来，除了清瘦，气色还不错，非常高兴。恰好二姐来浪娘家，母亲就嘱咐大嫂宰了家里养的大公鸡招待我们，难得地给了我一副笑脸，我高兴地帮着大嫂做饭去了。

搬迁给高干梁带来了另一种变化。往年的冬天，大家就是在家窝冬，反正来年的日子还是这个样子，也没啥可期待和谋划的。但今年不一样了，过了这个冬天大家可就要去红寺堡玉池村种地去了，这就得准备准备。而且仔细一想，还得啥都准备着。

红寺堡目前没有电，得做个煤油灯，吃过的罐头瓶子，在盖子上穿一个孔，用气门的螺丝拧上，把棉花搓成条形灯芯，从气门里穿过去。一个简易的油灯就做好了。

锅灶也得置办吧，之前一大家子人，用的都是直径一尺八的大铁锅；现在就得置办小锅小灶。一人早早去买了一个小铁锅，回家糊上牛粪架在火上烧，烧得牛粪脱落了之后，再倒上胡麻油拿着萝卜擦，擦好放着，从此以后做饭再也不怕锅有铁锈了。

有锅就得有相配套的东西，不得不去买一套回来，再加上要去种地的一些东西，整个冬天，高干梁人居然没咋闲下来。一切的一切，都在为去红寺堡种地做着打算。一下子搬也是不可能的事情，怎么着也得等在那边把地种好之后再做打算。高干梁再不好，总是可以生活的，但红寺堡不一样，根基不稳，去吃饭都成问题。

冬天很快过去，高干梁的人分成了两拨。仍旧和盖房子时一样，一家出一个身强力壮的去红寺堡种地，剩下的人仍然留在高干梁。说是去红寺堡种地，但红寺堡的地不同于高干梁的地，别看我们种了大半辈子地了，水地还是第一次种，见都没见过，去也是学着种。

母亲要跟着父亲去红寺堡了，因为父亲不会做饭，母亲是跟着去给父亲做饭的。父亲在高干梁现在也是“家大业大”，他的身体没办法完成这些，所以去红寺堡是唯一的选择。但红寺堡也没那么好过，母亲跟着可能大家都放心一些。

我们家仍然是我和天明去，公公婆婆身体尚好，还能应付高干梁的这些庄稼，考虑到天明不会做饭，婆婆二话不说就同意让我去。高干梁的春天不是那么忙，在做好所有准备之后，我们带着一袋面、一袋洋芋和诸多闲杂的东西坐上了去红寺堡的班车。身后的山越来越远，我们奔着希望一路向北。

春天是一个躁动的季节，这种躁动总是通过风来表达。我们在高干梁的时候并没有感受到这种躁动，但到了红寺堡，风成了主宰这里的王。

去年秋天来盖房子的时候，这里的一切看着荒凉高远，但有一种静谧的安宁。我们在的一个月里，每一天天空都是蓝蓝的，太阳暖暖的，偶尔有个风，也是一带而过，让人觉得很舒服。

可仅仅过了一个冬天，我们再来，一切就都变了模样。这种转变是从大家闺秀到河东狮吼的转变，前脚说话还是温润如玉的女子，后脚就成了面目可憎的悍妇。

到了红寺堡的地界上，车里面就一股土腥味，公路边边上的沙子被风一层层赶到了路上，路面像得了白癜风一样，一道一道的。汽车站二层高的小楼是红寺堡唯一的高层建筑，此刻也像蒙上了面纱一样，影影绰绰地看不见楼的真面目。再远一点，就是黄蒙蒙一片，那么广袤的一片土地，此刻被黄尘遮得啥也看不见。我心说："咋这么大的风，这么大的土呢？"其他人也扒着车窗看着外面，一脸疑惑。

车拐过车站，向东摸索着前进，下午四点的时候在指挥部门前停下了，一下车，风带着沙子打得人的脸生疼，连句话都不敢说。司机不耐烦地催促大家赶紧把东西搬下来，他还要朝东走呢。我们的面和洋芋像碉堡一样垒在了指挥部门前的空地上，这里距离我们的玉池村还有几里地。人走也就走上去了，可面和洋芋怎么上去呢？一群人在风中犹豫，想着在哪里找辆三轮车来拉东西。可这会儿，风刮得路断人稀的，上哪找车去？

风没有任何要停的意思。母亲用手压着头上的帽子，举得手臂都有点酸麻了，又换另一只手上去。父亲揉了揉眼窝，刚想说什么，嘴里已经进了沙子，只能压下想说的话，呸呸呸地吐着唾沫。天明扯起衣服遮挡着半边脸，和其他人商量着怎么找车。

天明和几个小伙子到庄子里去找车了，剩下我们守着东西和风作伴。指挥部旁边的村子按支渠的数字排到了二十三支，具体的村名也没人在意，就像玉池，我们说十一支，知道的人反倒多。二十三支住上人已经两年了，依托指挥部，这里的人迅速富裕起来了，这一点从住的房子就能看出来。人家的房子已经盖得整整齐齐了，大部分人还砌了院墙，电也通上了，自来水也有了。我心想："我们十一支什么时候要和这里一样就好了。"

他们去了好久之后才找到车，费了好大的口舌才把一个人从炕上说下来，答应走一趟，给人家付三十块钱的车费。就这还只是拉东西，人是要走上去的。这会儿说啥都没用，只要能把东西拉走，走就走吧。派了三个人跟车，剩下的人搭伴一起朝十一支走。

以前在高干梁吧，随便翻几座山也没觉得有啥，但今天顶着风走路，每一步都觉得是艰难的。特别是有人提议走捷径，从沙滩上穿过去。为了早一点到，大家都同意了。

风一点都不着急，一会儿戏耍个塑料袋，一会儿和一蓬干蒿子玩一会儿，一会儿赶着沙子向东，一会刮着尘土向西，这片土地就像它的游乐场，它想怎么玩就怎么玩。对于我们这些突然闯入它领地的外来者，它的态度一点儿都不友好，几度用沙尘袭击我们，希望我们能知难而退。脚下是软绵绵的沙子，身边和眼前是密集的沙尘，大家不得不睁一只眼闭一只眼，还得换着睁眼闭眼才能向前走。走着走着，给人一种错觉，我们到底有没有朝着十一支的方向走呢？我们看不见太阳，看不见周围有什么，就凭着一点点记忆，顶着风一点点地向前挪。我们都暗自后悔，不该贪图这一点点捷径，如果顺着大路走，我们肯定不会走得这么费劲。但风连让我们说出这种后悔话的机会都不给，除了朝前走，再没有任何的退路。

下午六点的时候，我们摸到了我们盖的房子跟前，大家相视一笑，露出白森森的牙。母亲说："差点把人眼窝子都填平了，这是个啥地方嘛！"

我们没办法回应，因为去年秋天的红寺堡绝对不是这个样子。要是看地方的时候是这个样子，我相信没有人会愿意来的；但现在不是说这句话的时候了，我们的一半家产都拿来在这盖了房子，好与不好，我们都得先留下再说。

东西集中卸在了父亲家的院子里，先来的三个人把堵在父亲门上的砖扒开，躲在屋子里避风。他们十几分钟就上来了，心里还在疑惑剩下的人咋没影了。我们顾不上进去避风，急忙去自家的房子门前扒砖，晚上总要睡觉的，再不去收拾，天黑了怎么办。

本以为扒开砖头把头藏在自己屋里总能躲避一下风沙，但打开房门进去的一瞬间，屋子里的情况还是让人心凉了一下。去年遗留下来的铺盖上落着厚厚的尘土，一冬天过去墙上的砖缝子居然透着光，风不停地从砖缝里蹿进来，带着尘土在屋子里面跳舞。

天明扛着一袋面不知道朝哪里放，我拿起枕巾抖了抖土，垫在案板上，让他先把面放下。天明把嘴里的沙子吐了一下：“唉，这是个什么破地方嘛，这么大的风把人都能刮跑，还能干个啥呢？”

我笑了一下：“来都来了，就慢慢收拾吧，能有什么办法呢。”没等我们收拾完，天色就暗了下去。没有水，晚饭也没办法做，凑合着吃了一口家里带来的饼子，感觉满嘴都是沙子。煤油灯摇曳在两间房里面，像极了以前在高干梁的日子。想起母亲常说的一句话：“人一辈子三反三正地活呢，谁能一眼把人看死。”

勉强把炕扫出来，但总感觉扫不干净，因为总是有土尘。风没有要停下的意思，在夜晚更加地猖狂，从远处带着哨声从屋顶过去，然后再杀一个回马枪。屋顶仿佛随时都想弃我们而去，好跟着风去浪。煤油灯随着砖缝子里进来的风摇曳，把屋子晃得阴森森的，更加深了这风的恐怖和肆无忌惮。我看着天明，天明也看着我，灯下的我们都无话可说，长夜就这样开始了。

风整整刮了一夜，天亮时，我们庆幸我们的屋顶没有弃我们而去，眼窝里的沙尘用手一抹，从脸上扑簌簌地掉。眼角是昨晚从眼睛里清理出来的沙尘，硬硬地壳着，一抠带下来一根眼睫毛。被子上、枕头上、床单上、案板上、锅台上、地上、房梁上都落了一层土。天明说：“奶奶的腿，这是要早早把人埋了的节奏啊，我还没活够呢！”

我大笑：“那就赶紧起来，把自己扒出来，再晚就真埋了。”

大家都没有水做饭，一大早就凑在了父亲家商量怎么办。大家说："这个地方太苦焦了，光这个刮风谁受得了，现在连口水都没有，这日子咋过？唉，当初还说在这里过好日子呢，就这个样子，只怕好日子没过上，把人先折耗在这里了。"

父亲也好半天没有说话，只是静静地听着。昨晚的风给大家造成的冲击太大了，这样的情况谁都没想到，他一时也说不出来什么好的办法。

倒是五哥说话了："大家别慌。当年我在芦草洼给我三哥修房的时候也是这么大的风，当时真是能把人刮走，也因为风大很多人在芦草洼没有待下去，跑了。快二十年过去了，现在大家看，人家过的啥日子？当年跑了的那些人过的啥日子？我就觉得，要陪一个地方吃苦呢，吃苦了才能享福。国家能把我们搬到这里来，肯定是有发展，能让我们活下去的，现在说啥话都有点早。我们大家先不要慌，先把屋里都收拾了，慢慢来么。"

五哥的话让大家都冷静了下来。确实，人家芦草洼搬走的那些人现在都过得和城里人一样。就别说那些人，他们来看地方时，人家搬来两年的人也过得好着呢。咱们又不是缺胳膊少腿，怎么就被一场风吓倒了。

父亲也说："老五说得对着呢，大家先不要着急。一会儿去指挥部那里先割一个水袋回来，我这房子外面两间也不住人，先叫一车水放在水袋里，大家先拉着吃，看回头水的问题怎么解决，先把人安顿下来再说。"

这样一说，大家的情绪就都稳定了下来，各自顶着风去忙活去了。父亲的房子里用土围了一个圈圈，水袋被安置在里面，拉水的车来把水灌进去，各家拿着水桶来舀走，先生火做饭，等一碗热乎的面下肚。大家已经完全接受了这种生活方式。墙上的缝子那么大，就先把墙里面用泥泥了再说，这难不倒高干梁人。砌砖不行，玩泥还是没有任何问题的。照着去年的方法，在院子里取土，和泥，一天时间，就把屋子里的墙面整个抹了一遍。

整整三天，风终于停了下来。大家也把屋子里该抹的、该塞的地方都收拾了一下，就又商量着去指挥部那里买窗子。去年都把窗户拿砖堵了，堵得屋子里黑洞洞的。风停了，人也消停了，就搭伙去买窗子。那边有拿铁条焊好的成品，而且这边盖房子都有尺寸，照着尺寸买就行了。

中午的时候，大家雇了辆车，一人拉着一个窗子回来了。扒掉砖，又开始安窗子。窗子安上，玻璃镶上，再拿油泥把边子糊住，屋子里瞬间就明亮了起来。

不刮风的时候，这里真的挺好的，但不刮风的日子少得可怜。以前在高干梁，一下雨就什么都干不了，而在红寺堡，一刮风所有的事情都可以理直气壮地停掉。

门窗让屋子里消停了下来，风围着屋子打转，一些沙尘挤过门缝和窗户缝，在屋子里悄悄散落，墙上糊的泥也静静地掉着粉末，桌子上总是落着灰一样的尘土。这些尘土无所不在，锅灶上、案板上、碗上、洗碗的抹布上、盆子里都沾染着这些尘土，洗不掉，抹不净。做好的饭里总是隐约感觉到有咯咯吱吱硌牙的微小颗粒，说不清，道不明，不知道这些尘土到底是从哪里进到饭里面去的。大家刚开始也吃不下去，可每顿饭都这样，也就无可奈何地接受了这个现实。总不能把面都倒掉，那可是花钱拉上来的。我在每一次做饭之前都要把案板抹了又抹，但还是免不了饭里有沙子。从此以后，我吃饭就再也不喝汤了。

基本的生活安顿下来之后，我们就开始收拾地。水地不同于旱地，对平面有着非常严苛的要求，去年姑舅哥盖房子时拿着一盘透明的细管子，房子的水平就靠管子里灌上水找平。姑舅哥当时就笑着说："以后我们种地也就要靠水找平了。我们肉眼看到的根本不算，平不平水进了地就一目了然了。"

我们分到的地比起老家的地，平得不能再平，整个高干梁都找不到这样一块地。水浇地，水渠也很重要，斗渠在每家的地头上都留了口子，我们就要在口子上继续把毛渠挖到地的另一头。这个没啥难度，连最弱的人两天都能把渠挖开。至于能不能装水，那得水进去才知道，反正我们是把渠挖开了。

人是大地上的鼢鼠，都在忙活着各自的宫殿。只要有一块属于自己的地，每一个人都是高明的建筑师。我们对水地毫无概念，凭借着做了多年农民的经验照猫画虎，蹲在自己的地里，横看一阵子，竖看一阵子，跪着看，侧躺着看，用自己的肉眼丈量着平衡，看见有坑了扔两锨土，看见高了把土散一散。我们以为平地就是这个样子的。

等水的日子似乎是遥遥无期的。临时的村委会成立了，大喇叭今天喊着让买水票，明天又继续喊，高干梁人倒是积极，早早地去买了，但水总也没下来。又一个清晨，村委会的大喇叭不喊着买水票了，喊着让大家去领树苗。大家都挺高兴的，赶紧领回来栽到地边上去，长大了好给我们遮个阴凉，好挡个风沙。

我们到了村部，一辆大卡车上正在朝下扔树苗。说好的树苗，只是一捆捆擀面杖粗细的树，根须浸过水，湿漉漉地挤在一起。我们好歹是在山里长大的，从来没见过树成了这个样子还能活。这倒挺稀奇的，因为在高干梁，山上的树都是自己生根自己发芽成长的。我们对栽树没什么概念，偶尔去栽棵树，也是从山上连根带土地挖来栽上。这就一个光杆杆、秃桩桩，栽上能活？车上还在一捆一捆地朝下扔着树苗，树根上偶尔带着的土被这样一摔也摔得干干净净了。

村支书招呼大家一人拿几捆栽去，房前屋后、渠边都可以栽。大家看着这些光秃秃的树犹豫着到底该不该拿。父亲说："拿回去栽上看么，不活了再说。"

我们一人拿了几捆，其他人有没有拿就不知道了。但是连着三天，大喇叭喊的都是领树苗的通知。去年和我们一起盖了房子的人都没有来，就我们这个巷道里人多。大家把树苗拿回去先在自己的房前屋后栽了一圈。村里的树在很多时候既是地标，也是界线。

没有自行车，也没有架子车，我们去哪儿都是靠走。一捆树苗也挺重的，要想栽到地里去，就得扛着。天明扛了两捆，我扛了一捆，我们想着，趁树根湿着，赶紧栽上看能活不。水渠挺长，我们俩顺着水渠一路栽过去，像给水渠站了一路岗。远远地，其他人也在忙着栽树，每个人心里都是抱着期望的。

栽完我们家的，我俩第二天又帮着父亲把树栽在了渠边。母亲是个细致人，从此以后，洗脸水、洗菜水、刷锅水都不乱倒了，全部浇在外面的树坑里，她比任何一个人都期望这些树赶紧发芽，快快长大。

风像是在生我们的气，从我们来就一刻也没有消停，好不容易白天不刮了，晚上就开始刮，晚上要安宁了，白天就又开始了。等待的过程是无聊的，拉电和拉水又遥遥无期。大家一时不知道干啥，父亲喊天明和五哥："我们来挖个窖吧。"

父亲总是在尝试，因为他听说早搬来的人都是拿窖装水的，就是简单挖个五六米深，拿水泥沙灰一裹，再用水泥兑水刷上几遍。干了就可以用了。天明说："这行不行嘛，别再挖成了不能用。"

父亲说："没事，我们就先挖一个试试看，要是能行，我们就再挖另一家的，反正闲着也是闲着。"

父亲这样说了，天明也不好意思再反驳，就说："那行呢，姨夫，我们先给你挖一个试试。"

挖窖对于五哥和天明来说是小儿科的事情，因为在高干梁，谁家家里还没几个洋芋窖。这次挖的水窖算是洋芋窖的扩大版，就是再大一些、深一些而已。说干就干，第二天父亲在院子的拐角处选定位置，天明和五哥就开始挖了，窖口一般都比较小，一边挖一边向下扩。窖口一挖开就好挖了，没一会儿，已经挖到了五哥的腰部，天明把五哥替换上来，自己又下去挖。两个人就这样替换着，一人挖一阵子。

一天下来，人已经完全在地里面了。父亲做了一个轱辘，用三根木头支在窖口上，一篮子一篮子地朝上吊土。五哥一边挖一边说："这里的土层真好，是竖着的。尽管挖，是不会塌的。"

父亲说："就是的，我就知道这里的土好挖着呢。"

整整四天，一个比洋芋窖大了好几倍的窖挖成了。巷道里的人都来看，说："这个老汉挖这么大个窖准备干啥呢？"父亲说："准备装水。"大家伙儿就笑，说："真幽默，这怎么装水吗？"

父亲也笑，说："你们等着，装上水就知道了。"

父亲让天明帮忙去喊了一三轮车沙子，拉了十袋子水泥。沙子拉来用筛子筛了一遍，粗的放一边，细的留下准备和水泥和沙灰。和好之后，几块厚木板被绳子吊着搭成了一个活动的架。五哥进窖去了，天明一桶一桶地朝进吊沙灰。抹沙灰是一个细致活，五哥就像绣花一样，一点一点抹着沙灰。先从窖口开始抹，一个茬口接着一个茬口抹得光光的，一点一点向下移去。

整整一天，五哥除了上来吃饭，都在窖里忙活着。晚一点的时候，父亲让天明和一点粗沙灰。到了底子了，先用混凝土垫一下底子再用细灰抹。忙完最后一道工序，五哥满头大汗地从窖里被吊了上来，架还不能拆，因为这样的水窖才算完工一半。

第二天一大早，五哥又全副武装地下窖了。这次他不要沙灰了，用塑料桶装着和好的水泥汤汤，拿着一把扫地的笤帚，用笤帚蘸上水泥汤汤，一遍一遍地糊着昨天他抹好的水泥墙。一圈糊下去，五哥上来了，说明天了再糊，糊上三遍应该就没什么问题了。我趴在窖边看了看，深度让人看着有点眩晕，黑乎乎深不见底的感觉。窖被沙灰抹了一遍，又被水泥刷了一遍，散发着浓重的水泥味。我心想，这个样子，能装水不？

刷了三遍，父亲的水窖终于完工了，他和母亲挖了一道水渠直通到庄院的进水口。只等着水下来了之后灌到窖里试试能不能蓄水。

我每天都会发一会儿呆，但我又说不出来我为什么发呆。罗山像个不爱说话的男人，每天都呆呆傻傻地杵在那里。这里好像不会变化，风都刮不出来啥新样了，巷道里每天看见的都是高干梁的旧邻居，看着这些熟悉的面孔，有时候会让人生出一种错觉：我们到底有没有离开高干梁呢？一抬头看见罗山，心里就会反应过来，哦，我们离开了，这里是红寺堡，是十一支，是玉池村。

我有时候会莫名其妙地焦虑一阵子，我想看本书，想说点什么。但哪里有书，我又要什么呢？其实这么久，我已经丧失了表达的能力，因为说了也没人明白，大家都会笑话我痴人说梦。生活都解决不了，梦想就是个笑话。我和天明也不说，我在沿袭母亲的行为准则，尽量让自己是个贤妻良母。我还没孩子，良母也谈不上。

一些想法在心里久了是会发霉的，我总是想一阵子，再自我否定一阵子，然后再看着眼前的情景感叹一阵子，尽量给自己找点事情做。我想，我终究是想多了吧。

到了五一，水还是没有下来，父亲嘀咕："这清明前后，点瓜种豆。节气都过了，水还不下来，水浇上都啥时候了，还能种点啥呢？"

母亲说："能种点啥就种点啥，这么个乱糟糟的地方，你还指望它打金豆子呢？"

母亲这两年的脾气越来越不好了，动不动就撑父亲。而且她一直不看好这个地方，她不知道父亲都六十岁的人了，哪来这么大的心劲儿，还非要在这个地方种地。也可能是她心疼父亲，想着这么大年纪了，一辈子没享上什么福，又是个病身子，还这么奔波，不知道意义在哪里。

父亲看着母亲，没有再言语，或许他也知道，再说两个人吵起来就没意思了。

来这里盖房的人多，真正来种地的人并不多。红寺堡正在建设初期，稍微能过一点的人都不想在这里吃苦。所以大家都还在观望。可这却苦了这些要种地的人，水渠没有挖开，灌溉的土地又分散。连着三次，水都没有放下来，不是大渠被壅堵，就是斗渠出问题，更糟糕的是，我们挖的水渠不堪一击，水朝过一流水渠就垮了，水就像脱缰的野马，在地里乱窜。而且，我们又是趴又是跪地目测出来的水平线平的地根本就不平，水一进地，哪里平哪里不平一目了然。看着满地乱跑的水，大家都束手无策，敢情大家当了半辈子农民，到头来居然不会种这里的地了。

水快到父亲地里的时候，母亲煮了十个鸡蛋，我和天明揣着这十个鸡蛋去给父亲地里淌水。走的时候，天明对父亲说："姨夫，你不用来了，就那点地，我们俩就淌了。"

父亲还想说点客气话，但天明一再说我们两个人就够了。到地里的时候水还没有下来，我们就坐在斗渠边上等着水下来。今天没有刮风，罗山上的路、屋舍上的墙皮都看得清清楚楚的，要是有个人走在那里的路上，一定也是可以看到的。

这里真的很空旷，除了我们俩再看不见别人的身影。几只喜鹊在田埂上蹦跶着觅食，对于这种依赖树来垒窝的鸟来说，最大的困难可能不是觅食，而是在哪里安家。这里没有一棵树，不知道觅完食它们能去哪里栖息。一只类似于壁虎的小东西从我脚边匆匆爬过，全身长不超过十厘米，却在沙地里灵活穿梭。吓得我跳起来离开水渠，因为它的脑袋太像一条蛇，而它的尾巴又像老鼠一样，四个爪子紧贴地面，肚皮细白。特别是它歪着脑袋打量我的时候，我总是想起在高干梁折蕨菜时遇见的蛇的眼睛，冷冷地、幽深地，那种打量，让人头皮发麻。高干梁人给它取了名字，叫它"沙和尚"。我一直觉得高干梁人是有创意的，总是能把一些无趣的东西说得非常有意境，就比如这个小东西，怎么就成了“沙和尚”呢？

看着我狼狈，天明笑我胆小，我白了他一眼。男人和女人的神经永远都不在一条线上，所以，也别指望他会理解我的恐慌。

最先到达的不是水，而是水渠里的各种杂物，树叶、草籽、蒿子、塑料瓶瓶、烂纸袋子，上面还架着一只粉红色的拖鞋，这些东西组合在一起，顺着水渠欢快地奔涌，把我和天明弄了个措手不及。

斗渠是直线下来的，水要进毛渠就要把斗渠直接堵死，让水九十度拐弯流进毛渠，一路过去，从最后一块地里朝前匀着淌水。等这家靠近斗渠的最后一块地淌满，就喊下一家子来把水移交过去，那家用同样的方法淌水，这家子再把自己家的毛渠堵上。

我和天明把斗渠用土填得严严实实的，生怕漏水，又跳着踩了一顿脚。可即使这样，这些杂和在一起的东西欢快地奔来时，差点从我们挡的土埂上蹚了过去。天明喊我赶紧拿铁锨把这些东西清理掉。啥都怕多，多了就挺吓人，这些东西一见水，又搅和在一起，重量就增加了，我一铁锨下去，一下子没捞起来还差点把我带进水渠里。天明一看不行，赶紧过来帮忙，两个人用铁锨合力捞了半天才捞起来一堆。我们俩挡水的土埂被水冲刷得摇摇欲坠了，天明说，他捞这些杂物，让我赶紧加土巩固土埂。我拿铁锨使劲踏着渠边的土朝土埂上扔，平时一铁锨土感觉也多呢么，但此刻一锨土扔下去，就好像擀面的时候撒了一把干面一样，作用不大。眼看着水一点点浸过土埂，天明也着急了，停下捞杂物，转身过来帮忙，男人力量上的优势在这一刻就体现出来了，他的几铁锨土扔进去，水一下子安分了下来，乖乖地拐进了毛渠。天明嘱咐我再跳着踩一下土埂，我就像只跳蚤一样，在土埂上使劲蹦。水渠底下的土被泡软了，踩得多了竟然和一团软面一样，黏黏糊糊的。我赶紧下来，拿土又加固了一通，继续蹦跶着踩，直到把这些浸水的土埂整个掩埋起来。

本来以为这样就完事了，水可以顺利地淌进地里。可一淌水才发现，我们的毛渠是多么不结实。斗渠是国家拿水泥板铺好的，毛渠就是我们自己挖的，将近两百米长。水走了一半，毛渠就出问题了，一个老鼠洞里开始渗水，天明过去堵洞，三两下找不到，这一耽搁，前面又开始渗水。我们挖的毛渠在水面前就成了个豆腐渣工程，哪哪儿都出了问题，我和天明像两只猴子，上蹿下跳，到处救水。两条腿抡成连枷了也没有救下，毛渠到处决堤，我们俩喘着粗气，拄着铁锨把不知道应该去救哪里，只能眼睁睁看着水在地里乱窜。天明抖了抖脚上的黏泥："没办法了，就让这样淌去吧。奶奶的腿，这太考验人了，咋这样嘛！"

我抹了一把头上的汗，没有再说什么。天明缓了一口气说："走吧，去把水口子看好，斗渠那儿要是垮了更没办法了，也不知道其他地方的人种水地咋种着呢，我们咋就弄得这么狼狈，这水简直和老虎一样。"

我笑了笑："不知道么，可能人家种地有经验了。"

对于我的无趣，天明历来是无语的，我总是慢半拍，总是不接话，接了也是这种模棱两可的回答，气得他直翻白眼。

我俩到斗渠上的时候，土埂又一次被水冲刷得摇摇欲坠了，这次比上次还严重，就剩了薄薄一层。天明喊我赶紧加土。人一慌就出事，我铲了满满一铁锨土扔向土埂，没想到土埂已经太薄，反倒被我一铁锨土下去给砸塌了。水呼啦一下就涌向了那个豁口，只一下，斗渠就开了，天明气得吼我："你咋这么笨嘛！"

我已经顾不上他的脾气了，只想着怎么能把水堵回来，这淌的可不是水，而是钱。淌在父亲的地里怎么都好，流在水渠里淌别人家地里就是浪费。我把铁锨挡在斗渠里让天明扔土，我又把身上的外套脱下来堵在斗渠里，都没用，水太急了，一铁锨下去就像给水里加了一把调料，根本停不下来。天明脸上的汗像水一样朝下流，他顾不上擦一把，可扔了半天，渠里没有存下一把土。

我其实什么都没有想，我就是想把水堵住。我扔了铁锨，捞起外套，扒着渠边子一屁股坐在斗渠里了。天明一看又开始吼我：“你咋这么笨吗，你下去干啥去了？”

我抬头说：“赶紧扔土，说这些有啥用？”

我用后背让水流缓了下来，土在我的后背上慢慢地被堆积起来，脚下的水越来越少了。我知道，斗渠再一次被堵了起来。

天明看着重新被堵起来的斗渠，我把鞋和袜子脱了在水里涮了一顿，拧干水继续穿上。天明说：“这里也没人，你把上衣、裤子都脱了涮涮拧干了再穿上。你也真是的，水跑了有多大个事情呢，你为了娘家的事情连命都不顾了。”

我又不接话了，我不知道说什么好。我也没听他的，光天化日之下，即使没人我也不想脱衣服，湿就湿吧。好在五月了，水没那么凉。只是我这一身泥真是壮观。

整整一天，我们俩就耗在斗渠旁边看着，毛渠完全坏了，只能让水信马由缰地在地里跑，有的地方淌上了，有的地方干着，地不平，也只能淌到这种程度了。

父亲撵来看的时候，我身上的衣服都已经干了，只是泥还条条绺绺地沾在衣服上。父亲问我咋了，我说没咋。天明气呼呼地说：“那个和潮子一样么，看着水堵不住了，人就坐在水渠里挡水。”

父亲叹口气说：“这个地方还真是苦焦啊，不知道啥时候才能好一点。你也真是，水跑了就让跑去，你怎么敢坐在水里面嘛，遭下病可咋办？”

我说没事，然后再不说话，用手抠着裤子上干了的泥巴。父亲看了一圈，觉得水淌得差不多了，就打发我先回去喊下一家来接水。走在回家的路上，腿酸软得厉害。两边的地里都是光秃秃的，田埂上栽下的树也是秃秃的。罗山迷蒙了起来，看着好像又要起风的节奏。

13

人像大地上的虫子

我们的毛渠都翻车了，没有一家的是幸存的。地里都淌得和花猫的背一样，斑斑点点、干干湿湿的。水就像个照妖镜，把我们目测出来的水平线照得体无完肤。高干梁人常说的差不多就行了，在这里吃不开，差不多其实是差着太多。

父亲的窖里也把水灌上了。我们都担心这一窖水能不能放到第二天。所以一大早，父亲就打开窖盖看水，一看，水还在，松了一口气。第三天又看，水还在，第四天、第五天，水都在，父亲的眼睛就笑成了月牙。

水淌上五天之后，大家就收拾着种地。错过了季节，只能种玉米了，可是怎么种又是问题。以前在高干梁的时候，种玉米都是星星点点的。随便拿铲子种上就行了。可现在一下子要种十亩八亩的，在高干梁用过的办法完全吃不开。

大家去指挥部买玉米种子的时候询问人家种玉米怎么种，卖玉米种子的人也说不出个所以然，拎起地上锄头样子，但形状是桃形短把的工具说："试试这个吧，把土挖开，把玉米籽顺着桃心溜下去，拿脚抹平就可以了吧。”

大家就一人带了这么个没见过的东西回来了，准备拿这个挖着种。父亲一看，说：“这一天一人种一亩撑死了，啥时候种完呢？”

这一说大家觉得也是，眼看地都干了，这得种到啥时候去。父亲又说：“不如我们并工，按照淌水的顺序，一家子一天或者半天，人多了总种得快些、及时些。”

我们都像要去参加长跑半决赛一样，拎着个桃心的短把锄头，撅着个屁股开始种玉米，挖一下一点头，放一颗玉米籽进去，待朝前走的时候再拿脚底抹一下。一颗玉米的命运就这样被决定了。

人总是没有方向感的，种着种着，两个人就挤到了一起。再种，也就不知道谁在谁的行子上了。大家一看这样不行，又七嘴八舌地开始研究怎么让玉米行距可以平行。最简单的方法就是拉线，可这么多人，拉一根线能干啥？研究来研究去，大家说去焊一个画线的工具吧。又吃不准应该是多宽的行距才合适，在地里一遍一遍地比画，最终去焊了一个长一米二的三齿钉耙，一个人在前面画线，后面的人跟着线种，一下子解决了重行的问题。

第一年的玉米总算是种到地里去了，又在田埂上种上油葵籽。大家都松了一口气，也对土地里的玉米充满了期冀，是不是到了秋天，我们也能收获和电壶胆一样粗壮的玉米，比盘子大的油葵？

玉米种到地里，相对就闲了下来，父亲的水窖成功了，大家就纷纷效仿，一家挖一个，拿水泥一抹，等第二次灌水的时候就能装水了，第一次装的水虽然不能吃，但至少可以洗衣服、洗碗什么的，大家一下子觉得生活方便了。

天气逐渐热了起来，玉米很快破土而出，旷野就绿了起来，玉米苗在风里摇头晃脑，憨憨的样子让人充满希望。

父亲说：“这里的土质好呢，你看这玉米苗，长得多喜人。”

风还是一场接着一场地刮，但好像没那么大了，可能是浇了水的缘故，把沙土压住了。

二十多天过去，玉米有了五个叶子，我们就张罗着去锄地，其实地里也没什么草，就是为了给玉米苗松土。我们又去买锄头，似乎到了这里，所有的农具、家具都要重新置换，从老家带来的农具在这里完全不能用。指挥部门口的市场生意特别火爆，每天都有不同的人要去买各种用的东西。天明去买了三把锄头，两把我们用，一把给父亲，没有车，都是来回走着去的。

地浇了水，又被人踩了一遍，硬得和大路一样，玉米苗长着长着都长黄了，我们不知道咋回事。只能先锄了再说。老话说："锄头上有水。"锄过的地里，玉米苗又开始嫩了起来，只是锄得非常缓慢，一周过去了，我们家的八亩地还没有锄完。父亲和母亲也在缓慢地锄着，旷野里很空，我一抬头就能看见他们，两个人的身影在远处几乎是静止的，比往常也矮小了很多，或许在这旷野之中，我们都是矮小的。

锄完地又是一个空闲的阶段，玉米的长势慢了下来，一场场的风之后，边上的叶子被沙子打得如同被人撕了一样，条条绺绺的，底部的叶子也枯了起来。水遥遥无期，红寺堡刚开发建设，一些设施还不完备，我们所处的十一支又到了支渠的末端，所以，供水还不是特别正常。等不来水，大家就着急起来，六月中旬已过，再等不来水，只怕今年的玉米就没有收成了。

七月初，水还是没有下来，高干梁的麦子却到了收割的时候，商量了一下，大家觉得收麦子不能耽搁，红寺堡这边的玉米就这个样子了，也不指望这个过日子，可高干梁的麦子得顾着，那可是我们一年的口粮。

人像大地上的虫子，总是结着伴儿，呼啦啦地见样学样儿。一说走，大家的心都不在红寺堡了，半夜起来用砖堵了门就准备回家。还是撵到指挥部门口去等车。坐在车上，几个人就开始抱怨："跑这个地方干啥来了，钱花了个九九八十一，庄稼种不成，还不如高干梁，回去再不来了。”我看着天明，天明笑了笑，并不附和这些抱怨。父亲也看着车窗外，不知道在想什么。

身后的平原像水一样褪去，我们又进入了山的怀抱，一路弯弯绕绕，回到高干梁的人就像鱼回到了水里，哪哪都是滋润的。留守在高干梁的人也非常高兴，家里的壮劳力回来了，干活就不费劲了。

高干梁好像在向这些人示好，用一季庄稼的丰茂挽留着人心。以往的那些恶劣环境被忽略不计，大家觉得高干梁还是不错的。再一想红寺堡的大风、干晒，人的心里就有了对比，一对比，骨子里就有了惰性，再也不想去红寺堡了。

收完麦子，又跟着收秋田粮食，等忙完已经“十一”了，到底要不要去红寺堡看看，又成了一件难以抉择的事情，如果没有收成，那去了只能是拿钱缠车轱辘了。自从决定搬迁，高干梁人就变得爱商量了，总觉得听大多数人的意见就没错。

我们家像个据点一样，一直决定着高干梁的大事情。大家商量着到底要不要去，然后一起看向父亲。父亲沉吟了半晌说：“还是要去看看的，庄稼能收一把就收一把，收不上了起码把屋子里的东西都收拾一下，把门窗堵住。就这么不去也不合适。那毕竟是咱们的另一个家，咱们花了钱和力气置办下的。”

事实证明父亲的很多次决策都是正确的，所以大家又一次踏上了去红寺堡的路途。秋高气爽在红寺堡被体现得淋漓尽致，荒滩上长满了蒿草，远处的玉米地一片金黄，风仿佛销声匿迹了一般，让这片土地突然变得宁静可爱了起来。大家把尘土覆盖的家打扫出来，第二天才顾上去看玉米。

据说我们走后这里下了几场雨，玉米虽然没有灌溉，也没有施肥，但玉米也挣扎着长了半人高，低洼处的还结了玉米棒子。只是很多地方因为地不平，基本就没有玉米苗，蒿草就顺势抢占了这些地盘，和玉米掺杂在一起生长。油葵收割得晚了，在枝头干瘪成了一团，黑色的籽粒和褐色的茎秆风干成了莲蓬的样子，在田埂边晃荡着。

土地真是神奇的存在，只要撒一粒种子下去，就会在这里生根发芽。而种子也是，只要有一片土壤，就会拼尽全力去生长开来，不管长成什么样子，他们自己是尽力了。从来没有拥有这么大一块玉米地，高干梁人都不知道怎么来收这些玉米，然后又商量，怎么种的就怎么收，大家合并在一起，收的收，拉的拉。

人多了就是热闹，十几个人在一起，旷野都有了声响，对于这样一茬没有管过的庄稼，能长成这个样子，大家都表现出了足够的热情。虽然地里产出不多，但好歹没有像想象的那样一无所有。所以，哪怕要弯着腰掰玉米，大家也是兴高采烈的。

玉米秆个子小，但玉米棒子还是长够了的，有的居然和父亲去年拿回去的一样。碰上这样的棒子，大家免不了要大惊小怪一番，没想到我们也有这样的玉米。但毕竟是太稀疏了，一家也就收了十几袋玉米。轮到给父亲地里收的时候，已经过去了近二十天。我们收的所有的地里，父亲的玉米算是最好的，个子高一点，密度也还好。所以，父亲的玉米是收得最多的。

本来收得迟，玉米也干得差不多了，收回去就有贩子在门上转着收，三两下就都卖了，我们卖了五百多块钱，其他邻居的也都高低不等，仔细算算，也就收了个成本。父亲的玉米卖了一千五百块钱，大家都说，是父亲分的那块地好，所以玉米的长势好。

收完了玉米，也就到了回高干梁的时候，村里开始栽电线杆了，估计等明年春天来，我们就能通上电了吧。把屋里能收拾的东西都绑起来吊在大梁上，因为这里不但有风，老鼠也很多，上次回去没管，铺盖都让老鼠咬了。

又是半夜起来拿砖堵门窗，又是赶着去指挥部门口坐回去的车，身后的村庄在黎明中有点模糊，我们再来的时候，它又会发生什么变化呢？我的心里充满了期待。

一路摇摇晃晃，等我们回到高干梁，天都快黑了，不知道晕车了还是咋了，有点难受，回家连晚饭都没吃就睡了。第二天起来还是昏昏沉沉不想吃东西，就又睡。婆婆来屋里看我咋了，然后嘟囔着说："这咋睡着不起来，不会是有啥了吧？"

我心里一惊，一算日子，这个月例假超时了没有来。原来在红寺堡收玉米的时候，另一个生命已经在我的身体里生根发芽了。

我们关心的东西是季节的更替，得跟着季节去安排我们的活计，这种模式在任何地方都是可行的。春天来临的时候，风从高干梁经过，人们闻风而动，又开始计划要不要去红寺堡种地。

一个冬天过去，我已经显怀了，婆婆不让我们去红寺堡种地了，说我去不方便，好不容易怀孕了，就在高干梁养着，等孩子生了再去。天明也同意了。其他人也在犹豫，主要还是那边种地用水不规律，生活也不方便，有人就想等条件好一点了再去。大家对去红寺堡种地的积极性不那么高了，大部分人都选择不去了。但父亲这次又让人大跌眼镜，他居然要带着母亲去红寺堡种地。我去的时候大哥正为难地抠头，父亲身体不好，前两次去还有我们照看着，今年我和天明不去，只父亲去挺让人操心的。但父亲已经下定决心要走，大哥也没办法。而且不但他和母亲走，还要把大哥也叫上一起去，他想让大哥去平地，干完了再回来照看高干梁的庄稼。大哥不明白父亲到底咋想的，人家身强力壮的都不想去种地，他一把年纪了跑去干啥？但父亲在家的话语权不容挑战，不管愿不愿意，他都得跟着父亲去红寺堡。我也不好说啥，只跟大哥说让他放心去，高干梁这边还有我和天明呢。

白驴驮着东西把父亲、母亲、大哥送走了，高干梁恢复了平静，一切还都在原来的轨迹上运行着。我抚摸着自己的肚子，肚子里的生命已经开始有了悸动，时不时地找点存在感，在我的肚子里闹腾一阵子。一想到我即将成为孩子的妈，心里的忧伤又多了一些，我不知道我拿什么爱他，也不知道我能不能成为一个好母亲，能不能教育好他，能不能让他拥有诗和远方的生活。天明笑我想得太多了，一个孩子，出生了能给吃好喝好穿好就不错了，谈什么诗和远方？

我笑了笑，没有说话，突然想我是在替我的孩子忧伤，还是在替自己忧伤？可能更多是替自己忧伤吧：从此以后，我的生活只怕再也没有诗和远方了，我生了他，更多时候得为他考虑。

身子一天天沉重了起来，一次在大门口碰见有田的妈又在和婆婆聊天，看见我，人家从头到脚打量了我一遍，说："哎哟，肚子大得和船一样，这是要生了吗？一看腰粗的，肚皮也不尖，肯定是个女子。"

婆婆说："儿子女子都一样，只要生下了都心疼。"

有田的妈一撇嘴："老姐姐，那能一样吗？我大我妈生了我，把我嫁这么远，我几年才能回一趟娘家，生养的娃娃跟着贵生姓，那能一样吗？你看我们有田媳妇，进门一年就给我们家生了个儿子，和她娘家有啥关系？所以，人还是要养儿子呢。养儿子能得上济，女子娃娃，永远是别人家的人。"

婆婆看了一眼我的肚子，又看了一眼有田的妈，不知道这个话咋接。我转身进屋去了，身后传来有田妈的声音："这个女子，从来都高傲得和人连句话都不说，也不知道能啥呢？"

婆婆解释："那就那么个人，也不是高傲。"

我进屋把门关上，摸了摸自己的肚子，心里又是另一种隐忧，生不出儿子，只怕又是另一种煎熬。晚些时候，我和天明聊天，提起有田妈说的话，天明说："这话说的，人穷富可以比，俊丑也可以比，唯独生儿生女这个事情比不成，那又不是谁说了算的。"

我说："我要是生个女子咋办？"

天明说："生个女子咋了，那也是咱们的娃。你再不要胡思乱想了，我又不是有田的妈。"

我点点头，并不是我对生儿子有什么执念，只是我一想起来作为一个在土地上奔忙的女人，一辈子都没办法去自己向往的远方时，我就痛苦不堪，我不想生个女儿再来重复我的命运。但也知道这只是我的偏执，如同天明所说，这些事情不是我们能决定的。我抚摸着自己的肚子，再一次深深地焦虑起来。

春天的时候，天明多种了几亩大豆，想着秋天了可以多卖点钱。高干梁今年庄稼整体不错，秋天果然打了二十多袋大豆，天明很高兴，等把这些大豆收拾着卖了，居然有两千多块钱。天明说："我想买辆三轮车。咱们如果要在红寺堡种地，就必须得有车。"

我一听吓了一跳，盖房子的一千五百块钱的贷款还没有还呢，再买三轮车，钱在哪里？天明说："贷款可以倒腾着还了再贷，咱们把家里那头牛卖了，再借一点就差不多了，我打听了，三挡的五千多块钱，我们就买一辆便宜些的，自己用。"

我不知道说啥，对于欠账买东西，我一直都是反对的，但天明自小就有主意，连公公、婆婆都不管，我能说啥？他能说出来，估计已经是想好了。

大哥帮父亲把地平了之后就回来了，之后的几个月，我们基本上处于一种失联的状态，父母在红寺堡地种得咋样我们也不知道，眼看着都十一月份了，老两口还没有回来。

我在十月份的时候生了一个男孩，是村里的接生婆接的生，高干梁的孩子基本上都是她迎到这个世上的。生产的煎熬大致都是相同的，疼痛让人失去思考的能力，每一秒钟都是痛苦的，但听见孩子哭声的那一刻，我还是觉得很感动，眼泪都下来了。看见是个男孩，婆婆笑得合不拢嘴。我心里却是另一番滋味，人家生孩子，娘家妈差不多都在跟前，我成为一个母亲的时候，我的母亲不在跟前。

天明给孩子取名“阿里”，我挺喜欢这个名字，比叫什么鹏鹏、乐乐、洋洋好得多。不知道怎么回事，阿里很爱哭，一哭就要抱着。天明还要忙着其他事情，大部分时间都是我抱，一个月子坐得我筋疲力尽。天明说，阿里睡了你也赶紧睡会儿。问题是，我哪里能跟得上阿里的节奏，我过着差不多黑白颠倒的日子，不知道怎么样才能让这种日子好过一点。

十二月初的时候，父亲和母亲突然回来了，父亲精神很好，只是人清瘦得厉害，母亲有点风尘仆仆，但看着也好。短短几个月没见，我已经成了孩子的妈，母亲来看我，大致问了一下生产的情况，并没有太多热情，只是看见阿里的时候，脸上才有了一点怜爱的柔和。我局促地看着母亲，真的希望她能抱抱我。

父亲坐在炕上喝茶，二姐也浪娘家看父亲、母亲来了。父亲给我们讲这几个月在红寺堡的事情：“你们是不知道，那真是好地方，就是暂时苦焦一些，地远，要走半个小时才能到，我和你妈一天就早早上地，种上玉米又种葵花，出来了又锄，锄了又一把一把地给上化肥。人是一天都没有闲，今年的水浇起来也没那么费劲，我们俩总算是把一茬庄稼给种成了。你们是不知道啊，掰玉米的时候我们俩整整掰了二十天，玉米棒子中溜溜的，壮得和电壶胆一样，看得人心里爱的，越掰越有心劲儿，你妈说，这样的庄稼再掰二十天都能成。雇了辆车拉回去倒到院子里，上下走的人都眼馋的，说这个老汉在红寺堡把玉米给种成了。哎，真是好地方，咱们分的地也好，成庄稼呢，你们是不知道，我和你妈掰的玉米你们长这么大都没有见过。你们知道我们把玉米卖了多少钱吗？你们猜猜。”

父亲说得绘声绘色，眼睛放光。我们听到这里，纷纷猜测着父亲的玉米卖了多少钱。小侄子抢着说：“爷，爷，你卖了三百，是不是？”

我们被小侄子逗得大笑，二姐说三千，大哥说三千五，我说四千，一茬玉米嘛，能卖多少钱？父亲微笑着摇头说：“你们都没说对，我们卖了六千七。”

屋子里瞬间安静了下来，大家都觉得心跳得快了一下。这是我们在高干梁两年都挣不到的收入，种地居然能卖这么多钱，这太让人震惊了。我终于明白为什么父亲讲的时候眼里有光了。我们都感叹了一阵子，父亲又说：“人还是要出去呢，在高干梁，把人拘得连一点想法都没有了，因为大家都一个样，到红寺堡就不一样了，早搬去的人房子盖得好得把人羡慕的，一羡慕人就有了干劲了，就想着，咱们啥时候也能盖这样的房子？哎，好着呢，人还是要挪个地方呢。明年开春我们老两口还去红寺堡种地。”

父亲说着，我们听着，大哥看了我一眼，眼里满是得意，我也笑，当初反对得最狠的父亲，现在自己要去红寺堡种地。

我在阿里的哭闹中度过了一个冬天，闹得我再也没有闲暇去发呆，去想外面的世界，更闹得我没有时间看一眼书。有时候夜半被他哭醒，起来给他喂奶的时候，我会生出一种悲凉，我的一生就要这样子过了吗？但看着阿里在我怀里安睡，我又生出另一种矛盾，我现在是一个孩子的母亲了，我应该放下这些不切实际的东西，我得当好一个母亲。我又想，读了那么多闲书，难道就是为了这样矛盾，这样挣扎吗？不读那些闲书是不是就会好过一点，又或许每一个人都是这样挣扎的吧。

一开春，高干梁的人又开始蠢蠢欲动，父亲的玉米卖了那么多钱不止让我们惊讶，更刺激了去年没有去种地的人的神经。所以今年大家一股脑地都要去种地。天明也打算去红寺堡种地，他和父亲先走，去把家里收拾出来了我再去，阿里还太小了。走之前又是一场忙乱，他要买车，公公就和他把大犍牛赶去卖了，才卖了两千块钱，又去和他二哥借了两千，这样一来，种地、买车的钱就差不多了。我嘱咐他把钱装好，他笑着说：“我办事，你放心。”

高干梁本来就人少，这次一走，整个村子都空了。之前有田的妈笑话我犁了地、拉了车子的，这两年因为来回跑着种地，有时候男人不在，为了不错过农时，就把一些女人逼得不得不去犁地、拉车子，一个个也都锻炼得和女汉子一样了。但因为心里有了期望，苦一点是为了让以后的日子甜一点。

差不多一周之后，我带着阿里坐班车来到了红寺堡，一年多没来，这里的村庄开始多了起来，当年只有一个车站的镇上又多了几栋高楼，稀稀拉拉地有了人流。街边栽下的柳树挥着稀疏的枝子在风里摇曳。一路下去，土地上一片暗黄，要不是远处的罗山，估计这种暗黄会没有边际。

之前约好时间着呢，天明在指挥部门口接我。班车每天的时间都是固定的，所以等人的时间掐在半小时以内就都差不多，我到时天明等在路边，看见班车他就迎了过来。

红寺堡风真大，刚来一周，天明的脸就被刮出了“红二团”，可能换水土，嘴上居然起了几个燎泡，看见我，天明咧嘴笑，疼得直龇牙。我问：“这是咋了？几天没见就跟逃难的一样。”

天明吸溜着回答：“这个烂地方，风高的，来两天就把人折磨成这个样子了，哎，阿里一路乖着没？我跟你说，你看那是啥？”

顺着天明的手指看过去，指挥部旁的路边上停着一辆崭新的农用三轮车，蓝色的车身让只有一种颜色的土地闪亮了起来。我笑着问：“你买上啦，多少钱？”

天明得意地一笑：“我来第二天就和你大去吴忠买了，五千七，你看咋样？”

我白了他一眼：“我看有什么用，你要惦记上啥，那谁都拦不住。”

天明大笑：“看你说的，买了你先坐上啊，要不我把你接上还得走回去，这一阵子就到了。”

“你再不吓我了，你一个没开过车的人，还一阵子。”我有点担心。

天明说：“你就放心坐吧，我在银川干活的时候就会开，这有个啥难的？这么平的路，挂个挡你都能开。”

我说不过他，只能拿眼睛翻他，他总是能把所有的事情说得简单得和“a”一样。

现在的农用三轮车造得越来越好看了，以前前面只能坐一个人，现在居然成了双排座的。天明扶着我坐到副驾上，又让我把阿里裹严实一点。他开始摇车了，发动机嗒嗒嗒地开始运行，吓得阿里在我怀里惊了一下子，我紧紧抱着他。天明挂挡踩油门，三轮车就动起来了。不止三轮车动起来了，公路、指挥部、村庄和远处的人都动起来了，我们像风一样奔跑起来，风也一起跟着奔跑，随行的还有沙尘。

一年多不见，这里还是有些许变化的，从指挥部到罗山脚下修了一条公路，电线杆顺着公路一侧栽了上去，看来我们应该要通电了。玉池村就在公路的右侧，此刻也跳跃着迎接我们。

一切静止下来的时候，就到了家里。天明把三轮车停好，帮我把阿里抱进屋里。我站在院子里看向远处，哪里都是一片迷蒙的土黄，明明春天了，怎么就没有一点绿？罗山说是个山，看着也是秃秃的，只有山顶有点绿意，还离我们那么远。天明喊着让我进屋看阿里，屋子已经收拾出来了，炕也烧上了。阿里躺在炕上从被单里探出手朝自己的嘴里塞，哼哼着准备哭。

一年多没来，地里又有很多要修整的地方，水渠、田埂，加上平地，天明每天都忙碌着。我看着不出去，但阿里和一天两顿饭足以让我花费掉所有时间。父亲、母亲每天都会从我的门口路过，偶尔会进来看看阿里。阿里虎头虎脑，很招人喜欢。母亲看见他总是忍不住满脸笑意，一再安顿我把阿里操心好。

风一如既往地一遍遍刮着，没有一天肯停歇，今年的春灌马上开始了，可一个春天，支渠又被沙子填平了，水迟迟下不来。一天下午，新来的邻居进来打招呼，想着找天明开三轮车去趟镇上，他们刚上来，有太多东西要置办。天明没有犹豫就答应了，邻居高兴地回去拿绳子，天明在院子里摇车。邻居又叫了两个帮忙抬东西的人一起，大家高高兴兴地出发了。我看了看墙上的表，下午四点十分，心里计算了一下，觉得最迟六点半天明就能回来，那我就准备做饭了。

我用被子把阿里围坐在炕上，趁他还不哭，赶紧和面、擀面、切菜。两个人的饭倒也简单，削一个土豆、剥根葱，切了炒个土豆丁丁，水烧好就等他回来下面。

今天风不大，但天空还是雾腾腾的，太阳像个橘黄色的气球，准备跌进西边的平原。我又一次看向墙上的钟表，已经六点五十了，还是没有听见三轮车进村的声音。我心里有点着急，把阿里安顿着躺下，出去站在村道上看了一下，这会儿正是做饭和回家的时候，风小了下去，炊烟从各家的屋顶上飘开。这里很空旷，要是有三轮车来，没进村子就先有了响声，但是此刻四处都静悄悄的。远远看见父亲和母亲掮着铁锨从村子后面拐了上来，我就站在路边等着。

到了近前，我招呼父亲："大，咋这么晚才回家？走，进屋和我妈吃饭。"

父亲把铁锨从肩上放下来，呼了一口气："剩了最后一个田埂，想着今天打完算了，没想到一耽搁，再走回来就这会儿了，你站在门口咋了？"

我说："天明四点就出去给邻家拉东西了，也不知道咋了，到这会儿还不回来，我着急的，出来看看。"

我一边说一边接过父亲手里的铁锨，拉着他和母亲进屋，阿里的哭声传了出来。老两口倒是没有和我客气，就进来了，我急忙生火烧水准备下面。母亲解开头上绑着的白围巾，拿围巾把脸上的土擦了一下才到炕边去抱阿里。有人抱，阿里就止住了哭声，扑闪着大眼睛看着我母亲，咧开没牙的嘴笑了一下。母亲怜惜地哄着："哦哦，把我们阿里扔下没人抱啊，看可怜不？"

我顺手又和了一点面让醒着。把之前做好的给父母下着吃了，但天明还是没有回来。父亲吃完饭对母亲说："我先上，你给女子把娃抱一阵子，等天明回来了你再上来。"

母亲没有反对，继续抱着阿里哄着。我大致收拾了一下，心里却更加着急了，天都黑了，人呢？为了不让自己那么紧张，我从母亲怀里接过阿里给他喂奶。母亲坐在炕沿上靠着墙缓着，问了一句："天明干啥去了？"

"就下午那会儿，我们邻居过来叫着走镇上拉东西，也不知道咋了，到现在不回来。"我低声说着，有点慌乱。

"你也别急，可能买什么东西耽搁了，再等等吧。"母亲劝慰着。

我点点头，耐心地等着。煤油灯在屋子里照亮了一方天地，我和母亲守着灯光等着，希望三轮车的声响在某一刻能响起。

八点了，没有声响。九点了，还是没有声响。父亲等不住母亲，又撵我们家来看咋回事。一看天明还没有回来，父亲也有点着急："到底咋回事呢？是不是给邻居拉东西去了嘛，咋到现在还不回来？"

明明就是拉东西去了，还能干吗去呢？但我这会儿也开始怀疑这个理由，到底是不是去拉东西了？但无论干什么去了，天明这会儿还不回来谁都束手无策，没有任何联系方式，也再没有车去找，更没有人。

就是没回来，一起去的人都没回来。整个夜晚，我睁着眼睛，竖起耳朵，不放过任何一点声响。听见了风刮着塑料袋，刮着一棵水蓬蒿，刮着几片玉米叶，刮着沙土乱跑的声音，唯独没有三轮车的声音。我全力以赴，不敢多呼吸一次，我怕错过声响，眼睛实在绷不住了，刚合到一起，又迅速地睁开，心脏便狂跳了起来。整整一夜，反反复复，不由自主想了很多很多，天明到底怎么了？为什么不回来？是出了什么事情，还是咋了？唯一的解释就是出事了，不然他又能到哪里去呢？出事了，出了什么事？什么事能让他不回来？脑子里反反复复都是这些问题，唯一的解释就是开车出了问题。我的心脏好像要从嘴里跳出来一样，万一天明回不来咋办？我听着身边阿里细微的呼吸声，眼泪一下子就下来了。

一夜长得好像过了一年，好不容易看见窗户上白了起来，我赶紧爬起来。母亲也是一夜没怎么睡，看见我起，也坐了起来："你干啥去？别胡思乱想，事情也许不是你想的那个样子。"

怎么想其实都没用，但无论是我还是母亲都已经想了一遍。我不说话，但也不愿意当着母亲的面抹眼泪，她不喜欢哭哭啼啼的孩子。我穿好衣服出去了，看看东边，看看西边，这两个方向是他回来的方向，但除了风刮了一夜的痕迹，除了暗黄色的天地，除了没有表情的罗山，除了寂静的村子，唯独没有要回来的天明。我的绝望和悲伤溢满了眼眶，想放声哭一场，但我不敢，我怕人来问我哭的原因，也怕母亲听到。

阿里哭了起来，我强忍着心里的无助，平静了一下情绪，进屋去看，母亲已经把他抱在怀里。我上炕去接过阿里，用乳头拦截了他的哭声。母亲怀里空了，她有点不知所措地绞着自己的手，看得出来，她也开始紧张了。还没有安顿好阿里，父亲就又来了，站在门口问："你们起来了没有，天明还是没有回来吗？"

"没有嘛，你进来吧，我们都起来了。"母亲替我回答。

父亲推门进来了，一脸的着急："这是咋回事呢？不行了找人找车去镇上看看，这么等着也不是个事情。"

可上哪里找车去，又怎么和别人说这件事呢？父亲想了想，转身又出门去了，我也想去，但阿里一直吃奶，我一离开他就使劲哭，我只好又坐下。

等阿里吃够了，才满意地给我放行。我把他交给母亲，出门去寻父亲，这么大个村庄，要找辆三轮车或者手扶拖拉机却不容易，而且很多人我们根本就不认识。

玉池村是以村道划分的，一个村或者一个乡的人就划分一个村道，大大小小六七个村道，每一个都要一公里多长，父亲得挨家挨户去找，去问人家有没有车，问人家愿不愿意出车。我出了门，又一次茫然了起来，父亲在哪个村道里呢？我该怎么找他？

就在我费劲地找到父亲，我们俩挨家挨户找车的时候，我听见从西边传来了一阵声响，我拉着父亲站住：“大，你听，是不是三轮车的声音？”

父亲凝神听了几秒钟，说：“就是的，我们俩先回去，看看是不是天明回来了。”

走路又开始变得煎熬起来，恨不得一步就跨回去，恨不得一眼就证实到底是不是天明回来了。我让父亲慢慢走，我跑了起来，带着脚下的沙土，不顾形象地跑了起来。

确实是天明回来了，三轮车停在院子里，他正在屋里和母亲说话，我推门进去，只见他一脸憔悴，我问：“你干啥去了？一晚上不回来。”

“唉，昨天出门遇了点事情，才处理完，这不回来了嘛。我们昨天出门，路上碰见一辆三轮车翻了，把几个人都摔了。路稀人少的，远近都喊不来个人，我们就帮着把伤势重的人送到了医院，又把伤势轻的给送回家，那些人住得远，三轮车来回一折腾就四个小时。又把伤重的人的家属给拉过去，忙完都半夜三点了，我一想，别把你们吓着了，就在医院凑合了一阵子，这不天一亮我就回来了，那几个还在镇上等着买东西呢，我回来给你们说一声，一会儿还要去给拉东西。”

有惊无险，我们悬着的心总算放下了，天明招呼父母留下一起吃饭，父亲说不了，回去还有事情。老两口走了，就剩下我们一家三口，天明说：“喏，我还给你买了饼干，先吃一口再做饭。”

看着桌子上沾满葵花籽的饼干，我的眼泪再也忍不住了。

14

“偷”着看报纸

听说，罗山起烟这个地方就不刮风了。

每一个春天我都会一遍遍看着罗山，但罗山起烟的胜景我总也看不到，我很好奇罗山起烟是什么样子，是烟雾把罗山笼罩了，还是土尘把罗山包围了，又或者是人为在山上放火点烟？到底是怎样的我只是听说，但不会多问一句，我在闲暇时总盯着罗山，希望看到罗山起烟的样子。

罗山总没有起烟，所以风就不停。我们栽下的杨树已经开枝散叶了，当年还惆怅人家一个秃桩桩，何时才能长成树。后来才发现，我们的惆怅都是多余的，桩桩上只要发个芽出来，那就不管不顾地长去了。短短五年，这些杨树已经能做椽子了。父亲说的，这个地方真是个好地方，只要有水，啥都能长出来。

阿里已经可以走路了，拽着我的衣襟跟在我的脚边，我的怀里抱着我的另一个孩子，是一个女孩，我们给她起名叫英英。一转眼，我已经是两个孩子的妈了，而我们到红寺堡已经五年时间。这五年，我们有了电，通了自来水，地里也开始长庄稼了，日子虽然苦点，但每一年都有不同的变化。

红寺堡在春天还是一片暗黄，唯一不同的是，一过“五一”，我们栽的杨树就开始绿了，玉米逐渐覆盖了暗黄的底色，然后就是各种杂草把荒滩覆盖了，连罗山也返了青。

我迎着罗山的方向走在村道上，我要去母亲家里。母亲给我捎话，说我三姨来家里了，让我过去。我其实是不想去的，拖着两个娃，人又不精神，在心底，我的自卑无处遁形，我怕去说起过往，说起现在，说起我的婚姻。但母亲喊我，我不能不去。

阿里拖着鼻涕拦在我的脚跟前，他也想让我抱抱。但我一下子抱不了两个，只好蹲下哄他。他用袖子揩了一把鼻涕，说：“妈妈，我不想走了，不想走了。”

“阿里乖，我们去奶奶家，奶奶家有好吃的。”我给他擦了一下鼻涕，哄着他。

一听有好吃的，阿里才继续拽着我的衣襟走开了。我家和父亲家相距二百多米，几分钟就到了。父亲家门口停着一辆黑色的小轿车，几个孩子围在跟前稀罕地看着、研究着。刚进院子，一阵欢笑声就传了出来，看来来的人不少。以前在高干梁的时候，三姨就是我们家的常客，父母搬迁到红寺堡之后，我们的距离更近了，三姨就带着自己的儿女来看母亲。三姨早就不种地了，表哥、表姐都学业有成，在城里安家落户之后，后来也把三姨接了过去。目前说起来，三姨是她们姊妹中过得最舒心的一个，日子宽裕，儿女孝顺，没什么需要操心的事情。

我推门进去，三姨和表哥、表姐、表嫂都坐在炕上嗑瓜子，看见我，表姐招呼我：“叶叶来了啊，哟，这是你的娃吗？长得真漂亮，来来来，姨姨看看。”

我抱着女儿和三姨他们打招呼。阿里躲在我背后怯怯地看着一屋子人，任凭表姐怎么招呼也不肯过去。母亲把阿里拉过去抱在自己怀里，阿里才放松了下来。我突然想起自己童年的时候看见亲戚来也是这种反应，生活真的像是在重复。以前在三姨家待过一年半的时间，三姨和表哥、表姐看见我还是挺亲热的。表嫂故意打趣我：“叶叶，你结婚几年了？”

“五年了，咋了嫂子？”

“你结婚五年就已经两个娃了，我结婚十五年才一个娃，这是为什么呢？”

“那还有结婚二十五年也一个娃的，为啥呢？”我学着表嫂的口气说。

大家都大笑，表姐笑表嫂：“你就别再为难叶叶了。不过可惜了，你那会儿要是一直在吴忠念书，也就嫁到吴忠了，至少不用这么苦焦，你看这两年把你苦成啥了？”

“个人有个人的命嘛，没福气嫁到吴忠嘛。”我低着头笑着淡淡地说，顺便把盖在女儿身上的被单朝紧裹了裹。表姐是一番好心，我的心里却隐隐不是滋味。贫穷也不是谁的错，贫穷的原因太复杂了，这是在富庶之地生活的人所没办法理解的，如同表姐说的，我完全可以依靠他们脱离贫穷，可我为什么又回头了呢？其实他们不懂，人活在自己熟悉的圈子里才会舒服一点。贸然改变，带来的不一定是幸福。

看着我尴尬，表哥连忙说：“也好着呢，搬到这里就慢慢好了，高干梁也好着呢，只不过没有路，姨夫当年给我们吃的野味可是香得很，还有那些杂粮。”

表哥的善解人意迎来了大家的连声附和，这个话题就这样结束了。一阵彩铃响起，表哥从兜里掏出个小玩意和人说话去了，这个小玩意我知道，叫手机，我在电视上看过。只不过高干梁人从来没有用过。表哥拿着手机出去接电话了，表姐夫也打来电话问表姐到了没有，一时之间，屋里又成了另一种氛围。父亲感叹道：“你们这是把人要了，不见面也能说上话。太先进了。”

表哥说：“姨夫，回头了我给你也买一个。”

父亲说：“再不糟蹋好东西了，我哪里用得起手机，听说你们一个月话费就是一两百，那我可养活不起，我还要养活你二姨呢。”

父亲的话惹得大家大笑，他是一个招人喜欢的长辈。而手机这个小玩意也并没有引起我太多的遐想，因为我觉得离我太遥远了，我拿什么买？又拿什么养活？所以这念头在脑海一闪而过便被掐断了。

母亲给阿里切了三姨带来的苹果，又接过我女儿，让我给三姨他们做顿饭吃。

母亲的姊妹们来了向来大方，能带的、能拿的就都给母亲带来了。这次来也一样，知道我们买菜不方便，除了买水果，连菜也一起买上带来了。我到外面屋子去拿菜，看见各种菜放了一小堆，旁边还有个四四方方的袋子，不知道是什么东西。我触碰了一下，硬硬的，忍不住好奇，就打开看。这一看不要紧，眼睛却再也挪不开了。里面装的居然是报纸，足有二十多厘米高的一摞。看着上面密密麻麻的字，我忍不住蹲到报纸跟前准备拿一份出来看看。我太想知道这些字组合起来表达的是什么东西了。五年了，在红寺堡，我没有看到一点儿和文字沾边的东西，我刻意模糊我的一些想法，接受现实，我想融入我周边的生活，抹掉自己曾经读过书的痕迹，抹掉自己念念不忘的远方，成为这广袤土地上丢失姓名的劳作的妇女中的一员。但这些报纸出现了，报纸上的字像密集的雪花，把我之前所有想抹掉的东西都覆盖了，此刻，我的眼前只剩下文字堆砌起来的世界。我不由伸出手，准备把自己和文字重新连接起来。

“你干啥呢？拿个菜半天不见人。”母亲抱着女儿出来了。

“我看三姨都买了什么菜，做啥饭好呢。”我缩回了手，拿起几个西红柿和辣椒，又看了一眼报纸，它们已经像幽灵，潜藏进了我的身体、我的心里。

“你三姨费心的嘛，连菜都买了，再也没别的，你就简单做点西红柿鸡蛋面算了。吃了都还回去呢。”母亲说。

我进屋，开始做饭，心思却已经不在做饭和大家的聊天上了，我希望赶紧做好饭，让三姨他们吃了返程。

吴忠市区离红寺堡七十公里，开车也就一个小时。一直到下午，三姨他们才动身，在门口送别时，三姨叮嘱我：“把你大你妈照顾好，把娃操心好，有时间了就来吴忠浪来。”

我点着头，心里却是一点都没当回事，去吴忠，多么遥远的一个话题，我来五年了，去镇上的次数都是数得来的，更别说去吴忠了。

送走三姨，我们又都进屋，母亲清点着三姨带来的东西，一边清点一边念叨：“你三姨费心地什么东西都买来了，真是的，咱们也没个好饭招呼人家，要是在高干梁，咱们还有个鸡呢，这啥也没有嘛，唉，都没给人吃好。”

母亲总是这样子，唯恐怠慢家里来的每一个亲戚，唯恐亲戚的好还补不起。我抱着女儿，眼睛却看着那摞报纸：“就是的，我三姨啥都给你带，带些报纸干吗呢？”

“报纸啊，那是你表哥单位上的，你三姨给我收拾来让我垫柜子、苫东西什么的，说这里风大，唉，啥心都给我操呢。”母亲还回味着三姨的好。

“我三姨就是和你亲，咋不给别人收拾？”我顺着母亲的话说。

“也就是，好着呢。哎，你一阵走时带点苹果、菜，太多了，我和你大也吃不完。”母亲一边说，一边给我分，我看着报纸，希望给我也分一部分。但母亲唯独越过了报纸，就给我装了些菜。我说：“妈，报纸也装些吧，回去了我也垫垫柜子啥的。”

“哦，行呢，我给你拿。”母亲说着，抽了几份出来别在菜的旁边，剩下的抱起来塞到箱柜里面去了。我有些不甘心地瞅了两眼，只能悻悻地作罢。

我急于回家，抱着个孩子，母亲给我装的菜没法提，我不知道怎么走。母亲说让我等等，天明一会儿不还来吃饭吗，你们俩一起回。阿里也闹着不想回去，我只能等着，眼睛数次瞟过报纸，我已经有点等不及了。

生活在很多时候都是一地鸡毛，两个孩子像一块浸水的海绵，每一个角落都是满满当当的潮湿，这些潮湿填充在每分每秒的生活中，让你时刻不得喘息。你不知道会在哪一分哪一秒就被这些潮湿包围，就会让自己手忙脚乱，没有一点时间思考。

看着我带回来的东西，天明问："哪来的报纸？要那干啥呢？""我三姨今天带来的，我看看嘛，看报纸上都说啥。"我说。

"你们家亲戚还真好，连报纸都给你们朝来拿，真是实在亲戚，不过你现在看这些还有什么用吗？咱们一个老农民，种地也用不上报纸，还是一天把娃管好。"天明好心地提醒我。

我抱着女儿没有说啥。不知道为啥，我对天明的这些话并不认同，农民咋了，农民就应该是文盲，就应该不问世事，就应该在土里待一辈子吗？我知道，至少我周围的农民都是这个样子，反倒是谁说话文雅一点就会被大家嘲笑："土枪打的洋子弹，山西的骡子学驴叫唤。"吓得那些人赶紧把一个个文雅的词收起来，换成和大家一样的说辞。所以我没有底气反驳天明，只能自己在心里想想。对于我的沉默，天明历来是有气没处撒："你这个人啥都好，一旦不说话，就在那死犟上了。"

报纸是《宁夏日报》和《新消息报》，头版头条说的都是当天国家和自治区政府的大事要事，有一页专门是发文学作品的，我就专门找那一页看。远方的景，别人的生活，高山、河流、城市、建筑、人群、爱情、友情、暴力……一系列东西交织在一起，让我觉得错乱，但又充满着刺激和神往，那是怎样的世界呢？那是我一生都不能抵达的地方吧。我瞬间泪流满面，瞬间悲伤欲绝，又起风了，我怕我也是跟着风流浪的沙尘，我怕我在这世间没有一点痕迹。

看完了文学的版面，又去看主要的新闻，哪怕这些报纸都是过期的，我也想在上面看到跟我们息息相关的东西。甚至夹杂在报纸缝里的寻物启事、房屋出租信息、广告我都去看，顺便猜想一下，丢东西的人的心情，租房子的都是什么人，广告招人干啥？是的，就是猜想，想别人的生活。

家里的几份报纸很快就看完了，我一边抱着女儿一边看，阿里时不时凑过来问我："妈妈，你在干吗？在干吗？"

"看报纸呢，看字呢。"我回答。

"看这个干啥？"阿里并不能明白这些。

"看外面的世界，和我们不一样的世界。"我笑着说。

他跑出去看了一下，然后进来说："外面啥也没有啊，哪里有世界？"

我大笑，把他拉进怀里使劲亲了亲，很多时候看着他，就觉得生活充满了希望。

报纸看完了，生活继续忙乱。但母亲那里还有许多的报纸，还有许多我想阅读的东西，只是，我不敢和母亲要。一些东西一旦在人的心里生根发芽，长势就如春天的风一样，汹涌而来。

因为两个孩子都小，父亲有时候就喊我上去，让母亲看着孩子，我在父亲家给大家做饭。那些报纸在母亲家里终究是派上用场了，苫案板，苫桌子，或者铺垫在一些地方。每一次去，我的眼睛就没地方放，我不知道该看哪一张，哪一张上面的内容都是不一样的。

来到红寺堡，为了节省柴火，我们都是锅台连着炕的这种，既做了饭，又烧了炕，等饭做好，炕也热了。这天做完饭，我把锅从灶台上端下来，屋里地方狭小，一锅面汤就放在墙脚没来得及倒，我又忙着看手边的一张报纸去了。

阿里是个勤快的孩子，总是帮我干活，看见我把锅端掉了，就跑过去拿锅里的漏勺。我忙着看报纸上的一篇小文，根本没有注意阿里到了锅跟前。阿里抓住漏勺的把，准备拿出来，但圆底的锅被他这一动，就不稳当了，面汤一下子倾泻出来，浇了阿里一脚。

阿里的哭声、母亲的询问声、女儿受了惊吓的哭声，屋子里乱成一团。阿里被母亲拉进怀里，一把把鞋袜都脱掉，连忙用冷水浇着洗，我被吓傻了，呆呆地看着大哭的阿里和手忙脚乱的母亲，手里还提着一张报纸。

幸好面汤晾了一阵子，幸好穿的鞋子带点塑料，幸好母亲处理得及时，阿里的脚没有被烫起水疱，只是红得厉害。阿里把头蜷缩在我怀里抽噎着，他也被吓坏了，我紧紧抱着他，也跟着他的抽噎发抖。母亲的数落在耳边响起："我不知道你一天到晚想啥呢？就那么几张破报纸，在上面还能看出花来？你这么用功，当年念书的时候干啥着呢？你倒是考成个有工作的人，你一天坐着定定看去。现在不是你一个人，你是两个娃的妈，你就得给这两个娃操心，你自己说，你看这些东西有什么用？能当钱花还是能当日子过？我就想不通，你到底要干啥？你自己看。你是来我这里做饭吃饭的，你今天要把这个娃烫到哪里，我给人家怎么说？你要再这个样子，这个家你也就别来了，我也给你担不起这个风险。你一个女人家，能做的就是把娃管好，把家里操持好，日子过到人前面去才是你的本事，你自己说，你这都是什么事情？"

母亲把能想到的都想了一遍，也替天明操碎了心，她老人家觉得我太不靠谱了，我都两个娃的妈了，我还想啥呢？连吓带气，又加上一口气说了这么多，母亲的脸色都有点苍白。我抱着阿里，一句话也不敢回。父亲走过来从我怀里把阿里接过去看他的脚，又对母亲说："这不是没事嘛。你就别气了。"

"你不要和稀泥，啥叫没事？等有事就晚了。我知道你从小护着她，这就是你护着的结果。"母亲今天真生气了，连父亲的面子都不给了。

父亲看着我，我低头不说话，女儿从母亲怀里挣着让我抱，才算把母亲的怒火给挡了回去。我接过女儿，她在我怀里安静了下来。父亲说："也下午了，没事了就把娃领上早早回。"

正说着，天明也进来了，他才吃完饭出去买东西了。一进门看见气氛有点不对，母亲沉着脸，我一脸沮丧，阿里又刚哭过，就去抱着阿里问："小阿里，你又不乖了吗？"

阿里抽噎着说:"奶奶骂妈妈，呜呜，奶奶骂妈妈。"

天明抬头朝我脸上瞅了一眼，又看了一眼母亲。父亲笑着说："这小东西，他奶奶给他出气呢，他转眼就把奶奶告下了。也没事，就是阿里被面汤烫了脚，你姨娘气得说了叶叶几句。阿里的脚也没事，你要是没事就把娃领回去吧，一会儿天黑了。阿里你个小捣蛋鬼，回去再不要调皮了。"

回到家里，天明看着两个娃，我忙着烧炕。晚上睡下，阿里梦里还在抽噎，我的心里很难受，坐在灯下静静地看着他。天明说："你也快睡吧，别想那么多。你嫁给我你妈一直不高兴，你又不是不知道，生这个气干啥？再说，咱们也真得好好过日子，其他的就不要想了。"

天明没有直接说，但他的意思我也明白，还是希望我不要再把心思放在其他地方，要多顾家。因为之前我和他说过我的梦想，说过我向往的远方，但天明觉得，我有点傻，那都是城里读书人追求的东西，咱一个老农民，过好眼前的生活才是重点。我没有接话，默默地躺下了。关了灯，无处不在的夜色覆盖了一切，屋里屋外、村里村外，都是一样的暗夜、一样的沉寂。没有风的夜晚，一切静谧得让人生出一种错觉，我们到底是在哪里，是在高干梁，还是在红寺堡？是在相同的土炕上，还是不同的？我们到底是谁？是延续了父辈的生命，还是给了孩子起点？是传承了土地的生生不息，还是画了一幅蓝图给孩子？我们到底在干吗？夜静得只剩下我自己的呼吸，我憋住一口气，想让时间停下来给我些许答案。时间被我堵在胸腔里，我的心脏跳得杂乱，最终，我的胸腔被撞得生疼，一口空气替时间打通了通道，我只能放行，看着它马不停蹄地离去，消失在虚无里。夜依然静得没有声息，困扰如影随形。

亲人之间是不会生出太多嫌隙的，如同母亲和我。那天母亲说再看报纸就不要再去了，但刚过了三天，父亲就喊我过去一起包饺子吃。这几年因为在红寺堡还没办法稳定下来，父母在红寺堡，大哥大嫂在高干梁，我和天明在红寺堡，公公婆婆在高干梁，所以我们两家相互都有个照应。我领着两个娃去父母家，母亲没和我说话，但把女儿接过去放在炕上让坐着，又问阿里的脚好点了没，阿里拖着鼻涕说："好着呢，不疼，一点都不疼了。"

母亲替他揩了一下鼻涕，怜惜地亲了亲他的小脸。阿里说："奶奶，我给你留饼干了。"

我笑道："明明吃完了，还哪里有饼干。"

"有呢，我留了。"阿里说着，从自己的兜里掏出一块饼干递到我母亲嘴边，饼干被压得缺了边角。看着这块饼干，母亲和我都被阿里暖到了，这个孩子，太有心了。母亲张嘴咬了一口，眼睛里全是笑："我们阿里真乖，都知道给奶奶留饼干了。来，你也吃。"

阿里自己咬了一口又递到母亲嘴边，两个人一起吃着。阿里是在母亲跟前长大的，为了不让母亲多心，我一直没让阿里叫她外奶奶，而是叫奶奶。母亲虽然对我颇有微词，但对两个孩子特别照顾，平时衣服的缝缝补补，吃的喝的一点都不少，也一直怕我操心不好两个孩子，老跟在我身后安顿他们。

这件事就这样过去了，我再也不敢明目张胆地看报纸了，但柜子里那一摞报纸如同蛊毒，每次去母亲家都让我魂不守舍。这种感觉很痛苦，就像你暗恋着一个人，对方不知道，你又没办法说，但你无时无刻不在想念他，你强忍着思念，克制着自己，可只要看见他，你的情绪就会起伏，完全不能自主，无法抽身而退。

我一直问自己怎么办，我使劲想，抛开阿里被烫的这件事，我因为看报纸而耽搁了什么呢？好像并没有。我在管孩子的时候仍然做饭，洗衣服，操持家务，我过得和我身边的这些女人没什么区别啊，我为什么不能看？这样一想，好像心里没那么难受了。那就继续看吧，可母亲已经说得那么严厉了，我怎么敢顶风作案呢？我怎么能拿到报纸呢？如果被母亲看见，又将是一场怎样的风暴？

但我已经无法自拔，趁着母亲出去的间隙，从柜子里拿出几张报纸，卷成筒塞进女儿的被单里，母亲进来的时候，我就道别回家。回去还有天明呢，我也不能让他看见。比起生活，这些事情都是小事，如果为这些事情闹得鸡飞狗跳，也不是我的初衷。

我像个贼一样，在任何能躲开母亲、躲开天明的角落和时间段里“偷”着看报纸。我还得把报纸还回去，这又得费一番周折，有时候并不是那么顺利，所以有可能三五天甚至十天八天都没有报纸可看。这种感觉真的很糟糕，既提心吊胆，又满心渴望，既煎熬痛苦，又默默欢喜。我就像一条濒临死亡的鱼，在即将失去最后一口氧气的时候落进了水中，当我缓过一口气时，心里的恐惧却是那么清晰。

我总会在夜里醒来，在月亮最亮的那几天夜里，看见远处的罗山冷峻，清高地矗立着，俯视着脚下的这些村庄，也俯视着醒来的我，目光清幽、冷漠。它似乎不满在它的王国有人窥探它。而我对它，除了仰慕和向往再无其他。我已经抛弃了高干梁的山，我希望罗山可以接纳我，也接纳我游走的灵魂，让我的心安定下来。但显然，我并不那么容易被罗山接纳，我仍然是孤独的。

玉米种到地里，到锄地的时候有一个过渡期，两个孩子的花销、化肥钱、水费都是不小的开支，闲着也不是个事。天明、五哥、有田他们就商量着要去吴忠的劳务市场打工。早些年，五哥在那里打过零工，找一个便宜的小旅店住下，每天早晨去搭场，要是搭出去，一天可以赚二十几块钱。吴忠离红寺堡又近，也花不了几个坐车的钱，还是能去试试的。天明同我商量好，收拾了几件衣服就去吴忠了。

我们这个巷道暂时又没什么人了。父亲年纪大了，去打工是不可能的，他就在院子里用盖房子剩下的几根椽子围了一个羊圈，又找我们刚来的时候见到的牧羊人买了三只母羊。但三只羊也没办法去放，只能圈起来喂养。但凡是张嘴就得吃东西，父亲又添置了一辆架子车，每天早晚都和母亲到处找着给羊割草。老两口一天忙忙碌碌的闲不下来，倒把个小日子经营得井井有条，父亲的病在这些忙碌中竟然没有再犯。

天明不在，母亲忙着操持她的羊，我忙里偷闲地看报纸，在两个孩子的哭闹声中，日子一天天过去。罗山终究没有起烟，但六月之初，风却慢慢少了，黄土也随之褪去，连罗山都清晰了起来，在瓦蓝的天空下横在大地上，偶尔会有几只鹰在天空盘旋，云彩也开始白了起来。不起风，这里真的挺好。

有一天，父亲在割草的路上碰到了一条小黄狗，出于怜悯，把随身带的馒头掰了一小块给它，没想到这个小东西吃了之后就再也不走了，父亲回家时又跟了回来。一片新的土地上，啥都是稀缺的，看见跟着父亲回来的小黄狗，阿里爱得不行行，挡都挡不住地要抱，还一个劲地问父亲："爷，能不能把狗娃儿给我？我给咱们养着。"

父亲本来还想着自己养了看家护院呢，可又舍不得驳回阿里的请求，就给小黄狗脖子上拴了个布带子，交给了阿里。母亲说："让阿里带回家养去，他们娘仨那么大个院子，有个狗也是个响动。"

阿里高兴坏了，牵着小狗就在院子里玩了起来，一会儿又跑进来给我父母说："爷爷奶奶，我给狗娃儿安了个名字，叫虎虎。"

母亲问："为啥叫虎虎？"

"他的黄毛和电视上的老虎一样。就叫虎虎吧。"阿里说。

父亲拉过阿里亲了亲，说道：“我们阿里能得很啊，都能给狗娃儿安名字了。”

阿里蹦蹦跳跳地去和虎虎玩了，这条狗从此就在我们家安家落户了。晚上，我拿阿里的旧衣服给它在门外做了个窝，但这个小东西却守在门口死活不出去。阿里一脸祈求，说虎虎太小了，等它大了再让它出去行不行？我翻着白眼答应了，但不让阿里再抱它。

报纸总有看完的时候，当最后一张报纸还回去的时候，我顿时觉得无所事事，不知道自己接下来要干什么。文字是一种媒介，连接着远方，给了人一个想象的空间，让人有一点寄托在虚无之中游荡，至少觉得远方还是可以想象和期待的，但这种媒介一旦消失，现实又是这样的单调和无趣，一切又开始琐碎和繁杂起来。

天明不在，白天的时候我大部分时间都和两个孩子在父亲家里待着。父亲是个闲不住的人，趁着不忙，叫了一辆三轮车让人家给他拉一车土。我问父亲拉土干什么，他说要打些土块出来，给羊盖个羊圈。

土拉来了，父亲又去指挥部那里让铁匠给他焊了一个铁模子。土太干了，打土块就要和泥。父亲窖里的水足够宽裕，为了省力气，父亲总是头天晚上就在土堆上挖一个坑，然后把水泼进去，等第二天起来，水和土就充分地融为一体，不软不硬，父亲的工程就开始了。模子支好，用铁锨端一锨泥过去倒在模子里，再拿铁锨背抹平，把模子提起来，一个方方正正的土块就好了。有时候，母亲会专门去给父亲提模子，这样进度就快了起来。六月份，太阳炙烤着大地，从早晨开始干到十一点，泥用完之后，老两口就收工。院子逐渐丰富了起来，规则的方块横行竖行地就像计算机的键盘，在太阳底下一点一点发生着变化。

先是暗褐色的一块，等太阳再烈一点的时候，暗褐色就成了土黄，等到下午，土黄就转成了灰白，再过一晚上，这些土块就基本定型了。父亲起个大早，一块一块地把它们就地立起来，等中午的大太阳再晒一遍，到了下午，这些土块就可以摞起来了。土块被搬走，新的地方腾了出来，下一轮的操作就又开始了。连着半个月，父母都在重复这个工作，靠着院子的东边，一道长长的土墙起来了，那是父亲摞起来的土块，已经可以挡住人的视线了。

二十多天后，天明也回来了，买了一个大西瓜，给阿里买了果冻和饼干。因为天热，在外面让五哥给剃了一个大光头，进门女儿都不让他抱了。人倒是没什么，就是晒黑了，男人家么，黑就黑去吧。二十多天除过路费吃饭什么的，还拿回来了五百块钱，我们都很高兴，至少下一轮的水费、化肥都有了着落。能挣钱总是一件让人开心的事情。西瓜照例给父亲母亲送去了一小半。阿里抱着西瓜，差点连瓜皮都啃了。

生活在忙乱的重复中继续推进，我们有了新的邻居，巷道中又搬来了几户，和我们一个乡，离得很远的一个村子的，叫平凉庄。有些地名可能是有由来的，但随着时间的流逝，最后也就没人在意这个村子为什么叫这个名字了。村里的女人也是一样，在娘家的时候还是有名字的，等结婚之后，先是谁谁的媳妇，最后又成了谁谁的妈，再后来，就是某某的奶奶。从来没有人去追问，这个老奶奶叫什么名字，一个女人的名字最终就被这样一点点地抹杀掉了。所以，习以为常是一件可怕的事，我们在习以为常中逐渐地没有了过去，没有了现在，更没有未来。

邻居们忙着重复我们的劳作，安门窗，泥墙，拿红砖铺地，收拾地里的水渠，平地，今年是不行了，但明年一定要把地种上。这种过程就像年龄一样，不经历你就长不大。在这里，不经历就没办法生活。

我抱着女儿站在门口，邻居家房子里出来一个利落的大嫂，穿着合体，也很洋气，一看就是一个会穿搭的人。大嫂的眼睛很好看，老远就透着一股热情，我笑了笑，大嫂招呼我：“浪着呢啊，咱们以后就是邻居了。你的娃真白，咋这么心疼。”

“嫂子好，你们这是要住在这里了啊？真好，几年了，总算有个邻居了。”我笑着回答。

“先把这儿收拾一下，回去把麦子收了，赶秋天就来住这里了，老家也没地方去。”大嫂简单地说着。

“嗯嗯，好着呢，住下了就慢慢收拾得像样子了，刚来看着乱糟糟的心烦。”我颇有经验地介绍着。

“就是的，来看着人心烦的，觉得一点都不好。”大嫂一脸嫌弃地说。

“没事，慢慢收拾，要是缺啥用的东西，我们家有，先拿去用。”

大嫂连忙点头，又说了几句，就忙去了。初次见面，彼此的印象都很好，邻居是一辈子的事情，有一个好邻居，以后大家都能相互帮衬着。

此后每隔一段时间，村里就会搬来新的住户，我们无从得知大家为什么搬来，但有一点可以肯定，搬来都是为了过好日子。

15

我们的冷战结束了

巷道里逐渐热闹起来，搬来居住的人越来越多，玉池村一下子满了。罗山不再冷清，在午后的阳光里，远远看着有些温情了，山上的村庄一直都在，但看不见有人走动的痕迹。父亲说，他们在这片土地开发的时候就迁下来了，你去镇上，围着镇子的那几个庄子都是从罗山上搬迁下来的人。我有点恍然，那原来的庄子怎么办？父亲说，还能怎么办，都丢下了。罗山现在被保护起来了，周围的土地都退耕还林了，人就再不让上去了。我问，那他们想家了怎么办？父亲说，想家了就看看家的方向，人嘛，总会有新的家，总会忘记一些事情的。父亲看着罗山，可能心里也想起了高干梁。

除过我们的耕地，村庄周围还有很多荒滩，父亲的羊已经有十几只了，没事的时候他就把羊赶出去放一放，阿里有时候会跟着父亲去，带着他的虎虎，一老一小，一群羊和一只狗慢慢远去的时候，就会觉得红寺堡很大，大到仿佛没有边际。

天明在每一年的夏天都会出去打一阵子短工，我就在家带着两个孩子。我和邻居嫂子熟络了起来，她特别喜欢孩子，人又很热心肠，总是在我忙乱的时候把女儿抱走看一会，我忙完了再送回来。偶尔女儿实在哭闹得厉害，嫂子让我别做饭，她做好给我们娘仨端过来，我觉得很不好意思。嫂子总是说，这有啥不好意思的，女人家拉扯娃娃的时候都可怜得很，吃不到嘴里也是正常的，咱们现在是邻居，帮衬着是情分。

我很庆幸有这样一个邻居，总是不停地照顾我。

我问了好几遍，嫂子才不好意思地告诉我，她叫马香梅。阿里一天就跟在她身边喊她香梅姨姨，我们两家的关系就这样亲近了起来。香梅嫂子不仅会穿衣打扮，在种地过日子这块更是一把好手，干起活来一般的男人都比不过。

又一年的春天在一场场大风中到来了。这几年，我们都为怎么种玉米在研究着新的方法。并工仍然是主要的模式，因为一个人根本没办法完成耕种。我们当初发明的拿铲子种地好是好，但每一年锄地的时候就像挖大路，地锄完，人的胳膊都肿了。这几年也有尝试其他种法的，比如用骡子拉着老家的木犁，木犁调得浅浅的，把玉米种子栽在犁沟边上，最后再收耱保墒。这样种地锄起来果然轻松，但雇个骡子种地一天得支出两百块钱不说，栽玉米种子的人和用铲子种的人相差无几。也有在锄头上安一个长长的木把，用锄头在地里拉一个壕沟出来，把玉米点进去，再拿脚把土抹平。总之各种尝试，但都没有一种好的解决方法，只能找个顺手的方式种。

父亲的羊群规模大起来了，小尾寒羊的繁殖力惊人，一年两茬羊羔，一茬生两三只都是正常的。羊多了就不好喂养了，父亲就天天跟在羊屁股后面赶出去放。有一天我去父母家，母亲正在和父亲拌嘴："我咋这么命苦，一辈子跟着你就没过过几天安宁日子，你一辈子就是个折腾，折腾得我跟着你吃苦受累，你说，你都六十多岁的人了，还不稳重，还要干啥？"

"跟了我也好着呢么，就是穷点，再也没啥大问题。你说，人活着不就是为了折腾，不折腾的都是没本事的。”父亲并不和母亲胡搅蛮缠，只是笑眯眯地说着。

我进去笑着问：“大，你们老两口扯啥磨着呢？”

“你妈说跟了我后悔了。”父亲坐在小板凳上，一边喝茶一边说。“再不要给女子嚼舌根，我就是被你气的。你一辈子不安稳，你说一群羊养得好好的，说卖就卖了，等我知道，羊贩子把羊都赶走了。你说，我是这家里的一口子人吗？下苦的时候有我，做主的时候把我当空气，这世上有这种道理没？”母亲显然被父亲气着了，不然不会这么说。

我惊愕于母亲说的话，父亲把羊卖了准备干啥呢，不想喂了还是咋了？我问父亲：“大，你咋把羊卖了，是有啥事情了吗？”

“也没啥事情，就是最近羊价不错，卖了就卖了。你妈喂个牛羊就成了自己养的娃，这个也不让卖，那个也不让卖。”父亲还是一副笑眯眯的样子看着母亲。

“你听他在那儿胡说，他明明说，要把羊卖了，再贷些款买个种玉米的播种机呢，他一辈子就知道折腾，还说我护着牛羊。”母亲一下子就戳穿了父亲的说辞。

“大，这是真的吗？”我看着父亲问。

“就是这么个事情，在这里不比在高干梁，牛和驴就能种地，这里没个机械不行。我前天去镇上看了，人家的玉米点播机先进得很，就是要一个四轮车带着，我想了想，咱们咬牙买一个，你哥暂时来不了，就让天明先开着。我怕你妈不同意，所以卖羊的时候就没和她说。”父亲这会儿大大方方地承认了自己的想法。

“别人都没有个机械，地也种着呢，就你不能成，就你觉得自己活不下去，你老了老了还要给娃娃拉个账，你说，你到底要干啥？”母亲还是不理解父亲的做法，如同当年买电视机一样，她不知道父亲到底要折腾成哪样，为什么别人都可以接受的现状，父亲就觉得不行呢？

“老婆子，人一辈子要活个心劲儿，我承认我没有大本事，让你跟着我受苦了，但我要不去折腾，我也不甘心。”父亲不再笑眯眯了，而是一脸郑重地说着。

“妈，羊都卖了，你也就别气了，我大一辈子做事也有主意呢，不要紧，再说，那个机子还能赚钱呢。”我不知道父亲的这个决定是对还是错，但这会儿，也只能劝说母亲不要生气。

“赚钱，赚钱，他这辈子倒是赚个钱来我也就不说啥了。”母亲还是不肯罢休，父亲干脆沉默不语，屋子里只剩下母亲生气的叹息声。想想也是啊，父亲这辈子都在折腾，可最后啥也没折腾来，仅仅比邻居们宽裕一点，比起母亲的兄弟姐妹们，父亲远远没有赚多少钱。这么多年，母亲也挺不容易的，她总是说妻贤夫不遭横祸，所以父亲做什么她都不发表过多的意见，当年搬进高干梁她没意见，父亲要拉电她没意见，要开小卖部她没意见，父亲同意三哥去丈人家她没意见，甚至要在快六十岁跟着父亲背井离乡她还是没意见，以前唯一一次有意见可能就是买电视的时候，再就是这一次吧。风风雨雨几十年，日子并没有富裕起来，反倒被父亲的折腾煎熬得筋疲力尽，母亲老了，只想过几天安稳日子，她没力气再跟着父亲折腾了。更何况，要买个玉米播种机和一个车，没有几万块钱是买不来的，几万啊，这些钱从哪来，靠种地根本不现实。父亲这样折腾，万一又失败了，这个钱就得大哥来承担，大哥也年岁不小了，几时才能还清？！

父亲自知理亏，干脆再不说话。母亲差点哭起来，但她终究是忍住了，情绪宣泄之后是长久的沉默，或许她在回想嫁给父亲后的经历吧，她需要这些经历来支撑她应对这次的事情。她到底该不该坚持，坚持就是要和父亲对峙，要用自己的决绝让父亲妥协。但母亲又是高傲和识大体的，她不屑用那些女人的手段来胁迫父亲，那样会让她觉得失了脸面。

情绪过后，母亲叹口气，出去了，父亲给我使眼色让我出去看看。我跟了出去，母亲只是去了羊圈，把羊吃剩下的草扫到一起，拿个簸箕装上端到炕眼跟前，默默地蹲下填炕。我走过去想帮忙，母亲并不领情，甩开我的手，自己一把一把填着。我无奈地站在墙边，走也不是，留也不是。对面屋顶上，两只野鸽子交颈为对方梳理着羽毛，一只猫蹲在墙角，贪婪地看着鸽子，时刻准备扑上去。我看了看空了的羊圈，也叹了口气。

父亲把天明喊去商量了好几次，他想好的事情是轻易不会放弃的。天明有点犹豫，迟迟没有答应要给父亲开车。因为这个事情超出了我们的能力范围，即使买最便宜的四轮车带玉米点播机，也得两万块钱，父亲的羊才卖了几千块，差得远呢。再说大哥不在父亲跟前，父亲执意要买车，买来是天明开，挣钱了就不说啥了，万一挣不上钱，那让大哥来了咋想，闹不好还会觉得是我们撺掇父亲买的。

对于我们的担心，在父亲这里完全不是问题，他早想好了解决方法，对天明说："你就说你开不开，其他的事情都不是你操心的。"

天明不好驳父亲的面子，只能说："开，我肯定没问题。"

父亲说："那不就完了，其他的事情你就不管了。"

靠近村部的地方去年开了一个小卖部，还安装了一部固定电话，平时大家有什么事情就去那里打电话，或者接电话，打电话一分钟三毛钱，接一次一块钱。老家的人有什么事情就打这个电话，约定半个小时或者一个小时再打过来，小卖部的主人就捎话带信儿地喊人接电话。人总是有这样那样的事情需要打电话，小卖部的主人一天到晚也闲不下来。

父亲搬迁到红寺堡之后，亲戚们也就开始朝红寺堡走了，生活好一点的都有了手机或者固定电话，来就给父亲抄一串号码，以备不时之需。父亲的外甥、侄子一大堆，其中也不乏有出息的，来总是和父亲说，有什么事情就给他们打电话。父亲揣着电话号码本本就去打电话了，天明回家和我说："老汉心劲儿大得很，为啥非要买个车呢？"

对于他喊我父亲为老汉，我有点不高兴，就拿白眼翻他：“我大一辈子性子强，你又不是不知道，他想买个车，肯定有买车的道理，你再不要嘟囔了。”

“性子强我知道，买车我也没意见，可拉扯我干啥吗？”天明还是不愿意牵扯进这件事情里。

我有点生气：“不拉扯你拉扯谁，我哥来不了，来也开不了，我大总不能一把年纪了自己去开吧。就你能开，你还推辞啥，再说，我大也不会亏待你。”

“看你说的，我还能怕你大亏待我，我就是觉得这件事你哥不在，咱们最后怕要落埋怨。事情是个好事情，老汉也能与时俱进，我就是担心最后吃力不讨好，多少亲戚就是因为钱才翻脸的。”天明分析着。

我知道天明说得都有道理，但我这会儿还能说什么呢，父亲已经决定了，估计这会谁说都没有用了。

父亲和母亲的冷战还在继续，母亲不仅对父亲冷，对我也冷，我去了好几次她都不愿意和我多说一句话，只有阿里喊她时她才回应。但即使这样子，她还是按时按点地给父亲做饭，父亲也不说什么，每天按部就班地忙活，到了该吃饭的时候就吃饭。

父亲打了电话之后，从自己的两个外甥那里借到了买车和点播机的钱。他这么多年虽然没折腾成啥事情，但在小辈们的眼中威望还是有的。听说他要借钱，外甥二话没说就打了过来。父亲拿着存折喊天明去镇上取钱买车，母亲还是不说话。

车买了回来，一台漂亮的东方红四〇四拖拉机。阿里拿着自己的胳膊在轮胎上比画，转身对父亲说：“爷，车轱辘上的花子比我的胳膊还长呢！”

父亲大笑，也站在车跟前抚摸着和他差不多高的后轮胎，大红的车身和黑色的轮胎很搭。父亲把阿里抱着放到驾驶座上，阿里兴奋地把着方向盘，高兴地喊："爷，这车太洋气了，我长大了也要开！"父亲点头："行呢，我们阿里长大了就让我们阿里开。"

母亲站在屋子里隔窗看着这个大铁家伙，不知道在想什么。天明在一边拿着说明书研究着，他得尽快熟悉这个车。随车还买了犁和旋耕机，这意味着，种地再也不会那么麻烦了。

天明是个脑子活泛的人，关于怎么犁地，怎么调整犁的深浅他都是看一眼就会。我觉得父亲当时会同意我们俩的婚事就是看上天明这一点了，因为他会倒腾。

经过两天的调试，天明终于把车都弄顺手了，父亲让天明把车开到自己家地里去，先试着把地犁了。车从巷道里开下去的时候，邻居们都撵出来看，赞叹和羡慕溢于言表。父亲侧坐在驾驶座旁边的护泥瓦上，像一个巡视疆土的国王。

天明的聪明在这辆车上得到了充分的体现，犁了一趟，他发现有一个犁和其他犁犁出来的不一样，下车就拿着扳手一顿拧。反复几次之后，几个犁铧终于保持一致了，硬皮的地像书翻页一样一下一下被翻过去，灰白变成了褐黑。父亲站在地头远远看着，苍老的面庞上满是期冀，直到看着一整块地一点点地被翻过去，他终于笑了起来，机械这个东西是真的好。往年犁地喊一个手扶拖拉机，除了比牛稍微快一点，犁的地和牛是一样的，得犁一天。现在好了，刚两个小时，就快犁完了。毕竟这是玉池村第一辆犁地的车，来地里收拾地的人也撵来看，研究着这个车犁出来的地和手扶拖拉机犁出来的有啥不一样。也和父亲打听这车多少钱，咋想起来要买个车了。其实父亲只是想买个玉米点播机，但点播机是要车带着才能工作的，那就顺带买个车吧，车总不能光带玉米点播机，就又多了犁和旋耕机，就是这个样子，再没有什么多的为什么。几个人说，这个老汉还是心劲儿大，还是有钱，有魄力。父亲只是笑，多的话不再说。

父亲高高兴兴地回家了，试车一切顺利，他给天明说："明天了把你的地也犁了，回头再把地旋了，今年的地埂就好打了。哎，国家造这些东西呢，这些东西就是好。”

母亲默默地端着饭，也不接话。父亲说：“老婆子，明儿到地里看一下你就知道了，那到底不一样，把地一下子翻了个儿，今年拿点播机点了，锄地的时候也让你享享福。”

“我就是个农民，除了下苦还能干啥，享福的事情就再不指望了，跟着你我看也享不了什么福。”母亲把一碗饭重重地放在父亲面前，又去忙别的事情了，父亲也不生气，他还沉浸在试车成功的巨大欢喜里。

天明在整个春天忙得脚不挨地，凡是看过他犁地的人都喊他去犁，一亩地二十五。每天一回家，他都龇牙咧嘴地抱怨说开一天把他坐直了。阿里说：“爸爸，是车拉着你走，又不是你自己走，咋就把你坐直了？”

天明说：“我的傻儿子哟，开车可是个吃力活，坐在车上颠一天，人的骨头都散架了。”

阿里并不懂这些，歪着脑袋在那儿想。我伺候着天明洗漱吃饭，自从他忙了，我也更加忙乱，一天三顿饭要按时按点吃，女儿刚刚一岁，正是难抱的时候。幸好有香梅嫂子一直照应着，不然我只怕是连饭都吃不到嘴里。

天一亮，我就忙忙地起来给天明做早饭。先是烧水泡个茶，然后把馒头在锅里煎一下，再打三个荷包蛋。鸡蛋打到锅里，我就喊他起床，阿里和女儿也醒了，我就再顾不上管他怎么吃饭。阿里很乖，三两下穿好衣服就自己玩去了，但女儿只要眼睛一睁就要我抱着，不然就是无休止的哭闹。

吃完早饭天明开始检查车的油够不够，哪里的螺丝松没松，然后带着一大杯水就出发了。我放不下女儿，就简单地收一下碗，再给阿里和女儿吃一点东西，阿里是一个荷包蛋，女儿是打了鸡蛋剩下的汤泡点馒头，连汤带馒头一吃能安静一阵子。但今天不知道是咋了，女儿一直哭得放不下，眼看中午了，天明要回来吃饭，我却什么都干不了。

女儿朝炕上一放就和针扎一样，抓着我的衣服领子不撒手地哭，我放了几次都放不下，心里烦躁不安，只能抱着她站在村道上。看了半天也不见个人影，香梅嫂子家的门上挂着一把锁，她昨天说要去平地，中午估计也不回来。母亲也去地里忙去了，她很多天都没来过我们家，即使在，也不会来我家给我抱女儿，她还在为买车的事情和我们生气。

好不容易熬到中午，我费了很大的劲儿才把女儿哄睡着，急忙把早晨的锅洗掉。刚洗了点菜，女儿又醒了，我心里那个气啊，这个娃，咋就不多睡一会儿呢？哄得她稍微好些，我就把她放在地上，赶紧动手和面，天明已经回来了，进门看见饭还没有熟，脸色就有点不快，但也没说啥。坐在沙发上一边休息一边喝茶，女儿扶着沙发的把手摇摇晃晃地站了起来，仰起头看着天明，天明没心思搭理她，连续的早出晚归，他也有点受不了。

女儿一点点地挪着，突然蹲了下去，她要拉屎。我一回头，女儿已经拉到了地上，我手里刚好和着面，急忙对天明说："你快给娃擦一下屁股。"

天明没有动，女儿却打算动了，我怕她踩到屎上，急忙过去一把把女儿拎起来挪了个位置，天明还是没有动，我又说："你咋这样嘛，快拿点纸给娃擦一下屁股。"

天明没有动，甚至冷冷地看着我们娘俩。我更气了："让你给娃擦一下屁股，说了半天说给墙了，也不知道管一下娃，就等着吃饭呢？"

天明噌一下站起来，过去到锅跟前拎起锅顺着门就丢了出去："你也不知道是个干啥的，就在家里管个娃还管不好，人回来吃饭，饭也没影，还让我给你管娃，既然做不了就别做了，咱们也都别吃了。”

锅在院子里转了几个圈圈斜斜地倚着，在空旷的院子里格外醒目，虎虎被惊得缩在窝里不敢动弹，阿里扒着门惊恐地看着我们，女儿还不知道咋了，乌溜溜的眼中尽是疑惑。我顾不上洗手上的面，拿了纸给女儿擦了屁股。天明站在地上，居高临下地看着我，眼里全是愤慨。我说：“行呢，别吃了就别吃了，大家都饿着吧。”

“你还有理了是不是，我一天在外面累死累活的，回家连顿饭都吃不上，我们这日子过啥呢？”天明气咻咻地质问我。

“那你意思要咋样呢？”我的心跳得厉害，我想起了姑姑曾经描述的场景，想起她被姑父打出来的伤痕，内心的恐惧被点燃了。

“你不要一天到晚装出一副清高的样子，清高给谁看呢？人家别人家的女人，又是带娃又是过日子的，就你拉扯了个娃还要摆功劳，你给谁摆呢？”此刻的天明对我而言完全是陌生的，他说的这些话也让我目瞪口呆，这是哪跟哪啊？我一脸惊愕，本就不善言辞的我在此刻更是一句话都说不出来。见我不言语，天明更加生气了。

“你经常就这么个德行，人一说就不说话，也不知道你委屈给谁看。”天明说完就甩手走了，隔壁的朝阳村有小饭馆，他肯定是去那里吃饭了。

锅孤零零地躺在院子里，虎虎从窝里出来伸了个长长的懒腰。阿里到我跟前眼巴巴地看着我，女儿又黏着我不放手。我一只手夹着女儿，一只手拿灰铲子把她拉的屎收拾了。面还在盆子里散乱着，火半天没架，早死得灰飞烟灭，最后一点没烧上的柴头掉落在地上，溅出一地黑沫，屋子里的烟还没有散尽，洗好的菜顺着菜篮子滴着水。我抱着女儿坐在沙发上，脑子里一片空白，阿里倚在我身上，安静得像一只猫。天明的话像一根酸刺横在我心里，让我怎么都没办法平静，当初是他说，就咱俩，谁也别嫌弃谁，好好过日子。但今天他话里话外的意思满是嫌弃，觉得我没本事，既看不好娃，又做不好饭，不是一个好女人。

一种巨大的挫败感从心里涌了出来，瞬间觉得自己一无是处，当年念书没有念成，想过诗和远方的生活也没过上，唯一让我安慰的是，婚姻是我自己选的，没想到终究还是被嫌弃了。我无力地倚着沙发靠背，想起的全是不好的东西。女儿并不能体会我的心情，闹腾着要去地上，我只好放下她。她刚学着走路，对什么事情都感到新鲜，但没走两步就摔了个屁股蹲儿，又开始哭，我直接崩溃了，抱起她跟着一起哭，阿里不明所以，也跟着哭，一时之间，说不出来的难过和混乱。

哭完之后，心里没那么难受了。或者对我而言，我只能这么哭一场。对于其他女人来说，都是父母之命媒妁之言，有委屈了还能回去抱怨娘家一顿，我不行，我没有这个资格，因为我的婚姻是我选的，我怪不到任何人头上，我甚至不能对我的母亲提及丝毫，那样，是给母亲的气愤火上浇油，她骄傲了一辈子，她看不得自己的女儿过得不好。

哭完了，我给我们娘仨一人洗了个脸，给阿里抹脸的时候，阿里咯咯地笑，我忍不住亲了亲他，他抱着我的脖子说：“妈妈，我们不哭，以后我帮你干活。”

我使劲点头，对着他笑。我又给女儿抹脸，阿里出去了。一阵子，他拖着锅出现在了门口：“妈妈，我看了，咱们的锅好着呢，还能做饭。”

我过去一看，除了锅底沾了一点土，还真是一点儿都没破，我不禁哑然失笑，奶奶的腿，真结实，那就继续用吧。我拎进来又放到灶上，洗手把盆子里的面揉到一起，趁着女儿不哭闹，赶紧把饭做了，人家不吃，我们娘仨还得吃啊，天大的事情，吃了再说吧。

我想，我骨子里是继承了母亲的骄傲和执拗的，下午我也早早做着吃了，给天明留了一碗。他终究是要回来的，回来也再没说什么，端起剩饭就吃了，我们之间的冷战也开始了。

但我心里仍然横着一根刺，一根被嫌弃了的刺。天明有意示好，我只是淡淡地回应，我需要时间来消化他说的那些话，我也需要时间来慰藉我受伤的心灵。我和香梅嫂子聊起这些，她也劝我：“女人家么，都一样，男人脸上有三根狗毛呢，说变脸就变脸，你也别气了，说起来，你们家这个已经不错了。”

我倒谈不上有多么地不能原谅，说起来，天明已经是周围这些男人里最斯文的了。虽然我们吵架，但都没有出口成脏，虽然吵了，但没动手。用有田妈说过的话来作比喻，打到的媳妇揉到的面。所以，即使谁家的女人被打了，大家都觉得是正常的。两口子嘛，就像舌头和牙，一个嘴里搅和着，不也失口了还会咬一下，所以，没人会去参与到两口子打架的事情中去，因为最后可能会吃力不讨好。最典型的一个例子就是，有一家的女子嫁过去就被天天打，打得不行就跑回娘家。娘家一看这日子没法过，就动用了所有关系要让女儿离婚。本来说得好好的，都到法院门口了，女婿给这家的女儿说，我们俩单独说几句。结果领过去一说，再领到饭馆去吃了一碗炒面，就架在二八杠自行车的横梁上驮上回家了，可怜娘家人都不知道，还在法院门口等着。后来，这家女婿就不认丈人家了，很多年两家都不来往。再比如，碰上两口子打架，男的打女的打得太狠，路人看不下去出手劝男的，女的就不愿意，最后的结果是人家两口子反过来打帮忙的人。这样的例子多了去了，家务事，一句说不清就把所有矛盾都抹杀了。

我点点头，再不说话，我知道，和谁说大家都会这么劝我的，因为日子要继续，因为孩子要抚养，因为名声，因为人要有个家，因为还没到别人都看不下去的地步，所以，还能怎么样呢？！

父亲是按犁地的亩数多少给天明工钱的，这样大家都不吃亏，父亲也深谙亲戚间要明算账，一分一厘都说得非常清楚，这是父亲的优点，天明也没什么意见，车就这样经营着，从犁地到旋地，再到播种，机械起到的作用不仅仅是简化了工序，更重要的是提高了效率。虽然，这种机械在大型机械里面只是九牛一毛，但也让我们彻底告别了农耕的传统，牛、马、骡子和驴再也不上地干活了。我们在高干梁赖以生存的毛驴在这里基本上没有用处。一切因为这台东方红四〇四拖拉机而拉开了一个新的序幕。

春灌结束之后，我们只要拿着玉米籽到地里就好了，车带着点播机随后也到了，玉米籽加进点播机里，点播机带着呼哨的声音去向地的另一头，在地里拉开一道道笔直的壕沟，轮子随后碾过，一年的希望就被埋进了土里，我坐在地头上看着，心里满是感慨，人太神奇了，能发明出这么好的东西。

第一年，大家对点播机点玉米是怀疑的，但等到父亲地里的玉米露苗，等到锄地的时候大家就已经接受了，原来，点播机点出来的和人种的是一样的。第二年，点播机就忙活了起来，往往是这家种着，那家等着，种玉米的问题彻底被解决了。

母亲不再和父亲冷战，我和天明的冷战也结束了。人只有在生活中学会忘记才能让自己过得好一点，这一点母亲知道，我也知道。

转眼到了二〇〇七年，我们到红寺堡已经整整七个年头，父亲已经六十七岁了，连年的辛苦，使他迅速地衰老下去。我们家也一样，公公婆婆年纪大了，在高干梁也苦不动了。这一年，我们决定结束两头跑的现状，把高干梁所有的家底都舍弃了。我们在两间房子旁边又加盖了一间房，这样公公婆婆来了就有地方住了。而父亲更是在前面的院子里又盖了三间房子，以便大哥一家搬来了住。

玉米采收结束的时候，天明和父亲回去了一趟，雇了一辆车，把公公婆婆、大哥大嫂和侄子都搬了过来。听说这次一走，高干梁就剩了三户人家，而我们，是再也回不去了，想到这里，我有些伤感。卸车的时候我问大哥，咱们家的白驴呢？大哥说："老白驴老了，拉到这里也没什么用，就卖掉了。仔细算算，它都二十五六岁了。唉，想起来人心上也重的。”

我有点惊愕：“怎么能把它卖了呢，就不能拉上来吗？又不是没地方养。”

没等大哥回答，天明就怼我：“你一天到晚净想些不着边的事情，把那拉来干啥，给养老啊？”

我有点气结，半天没有泛上来一句话，天明固然说得冷漠，但也是所有我们养过的牲口的宿命，没有听说哪个人会给自己养的牲口养老送终，那会让人觉得这是个疯子，就连给我们看家护院的狗都知道这个道理，等自己有一天要死的时候，也一定是离家出走死在外面。我的心里在为白驴忧伤，但我再也说不出来什么，我的同情心是多么苍白无助。

大哥来的时候不仅仅卖掉了白驴，同时也卖掉了家里养的几头牛，带来了一笔钱。父亲就计划着盖牛棚，继续在这里养牛。家里的日子一直都是父亲在谋划，大哥自然也没什么意见。我们家不一样，公公性格恬淡，对于当家作主这件事历来看得开，每长大一个儿子，就是儿子说了算，这样反倒让六个儿子都很有想法和主见，这次搬来，也是一切都听天明的。两家人的日子逐步地过到正轨上去了，我和父亲母亲在一起吃饭的时间就少了起来。

这一年，大哥四十三岁了。他大半辈子的光阴都在高干梁的土地上扒拉着，不是跟在牛屁股后面，就是跟在驴屁股后面。但是一搬到红寺堡，他就没有要跟的东西了，他只是一个人，每天步行着去地里完成父亲安顿的活计。突然有一天，父亲要给他买个农用三轮车，和我们家买的那种差不多。大哥一脸懵，好端端地，为啥要给自己买个车。父亲说，没个车不行，种地呢，要拉玉米，要拉肥料，天天麻烦天明不是个事，咱们自己得有。

大哥不同意，父亲想让他开车的念头太吓人了，他四十三了，一辈子摸过的铁东西就是步犁的把，现在要给他买个农用三轮车，这简直是在为难他。大哥坐在小板凳上脸红脖子粗地推辞，说啥也不同意父亲买。父亲气得直骂:“你说，你咋那么没出息呢，嗯？不就是个车吗，它又不是个老虎，你怕啥，怕啥，它还能把你吃了？真是的，人家都能开，你为啥不能开？不能开就学嘛，谁还不是学会的，只要功夫深，铁杵磨成针，做啥都要贪时间，下恒心呢。”

父亲为了劝大哥，连李白的故事都拉出来了，可大哥就是不愿意，一副畏惧的样子使劲搓着自己的膝盖，最后被父亲逼急了，大哥丢了一句：“您说得那么简单，您自己咋一辈子都不愿意碰车？”

父亲气得抡起脚下的拖鞋就朝大哥扔了过去，大哥站起来就跑，拖鞋撞到墙上又掉在地上，打了个旋停下了。父亲跟母亲说：“你看看这个没出息的样，就知道一天到晚地下死苦，买个车你最起码再不用走着去地里了么。真是烂泥扶不上墙啊，气死我了。”

“那四十几的人了，你以为十八呢，真是的，多大的儿子了，你还扑三掖四地要打，一点老人的样子都没有。”母亲气恼地数落着父亲。

最终，大哥还是没有逃过父亲的“五指山”，三轮车买了回来，天明把车开到地里去教大哥怎么开，大哥的腿抖得和电磨子一样，战战兢兢地开着车在空旷的地里歪歪扭扭地走。一圈，两圈，一天，两天，一周之后，大哥开着车挂着一挡从巷道里经过去了地里，天明说：“你大也是把你哥逼上梁山了。”

我大笑：“我大要不逼我哥，我哥这会儿就得走路去地里。”

16

手机成了乡村的一个流行词

不知道从哪天起，手机成了乡村的一个流行词。不时有消息传出，村里谁谁谁买手机了，谁谁谁的电话费一个月多少钱。我一直觉得，手机是个消耗品，是城里人才有的专利，天明却不这样觉得，他认为那就是个给人服务的通信器材。所以有一天，他花了两百块钱买了别人的一个二手诺基亚，回家一脸讪笑地和我卖弄，我翻着白眼骂他败家。我不知道我们有啥重要的事情需要一部手机来完成，每个月还要花钱养着。天明笑我老土，说："你也不看啥时候了，手机以后肯定会在乡村流行起来，亏你还是读过书的人，连这个都看不明白。"

我仍然翻着白眼："你买也买个好的，买别人的二手货干吗？没用几天万一坏了。"

"好我的傻婆娘，谁不想买新的，这不没钱嘛，买个旧的先凑合用着，熟悉了再换。"

"你就知道换。"我仍然愤愤不平。

"人生不就是这样一个倒换的过程吗？旧的不去，新的不来。"

“哟，听你这意思，是不是打算哪一天连我也换了。”

“看你的表现吧。”天明一边捣鼓着手机，一边一本正经地说。他完全忽略了我的怒目而视，我提起阿里的枕头向他扔了过去，天明跳着躲开了：“你这败家娘们，一言不合就翻脸啊，就这个表现，坚决得换。”

他还没说完，另一个枕头又飞了过去。

手机并没有给我们的生活带来什么便利，反倒增加了每个月的支出。而且周围的邻居都没有电话，天明的手机一时之间成了大家的公用电话，打出去的，接进来的，有时候半夜三更了还有人打电话进来。接进来的就不说了，顶多受个麻烦去喊一下邻居，可打出去的咋办，收钱吧三块两块的，不收钱吧多了每个月也受不了。天明又是那种极其爱面子和仗义的人，谁来都是笑脸相迎，来者不拒，连续大半年，光手机话费就几百块。我没少在背后叨叨他，可他总一副嬉皮笑脸的样子打发我。

忙活了一个夏天，冬天闲来无事，男人们看电视看腻了，就凑一起吹牛扯皮，借此打发无聊的日子。不知道谁出的主意，说我们打麻将吧。刚开始大家就是赢个水果糖，或者核桃之类的，渐渐地开始和钱沾边了，一开始三毛两毛地玩，后来觉得不刺激，开始玩一块两块的。天明逐渐地不在家待了，早饭一吃就走了，吃晚饭有时候都喊不回来。

次数多了，我也从一开始的唠叨变成了愤怒。某天晚上，天明九点多才回来，晚饭也没吃上，就翻了一个馒头坐炕上吃着。女儿躺在炕上，抱着自己的腿滚着玩。我给天明说女儿没奶粉了，明天要买奶粉，给我一点钱。天明一脸不耐烦：“前两天刚买的奶粉，怎么这么快就没了？”

我说天天要吃呢。天明没钱买，并说：“两岁多了，也该断奶粉了，再别买了。”

我问钱呢，他说最近打麻将把几百输了。

说这个话的时候，女儿正好滚到天明身边，天明可能心里烦躁，不想让女儿烦他，就随手拨了女儿一把。没想到这一拨却让女儿掉在了地上，我急忙冲过去，一把抱起女儿，女儿半天才哭出声，头上跌了好大一个包。

连日来的积怨在女儿的哭声中被点燃，我一边哄着女儿一边愤怒地盯着天明。我不明白，他怎么了？灯光下的天明再次让我觉得陌生，什么时候，他开始变成这样了呢？我读过的书让我不会像个泼妇一样去哭去闹去骂，我就这样死死地盯着天明的眼睛，我想在他的眼神中找出他怎么成了这个样子的答案。

我想我的眼神是凌厉且富有攻击性的，天明扭头躲了过去，不肯面对我的目光，女儿渐渐止住了哭声，抽噎着睡了过去，我抱着她靠墙坐着，心里满是心疼和愤怒。天明一把扯过被子，背着我睡了，我看着灯光，心里想，当年义无反顾要嫁的人，现在怎么成了这个样子？

枯坐了很久，我也没想出个所以然，反倒想起曾经一起上学，一起打打闹闹的日子。过了许久，天明气哼哼地吼我：“关灯。”

我刚消下去的气又上来了，我坐着没动，灯开关在我背后的位置。空气似乎凝固了，灯泡散发出无可奈何的光晕。天明背对着我，我盯着他的后背，如果我的目光是把刀，我想早就刺穿了他的后背直抵他的心脏，我想知道，他现在是怎么想的。

彼此的沉默让屋子里更加压抑，时间仿佛静止了一样。我就那样抱着女儿坐着，不肯关灯。天明可能被这种气氛压抑得忍无可忍，突然跳起来，抄起炉子上的火钳子，对着灯泡砸了过去。

屋子里瞬间陷入黑暗，我的心也暗了下去，我抱着女儿，枯坐在黑暗里，久久不能睡去……

冷战的日子在冬天尤为漫长，公公婆婆在，天明有恃无恐地继续流连在打麻将的地方，女儿的奶粉迟迟没有买来，家里也是上顿洋芋下顿洋芋，连个青菜都没有。

有一天下午我出去填炕，碰见香梅嫂子裹得严严实实地从远处回来了，我站在门上等她：“嫂子你干啥去了，这么冷的天？”

“我去棚上干活去了，想着你娃小着呢，就没给你说。”香梅嫂子说。

“嫂子，干活的地方还要人不？我也去呢。”我满心期待地问。

“你怕说笑着呢，娃小着呢，能去吗？”香梅嫂子以为我在开玩笑。

“能去呢嫂子，我公公婆婆来了，娃有人看呢，大冬天的，闲在家里也不是个事情，娃还要吃奶粉呢。”我有点不好意思地说着，希望嫂子带上我。

“那行呢，你明天早晨早点起来，我干活的那家子正好缺干活的人，你去试试。早上吃上一口，穿暖和。”嫂子热情地嘱咐我。

我一下子觉得自己活泛了起来，进屋就去找明天出门干活穿的衣服和鞋，外面肯定很冷，得穿暖和。阿里跟在我身后问：“妈妈，你准备干吗去？”

我笑着说：“我明天给阿里挣钱去，挣上了给你买好吃的。”阿里揩了一下鼻涕说：“我要吃果冻。”

我说行。我又去婆婆屋里给老两口说：“大，妈，我明天要跟着邻家嫂子去棚上干活了，你们把两个娃看着行不？”

“这么冷的天，干啥活呢，女人家么，在家把娃看着，别去了。”婆婆并不看好我去抛头露面挣钱，公公历来话少，没有说什么。

“娃要吃奶粉，家里也要花销，这再也没个来钱的门路。”我坚持着，婆婆用沉默继续表达着反对，公公一看气氛有点尴尬，就说：“去就去吧，试试看，要是觉得干不了就回来，娃有我和你妈看着呢。”

我点了点头，婆婆白了公公一眼，我转身离开了。

天明回来已经半夜了，我啥也没说。心里惦记着早起，一夜睡得并不踏实，开灯看了好几次表，五点钟我就起来了，生火给自己烧了点水，煎了点馒头吃了，穿好衣服探头出去看，香梅嫂子家的灯也亮着，我就收拾好东西，悄悄出门去了香梅嫂子家。她正打了两个荷包蛋准备吃，看见我非要给我分一个，我使劲推让，让她赶紧吃，吃了好出发。

香梅嫂子是个麻利人，三两下吃了，又把自己的碗洗了，装好馒头和水，就和我出门了。

菜棚在村子东边，政府利用一块闲置的土地招商引资修建了好几百座大棚，又从甘肃靖远引进会种植大棚的农户入驻棚区，从去年秋天就忙着在干活，只不过我一直在家拉扯两个孩子，从来没有去过。如果不是这次和天明之间闹这么大的别扭，我想我可能还是没有勇气走出来找活干。香梅嫂子问我怎么突然要出来干活了，我说了一下家里的情况，嫂子叹口气说：“男人家不成行女人就要受罪，家还要顾着，娃娃还要拉扯呢，这没个钱也不行。那我们就自己去挣点吧，至少管自己和娃娃还是能成的。”

我点头，又询问了一些干活要注意的事情，香梅嫂子说：“下苦的个活，能吃苦就行了，还有啥需要准备的。咱们就是帮衬着干。”

越走越热，后背都出汗了，东方的天空也白了起来，天就要亮了，远远看着黑压压的一片大棚，像电视上的军队列队一样整整齐齐地摆列在荒滩上，一眼望不到头，看着极其壮观。这是我来红寺堡第一次看到的大型场景。这几年窝在家里带娃，人都是个傻的。越走近，我越觉得这些场景不可思议，这么密集而整齐地排布，这么大一片荒滩，仅仅就用了一年时间改头换面，这得投入多少人力和物力。心里突然有点懊恼，在建设这些大棚的时候自己没有参与上，错过了许多的大场面。

香梅嫂子并不能理解我的懊恼，她忙着给我介绍我们今天要干什么。我们还没来得及进入棚区的腹地，迎面就来了一个女人，有点矮胖，头上裹着一块花格子围巾，遮挡得看不清楚具体的长相，走路带风似的来了。为了区分雇人的人和干活的，香梅嫂子恭敬地喊着人家老板，老板倒也不推辞，笑嘻嘻地答应着，就把我们领进她家的大棚。

这是一幅怎样的场景啊。透明的棚膜和薄膜因为空气的原因全部成了白色，白色的大棚顶子和白色包裹起来的垄畦，一行一行地顺着南北走向排列，一根根水泥柱子顶着暗红的钢架结构，也是一溜排列了过去，棚的半空悬着一根根细钢丝，一样的高度让人有点眼花。我们仿佛置身于一个数学的世界，一切都是规则且整齐的。一进棚就是一股闷热潮湿的气息，让人有脱了臃肿棉衣的冲动，我看着老板和香梅嫂子，果然，她们都把棉衣脱下来挂在后背墙的铁丝上，我也脱了挂上去。

老板开始用她的方言给我们俩说今天要干啥，棚里的准备工作已经做得差不多了，现在就是把辣椒苗栽进去。我和香梅嫂子今天先把栽辣椒的窝窝打好，说着随手从棚后面的拐角处拽出来两个打窝窝的工具，其实就是两个铁皮罐罐向上焊上把手，朝覆了薄膜的垄畦上面按下去把土提出来，一个窝窝就成了。香梅嫂子本就是极聪明的人，老板一比画，她就会了，提起一个工具就干了起来。老板赶紧喊住：“哎哎，别着急，这一个垄畦上打多少窝窝都是有数的，不能多，也不能少啊。来来来，我先给你们示范一下。”

垄畦之间的壕沟留得极窄，人的脚不能完全放进去，老板就撇着脚，双手提着工具面向垄畦站着，目测了一下距离打了第一个窝窝，把土提出来倒进壕沟里，然后按照目测好的距离再打下一个，总归就是等距离操作，打完一面，又盯着刚打的窝窝在对面插空打另一面。打完一个垄畦，老板认真数了数，三十一个，她对自己的工作很满意，转身对我们说：“看见没，就这样打，一个垄畦上只能打三十或者三十一个，再多或者再少都不行。多了挤得慌，少了减产。”

我和香梅嫂子连忙点头，然后按照老板的指示，一边打一边数，就像刚学算术的小学生一样，数了一遍又一遍。打了一半的时候，香梅嫂子就不数了，她说：“不数了，就这么长个垄畦，我们照着打就是了，数得人麻烦的。”

我笑着说：“嫂子，这大棚里的活都是有数的吗？”

香梅嫂子说：“可不是，这些人干啥都要数数，一个棚里栽多少水泥杆，架多少拱梁，拉多少根铁丝，打多少个垄畦、多少窝窝，栽多少辣椒苗都有数。哪像我们，种地就是个糊涂账，谁还趴地里一棵一棵数玉米苗去。”

“人家这是精细种，咱们那是粗犷种，那也不是一个概念。哎，嫂子，你说，种得这么精细，这一根辣椒还能长成树不成。”我对不了解的事物总是保持着高度的好奇心。

“你还别说，这老板说，他们种的辣椒要长得比人还高呢，也不知道是不是真的。”香梅嫂子估计早问过这个问题了。

“不知道么，反正咱们也没见过，等今年下来也就知道了。”我一边打窝窝一边说。

忙起来时间也就过得快了，棚里逐渐热了起来，我和香梅嫂子热得满头满脸的汗。老板进来看的时候笑着说：“赶紧把毛衣毛裤都脱了去，穿个单衣就行了，这才几点，一会儿更热。”

确实也是，我和香梅嫂子只好又减衣服。棚里这会儿不再是一片惨白，阳光透过棚膜将大棚照得有了光晕，我和香梅嫂子停下，吃了一口馒头喝了些水重新又开始干活。香梅嫂子说：“棚里的这些活，不费什么力气，但是就把人耗到里面了，琐碎得很，你今天觉得咋样？”

“好着呢嫂子，咱们在家里也是各种琐碎事，但家里人看不到，还觉得咱们一天闲闲的，出来了人心宽，再说，一天挣点钱了给自己和娃花起来也理直气壮。”对于天明不给女儿买奶粉，我一直是耿耿于怀的。

“对着呢。女人家是最苦最累的，还吃力不讨好，自己手里有点钱了宽裕些，不看男人的脸色。”在这一点上，我和香梅嫂子的想法是一致的。

两个人就这么有一搭没一搭地聊着，笑着，一天的时间就过去了，我们俩打了三个半棚的窝窝，老板很高兴，让我们俩明天继续来，他们家有十一个棚呢，都要打窝窝。然后给我们俩结算今天的工钱，一人给了二十块钱。临走时老板又像想起什么事情，把我们俩又喊住：“哎，等等，你们俩拉帘子不？”

我和香梅嫂子对视了一眼，不知道老板说的是个什么活。老板继续说：“喏，看见棚上的草帘子没，我们一会儿把它们放下去给棚保暖，然后明天早晨就要拉起来让棚里晒太阳，拉帘子就是雇你们早晨拉起来，下午放下去。干不干？一个棚一个月三百，一般一个人拉两个棚。一个月可以挣六百块钱。你们看干不干，要干明天早晨来先拉帘子，然后进棚干活，打窝窝的钱也不少给你们。”

老板一口气就把要干的活和多少工钱说得清清楚楚了，但我和香梅嫂子有点懵，想了想说：“我们两个商量一下，明天早晨过来了给你给话。”

老板说：“行呢，那今天你俩就先回吧。明天要拉就早点过来。”

远远看着玉池村笼罩在炊烟里，太阳照得半边村子通红，我俩走在回家的路上，反复商量着老板的提议，主要是见也没见过，不知道是个怎样的拉法，我们能不能干。商量来商量去也没个主意，香梅嫂子说：“管它呢，我俩明天早晨去试一下，如果行我们就拉，不行我们不干就是了，她还能把我们逼上去不成。”

好吧，既然有香梅嫂子，我也就不管了，我摸着兜里的二十块钱，心情还是很愉快的，这可是我结婚七年来自己挣来的第一笔钱，我回去就先给女儿买奶粉去，再给阿里买果冻吃。想到这里，脚步快了起来，因为明天还能去挣钱，太开心了。

我一进门，阿里就跑来迎接我，把我手里的挎包和水壶接了过去，在里面翻找果冻，女儿也跌跌撞撞地走来了，抱着我的腿让我抱，我把她抱起来，阿里问我："妈妈，果冻呢？"

我给他揩了一把鼻涕："我一会儿去给你买。"

公公提着篮子从后院过来了，看见我就笑着打招呼："回来了啊，今天活干得顺利吗？"

"好着呢，大，活也不苦，一天挣了二十块钱。明天还去呢。"我连忙说。

"噢噢，那就好，那就好，能干就好，家里有我和你妈看着娃，你就放心。"公公慈祥的脸上泛出欣慰的笑容，让人看着温暖。

天明仍然不在家，婆婆系着围裙正在做饭，看见我回来，并没有表现得太热情。我也没说什么，进屋放下东西就抱着女儿领着阿里去了小卖部。一袋北塔奶粉九块五，又给阿里买了几个果冻，一共花了十一块钱，剩下的钱我又买了一盘鸡蛋拎着，公公早晨起来了让他在炉子上打两个荷包蛋吃。

阿里抱着果冻高兴地走着，女儿怀里抱着奶粉，我提着鸡蛋。走在回家的路上，我的心里觉得很踏实，只要我每天出去，我就可以挣钱，这种感觉真的太好了。

我和天明的冷战仍然在继续，但我已经不怕了。第二天一大早，我早早就和香梅嫂子出发了，我们得先去看看那个帘子到底能不能拉，想想也是个挑战，但我觉得，我们没有问题。不知道咋回事，昨天挣的二十块钱给了我莫大的信心和鼓励，我觉得只要能挣钱，所有困难就都不是困难。

我和香梅嫂子商量了一下，一开始我们俩一人拉两个棚显然不现实，我们俩就决定一人拉一个，先学，学会了我们再拉两个。我们的想法老板也同意了，就指着最近的两个棚说，那就从这两个开始。老板拖着她臃肿的身体顺着棚边爬了上去，要给我们示范一下怎么拉。我和香梅嫂子随后也爬了上去，棚离地三米多高，真正站在上面还是有点吓人。再一看，才发现棚上那叫一个乱。原来草帘子是拿绳子控制着的，十米长的帘子就要拿二十几米的绳子对折着先展开，就是放下去，然后朝上拉的时候就靠绳子把帘子滚成卷拉上来，老板不知道是紧张了还是咋了，拉了半天也没拉起来一个帘子，后来勉强拉起来，还把个帘子拉得像个导弹一样。我和香梅嫂子一看就傻眼了，这个活只怕没那么好干啊。老板没说啥，继续拉第二个，这个倒是拉得好，齐齐地顺着棚膜滚了上来，老板也松了一口气，说："看见了没，就这样拉。"

我和香梅嫂子面面相觑，其实我们俩啥也没看见，就看见老板脚下的绳子和羊肠子一样堆了一堆，我们俩也不好意思再说没看见，生怕老板嫌弃我们笨，不要我们俩打窝窝了。既然答应了，就硬着头皮干吧。老板扭着她的大屁股满意地走了，我们俩看着棚和帘子，在想从哪里下手好呢。

站在棚上是看不到棚前面的帘子和绳子是啥情况的，香梅嫂子学着老板把两根绳子抓起来，试探着扯了两把，好像还行。可等上了拱形的坡度，能看见帘子时才发现，帘子早就歪了，一面的绳子再拉一下就要掉了，这可咋办，香梅嫂子吓得赶紧停下，问我怎么办?

我能怎么办，因为我手里也和香梅嫂子是一样的情况啊，我现在拉也不是，不拉也不是，我们俩就这么看着对方，手里拉着绳子不知所措。我想了想，总要有个人来放手的，我们总不能今天一天就拉着两个帘子在这站着。我和香梅嫂子说："嫂子，你先拉着，我把我这边的先放下去。"

我轻轻撒手，换着手里的绳子把帘子又放下去了。然后我下去了，我让香梅嫂子把帘子先放下来，我给她把绳子重新套上去，给她在底下卷起来一段，然后指挥着她拉，在我们俩的协作下，一个帘子终于起来了，把绳子拴在棚后面的钢丝上稳定住，这就可以了。

能拉起来第一个，肯定就会有第二个，一个棚上的草帘子总算拉起来了，香梅嫂子的后背都湿了。到了第二个棚，我把她换下去，她看着，我来拉。两个棚拉起来之后，我们俩的嗓子都冒烟了。心里隐约觉得上了老板的当，这十块钱挣得太难了。但是一言既出，我们也不好反悔，怎么着这两个棚也得先给人家拉着吧。整个一天，我和香梅嫂子都有点蔫，连话都说得不多，帘子拉是拉起来了，下午又怎么放下去。

下午终究还是来了，我们俩轻手轻脚像哄孩子一样，慢慢地匀着倒换自己手里的绳子，放下去又下去把绳子理顺，检查了又检查才收拾回家。

老板下午结了打窝窝的钱，拉帘子的钱却没有结，说一个月满了再给。我和香梅嫂子那个惆怅，一个月啊，啥时候能拉够一个月？

惆怅归惆怅，活揽下来了就要给人家干。我和香梅嫂子商量了一下，就慢慢干吧，不行了就拉这两个棚，给人家拉一个月了再说。也别贪心了，应人事小，误人事大。今年练会了，明年再多拉，别人能干，咱们也肯定能干。

人一旦端正了态度，心里就踏实了起来，我和香梅嫂子一天天地练习着，适应着，一周以后，我们俩就再也不用下去一个人看着了。起手我们就知道哪边的绳子应该拉紧，哪边应该放松。香梅嫂子说："看起来咱俩也聪明呢。"

我大笑："咱们这是荞麦地里的刺玫花，旁人不夸自己夸。"

正说着，老板过来了，笑着说："你们这两个女人攒劲得很么，从明天开始拉四个咋样，一人两个，我们这几天忙起来了，顾不上拉么。”

拉顺手了，我和香梅嫂子也就有信心了，说行呢。老板说：“那就从今天下午开始，你们放的你们明天早晨就知道咋拉了，行不行？”

肯定行，我和香梅嫂子对挣钱保持着极大的热情，只想在自己的能力范围之内多挣一点。算上棚里干活的钱，我们俩一天能挣四十块钱呢，想我们刚上来那会儿，叫一个瓦工砌一天墙才三十五块钱。这样一想，人就更有心劲儿了。

我和香梅嫂子每天早出晚归的，巷道里的其他女人一看也坐不住了，慢慢地都打问着要去干活，早晨那会儿巷道里就热闹起来了，一个喊一个地都去。同样是二十块钱，在棚里干活要耗一天，但拉帘子只要两个小时，所以大部分人都学着拉帘子，也很快在棚上站住了脚。

阿里每天最高兴的事情就是我回家那会儿，他就要帮着给我拿挎包，帮我数钱。然后眼巴巴地问我能不能给他一块钱让他买方便面，我就给他一块，他拿着就去小卖部。他的童年远比我们要丰富得多，有动画片，有棒棒糖、方便面、果冻。我们当初搬迁的一个主要目的就是为了不让他们和我们一样被环境限制，所以，我现在也想努力改善他的生活环境。尽管我一天出去挣得不是特别多，但至少在目前来说也是一种出路，至少，他想要什么的时候我能拿出来钱。

天明的不务正业终于让公公婆婆看不下去了，他们少有地把天明骂了个狗血喷头。有一天下午我出棚准备放帘子的时候，看见天明手插在兜里在棚边上站着。我问他：“你干啥来了？”

天明讪笑着说：“我来给你帮忙拉帘子么。”我说：“这点小钱咋敢劳你的大驾呢。”

天明眉毛一挑，义正词严地说：“看你说的，小钱也是钱，没小钱哪里来的大钱。”

好吧，在口才这一块，我永远都是甘拜下风的，干脆再不说了，直接上棚干活。天明要上来，我没让他上来，把他打发到底下给我摆绳子和帘子。香梅嫂子在前面的棚上扭头看着我笑，我给香梅嫂子眨了眨眼睛，两个人心照不宣地开始干活。

帮我拉了一天帘子，天明就叫苦不迭："哎呀呀，这个活真不是人干的，你看看我的手，被绳子勒了一个血泡。"

我啥也没说，摊开我的手掌让他看，一个血泡算啥，我前面的血泡破了，后面的又被勒出来了，两只手惨不忍睹。想想看，一个草帘子的绳子是二十多米，一个棚上五十几个帘子，两个棚上的绳子加起来两千多米，一天要在手里倒换两遍，一双胶皮手套两天就会磨破，破了就要手来扛着。一起拉帘子的一个姐妹说："费手套得很，手套破了就是把钱扔了，还是手好，破了还能长好。"

天明再不说啥了，第二天去买了一捆手套回来了，给我说："你可别学那个女人啊，手还是要紧的，钱没了可以再挣，手烂了人要受疼。"

我笑了笑，这世上的道理让人说尽了，每个人理解得不一样，说出来的道理就不一样。又不能说谁说错了，仔细想想都有道理。

因为在棚上拉帘子，村里打麻将的风气渐渐弱了下去，天明跟着我拉了三天帘子以后，就学会了，在聪明这一块，他的脑子完全在线。老板说，两个人拉两个棚是资源浪费，就热心地介绍天明到另一家拉去了，也是拉两个棚，所不同的是，他拉完帘子就回家了，我还找着干一干农活。

我一直追问，最早种大棚的地方是哪里，我们老板有点说不上来。直到有一天，我们在天明拉帘子的那家干活时，那个老板才说："我们靖远一直有种菜的习俗，真正说起来，这是人家山东寿光人一点点积累出来的经验，然后就推广到全国各地了，我们大部分技术也是和人家学的。"

一层棚膜，两个世界。我们每天在棚里面忙活，棚外是万物枯寂，棚内是一片郁郁葱葱，看着我们栽下去的辣椒苗一天天地开枝散叶，开花挂果，这也是一件让人欣喜的事情。快过年的时候，辣椒长到了六十厘米，第一茬辣椒已经可以摘了，老板念叨着，辣椒要吊线了。

我们尚不知道吊线是个什么概念，老板抱来了一捆类似于毛线的细绳子，要把辣椒从根部拴住然后绑到头顶的细铁丝上去，每一株辣椒都要吊起来，果然是吊线。和老板熟络了起来，对于棚里不会干的活计，我们也不再惊慌失措，一遍不会，就让她再示范一遍。一旦学会，我和香梅嫂子就是一把好手。

从冬天到春天，从最开始的打窝窝到拉帘子，到辣椒栽进去，棚里的活计已经难不倒我和香梅嫂子，在一天天的忙碌中我们也收获着属于自己的价值。手里有可支配的一点小钱，上棚去干活有老板的信任和认可，回家有家人的笑脸相迎，普通人的生活不就是这个样子吗？只要身体健康，只要生活安稳，家人团圆，还有什么好奢求的呢？我的心性也逐渐地淡了下去，一点点地忘记我曾经心心念念的诗和远方。

日子就是千篇一律的重复，当重复得不能再重复的时候，人的心里会不会也有一丝厌倦呢？午休的时候我在大棚边子上坐着，看着远处的罗山。山还是那座山，身后是黑压压的一片大棚。帘子在四月中旬就不拉了，现在就剩下一茬一茬地摘辣椒。辣椒果然长了两米多高，真像我们夸大事实所说的，长得和树一样，进棚里连个人都看不见。只看见满眼的绿和绿叶下一串串让人眼馋的辣椒。一个冬天，我和天明拉帘子挣了将近四千块钱，还不算我打零工的。这四千块钱，足够今年种地和家里花销了。

其他摘辣椒的人已经回家了，我和香梅嫂子被老板留下准备装车。以前说什么东西多了就说堆得和山一样，现在，我们摘的辣椒真的堆得和山一样，用塑料袋子一装，用大卡车拉走。据说是批发到了全国，我问香梅嫂子：“嫂子，你说吃辣椒的人能想到一个辣椒是怎么长成的吗？”

香梅嫂子说：“那怕是想不到的，咱们要不是跟着种一遍，咱们也想不到。”

我点头，远远地车来了，我们俩就去装车。一袋辣椒也就三十几斤，我和香梅嫂子一人抱一个就能架到车上，车上有两个小伙子再摞好。我们装一袋子一块钱。

司机催着让赶紧装，说今天有点迟了，嫌我们俩太慢，喊着让老板再雇一个人。刚好有个小伙子路过，老板就喊：“哎，装车不？一袋一块钱。”

小伙子本来都停下了，但一听一袋一块钱，说了一句：“一块钱能谝个传，还不如回家睡着呢。”

说完一脚踩着摩托车，一把油门绝尘而去。老板气得和我们抱怨：“你们这里的人咋想的？你说这么大的小伙子了，宁愿闲闲待着也不愿意挣钱，真拿自己当领导呢。”

我们也气得，但别人说我们也不愿意，为了不尴尬，香梅嫂子接话说：“没办法么，年轻人就这样，大钱挣不来，小钱看不上。”

“那是你们这里的女人太勤快了，把自己一天苦得和牛马一样，光看见男人提个茶杯子游手好闲地转。在我们那儿，谁家的女人一天这么下苦呢，都是光做两顿饭，把自己收拾打扮起来，要是哪个男人让女人出来这么下苦，邻居的唾沫星子都能把他淹死。”车上装车的一个小伙子突然说了这么几句话。

这几句话像揭短一样，让我和香梅嫂子无言以对，我们俩对望了一眼，继续朝车上抱着装辣椒的袋子，一下一下，袋子也变得沉重起来。

我一直以为，只有书里的女人是不干活的，但今天从相同地区的另一个男人嘴里说出这种差异的时候，我还是被惊到了。女人应该活成什么样子呢，我一遍遍在心里问自己。同时又一遍遍质疑自己目前的这个状态，到底是不是我想要的样子。

天气很热，走在回家的路上，我感觉自己有点飘。我问香梅嫂子：“我们还有其他的活法吗？”

嫂子叹口气：“除了这样，还能活成哪样呢？女人家一结婚，一有娃娃，不就是围着家里转吗？你不要听那些人卖嘴，我就不信他们的女人啥都不干。”

我咧嘴笑了笑，没有说话。我倒不是羡慕人家的女人啥都不干，我只是在想，在土地上劳作一生不可怕，可怕的是我们在日复一日的劳作中最后连个名字都留不下来，这是一件多么让人悲伤的事情。但大部分人并不在意留不留名字这件事情，每个人都背负着自己的使命活着，一旦使命完成，一切都会被遗忘。如同罗山脚下被风覆盖的这片土地，新的沙尘来临的时候，谁还会记得旧的沙尘从哪里来呢？

17

下决心买手机

天明说得果然没错，手机真的就在农村流行开了。

天明买完手机不久，父亲就喊天明去给他买手机。而且一买就是两个。大侄子已经十八了，书也没念成，自从搬上来就接手了那台犁地的车。年轻人学习能力强，跟着天明开了一天就自己开去了。父亲之所以要买两个手机就是给侄子带一个，家里放一个。这样一来，父亲就是村里第一个带手机的老人，以父亲这样的性格，做事总是不甘人后。

天明回来说："你大真是有魄力，一买就是两个手机，移动公司的人笑得嘴都合不拢了。"

我说："那你也给我买一个。"

天明说："咱们家有呢，就再不买了。"

我拿白眼翻他，表达着我的不满，我其实也就是随口说说，他真的要买，我也未必肯要。

我们又在一起干活时，人群里响起一阵悦耳动听的手机铃声，我们都被吓了一跳。只见春梅慌乱地从兜里掏出手机，三两下解不开裹在手机上的塑料袋，好不容易解开塑料袋，又不知道哪个才是接听键，一时间手忙脚乱。在大家的猜测里，春梅找到了接听键，对方早已挂断，春梅想打回去，却又找不到打进来的电话号码。春梅的手机是个粉色的，在阳光下闪耀着一种柔软和明媚的嫩，和我们的衣服、头巾、场景明显不搭。但它就是以这种突兀的方式出现在了我们中间，让我们的心都荡漾了一下。

大家围着春梅的手机问长问短，春梅红着脸说：“还不是我们那个‘土匪’（对自家男人的昵称），出去打了两天工，回来给我花三百买了个手机，买来我又不会用，我不想带又不行，逼着让我拿上。拿上我又怕丢了，又怕土进去，这不套了个塑料袋，真是个麻烦。你们说，我们要这么个东西干吗？一个月还要给这东西花几十块钱，真是的。”

春梅说起自己的手机一脸的嫌弃，完全没有带上手机后的优越感。一起的兰嫂子说：“你这败家的娘们，人家给你买来了，你还挑三拣四地嫌弃个不停。这样吧，你不喜欢了掏五毛钱，我给你扔了去。”

春梅小心翼翼地把手机重新裹起来装进兜里说：“想得美，我扔了你肯定跑得比兔子还快去捡。我才没那么傻呢，你说扔就扔啊，这可是我男人给我买的。”

“哦，这会儿成了你男人了，‘土匪’呢？不就是个手机嘛，你家‘土匪’能买来，我家男人也能买来，你牛啥？”兰嫂子调侃着。春梅拣起一根辣椒朝着兰嫂子扔了过去，大家又一次笑得直不起腰。

女人是一种好攀比的动物，别人能有，自己也可以有。自从那天在棚上看见春梅带手机，大部分人的心里都动了买手机的念头，三两百块钱，无关痛痒的一个数字，哪个女人还没有个私房钱。说买也就买了，有啥吗？至于每个月的话费，谁每个月还挣不来个话费钱，只要菜棚不倒，就不愁没话费钱。持续地干活挣钱让大家有了底气，说买就买。

先是兰嫂子买了手机，紧接着香梅嫂子也买了，再接着，各种颜色的手机出现在了女人们手中。大家相互交流着手机的用法，相互留了电话号码，从一开始的新奇到后来的习以为常，谁再买了手机大家也就见怪不怪。我其实也动了买手机的心思，只是想着家里已经有天明的手机了，再买一个就是浪费。像我这么会过日子的女人，怎么舍得花费这笔钱。

直到有一天，阿西兜里的手机铃声响起来的时候，我才意识到自己有点落伍了。阿西是我们中最会过日子的女人，一分钱恨不得当两分花，只要是和挣钱有关的事情，阿西必定会参与。而且她是那种挣了钱也舍不得吃、舍不得穿的人，今天突然带了手机，所有人都有点诧异。香梅嫂子问:“哟，阿西，你也买新手机了啊？”

“嗯嗯，买了一个。嫂子，人家都有呢，我也买一个。”阿西的脸上闪过一丝羞涩。

真正让我下决心买手机是因为一个电话。我和外甥女相差一岁，从小关系就很好，自从家里有了手机，外甥女就会隔三岔五给我打个电话。有一天天明正忙着呢，外甥女的电话打过来了，我们就聊了一阵子，天明着急出门，一脸的不高兴，我匆忙挂了电话，心里开始琢磨起来，我得给自己买个手机了。但这件事情我不会给天明说的。

刚好大姐来走亲戚，约我去镇上。我揣着自己攒的三百来块钱就去了父亲家，我和大姐说我要买手机，大姐说那你把身份证带上，去了还要办卡呢。

我们现在去镇上都有公交车了，只不过是不定时的那种，想去就要早早站路边等着，就这已经很方便了，因为只要等，就有公交车来。我和大姐站在树荫下等车，我身上穿的衣服是两年前母亲去兰州大舅舅家的时候，给我买的一件衬衫，也是我唯一能穿着去镇上的衣服。大姐给我理了理衣服领子，怜惜地说：“看这两年把你晒成啥了，以前那么白的一个人。”

我笑了笑，不说话。其实能说啥呢，我周围的人不都是这样吗？哪一个当年还没有白过，现在都是一个颜色了。我从小就这样子，大姐也习惯了我的不说话，又问：“咋想起来买手机了？”

“人家都有了么，我也买一个用。”我笑着说。

“买上一个用去，不要太亏待自己，家里的穷坑是填不满的。”大姐用她四十几年的人生经验劝我。

我点点头，不自在地看着村子东边，公交车咋还不来。大姐和二姐的光阴都不错，手机早两年就有了，其他的更不用说，就我一天到晚奔波在菜棚上，一身土一身泥的，每次路过母亲家母亲都气得不想看我一眼，时间久了我就莫名地敏感，不愿意和两个姐姐谈论我的生活。

到了镇上，大姐就带我去了移动公司。这是红寺堡这两年才建起来的建筑，比起我们刚来只有一个车站的时候，红寺堡现在已经很繁华了，该有的都有了。移动公司大厅的地板亮得能照见人，头顶的灯光照得连一点暗影都没有，透明的玻璃柜台里面摆放着各种颜色的手机，键盘上的数字在闪闪发光，小小的屏幕藏着我向往的内容。突然站在这里，我有点无所适从，我把手伸进兜里攥着我的三百来块钱，心里充满了担忧，这点钱，够不够买个手机呢？

相比于我的拘谨，大姐从容得游刃有余，对着迎上来的服务员说着我们的需求，我傻傻地在旁边站着。只等着听最后多少钱，我好付钱走人。服务员卖力地介绍着一款手机，说是新出的，深圳亿城的，我们熟悉的一个明星给代言着呢，机子没的说，让我们放心用。大姐问多少钱。对方说，今天搞活动着呢，本来七百，现在给我们优惠二百，整五百块钱。

我一听五百，顿时心跳就快了起来，钱完全不够啊，买什么手机？我拉着大姐朝旁边走了走，悄悄说：“姐，先不买了，我钱不够，要不就买个便宜点的，人家都买的二三百。”

大姐说：“你不懂，这些东西不能凑合，别看这会儿买得便宜，但用的时间不长，买一个差不多的，就长久地用去了。别惆怅，钱不够了有我呢，我给你垫底，你怕啥呢？”

我还是摇头：“要不今天就不买了，等我把钱攒够了再来。”

大姐被我气到了，口气都着急起来：“好我的瓜妹妹，你啥时候能把钱攒够？就你一天二十三十地挣。再不要犟了。来，我们就要这个手机了，你再给办张卡。”

我只好掏出我所有的钱交给大姐，大姐去柜台上交钱了，我等着办卡装手机。蓝色的机身，键盘周围还有一点花纹，这个手机一会儿就是我的了，我看着它有点无所适从，眼睛一直看着大姐，希望她赶紧过来，那样我就不紧张了。

当所有的手续办完，把卡安上，试着和大姐打了个电话，听了一下通话声音，这个蓝色的手机就彻底成了我的了。我把它揣进裤兜，攥着它手心里直冒汗。我也是个有手机的人了，站在移动公司的台阶上向前望去，大街上的人流熙熙攘攘，仔细想想，我都二十八岁了。我冲着大姐笑了笑，大姐拍了拍我的肩膀，再没有说啥，我知道，她在鼓励我，有事的时候，不要怕。我那会儿不知道的是，这手机即将改写我的下半生。

大姐带我去商城里面吃凉皮，我顺便给天明打了个电话，他接上问是谁，我说是我，我买了个手机，让他听听声音大着没。他说：“大着呢，你买手机咋不和我说？”

我笑着说：“和大姐转的时候看见了，就想买了，现在不是和你说着呢么。”

他说：“行呢，声音好着呢，想买就买吧。”

挂了电话，大姐问：“没说你吧？”

我摇摇头，两个人坐下吃凉皮，我问大姐：“你给我垫了多少钱？”

大姐说：“不到二百，你就别惦记了，等你什么时候有什么时候给我，实在没有就算了。心里不要放事了。”

我点点头：“我知道了姐，我会尽快给你的。”

大姐气得白了我一眼：“你呀，经常就这样，死犟死犟的。”我埋头吃着凉皮，不再说话。

香梅嫂子是第一个知道我有手机的，她笑着说：“好着呢，买一个了我们以后就都方便了，我睡在我们家炕上都能给你打电话了。”

“就是的嫂子，买一个先让人方便着。”相比于大姐，我更喜欢和香梅嫂子说话。我说话要慢慢说，没人催我，让我觉得放松的时候，我说话就连贯了起来，话也就多了起来。

天明不再给父亲经营犁地的车，总得自己干点啥吧，毕竟一大家子人要养活呢。他也出去打过零工，但赚的钱都不是特别多，仅仅够维持生活。思来想去，他觉得还是瓦工赚钱，短短几年时间，就从我们刚上来的一天四十涨到了现在的一百五。天明就打算学瓦工赚钱。人的聪明灵巧是可以用到任何地方的，父亲要盖牛棚，他就去五块钱买了一把瓦刀，提着就给父亲砌墙去了。牛棚对技术的要求没那么严格，他一上手就掌握了窍门，等到下午，已经砌得有模有样。这真的不是夸大事实，等他跟着他姑舅哥出去干了一个月活回来之后，他就已经出师了。邻居盖房子的时候喊他去，他摇身一变，成了一个一天身价一百五的瓦工。我有点心虚地问他：“你行吗？”

他撇撇嘴：“小看我不是，不就是盖个咱们住的房嘛，朝上砌就是了，有啥难的？”

我说：“邻里邻居的，你万一给人家干不好，多伤和气。”天明说：“你就看着，我能不能把钱挣回来吧。”

我在忐忑和不安中过了几天，邻居的房子安安稳稳地盖起来了，算工钱的时候，邻居特意来到我们家，感谢天明这几天的辛苦。等邻居走了他把几天的工钱放我跟前说：“看见了没？钱挣来了。”

我松了一口气，一方面是他可以当瓦工了，一方面是从此以后我们总算能有个收入了。天明干活麻利，又有眼色，此后就成了一个抢手的瓦工。巷道里的房子差不多都是他盖的，居然小有名气。

回头再来说说我们的手机吧。这个东西是真的好，有什么事情打个电话就都通知到了，省了我们抡着腿满巷道地跑。但没几个月就有好几个姐妹不用了，原因是费钱，一个月打不了几次电话，但固定的电话费还是要交的。再加上有的人不知道按了什么点播，一下子就把几个月的话费扣掉了。最初的新鲜感过后，大家就觉得，要这么个东西用处不大，还一个月要拿出一天的工钱来养活，划不来。到最后，一起干活的女人里面就我和香梅嫂子还坚持给手机交着话费，棚上的老板有活也是打我们俩的电话，我们再联系其他人去。手机在我们手里的功能也仅限于打电话。

直到有一天我去父亲家，侄子在家闲着，看见我打了个招呼，就又低头看手机去了。我问他干啥呢，他说：“看电子书呢，姑姑。”

我很好奇啥是电子书，就凑他跟前去看，手机屏幕上是密密麻麻的字，一按按键就会自动翻页。我就问侄子，你的电子书是哪儿下载的，他说自己在网吧里的电脑上下载的。我一听就失望了，网吧，那和我基本上没啥关系。侄子一边看一边问我：“姑，你想看不？想看我拿蓝牙分享给你看。”

“这样也可以吗？”我惊讶地问。

“当然可以，你把手机蓝牙打开。”侄子放下自己的手机，把我的手机拿过去操作。没一会儿他就还给我，给我指挥着让我翻找刚才传过来的电子书。我一看真过来了，打开一看，是一本悬疑小说《中国神秘事件录》。

这是一本和我之前看过的书籍完全不同的书。我那会儿尚且不知道什么是网络小说，但深深地被这本电子书给迷住了，巫术，鬼魂，错乱的历史，惊悚的过程，我以为，书里写的都是真的，就一次次地为主人公提心吊胆，甚至半夜做噩梦。这本电子书太长了，看得我有点失魂落魄，有时候和姐妹一起干活的时候也忍不住着急地想知道接下来书里写了什么。渐渐地，我在大家眼里开始不正常起来，因为我只要有空闲时间，就会拿着手机按。而且在去菜棚和回家的路上，我也是挎在香梅嫂子的胳膊上眼睛盯着手机看，多一句话都不和大家说，看得姐妹们以为我中了什么邪。

只有香梅嫂子是理解我的。有时候别人说我的时候，她就笑："你们不懂就不要说那个了，那是个念过书的人，和我们不一样。"

有姐妹说："念过书又咋样，还不是和我们一样一天挣这么多钱，念书这个事情，念成了才算，念不成说啥都白说，还不是要在泥里土里讨生活。"

念书的人念不成书也过不好日子，这是大家有目共睹的事情，所以才会有那句"百无一用是书生"，我连个书生都算不上，听着大家讨论我，我心里自嘲。但我也不在乎其他人怎么想，我干活的时候至少是正常的，也没有哪个老板会容忍一个不干活的女人出现在自己的菜棚里。

自从我们在棚上找到可以挣钱的路子之后，我大部分时间都奔忙在家和菜棚之间。偶尔才会有个闲时间去母亲那里，我把所有能用的时间都用来看电子书。比如去母亲家里，和大家寒暄几句之后我就闷头看电子书，居然会有一种短暂安宁的感觉。起初也没人说什么，但慢慢地，母亲就不高兴了，因为每次给我说啥，我都是心不在焉，前言不搭后语。

有一天干完活回家早，就顺便去了母亲家，正好碰见大家都在吃饭。我打了个招呼，大哥招呼我一起吃，我坐下一边吃一边拿着手机看，看着看着就投入了进去。

我只觉得我手里的筷子被人一把夺了过去，紧跟着就是母亲的愤怒：“快三十岁的人了，不知道一天想啥着呢，吃个饭也抱着个手机，你当年要这么用功也不至于现在天天去菜棚，你倒是给我们说说，你一天到晚头低在手机上干啥？”

我是说不出来的，说了只能招致更大的斥责，我把手机收起来，像犯了错的孩子一样，低着头坐在小板凳上等着母亲更多的数落。母亲可能已经忍我很久了，仔细想想，母亲是被我气坏了，从小学到中学，从高干梁到红寺堡，我死性不改地一次次触犯她的底线，但我所做的这些事情又让她从我身上看不到一点点的出路，日子日子没过好，人看着都神经兮兮的。其实不止她看不到，我自己也看不到，所有人都看不到。在农村，是不需要一个识文断字出口成章的女人，要的是一个上得厅堂，下得厨房，出门能打理田地，进门能伺候老人孩子的女人，我这样子，在所有人眼里就是不务正业，不守本分。

母亲以前说过，沉默能激起人更大的愤怒。所以我的沉默被母亲认为是死不悔改和一种极大的对抗，所以她的愤怒根本停不下来，甚至殃及了正在吃饭的其他人。大哥一看收不了场，急着把我拉起来，使劲搡我，让我回家去。母亲说：“你让她走，走了就再不要来了。”

我的眼泪一下子就下来了，这是母亲第二次跟我这样说，我不知道我做错了什么事情。我瞬间觉得我在这个世界上活得多么卑微和孤单，喜欢读书怎么了？喜欢读书到底哪里错了？是我读的这些书不能发家致富，不能学以致用，不能出人头地，不能光耀门楣所以错了吗？我只是想读书，只是想在书里寄托我的精神，只是想做一个安静的女人，难道我错了吗？我不敢质问母亲，我也说不出来，我只是不顾形象地哭，把我的委屈、我的无助统统哭出来。但这吓不倒母亲，从小她最厌恶的一件事情就是——我不说话，我只会哭。父亲一看，他再不说话这件事情是拉不倒了，就说：“行了行了，都该干啥干啥。叶叶，你也赶紧回去看娃去。”

母亲回头想怼父亲，大哥一看，赶紧拉着母亲去了另一个屋，大嫂给我使眼色让我回家，我收拾了我的东西，起身回去了。

我用围巾把自己的眼睛遮挡起来，低着头走在路上，从母亲家到我们家也就几百米，但我走得异常漫长，我怕路上碰见人，我也怕回去家里人问，无论谁问，这都是羞于出口的话题。但家总是要回的，除了回家我还能去哪里呢？

回到家，婆婆招呼我吃饭，我一边说在我妈家吃过了，一边赶紧去了我自己的屋里，阿里和女儿随后也过来了。我正在洗脸，一边洗一边流眼泪，怎么擦都擦不完，阿里已经懂事了，他问我："妈妈，你哭了，咋了？"

我撒谎说："我头疼，很难受……"

阿里跑出去，没一会儿手里就拿着一板伤风胶囊，说："妈妈，我向奶奶要的，你吃上。"

我的眼泪更加的肆意，我用毛巾捂着眼睛，我怕吓着阿里。女儿跑出去把天明拉扯了进来："爸爸，我妈头疼，疼得哭呢。"

天明进来问我："你咋了，怎么突然头疼？"我使劲吸了吸鼻子："我没事，好着呢。"

天明是何等的聪明，他问道："你是不是去你妈家里了，然后被骂回来了？"我不说话，我也强忍着眼泪再不哭了，这件事情怎么和他说呢，说我看手机被我妈骂了个狗血淋头，还是说我妈对我不好光骂我？说哪个我都说不出口，但不说话就等于默认了。天明说："你妈是个明理的老奶奶，骂你可能都是有原因的，你也听点你妈的话，那样就不骂你了。"

我低着头仍然不说话，但我心里窝着一口气，这口气让我有点窒息，我觉得自己的心都是疼的，我开始怀疑，我活着的这二十八年是不是都是错的。为什么我的母亲、我的丈夫都不理解我，我活在这世界上的意义是什么？我来这世间活一回，就是要和这里的所有人都一样，就在脚下的这片土地上劳作，年复一年，日复一日，然后消失在这片土地上，再也没人记得我吗？这太可怕了，也太可悲了。既然是一眼看到头的悲哀，我还继续这生命的意义在哪里呢？活着和死亡有什么区别？

我一直不是个聪明的孩子，而且有些问题是不能深入去思考的，一旦思考，就陷入了死角。我找不到答案，我身边的人也给不了我答案。我病倒了。

我不再看电子书，我也吃不下饭，连续的高烧让我的口腔严重溃烂，继而是下一场高烧，天明带我去诊所输了几天液，都没什么用。所有人都以为，我只是感冒严重了，但只有我自己知道，我的心死了。我蜷缩在炕上，没有一点力气，脑子里一直在颓废，我的人生没有任何意义，我看不到我生活里的光。每一个夜晚对我来说都是煎熬的，我的身体里是一场又一场的战争，是思维和身体本能的战争，思维万念俱灰，本能想拯救我，所以他们总在夜晚厮杀，在我的身体里争夺着阵地，我被一场场争夺淹没，失去意识，又自己清醒。我有点恨我自己，为什么不肯活得和别人一样，为什么不能装糊涂，为什么要去读书，又为什么要去思考人生的意义。夜晚的争夺耗尽了我所有力气，我白天总是在昏睡中，连续一周，我都是这种状态。阿里每天都守在我身边，一会儿用额头贴在我脸上，一会儿又去给我拿药端水。他有时候静静地躺在我跟前，把我的手拉过去让我抱着他。我说不出来话，他就那么安静地陪着我。女儿尚小，看我一天不理她，也就不来黏我，总是跟在奶奶身后转悠着。

身体里的争夺战在继续着。我看着身边的阿里，心里陷入另一种担忧，我的人生没有意义，他万一没了我，他的人生会怎么样？至少会是一种缺憾，会让他自卑，会在他需要我的时候缺席，这样一想，就觉得人生又是另一种煎熬，好像无论怎样都是难肠的，都是没有答案的。

其间，香梅嫂子进来看过我几次，每次都很担忧，她说："不行了去医院看看吧，你这么在家睡着怎么办？你是不是没钱，没钱我去给你拿。"

我摇摇头："我没事，嫂子，我得缓缓，缓着就好了。"

我的固执让香梅嫂子无可奈何，只能安顿我自己要注意着点。

又是一个早晨，我睁开疲惫的眼睛，阳光透过窗户晒在炕上，我的身边一左一右睡着阿里和女儿。树影被阳光照得斑驳，在两个孩子的脸上划过，我的心里突然有点感动，阳光真好。几乎就是一瞬间，我堵在心里的死结被这些阳光打通了，太阳就这么晒进了我的心里，我突然觉得我的一些想法好可笑，活着本身就是一件有意义的事情，我要追寻什么呢？读书也只是我自己的事情，我为什么需要被理解呢？还有我的孩子，他们就是我活着的意义，是我要生活得更好的目标。我突然笑了，把阿里拉进怀里，在他的额头上亲了亲，阿里睁开眼睛抱着我的脖子问："妈妈，你好了没？"

我点了点头，女儿也醒了，钻进我怀里让我抱，我把他们俩都搂进怀里，觉得我的全世界又回来了。

我一天天好了起来。有一天我去找香梅嫂子，希望她明天干活的时候把我喊上，香梅嫂子笑着说："你可算是活过来了，那两天脸就跟个吊死鬼一样。"

我笑着说："可不是，差点缓不过来了。"

香梅嫂子嗔怪着说："可不敢，你一辈子还长得很呢，要好好活。"

我点点头，心里觉得暖暖的。这几年，香梅嫂子既是邻居，又是亲人，她身上的吃苦耐劳、坚忍谦和一直是我仰视的品质，我一直在想，人的素质和读不读书没多大关系，看见香梅嫂子，就看见了作为人的所有美德。

枯燥重复的生活，仍然在继续，但我的内心已经是另一番境地。

我还是默默地看着电子书，只不过再也不像以前那样张扬了，我努力像个正常人一样，别人干活我干活，别人聊天我跟着聊天，我把所有的阅读都放到了地下，没人了，闲暇了再看。我也在慢慢适应这样的节奏，不为难自己，也不为难别人。

自从在菜棚上打工开始，女人们在家待着的就很少了，男人们在夏天的时候也成群结队地出去务工。红寺堡地理位置特殊，无论是去中宁，去同心，或者去吴忠都非常便利，这三个地方都是老县，有相对稳定的务工资源。出去的多了，大家打工的方向主要集中在建筑工地上，虽然活苦，但工资高。家里的两个人都开始挣钱了，无论多少，都是能让日子活泛起来的。

手里有了一些闲钱，人就会有更多的想法，看着当初盖得平踏踏的房子，越看越不顺眼，况且一遇上下雨天，房顶就开始漏雨。扒拉扒拉自己手里的钱，根据空缺再想想办法，即使欠点账也没关系，反正明年还会挣。这样一想，心里也就没什么负担了，那就盖房子吧。

这一次盖房子肯定不能再像第一次盖房子那么草率，泥肯定是不能用了，房顶当年的椽子越看越细，门窗也丑得不行，那就整个推倒，重新在地基上盖新房子，盖好房子。

当村道里第一座夹杂了钢筋混凝土的大瓦房盖起来时，其实是为所有邻居树立了一个标杆和梦想，那座房子就是今后几年的方向，也是脸面和能力的象征。

父亲把房子重新盖了的第二年，老支书路过红寺堡，专程过来看父亲，两个老连手坐在新房子里喝茶聊天。阳光从断桥铝合金的大窗户里照进来，白色的瓷砖，白色的墙面，新式的人造革大沙发，让屋子里的宽敞明亮更加显眼，老支书笑着说："老哥，没想到啊，你们搬到红寺堡这几年时间就发生了这么大的变化。"

父亲说："那还不是多亏了你当年让我们搬迁。"

老支书抿了一口茶说："我可没那么大的本事让你们搬迁。说到底，还是党的决策英明，你们也没想到，搬到这儿会过好吧？”

父亲点头：“那会儿上哪想去，来一看人就心乏了，在高干梁还有个电呢，这就一个干滩，啥都没有。最后我想，已经来了，再回去人笑话呢，那就咬着牙熬着吧，你还没见，那风大得连墙都能吹倒。当时可是跑了好一批人呢。慢慢地，地种上了，啥都理顺了的时候，也就习惯这个地方了，觉得挺好的。这不，就这么一天天地熬过来了。”

“国家的政策就像给咱们分了一块地，我们过日子就像在这块地里种庄稼，庄稼种得好坏取决于个人的能力，就像你，在这里坚守，在这里付出，最后收获的也就多。”老支书顺带着又给父亲讲起了政策，父亲光是个点头。

正说着大嫂端着饭进来了，再也不是过去的鸡蛋长面，而是一盘子鸡肉，紧跟着又端来了几盘炒菜和米饭。老支书笑：“你们这待客快赶上城里人了，这么丰盛啊。”

父亲说：“你是稀客，得招待好，不然回去还说红寺堡人不认人了，来来来，先吃，吃了再说。”

两个老连手一边吃饭，一边继续说着话，感慨多得说不完。老支书在我们巷道里被空前的礼遇，连有田的妈都宰了鸡排着队等着请老支书吃饭，还一个劲儿地对老支书说：“老哥啊，过去在高干梁对你多有不敬，你可多担待啊。那时候人穷，心也穷，好多事情看不来形势。现在也后悔得绊头呢。就像退耕粮，人家到现在都领补贴着呢，就我们把地白白扔了，荒了，后悔得很。”

老支书笑着安慰说：“也好着呢，你们就当给国家作了贡献了，你们在这儿过好了，有地方挣钱呢，也不在乎那一亩地二百块钱，像你这么会过日子的女人，在哪儿都好着呢。”

一番话说得有田的妈眉开眼笑，拉着老支书不撒手，一定要让先去她们家吃饭才行。

老支书走的那天，包包担担的一大堆行李，都是高干梁搬来的人给老支书送的东西，有油葵籽，有玉米面，有棚上买的辣椒和西红柿。早晨大哥开着三轮车送老支书去坐车的时候，大家都来送行。老支书一步三回头地走了，身后是站着送他的高干梁人。过往的不快和矛盾在这场相送中土崩瓦解，乃至在好几年里面，老支书说起来都在感叹："人还是要换个地方过活呢，除了生活好了，连思想都先进了。"

18

看电子书实在是一件让人讨厌的事情

地里的玉米一季又一季地长着，棚里的辣子一茬一茬地摘着，我们在地里和棚上来回穿梭着，日子也一天天地继续着。我们栽下去的杨树已经长得有碗口粗了，每年修剪下来的树枝也能烧一阵子锅。春天的风还在刮着，但没有过去那么大了，红寺堡在日子的重复中悄然发生着变化。

当盖房子成为一种风气时，大家的目标是盖房子，当骑摩托车成为一种时髦时，就一家买一辆摩托车，以前在高干梁不敢规划、不能规划的事情现在都一点点地在想、在做。牛养起来了，羊成了群，孩子们成群结队去念书，村庄越来越蓬勃。每到夜晚，远远看去，红寺堡镇上灯火通明，也渐渐有了城市的模样。

我还是在忙里偷闲地看着电子书，但越看越觉得枯燥。因为侄子看的都是网文，看得久了，就会觉得都是一个模式。我没有其他的渠道去获取我想看的书，所以也渐渐对电子书失去了热情。

二〇〇九年八月，外甥女来红寺堡看我们。我做了一桌子好吃的，把她和侄子喊来吃饭。吃完饭在一起闲聊，就说起来电子书的事情。外甥女说：“小姨，你费那个劲儿干啥，你开通个网络，想看啥书有啥书。”

网络我听过，但听说费钱得很，我就问：“那一个月得多少钱啊，听说贵得很。”

“没别人说得那么可怕，像你，如果想看书，一个月开一个五块钱的流量就够了。”外甥女已经用了好几年网络了，所以她知道。

“五块钱啊，那我还是负担得起的，就是我这个手机买了都快两年了，不知能不能上网。”我一听五块钱，一下子来了精神，但又担心起手机了。

“都可以的，只不过咱们这儿就把手机用来打电话了。”外甥女说。

“那你给我开开行不？”我有点不好意思地和外甥女说。

“行呢，小姨，就是今天开，但要下个月才能用，下个月就从你的话费里面多扣五块钱。”外甥女耐心地给我解释，我点头，她就打电话给客服开了一个五块钱的流量。

侄子闷头玩着手机，猛地想起啥似的说：“哎，姑姑，你开流量了，我给你个QQ号吧。”

“要QQ号干啥？”我不知道他说的这是个什么东西。

“你下个月能上网了就可以和我们聊天了，我们可以加好友，你看，我和我姐就是QQ好友，我们俩平时就这么说话。”侄子打开自己的手机耐心地给我教。

其实我就是反应慢一点，但我学东西还是没问题的，侄子给我一说我就知道怎么操作了。他把QQ号和密码给我抄到本子上，让我在九月一日的时候自己登录上去，哪里不会了再给他打电话问。

我对新的事物总是充满着期待，自从外甥女说网上可以看书，我就天天盼着九月一日，仔细一算，八月还有三十一日，顿时就觉得日子漫长。

九月一日早晨起来，就收到了移动公司的短信，说我的流量可以用了。我趁着没起床，赶紧打开网络试了一下，果然，这是一个全新的世界，书城里的书丰富得让我咋舌。我试着登录了QQ，但并不是特别熟悉，就先放下了。然后赶紧起床准备去棚上干活。

怎么说上网的这种感觉呢？就好像你一直都与世隔绝，突然有一天你离开了你生活的地方，进入到了一个全新的世界，这里所有的东西你都没见过，所有的东西都要你重新认识、重新学习、重新接受。我倒是不着急，但我似乎又陷入到以前读书的状态里去了，因为我没有多的时间去适应这种全新的生活，我只能在生活的间隙里用能抓住的所有时间来学习这些新东西。

我又在别人眼里开始“不正常”起来。香梅嫂子问：“你最近怎么又开始神神道道的了？”

我尴尬地笑笑：“嫂子，学着上网呢，好多东西不会。”

“你捣鼓的东西我们都不会，也帮不上你，不过你可别为这些事情再挨骂了。”嫂子善意地提醒我。

“我会注意的嫂子。”对于香梅嫂子的话，我还是听的。

我再也不看电视了，晚上忙完就看书，也捣鼓着QQ，研究怎么加好友，怎么聊天。

又是一个新年，春天又很快过去，我在QQ上看到，有个QQ空间，我加到的网友写一些短句子在上面，我就非常好奇人家是怎么写上去的，尝试了几次之后，我就发现，它只能写一百二十个字，多了就发不出去。我就尝试着写了几句：“红寺堡五月的街上飘着槐花的香味，季节已经到了初夏，这片土地上才有了一丝绿意。”

点了发表，果然发出去了，这让我很兴奋。QQ居然有这么好的一个功能。而在之后的尝试中，我加好友之前都是先看看对方的QQ空间，写得好我才加，不写或者写得不好的我就不加。除了看书，看QQ空间的说说成了我的另一个爱好。然后我发现，再长一点的文字可以发日志。我就一点点看着，一点点学着，偶尔自己也写几句发上去。

有一天，一个叫红尘暮的网友和我聊天，他的空间大多是自己写的古体诗。初看这个网名，我以为是一个中年人了，但聊了一阵子知道，人家就是一个十八岁的少年。我被自己先入为主的思想弄得脸红了一下，少年发来一个龇牙的表情。他说自己是校园文学社骨干，他们一帮同学学习之余就学着怎么写文章。我说真羡慕你们青春年少，可以在校园里学习。他笑着说：“姐，你也可以啊，我看了你的空间，你的文字意境很美，好好写也不错的。”

少年的话让我自惭形秽，我回复他说：“我就一个农村妇女，我写这些东西有什么用，我总不能一只手拿着锄头，一只手拿着纸和笔吧？再说，我也没有纸和笔。”

少年说：“不用纸和笔啊，你就在QQ空间写就行了，想起来就写几句，忙了就不写，多简单。”我呆了几秒，不知道怎么来回复这句话。少年说的确实是一种办法，但我仍然没想明白，我一个种地的女人，写文字干吗？但我又不好意思直接拒绝。想了想，就回复了一句：“行呢，我试试。”

一句话说出来了，就不好再敷衍，可QQ空间也是有很多人看着的，我应该写点啥呢？这也让我很为难，我总不能写生活里的辛苦和劳累吧，母亲从小教育我们，生活都是苦一阵子，好一阵子，人要含蓄地活着，不能总是抱怨。那除了生活我还能写点啥呢，这个问题让我苦恼。

但其实眼前的苦恼都是暂时的，当我在干活的路上看见盛开的桃花、杏花，看见成群的野鸽子从天空飞过，看见苜蓿开花，看见土地变绿时，我的心里就会充满感动和惊奇，几句话也就出来了。

写字是一个奇妙的过程，当你把一个个字排列起来把你的意思表达清楚的时候，喜悦也会从心底流出来。我的网友渐渐地多了起来，我们不聊天，但是会在空间相互留言。我写一阵大风，写鹰在天空组队翱翔，写流浪狗，写我的牛羊、我的儿女、我的庄稼、我一起干活的姐妹们……直到有一天，一个网友评论说："溪风，从你的笔下，我看到了不一样的风土人情。"

生活的车轮在向前的时候，大部分人都只是在被动地跟着，被裹挟着向前，其实很多人根本不知道自己想要什么，自己的目标是什么。我也是一样的，很多年前，我向往着诗和远方，当诗和远方渐行渐远的时候，我也只好向生活妥协，只看到眼前的大地，心便如同一汪死水。那我现在写些文字，我也不知道我为什么要写，我写了有什么用，我看不到文字的价值，也看不到自己的意义。我只是拿它来替换我的诗和远方。

如果以前的生活是一眼可以看到头的话，那现在，是网络在这生活中激起了浪花，我的心开始活泛起来，虽然我的人不能离开这片土地，但网络这片神奇的沃土已经让我的心遨游九天之外了。我心想，去不了远方就去不了吧，至少，我的生活已经成为文字；至少，我在很多年之后还能找到这些记忆。

看电子书实在是一件让人讨厌的事情。每次去母亲家，我都有点坐卧不安，生怕因为手机又让母亲雷霆大怒。这么多年，因为看书这件事情被人说，给我留下了深刻的心理阴影。我是个心重的人，在骨子里不愿意有人说我，但看书这个事情，又常常让我身不由己。

有一次晚上走在去母亲家的路上，我只顾着看手机上的电子书，一不小心就撞到了邻居盖房子剩的一点砖头上，顿时就跌了出去，手掌擦在路上，手腕被碎砖头割了几个血口子，膝盖也破了。幸好晚上没人，我赶紧忍痛爬起来，拍打了一下身上的土，又借着手机的光看了一下手腕，觉得没事才继续走。到了母亲家里，大嫂看见我手腕上的伤问我："你手腕咋了？"

我笑着说："刚才路黑，没看见，从一堆砖头上上去了，摔了。"

大嫂说："你看你吓人不。要是摔得伤了骨头可咋办？"

我笑了笑，反正我从小就笨手笨脚，这样的遭遇也不是一次两次，幸好每次都有惊无险地过去了。但我的谎言骗得了大嫂，却瞒不过母亲，母亲不满地瞪了我一眼："你走路再不要看你那个烂手机了，当年走路看书的毛病谁不知道。"

我继续笑，啥也不说，反正就这么个事情了，说不说的就让它过去吧，也可能就是我自己没有做好，所以才一次次地被母亲说。

每年春天地种上之后，男人们就组队外出去工地，差不多每个男人都有一项自己的技能，或者是瓦工，或者是钢筋工，或者是木工，再不济也是一个出色的小工。这些技能都是大家搬迁之后学的，高干梁的这些男人差不多可以组一个建筑队了。男人们一走，村庄就属于女人、老人和孩子。女人除了种地，就是喂牛羊，伺候老人孩子，再就是去菜棚挣个零花钱。可别小看这些小钱，管家是足够了，这样一来，男人一年挣的钱就落下了。所以每一年，我们的村庄都在发生着变化。房子盖得越来越洋气，院子收拾得越来越齐整，女人、娃娃的穿戴也越来越新。

父亲逐渐老了，在他七十岁的时候，他在红寺堡盖起了两院房子，家里的摩托车、三轮车、犁地的车、上化肥的机子以及各种农具家具一应俱全，谁家来借用，父亲都是来者不拒。这让父亲在村里积累了极高的威望，谁家有个什么事情都请父亲去主事。平时家里的人也是络绎不绝，不是来请父亲帮忙，就是来请他说和矛盾。只要家里来人，父亲就客客气气地给人家泡茶，然后就客客气气地陪着、聊着，一点都没有厌烦的意思。当年在高干梁我们家来的多是亲戚，现在在红寺堡，我们家来的不只是亲戚，还有各种各样的人。或许在红寺堡这片土地上，父亲才真正找到了自己的价值。

在他的张罗之下，三哥也搬迁到了红寺堡，父亲又看着给三哥盖了房子，安顿着在红寺堡落了户。而二哥在芦草洼已经买了小轿车，在工厂上班，现在的日子是我们姊妹几个里面过得最好的。当年的离开，其实都是为了寻找出路，只不过二哥比我们早出来了几年。

年岁不饶人，父亲本来就有陈旧性心肌梗死，七十岁以后，身体逐渐就又不好了起来，去一次医院，医生就安顿一次，不让操心，不让情绪激动，但父亲一辈子都是个操心的命，说了也是白说，以至于每隔一段时间就要往返于家和医院。幸好当时农村医疗保险已经开始实施，医疗费尚在报销之内，所以倒也没有多大的负担。只是一次次去医院，本身就是一件让人煎熬的事情。

这样的煎熬持续着，银川、吴忠、红寺堡的医院都住过了。有好几次，医院都下了病危通知书，但最终都是有惊无险。二〇一三年的夏天，父亲难得好几个月都没有发病，侄子恰好从西宁回来，就带父亲去镇上转街，一去就看见人家在街边热热闹闹地卖电动三轮车。父亲站着看了一会儿，就和侄子说："咱们也买一个吧，我老了，走不动路了，买上了在村里骑。"

侄子一听父亲想买，二话没说就买了一辆，爷孙俩回到家里的时候，母亲就问车车咋回事，侄子就说给父亲买的。母亲当即就发了脾气："你爷老糊涂了，你也糊涂了，这么大的年纪了，一辈子没碰过车，你给买个车车，我看你是想要你爷的老命。"

侄子不说话，和父亲就是个笑，气得母亲甩上又去骂大哥，说大哥不管侄子，由着孩子胡闹。大哥也不敢言语，私下问侄子："你爷要你就给买啊，真是，害得你奶奶骂。"

侄子说："我爷都七十多岁的人了，要啥你就给买就行了。人老了，难得说自己要啥，没事，那个车车好骑得很，电不比汽油，没那么高的速度。"

起初是父亲想出去就让侄子开着，过了一段时间，侄子走了，临走拉着父亲突击学了一下，侄子走后父亲就自己开了，吓得母亲和家里人都胆战心惊的。但就是这么神奇，一辈子不碰机械的父亲，在他生命的最后一段时间学会了骑电动三轮车，又让村里的老连手们羡慕了一把，这个老头子，一辈子都走在人前头。

学会了骑车车的父亲变得爱出门了，一会儿去地里，一会儿去隔壁的村子赶集，一会儿又去罗山脚下看人家拔萝卜。甚至，连母亲也被蛊惑着坐上车车跟着父亲到处逛。再后来，连侄子的孩子都被“拐到”车车上去了。父亲每天最操心的一件事情就是回家喊着让母亲给车车充电，以便第二天可以骑得随心所欲。那可能是父亲这辈子最舒心的一段时光吧，想去哪里就去哪里，因为车车掌握在自己手里。

美好总是短暂的，秋冬交替之际，父亲的病情再度恶化，车车也闲置了起来，被母亲拿着床单苫起来了。经历了漫长的半个月住院治疗之后，父亲回家时，屋子里的炉子都生起来了，父亲抱着重孙女，一家人围坐在一起聊天。

本以为这种天伦之乐可以多延续一些时日，但就在第二天，一家人吃完饭，父亲安顿着让大哥他们都去忙活，然后自己进屋休息去了。母亲领着重孙女在屋子外面，大哥活干到一半给父亲打电话，手机一直没人接，大哥就让侄子回来看看。等侄子回来再喊父亲时，父亲早已安逝多时，表情安详宁静。

父亲就这样走了，活着的时候一辈子好强，自己折腾着各种事情，连去世也是如此干脆利落，不麻烦任何人。如果再给他二十年时间，他会在这片土地做出什么让人刮目相看的事情呢？可惜这一切只是我的臆想，父亲最终还是回归了尘土，回归了他中意的地方。

我尽量不去表达我的悲伤，我只是替父亲怀才不遇感到伤感。自他去世之后，母亲领上了养老金，有了低保，我们有了粮食补贴，牛羊的养殖、棚圈的建造都有补助，我们的生活质量也一下子比早几年好了起来。可惜这些福利父亲都没有享受上。

父亲去世，我的生活也出现了一些变故，天明在一段时间里老喊着胯骨疼，一度严重到要先把疼的那条腿搬到炕上，然后才能上炕。

我怀疑他得了股骨头坏死，就催促他去医院看。到医院一检查，大夫说，是强直性脊柱炎。医学上称这种病是不死的癌症，除了控制，不可能根除，以后可能都要打针吃药，而且不能再干重体力活。

天明看着我，一脸沮丧，这意味着，我们赖以生活的，他的瓦工技术他没办法再干了。我也沮丧了一阵子，然后笑着说："不要紧，大夫都是说的最坏的结果，但一些事情不会那么坏的。"

天明还是不说话，或许他觉得我说得太轻巧了，但一个时期，我们的生活肯定不会太宽裕。或许这就是生活，总是会有意外发生，总是考验人的忍耐力和应对力。

天明出院时胯骨的疼痛被控制住了，他看着情绪也好一点了，回去就是一个漫长的休养期，我只能更加频繁地去棚上。日子总是要继续的，没有指望的时候，自己就是自己最大的指望。香梅嫂子劝我："你也别太吃力了，不行了再贷款买两头牛，你们家那个干不了重活，就让在家养牛吧，好歹也是个出路。"

我觉得香梅嫂子说得对，回去就和天明商量这个事情，他也同意，第二天就跑到信用社联系贷款。我们到红寺堡之后，为了鼓励大家尽快发展生产生活，这边的贷款手续简化了太多，天明跑了一周之后就把贷款办下来了——两万块钱。他又买了两头母牛回来，我们的生活又进入了另一种轨道。总之，只要人勤快，日子总是过得去的。

而我自己在几年QQ空间的书写中，也有了一批高质量的网友，他们欣赏并肯定了我的文字，给了我莫大的鼓励和支持，并且带着我开阔了眼界，增长了知识。我无法一一来列举这些从未谋面的朋友，但他们为我带来的精神财富是一辈子的。

二○一四年春天，我在网上认识了明月姐姐，因为她QQ空间写的解析《红楼梦》的一些文字深深地吸引了我，我就撵着加她，通过之后，我简单和她聊天问候。

明月姐姐问我："你的文字挺好的，但为什么总是写说说，不写一点日志呢？”

我回复：“没流量，而且，我就是一个种地的农村妇女，我写日志有什么用？”

是的，我写了四年之后，我仍然不清楚我写这些字的意义是什么，我只是当作我枯燥生活中的一种精神寄托而已。

明月姐姐回复说：“流量不是问题，有没有用也不是问题，问题是，你的心里到底想不想写，这才是根本。”

我陷入沉思，我确实是想写的，只是我确实只有三十兆流量，我和移动公司斗智斗勇，一天掐在一兆流量内，但每到月底的那两天，我就没有流量了。而再买一点，就要十几块钱，我一个月挣不到一千块钱，我还要养家糊口，我不愿意把钱多花在这些虚无的事情上。

明月姐姐进一步鼓励我：“不要去想做某件事的具体意义是什么，书写是你想表达的东西，你写出来本身就是意义。”

我承认，我是个容易被蛊惑的人，但明月姐姐说这是悟性。第一次被人用这么肯定的话语来夸奖，我有点受宠若惊，回了一个害羞的表情。从此，远方有了一份牵挂和惦念。我和明月姐姐约定，等我有能力的时候，我们一定要去携手看江南的春天。

二〇一四年是我人生中的一个分水岭：我在明月姐姐的鼓励支持之下，在打工种地之余，用手机写了十几万字的说说和日志。我从来不敢妄言自己在写文章，我一直说自己在写字。

二〇一四年八月份，我被一个网友拉进了《银川日报》群里，在这里邂逅了祁国平老师，他是中国工业报驻宁夏站的记者。当我们成为网友时，他不止一次和我说，你好好写，马金莲当时和你的境遇一模一样，人家现在都是知名的作家了。

我傻傻地问，马金莲是谁？在宁夏，我当时知道的作家只有张贤亮、石舒清和郭文斌。千篇一律的生活和封闭环境让我犹如井底之蛙。祁国平老师笑着说，你可以在网上搜一下马金莲的简介。我去搜了一下，让我觉得遥远得高不可攀，她已经出了那么多的作品，得了那么多的奖。我觉得祁国平老师在开玩笑，人家这样的才是作家，我拿什么成为一个作家？

觉得遥远就不再想象，我只是怕辜负明月姐姐的鼓励和支持，于是还是有时间就写点，其他的也不再在意。这两年，周边的葡萄园、育苗基地都可以打工，我们的选择愈发多了起来，往往是哪里开的工钱高就跑哪里，对我而言，赚钱养家是我的第一要务。

十月的一天，我们正在葡萄地里剪葡萄，这里已经建成了红寺堡最大的酿酒葡萄基地，一眼望过去，紫色的葡萄成串成串地依次挂着。红寺堡镇特殊的地理环境堪比法国波尔多，产出的酿酒葡萄品质极高，已经被国家命名为中国葡萄酒第一镇，所以这两年我们在这边打工的时间多，一天可以赚八十块钱。

正在干活的间隙，祁国平老师突然打电话给我，让我把QQ空间我认为好的日志给他几篇，他要帮我投稿。接了个电话的间隙，我的搭档已经走在了我前面，老板在旁边伸着脖子朝这边看着。我说我干活呢老师，这样子，我把QQ密码给您，您去看，看上哪篇就投哪篇。给了密码，匆忙挂了电话，我就已经没时间去想这件事情。

十一月的一天，我还在葡萄基地里干活，一个座机电话打给我："是马慧娟吗？我是《黄河文学》的散文编辑，我们要编发你的一组散文，想问你署名是溪风还是马慧娟？"

那会儿，我怕别人知道我写字，所以就说，署名溪风吧。这是侄子给我QQ号时的QQ昵称，我一直喜欢这个网名，就再也没改过。我们的打工节奏是不给我们思考的时间的，所以这件事情我也没有多想。直到下午收工回家，我才想起这档子事情，就忐忑地问我甘肃的一个网友，说："《黄河文学》今天打电话说要发我的稿子，您说会不会发？"

网友也是多年的写作者，对发稿这一块比较熟悉，他回复我说：

“一般情况下编辑打电话就是要发了，耐心等着吧。”

我追问一句：“那二般情况下呢？”

网友龇牙，说：“二般情况下就要等目录出来才知道发没发。”这句话像一个魔咒，瞬间把我的心打乱了，我好半天没有回过神。难道说我那些粗浅的文字要变成铅字了？这是一件多么吓人的事情。我在一种深深地自我怀疑和自我否定中睡着了，满眼都是我写的文字，又乱又慌。

一年快结束的时候，《黄河文学》的目录终于出来了——这是一期草根文学专刊，我的四篇短文合并成《我们苦中作乐的生活》出现在目录里，署名溪风。

看着目录我发了很长时间的呆，这是一件让人不可思议的事情，我的文字就这样发表了。当我把目录发到QQ空间的时候，我的网友们都高兴坏了，我就像他们栽种在泥土的一颗种子，现在，这颗种子发芽了。我被这种欣喜包裹了很久，但当我拿到样刊翻看我的文字时，这种欣喜就没有了，因为我觉得，这些发表的文章里，我的写得最差。失落了一阵子，我又鼓励自己，不要紧，下一次一定拿写得好的文章去投稿。

五年的时间里，很多个日日夜夜，写字在很大程度上是为了给自己的心寻找一条出路，当这种出路变成另外一种出路时，又从另外一个层面上成了一种自我肯定和自我修复，我不再那么迷茫、怀疑，我不再对自己苛刻，我默默地鼓励自己，和自己对话，希望自己每一天都变得好一点。

这篇文章给我带来了九百三十元稿费，当我把这件事情告诉天明的时候，他并没有多少欣喜，只是淡淡地说：“也不多嘛。还不如干点别的。”

我笑了笑，再没有多说，这些钱确实不多，是我一个月打工的收入，但这背后的故事是他看不见和不知道的。我把样刊收起来，抽空给明月姐姐寄了一本，我一直觉得，是因为她才有了这些文字。

我拿了一本样刊去找母亲，我想给她看看，毕竟，她当年也是读书人。父亲去世之后，母亲的听力急速衰退，我说了半天她才听明白。拿着我翻开的那一页就去找老花镜，戴上之后问我："溪风是谁？"

"是我的笔名，发表用的。"我大声解释。

"还溪风，咋不叫东风？"母亲撇嘴，但眼里明显带着笑意。她坐在父亲生前常坐的单人沙发上慢慢地看着，阳光透过玻璃照在她的身上，屋子里暖洋洋的。父亲去世以后，小姨对我们说："你父亲去世了，你们就把你妈照顾好，你妈当年不顾家里的反对嫁给你父亲，一辈子也没享多少福，现在你父亲去世了，你们要是谁对你妈不好，我们姊妹是不会答应的。"

其实不用小姨安顿，我们又有什么资格对母亲不好呢？她的一辈子都像标杆，既要求着自己，又约束着我们。

母亲看了好一阵子才把杂志放下，对我说："写得还凑合。但不能为这些事情耽搁过日子，知道不？"

对于一辈子含蓄的母亲来说，能把话说得这么肯定已经是破例了，我连忙点头。

我的日子仍然是种地，出去打工，回家喂牛羊，做饭管孩子。写字永远排在这些事情之后。但是没关系，我还是一点点写着，一天写一点，有时候可能也就只能写一两百字。

二〇一五年年初，《黄河文学》的编辑老师再次向我约稿，要一个八千字的散文。这对我来说并不是一件容易的事情，因为我手里根本没有八千字的散文，我又不想把我写的那些片段发过去，仔细想了想，我用了半个月时间写了《被风吹过的夏天》和《乡愁》，两篇一共八千多字，想着编辑老师看上哪个发哪个。但是目录一出来，两篇都发表了，这给了我莫大的鼓励和自信。

但就在这时，我刚用了七个月的手机黑屏了。这是我用打工一个月的工钱买的，已经是我的第六个手机了。我看着再也活不过来的手机无可奈何，天明说："看你再按不，多好的手机都要被你按坏，你数数，你这几年用坏了多少手机？人家一个手机用两年，你用七个月。"

我不作声，心里翻着白眼：这也只能说明手机质量不好，并不是我按坏了。但我没手机用却成了事实，咋办呢？正好，我又拿到了《黄河文学》九百八十元稿费，我就动了花这笔钱的心思。鉴于前几次的经验，我这次就想买一个好一点的手机。数了数兜里的私房钱，还有六百，我心里打定主意，这次就拿出一千五来买手机。我的想法遭到了天明的反对："手机也和衣服一样，就是一茬一茬的，你买那么好的手机干啥？再按坏了又要买。"

我笑："不是还有你呢么，再坏了我找你要啊。"天明赌气："我才不管呢，不要找我。"

好吧，不管是最好的，我就去，真的花了一千四百八买了个手机回来了，天明气得看都不看我和手机一眼，我就偷着乐。或许，我这样固执又死犟的女人在他看来就是不想好好过日子，他也是气得没办法了。

气归气吧，日子还是得继续，除了买手机这件事情我没有听天明的，其他的我也说得过去，他也只能妥协。

很快，到了八月，《朔方》的曹海英老师联系了我，希望我给《朔方》杂志投稿。一切就像做梦一样，想我有一次去镇上，街边的报刊亭里摆着一份《朔方》杂志，我看得爱不释手，问老板多少钱，老板说："你识字吗？买它干啥？"

这句话问得我有点无言以对，我仍然问多少钱。老板奇怪地看着我，说："八块。"

我二话没说买上就走了，至今记得那个老板诧异的眼神。没想到时隔几年，我居然要给《朔方》投稿。恰好手里有两篇，就都给了曹海英老师。那年的第十期，我的散文第一次发表在《朔方》，石舒清老师还写了几句评语。拿到样刊，心里说不出的感动，或许，只有文字才有这么大的魅力，才能让我一次次地重新定义自己。

此后的生活，仍然是重复着前一天、前一年的，但一次次的书写让我一直努力向前走着。不对抗现在的生活，不放弃对远方的向往，我知道，即使我去不了远方，但我的心一直在路上。

19

西北女人一直都很倔强

每年的三月是我的生日，每年的三月我都要为我的生日伤感一回。

母亲是个注重仪式感的人，在我们小时候，哪怕是煮一个鸡蛋，也要给我和二姐过一个生日。自从结婚以后，我再也没有过过生日，而母亲的记性会出奇地好，她总在三月的那天提醒我一句，今天是你的生日。

敏感如我，我就瞬间觉得尴尬，因为很多个三月，我都是奔忙在春天的风里，不是打工，就是在地里。等我回家，除了灰头土脸，还有无穷无尽的疲惫。生日，是在生活中最可以被忽略的，为什么母亲总要记住呢？我不懂，也没办法懂，每次母亲提及，我都觉得母亲是在嫌弃我过得不好。

二〇一六年的三月也是一样，我在一个建筑工地上干小工，一天一百块钱，多挣钱是我多年的追求。正干活呢，我接到了红寺堡区委宣传部的电话，问我在家不，我说在。宣传部的人说新华社的记者要来采访我，问明天行不行。我说行。但我心里满是嘀咕，不知道要采访啥嘛，甚至，好几年不看电视，我连新华社都不知道是哪一级的采访单位。

倒是在二〇一五年的时候，《宁夏日报》有过一篇我的报道，说的就是我几年用手机写了多少文字，还发表了之类的。只是过了就过了，我早忘了这件事情。

宣传部的人带着一车人找到了我干活的工地。他们除了和我聊天，还让我拿手机写一会儿说说。然后，让我不要管他们，该干啥干啥。可我们好歹都是有待客礼数的人，怎么能把人家丢下不管。我老板大手一挥："你下午不要来了，好好招呼人家，工钱照旧给你算上。"

我也没想到还有这样的好事，就专心配合采访，这场采访一直进行了一天半，我第一次在一种平视的眼神里聊着我这些年的坚持，我为什么要去书写。因为拘谨和不善言谈，我的表达可能并不是那么流畅，但新华社的老师还是耐心、认真地听着，并和我探讨着。

拍摄结束，送走了记者老师。我又忙着去干活。我们老板说："你怕是要出名了吧？"

我不以为然地笑："出啥名嘛，就是个采访。"

"那可不一定，你看那阵仗，那么多摄像机……"老板毕竟见过世面。

我还是笑，不肯相信老板的判断，出名这件事情，和咱们有什么关系呢。我能看到的，只是我眼前可以抓住的生活。

我没有想到，我的老板真说对了，新华社的报道一出来，就有人给我打电话，说很佩服我的坚持，也有人加我QQ。我一瞬间慌乱了起来，不知道该怎么应对。对于我而言，我只是在顺着生活的轨迹生活而已，是移民搬迁让我走出了大山，是网络给了我平台，是我的网友引导着我向前走着。我能想到的，仅此而已，所以我很惶恐，我找明月姐姐，找我师长一样的网友，他们说："既来之，则安之。"

很快，新华社的报道引起了宁夏文联的重视，文联的老师和作协的老师随后赶来我们家，为我送来了一台电脑和一些文学书籍，鼓励我坚持写下去，写出更多更好的作品。还问我有没有意向去鲁迅文学院少数民族班学习，如果有，他们会为我联系，帮助我报名。我说能不能等到冬天再去，夏天，我还要干活呢。老师们说，可以的。这些话让我的心里充满了期待，是不是到了冬天，我就能去看看外面的世界了？想到能继续去学习，心里就满是欢喜，仿佛十六岁的遗憾即将要得到弥补。

红寺堡难得在三月下雨，就这样一个本该休息的日子，我却扛着铁锹在雨里忙着给邻居帮忙。这雨也是让人心头郁闷，说是雨吧，其实更像雾水，迷迷蒙蒙，黏黏糊糊，头顶一片压抑，脚下潮湿阴冷，主人家没有要歇的意思，我们也只好跟着干活。又一个电话打来了——北京的。我接上之后，一个小姑娘问：“您是马慧娟老师吗？”

我说是，姑娘又说：“我是咱们北京卫视《我是演说家》的编导，我们演说家第三季正在招募选手，我们想请您参加，不知道您有没有意向？”

那几年，《超级女声》《快乐男声》《超级演说家》等真人秀栏目在各个卫视层出不穷，我的第一反应就是个真人秀栏目。想我一个话都说不利索的人，去了干啥，然后我一走，家里这几个人吃饭怎么办，牛羊怎么办，还要耽搁活。想到这，我就给姑娘说：“我去不了，家里走不开。”

我听见姑娘在电话里扑哧一声笑了：“马老师，我们节目还是非常有名和正规的，您先别忙着拒绝我，您在网上了解一下，然后我再给您打电话。就先不打搅您了。”

挂了电话，我拄着铁锹把在牛毛细雨里发呆，这件事情完全超出了我的认知范畴，我应该和谁说呢？收工回家之后，我和天明试探着说了一下这个事情，他一脸的不可思议："咋可能？人家超级演说家之前找的都是明星大腕演讲，找你去干吗？你一个话都说不利落的人……你小心让人把你骗了。"

我又一次在心里翻着白眼，我说话说不利落是大家一直都不愿意慢慢听我说，只要没人给我压力我还是能说清楚的。我是想找人商量到底要不要去参加这个节目，而不是找人打击我。见我不说话，天明也没心思理我，因为我一旦接不上话我就不知道说什么，时间久了，我们就各自沉默。

我在QQ上和明月姐姐说了这件事情，她很开心，她说："你不要想那么多，你这么多年不是都期望去远方看看吗？你就当你出了一趟远门，我们认识这几年我们也没见过你，你就去站在那个舞台上让我们看看你就行了。"

我一直觉得，明月姐姐像是我生命中的一盏明灯，总是指引、照耀着我向前走去。等电话再打来的时候，我同意了，但我还是说，一旦出现变故，我没办法参加的话就不要勉强我，因为我不确定天明会不会同意我去。

三月在我的惶恐和犹豫中过去了，北京卫视的小编导隔三岔五联系我一遍，又是让我发一段语音试声音，又是让我写演讲稿。我总想着要去演讲，所以就说了普通话。小编导非常满意，一个劲地鼓动我："姐，你没有问题的，加油！"

常说酒能壮胆，而我现在知道，鼓励也能壮胆。我对着镜子一遍遍地用普通话背着稿子，就因为明月姐姐说："你就站在台上，让我们看你一眼。"那我总得把自己最好的一面给她看吧。

在四月底的时候，红寺堡宣传部又打来电话，说宁夏人民出版社的老师要来我家。原来出版社在世界读书日的时候要来红寺堡做读书活动，宣传部推荐了我。他们也看到了关于我的报道，来的目的就是看我手头的稿子能不能出一本书，他们有给我出版的意向。我简单地统计了一下稿子，能收进书里的差不多有二十万字，出版社的编辑说够一本书了，让我整理之后发给他就行了。

一件又一件的事情接踵而至，每一件都让我猝不及防，但每一件都足以在我的生活里炸出一个大水花。三月到六月对我来说都是在煎熬和纠结中度过的，我一边整理着书稿，一边忙活着演讲稿的事情，有时候真想让北京卫视放弃我。离节目录制的时间越近，我就越觉得无所适从，因为我不知道怎么去说服天明。

终于有一天，小编导告诉我录制时间定下来了，得给我订机票了。我突然想，我能不能把天明也带上，这样他是不是就能同意我去了？我问小编导："我能不能带上我先生，因为我从来没有出过远门，我一个人心里没底。"

小编导说需要请示一下台里再回复我。过了一会儿，她回复我——台里同意了，让我把两个人的身份证号都发过去，给我们俩订机票。我这才和天明继续说这个事情，天明一听就反问我："我俩都走了，牛羊咋办？老人孩子咋办？"

我说："我们就去一周，又不是不回来了，让亲戚们帮忙照看一下。再说，咱们也没出过远门，就当出去浪了一趟北京。"

"你说得轻松。"天明说着，但口气已经没那么坚决了。

我继续劝说他："你也别担心钱的事情，来回机票和吃住人家都管着呢，我这边也刚好领了一千多块钱稿费，够咱俩花销，就别再推辞了，走吧！"

最后，天明总算是点头同意了，他把身份证给了我，我赶紧把号码发过去让订机票。我去母亲那里，踌躇着说了这件事情。确定我没有说梦话，母亲吓了一跳："啥，你要去北京？还要坐飞机去？"

我使劲点头，一再说就是真的，而且是和天明一起去。母亲还是难以置信地说："没想到，你一个从小骑驴的女子，现在要坐飞机去北京了。"

我笑了笑，心里有点难过，如果父亲还在，不知道会高兴成什么样子。去北京是我们所有人心里的梦想。记得小时候我们县出了一个全国人大代表，说是要去北京开会，父亲回来后当稀罕一样给我们讲："哎呀呀，人家要去北京开会，那是多了不得的事情，这一辈子能去北京的人，都是有大能耐的人。"

我们当时问父亲："北京在哪儿，为什么要去北京？"

父亲说："北京啊，北京远得很，那可是咱们的首都，咱们干啥都要跟着北京干。"

其实现在想来，父亲也不知道北京在哪儿，北京到底意味着什么，只不过，北京是他心里遥远的一个念想，他觉得能去北京的人都是人中龙凤。

只是我现在要去北京了，父亲却不能跟着我一起高兴。

母亲掏出一百块钱给我，也让大哥给了我一百块钱。她说："你要去北京了，这点钱你带上出门买吃喝。去北京呢，不比其他地方。"

我不要，母亲强势地让我拿着。其实我知道，这是一种礼遇，只有有出息的人出远门大家才会给钱，表示对你的支持和认可。她心里是骄傲的，觉得我终于扬眉吐气了。

行程定了之后，我们就准备走的事情。好不容易出个门，总要添置一两身衣服。刚好大姐来了，她带着我和天明每人买了一身。大姐也很高兴，又给我塞了一百块钱。

走北京之前，我已经把书稿交给出版社了。明月姐姐曾经说："溪风，你将来要出书的话书名就叫《溪风絮语》吧。"所以我问编辑，我的书名能不能叫《溪风絮语》？编辑老师说可以啊，你的书你说了算。安顿完这件事情，我就一心一意地准备去《我是演说家》栏目录制节目，就像明月姐姐说的，既来之，则安之。

出门的那一天，红寺堡的天气很好，天蓝，树绿，巷道里的蜀葵花开得正艳。女儿跟在我的身边送我，她像一只欢快的小麻雀，把自己兜里的两块钱掏出来给我，让我回来的时候记得给她买好吃的。

相比大家的为我开心，我更多的是忐忑不安。第一次出远门，第一次面对太多的未知，第一次面对那么多的人，对我而言都是一种压力。车子启动，红寺堡在我身后越来越远。看着车窗外陌生的景，我的心也跟着车子晃动起来。

我们早早地到达机场，早早地取了登机牌过了安检，耐心地等着登机。好不容易快到时间了，却又通知因为北京下暴雨，本次航班取消了。我给北京的小编导打电话，她说这种情况时有发生，让我不要着急，她再看看其他航班。一会儿又打电话来让我转机飞青岛，然后乘高铁去北京。

这对我来说太复杂了，我说我可能操作不了。小编导只好再想办法。后来只能让我们赶紧奔火车站，坐火车去北京。眼看着飞机就在眼前却坐不了，我们只能奔向火车站。天明有点烦躁，我安慰他，出门就这样，各种折腾。

来到火车站，买了车票，这会儿来只剩硬座了。又是一番等待，直到上了火车，我才松了一口气。幸亏是和天明一起，不然我不知道一个人应该怎么办。

火车上的夜晚是漫长的，我没有一丝睡意。车厢里的人有的在自己的座位上寻找着舒服一点的姿势想睡一会儿，有的因为烦躁来回地在过道走动，有的人不停地去抽烟，有的人去泡方便面……我拿着我的稿子一遍遍地背着，我不擅长说话，只能靠这种笨办法。

天亮了，火车依旧在奔跑，窗外是完全陌生的风景。或是戈壁，或是平原，或是丘陵，北京已经越来越近了。天明也不打盹了，坐起来看着车窗外的景。

到北京站已经是下午一点多了，小编导让同事在火车站外等着我俩。今天已经开始彩排了，我的时间非常紧张。当时小编导让我选择战队的时候，出于对鲁豫老师的仰慕，我选了鲁豫战队。而今天鲁豫老师已经入驻现场，那边的彩排已经开始，只等我去。

录制现场在顺义，坐车又是一个多小时，其实已经到了顺义的郊区。在一个大院子里，贴着《我是演说家》第三季的海报。我们刚把行李放到房间，就被小编导领到了彩排现场。说这个姑娘是小编导是有原因的，因为她才二十二岁，刚刚大学毕业，还没我大侄子大。

舞台被搭建在一个钢结构房子里，一抬头，就能看见密密麻麻的灯头布满整个屋顶，足足有一两百盏吧。我远远地看见了鲁豫老师，她正被一群人围着，侧脸看上去很清瘦，没有化妆，不是电视上看见的那个样子。台上一个小伙子在演讲，但我顾不上听他说什么，我也不知道我应该干什么，就在旁边站着。小伙子说完，小编导说让我上台去走台。我站在指定的位置上，开始背我的稿子，真的就是背。鲁豫老师和十几个人在台前看着，我顾不上其他，只在脑子里过着我的演讲稿，一句句地念着。

我用余光瞥见一个姑娘在台下抹眼泪，我心里还挺好奇，这个姑娘哭啥呢？等我背完我的稿子，姑娘和鲁豫老师来到我的面前，我很拘谨。姑娘说："大姐，你知道我们最怕什么吗？我们怕这么远把你喊来，你在这个台上一句话都说不出来咋办？没想到你说出来了，还说得这么好！"

我憨憨地笑着，不知道怎么接这句话。鲁豫老师和姑娘交流了一下，说其他都还不错，就是需要再把稿子调整一下。至此，节目中关于我的出镜部分就结束了，小编导送我出去的时候，另一个选手上台试镜去了。临出门的时候，我听见他说了一句："我走的时候，我的朋友去送我，我走出好远回头一看，他跪在地上，祈求我活着回去。"

这句话让我忍不住回头看了一眼，一个面目沧桑的男子站在台上，背着一个登山包。再没多想我就离开了，但心里对这个人有了印象。

正式录制从第二天开始了，其实也没有给选手们多少准备时间。来了我才知道，《我是演说家》在全国一共找了四十个选手，第一轮是二比一的晋级，由台下的二百名观众投票决定谁晋级。我的录制在三天以后，所以第二天一大早，天明就拉着我去观众席上找位子，看别人是怎么演讲的。第一场是来自陕西的一个选手，叫白杨，介绍自己是“十八线”的一个主持人。

人总是自己身上缺什么就会羡慕别人有什么，我一个说话不利落的人就羡慕人家口吐莲花，说话行云流水。白杨就是这样的人，在台上说得那叫一个精彩，一句连一句把我惊得目瞪口呆。看完这场录制已经中午了，天明一出录制现场就说：“你看看人家那口才，那台风，你肯定不行，那差得不是一个两个水平。”

我翻着白眼：“就算我不行也不用你说啊，真是的。”

天明继续撇嘴：“不行就是不行，还不让人说。”

我有点生气：“你说了就行了啊，你能说你上去讲。”

话不投机，互相就不再纠缠，吃完午饭休息了一会儿，他喊我再去看下午的录制。我坚决不去，他说：“你去看着学习学习啊！”

我摇头：“不去了，看也白看，反正我既没人家的台风，也没有人家的口才。说成啥就是个啥。”

天明气得瞪了我一眼，自己走了。我躺在宾馆的床上继续看着稿子，越看越沮丧，觉得自己可能是这四十个人里面最差的那个。沮丧了一阵子，我又想，我又不是专业来演讲的，就像明月姐姐说的，我只需要站在台上，把自己最好的一面展现给我的网友们看就行了，其他的就不要多想。这样一想，我的沮丧又没有了，好不好不是我说了算，我只需要上台去讲就行了。

这样想了没一会儿，天明看完下午的那一场又回来了。他一进门就告诉我，人家那些选手谁讲得多好多好。说人家好也就罢了，却还是不放过我，一再说我不行。我的那个气啊，都能憋出内伤了。我索性不接话，就让他说吧。

说起来，我好歹是念过书的人，也是有同学的人，我同学也还都混得不错。到北京的第三天，我初中的同学打电话说他今天不忙，可以开车带我俩去趟长城，其他景点我们回头可以自己去。

一大早同学就过来了，接上我们一路到了长城脚下。不同的地貌长出的景就是不一样。等爬上长城的一段，再看着崇山峻岭间蜿蜒远去的长城，联想到之前在书本上看到的文字，一切仿佛又有了新的意境。孟姜女因为爱情哭倒的长城不知道是哪一段，这么多年过去，传说还在，长城也在，功过是非还在争论不休。但是，此时此刻站在长城上，你不得不承认，这是一项伟大的工程。

从长城下来，同学又把我俩拉到他的餐馆吃了一顿饭。小编导打来电话问我俩在哪里，说明天就轮到我录制了，晚上她们组长要给我校正稿子，所以八点前必须回去。

六月的北京，天气已经很热了，加上有点水土不服，总觉得喝水喝不习惯。同学穿越大半个北京城又把我们从昌平送回了顺义，回来刚好快八点。忙忙乱乱地还没收拾好，小编导和她们组长就来了。我这才知道组长就是那天我走台时在台下流泪的那个姑娘，一说话就笑，眼睛里满是真诚。

很多人后来都问我，《我是演说家》是不是对选手都进行了培训？其实不是的，《我是演说家》是最大程度上保留每个选手最本质的东西，所以节目出来才比较打动人。对于我的稿子，姑娘只是一遍遍地纠正我的一些语气，我就一遍遍地练。等再看时间的时候，已经是晚上十二点了。我觉得嗓子有点不舒服，但也没管，忧心明天的录制，又有点辗转反侧，直到后半夜才沉沉睡去。早晨起来一说话，才发现嗓子哑了。

我有点慌乱，就问天明怎么办？他说：“赶紧买点药吃上，还能咋办。”

我们俩就去找街边的药店，买了金嗓子含上。我的录制是在下午，所以早晨小编导又过来安顿了具体事宜，说了一些注意事项就再也不管我了。我在心里一遍遍地默念着稿子，金嗓子的味道弄得我想吐，但都这会儿了，撤换节目根本不可能，我只能期望我的嗓子在上台后能好一点。

我去了现场才知道，我的对手是雷殿生，吉尼斯世界纪录的创造者和保持者，中国徒步第一人，三十一天穿越死亡之地罗布泊。他的任何一条简历拉出来都足够让人惊叹。我在心里嘀咕：把我和这样一个人放一起比啥呢，可比性在哪里？再一看本人，这不就是我第一天来在我之后走台的那个男人吗？

很快，雷殿生上台演讲去了，我被通知在电子屏后面候场。前后的灯光烤得我有点出汗，看不见前台，也看不见小编导，我轻轻拍打着自己的腿，努力让自己放松下来。嘴里的金嗓子拿掉了，我试着悄悄说了一下话，还好，虽然有点哑，但还能说话。

很快，雷殿生讲完了，轮到我上场了，好吧，豁出去了，反正讲完了我也就没事了。无知者无畏，我傻乎乎地上去了，鲁豫老师介绍了一下我，然后和我说："慧娟，你就当我们是你种的玉米，来，你说，我们听。"

那一刻，无论是身后的电子屏还是头顶的灯光，都极大地散发着光亮和热度。当所有的声音都停下等我说话的时候，我脑子里一片空白，只能竭尽所能地去想我记在脑子里的演讲稿，第一句是什么，下一句是什么，再下一句是什么……

"大家好，我叫马慧娟，是一个地道的农民，和村里其他四百多回族女人一样。农忙时，我们面朝黄土背朝天；农闲时，我们三五成群地在村子附近打零工。我们都有各自的名字，却时常被称呼为某某的老婆和谁谁谁的妈。除过和我一起干活的这些搭档，我还有另外一个好搭档，那就是我的手机。

上台之前，导演让我自称手机作家，但我不认为自己是什么作家，我只是喜欢在劳作之余写点东西。这几年我写了几十万字，用坏了七部手机，也让我的搭档们用异样的眼光看我。大家可以想一想，在我们一起干活的时候，只要一闲下来，我就在捣鼓手机，闲言碎语肯定少不了。

在二〇〇八年的时候，我用打工积攒的钱买了我人生中的第一部手机。不知道从什么时候开始，手机在我手里，从通信工具变成了写作工具。别人凑热闹的时候，我在摁手机，别人看电视的时候，我在摁手机，别人夜里都休息了，我还在摁手机。不知不觉我用坏了七部手机，我爱人很不高兴，说多好的手机到你手里都得坏，并且因此时不时给我甩脸子。我老妈更是训我，一个农村女人一天到晚摁手机，写那些东西干啥，难道还能改变你农民的身份?

在我们那里，农村女人的生活常态就是不停地忙碌，要种地，要喂牛羊，要伺候老人，更要看顾一家人的吃喝拉撒。每天重复着这些活计，我看不到我们的未来在哪里。

作家们的笔下，田园生活的诗情画意在我眼里只是无尽的重复和劳累。看着我的搭档们一天天苍老的面孔、疲惫的神情，我从心里觉得疼痛，就想，如果我能书写下我们生活中的喜怒哀乐，等我们老了，我再读给她们听，这是不是也是一件有意义的事情。

我从小就爱读书，梦想着把自己喜欢的事物都用笔记下来，但是在当时的西北农村，大部分女孩子早早就失去了读书的机会，根本没有梦想可言。我初中毕业就辍学了，我渴望继续上学，但是我也深深理解我父母亲的艰难。

那个时候，我时常对着我的书本默默地哭。父母亲看着我那样也不停地唉声叹气，但是我不能再去上学的事实已经无可改变。转眼我二十岁了，在农村，二十岁的女孩子如果再不嫁人就会被说闲话，所以我一切的梦想在我婚礼那天破灭了。紧接着两个孩子出生了，为了养活一家人，丈夫外出打工，我一个人带着孩子，种着八亩地，动不动连饭都吃不到嘴里，常常是孩子哭一场，我跟着哭一场。那时候的日子过得没有一点儿指望，常年土地上的劳作，让我觉得，我生活的地方天和地都是一个颜色。

自从有了手机，我看到了生活中其他的色彩。当我发现手机QQ空间可以写字发表的时候，我的惊喜不亚于打工多挣的钱。我一边在家种地打零工，一边在网络空间耕耘。我渴望地里有好收成，但网络空间给了我更大的惊喜，我的文字被越来越多的网友喜欢，他们一起分享我的文字，也分享我的生活。

有一天，一个网友姐姐问我，说为什么每次只写一百多个字，还没看呢就没了。我说没流量不敢写。姐姐很惊讶，竟然会有人因为流量的原因，而控制自己的写作字数。姐姐要走了我的电话号码，她说流量她给我，让我想写什么就写，不要因为流量而委屈自己。那一刻我泪流满面。

没有了后顾之忧，那一年，我在劳作之余用手机在QQ空间里写下了十几万字；与此同时，我的另外一个网友帮我投稿出去，二〇一四年年底，我的四篇小文章第一次变成铅字，发表在了《黄河文学》上。编辑部寄来了九百三十块钱稿费，当我把这个消息发在QQ空间的时候，我的网友们沸腾了，纷纷为我喝彩。我第一次如此强烈地感受到了自己的价值，感受到了写作的力量！

就在去年，我又萌生了新的梦想，我想凭借自己的努力，去看看江南的春天。因为我从网上知道，江南的春天不同于西北，有着用文字难以言说的美妙，我想去看看鼓励帮助过我的网友们，因为没有他们，就没有我的文字。

我叫马慧娟，这是我的故事，虽然此刻我依然得为生活奔波，但我还会坚持写下去，写过去、写现在、写未来。

谢谢大家。”

演讲的整个过程中，我顾不上去看鲁豫老师，去看其他评委，去看观众，也顾不上想我讲得怎么样。直到我背完最后一句话，我心里一下子轻松了。对我而言，一切都结束了。

我安静地站在台上，雷殿生又被请回台上，到了大家点评、观众投票的环节。其实等我讲完我就已经不想其他的事情了，我还是得回去，种地喂牛打工，照顾老人孩子。我总觉得，眼前的这个世界和我没关系，我只是来看看，看看我就已经很开心了。很多事情是我们无力主宰的，但我们可以拼尽力气去把它做到最好，至于结果，好的或者不好的，去接受就行了。

直到大家点评时我才知道为什么把我和雷殿生放在一起。雷殿生是用脚在追寻梦想，我是用心在追寻梦想，不管用哪种方式，我们想要到达的目的地是一样的，都是心在远方；不同的是，雷殿生在身体力行，我是神游九天。

投票结果出来，掌声四起，当我转身看时，才知道我比雷殿生多了几票。我当时有点蒙，脑子里想，我还要来一次北京吗？我以为一切已经落幕，没想到又是一次新的开始。下台时，天明也难以置信地看着我，他说了这么多天的我不行，没想到这一刻我居然行了，这让他情何以堪？其实我已经腿软得走不动路了，我抓着他的胳膊勉强站着。从三月到六月，我的神经绷得太紧了，此刻松下来，我就有散架了的感觉。这种感觉比干了一天重体力活还难受。休息了一下，当录音师说需要再补录两句话时，我的嗓子已经完全失声了。姑娘说，这要再迟一天录可怎么好。我腼腆地笑，说不出来一句话。

录完节目，我们也就可以离开顺义了。我和天明在北京网友的带领下去看了天安门，去了故宫，看了颐和园。来趟北京不容易，要看所有的景点也不容易，但能去长城，能到天安门，我们也算是来过北京了。出门已经八天，家里的老人、孩子和牛羊也让人挂念，我们匆忙踏上了返程的路。当飞机呼啸着起飞的时候，我想起曾经我问我的网友，坐飞机是什么感觉？网友说：“和你们坐拖拉机没什么两样。”

飞机起飞天明有点紧张，我把这句话说给他听，他咧嘴笑了一下：“你的网友真有才。”

坐火车需要十几个小时，坐飞机只用了两个小时就到了银川。我们早晨还在北京，下午就到了红寺堡。我的嗓子依旧哑着，家里人热情地欢迎我回家，我无法分享在《我是演说家》现场的种种和这八天以来的经历，但看着他们，看着红寺堡这片土地，我的心里觉得无比踏实。

回家又是各种忙乱，日子总是要归于平淡的，我也得回到我的生活轨迹上去。我的家人和朋友都在期待《我是演说家》的播出，想知道我站在那个舞台上是个啥样子，但我自己却不热心，因为我觉得自己讲得不好。

转眼到了七月，有一天小编导给我打电话告诉我节目播出的时间定于七月十五日晚上，我可以通知大家等着看。我发了个朋友圈，也给像明月姐姐这样的网友单线通知了一下。十五日那天晚上，我早早地吃了饭，阿里和女儿守着电视看着北京卫视的节目，等着有我的节目的那一刻。

伴随着熟悉的音乐，我仿佛又置身于节目录制现场。先是雷殿生出场，我又听了一遍，然后就是我的演讲。听着自己沙哑的声音，还是感慨了一下，做什么事情其实都不容易，别人看到的只是这么一阵子，我却准备了三个月。

节目还没有播完，我的手机就响个不停，明月姐姐说，看哭了。香梅嫂子直接给我打电话：“叶叶，你把我们想说的、想表达的都说了，你太给我们争气了。我咋这么高兴呢，哎呀呀，激动得说不成。你太能了。”

听着大家的肯定和鼓励，我才松了一口气。留言一直到深夜，我想，我的朋友们都是高兴的。第二天去母亲家，母亲说，她让大哥找的她看了两遍。屋子很大，一切都是父亲在的时候布置的样子，母亲坐在父亲曾经坐过的位置上，一个劲地念叨："你大没看上么，你大要在，看见了才高兴呢！他一辈子好强，要面子得很，你给他挣了这么大的面子，他没看上……"

我沉默着不知道说什么好。人生总有各种遗憾，在母亲心里，父亲没享上政策的福，没看见我好起来，这是最大的遗憾。

我走在巷道里，大家看我的眼神都是不可思议，没见这家的女人干啥啊，怎么一下子就上了电视。几个男人笑着说："你还了得呢，居然带着你们家掌柜的去了北京，还坐着飞机，我们这一辈子怕只能在地上看着了。你咋想起来拿手机写书呢？太能了，和你一比，我们都白活了。"

我笑着说："能啥呢，一般得很。"

在这片土地上，女人能被拿上台面说的事情就是能吃苦，会过日子；除了这些，再有其他的爱好之类的那简直就是冒天下之大不韪，就会有人跳出来质问你："你想干啥呢？！"

所以，当我出现在一个大舞台上，当我用普通话说出了西北这片土地上大部分女人都没机会说的话时，太多的难以置信和惊讶就会出现。就如同昨天晚上有网友留言："你的出现，刷新了我对西北女人的看法。"

其实，西北女人一直都很倔强，如同西北随处可见的杨树一样，倔强地生存，倔强地和所有压力对抗，倔强地活成了一片风景。这片风景不是某一个人，某一个地区，而是一个群体，一个努力顺应逆境，努力长在荒原上的独立群体。一旦给她们一片沃土，有了足够丰沛的雨水和适合的温度，她们就会迎风成长，郁郁葱葱。而我，只是说出了她们的心声而已。

《我是演说家》播出之后，我继续去摘枸杞，继续观察着我身边发生的故事。我知道，演说家第一场于我已经结束了，我需要去准备下一场，需要再一次把自己打碎，重新塑造起来。

第二场的录制是在八月份，我演讲的主题是《跨界》。完全陌生的题材，比起第一场多了更多的难度，我自然而然地败了下来。录制完后我在后台看其他选手，一个被淘汰的男选手从台上下来后哭得稀里哗啦。鲁豫老师和我开玩笑："傻着呢直接，你看人家输了哭的，你输了没事人一样儿。"

我笑着说："哭啥嘛，我才不哭，我回去还种地去呢，顾不上哭。"

鲁豫老师被我逗得也笑了起来。是的，对我而言，每一次都是经历和成长。我写字，不是最终要成为一个作家，而是要完成一场自我的救赎。至于感动了别人，能来两次演说家舞台，都是这场救赎之外的意外收获。我已经很知足了，所以我没什么可哭的；更何况我见到了这么多的人，看了那么多的景，欣喜还来不及。

第二场演讲的播出时间，是我的新书《溪风絮语》的发布会，宁夏作协副主席李进祥老师和明月姐姐为我的书写了序，我很开心。相比于演说家，我更喜欢看着这本书出版，至少，它是我的。

20

走进人民大会堂

生活的惊喜不止于这些，因为文字的书写，因为《我是演说家》的影响力，二〇一六年年底，作为一个有文化的农村女性，我当选为红寺堡区人大代表、吴忠市政协委员、自治区妇女代表、自治区青联委员。宁夏作协也在年底为我争取来了去鲁迅文学院少数民族班学习的机会。

当我拿着鲁迅文学院的录取通知书去给母亲看的时候，她拿着通知书端详了很久，嘟囔着说："没想到你这辈子还能再去念一次书。哎，人啊，一辈子真是三反三正地活呢！你这又是要去北京了吗？"

我点点头，母亲又问我："你和天明说好了没有，你这一走就是四十天，家里怎么办？唉，我当年也有这样一次机会，乡上通知说，我只要去隆德进修学校培训一年，出来就是正式的小学老师，可当时你们还小，你大也不同意我去嘛。我当时要是再坚持坚持，说不定后来我们的生活又是另外一个样子，你看别稍微有点正式工作的人，日子都过得比其他人好。"

母亲的话让我不禁错愕，原来她也有改变自己人生命运的机会，只可惜她没有坚持。我猜母亲曾经也是有梦想的，只不过，当父亲带着她去了高干梁的时候，当六个孩子和生活把她所有的精力都耗尽的时候，“梦想”这个词也被深埋在了土地里，这辈子都再没机会挖出来。其实可能不只　是她，她周围的姐妹们，和她一样处境的千千万万的女人们都是一样的，谁心里还没有个梦想呢？

我现在面临的是和母亲差不多的抉择，即使是现在，一个女人一下子不在家四十天，这在村里是不可想象的事情。母亲在担忧我能不能去。为了不让母亲担心，我骗母亲说：“没事，都说好着呢。”

母亲点点头:“那就好，给人家好好说，你走那么久，家里还是要安顿好的。”

我点点头，却不知道回家怎么和天明说才好。家里今年说起来挺好的，玉米卖了一万多块钱，牛也长得不错。镇上号召大家种植经济作物，我们把玉米收了，也给地里栽了二亩黄花菜。冬闲的时候，除了做饭喂牛，再也没什么要忙的，这也是我为什么选择冬天去鲁院的原因。但天明那一块怎么和他说仍然是我头疼的事情，让他一个衣来伸手饭来张口的人，去把锅把灶地做四十天饭，还要喂牛、烧炕，周末两个娃回来了还得照看着给洗衣服。这对他无疑是无法忍受的生活。所以我生怕他不同意我去。但我也知道，对于我而言，去读书的机会很难得，这次要错过了，可能就再也没有了，我必须要争取一下。

告别母亲，我心神不宁地回到家。进门看到天明拍打着身上的草芥从牛棚里走了出来，他问我：“你今天去镇上干了个啥？”

我笑着说：“拿了个录取通知书，宁夏作协通知我去北京念书呢，得四十天。”

天明不以为然，继续拍着自己的衣服：“哦，那和你有啥关系吗？咱们都老了，再去念那个书有啥用？”

谈话有点进行不下去，我就没说话，先进屋去了。天明随后掀门帘进来了，说："你不会是想去吧？哎，这个事情你可得想清楚，四十天啊！谁给我们做饭？你现在咋心野了，哪里你都想去？你说你走个三四天，我也就忍了，这是四十天，啊？你想啥呢？"

从小一起长大，又一起生活了十几年，谁还看不出来谁的想法和心思呢？看见我沉默，天明就已经猜出来我的意图，而一直的不善言谈又让我没办法去和他解释这件事情对我的重要性，所以我只能继续沉默。天明看着不说话的我更气了："你不要以为你写了一本书，上了个《我是演说家》就了不起了。这个世界上比你能耐的人多了去了，也没见人家都干个啥，你不安分地要干啥吗？"

我有点受不了天明的质问，回头说："我不想干啥，我就是想去念个书，见见世面。我一年三百六十五天都在地里干活，都在为这个家忙活，忙了十几年了。现在冬天闲了，你就不能给我四十天时间让我去念个书，去外面看看吗？我是个活生生的人，不是这家里养的牛或者羊，我要去念书也是我自己争取来的。我给你做了十几年饭了，你自己做四十天怎么了？如果没有我，你活不活？"

我以为我们要为这个事情吵一架，但破天荒地，这次轮到天明沉默了。他定定地瞅着我，眼里满是难以置信，然后摔开门帘出去了。我叹了口气，陷入另一种忧伤。我不知道应该怎么抉择，看着我这会儿态度很决绝，可如果天明实在反对得厉害，我也只能放弃，因为我不想为这些事情闹得鸡飞狗跳，不想让母亲为我操心受气。

我和天明陷入一种怪异的冷战中。我做饭，他吃，他喂牛，我打下手，但我们不说话，也不提去念书这件事情。直到报到的日子一天天临近，我实在是煎熬得不行，就想让这个事情有个了断。我准备了很久，终于在晚饭后问他："大后天就要去报到了，我去鲁院这件事情你到底怎么想的？"

天明眼皮抬了一下，扫了我一眼："你要干的事情那十头牛都拉不回来，你都打算要去了，我咋想的还重要吗？"

我一听有戏，态度也就缓和了下来：“重要呢，咋不重要，我走了还指望你给我管家哩，管两个娃呢！你不同意我就算走了心里也不踏实。”

天明撇嘴：“可拉倒吧，你主意大着呢，就不要给我扣高帽子了，反正你现在翅膀硬了，我也管不了你了。”

听见他这样说，我心里松了一口气，这说明他同意让我去了。我就笑着说：“看你说的，翅膀再硬不也得回来嘛。我就是偶尔出去飞一飞而已。”

天明不接我的话，扔给我一个大大的白眼，我知道，这件事情就这样通过了。

二○一六年年底，我第三次来到北京，和前两次不同的是，我要在这里待四十天。重新走进课堂，重新来听专业的写作课，对于离开学校二十年的我来说，一切都是新奇的。不上课的时候，我和同学们游走在北京的大街小巷，也去了清华、北大以及一些著名景点，感受历史文化氛围的同时，也看到了朝代更迭中的兴衰。站在北京的天桥上，车流像水流一样奔涌而去，似乎带着时代的车轮滚滚向前，我突然觉得，作为个体的我们，站在街头的时候是多么渺小。无数次我都在想，如果不是生在这个时代，我还能挣脱生活的枷锁再来读一次书吗？此刻再回想站在高干梁的山顶上看一眼望不到头的群山，竟像是一场梦一样。

不做家务、不做饭的日子总是过得非常快，一转眼，四十天过去了。在这四十天里，一众耳熟能详的文学大咖来给我们讲课，系统地讲述了文学史的发展，写作中阅读积累和现实生活的融合，题材的出新和深度挖掘等。每堂课都有鲜明的主题和特点，让我对自己浅薄的书写有了更深层次的理解。我也在重新审视我的书写和表达，作为半路上开始写作的我，还欠缺着太多的东西。

虽然不舍，但还是到了启程回家的日子，心里竟生出一丝眷恋和惆怅。这一去，不知道何年再能来北京，还能不能再来这样的课堂学习，也不知道我的人生在以后会是什么样子。想归想，生活还是要继续的。告别繁华的北京，告别充满文学气息的校园，红寺堡的黄土地在等着我回去。

四十天没见，红寺堡仍然是我离开时的模样，天地广阔，村庄宁静。偶尔几声狗叫，麻雀在树枝上站成一排排，让瘦瘪的枝干臃肿起来，路过的小孩使坏地出声，麻雀惊起，像极了秋天树叶随风飘散的样子。

母亲站在村道上张望着，我不知道她是不是感应到我回来了，看见我，她笑了："走北京的人回来了啊！"

我也笑着点头，只是笑着。对于我和母亲来说，笑足以包含所有的情感。我们在彼此的微笑中相互和解、相互认同。

二〇一七年，日子在种地、打工、读书、写作中平淡地过去了。说是平淡，其实也有很多的事情发生。上了《我是演说家》之后，我已经被更多的人关注，时不时地会有一些访谈和短视频制作的平台找我。而红寺堡区人大代表、吴忠市政协委员、自治区青联委员、自治区妇女代表等这些身份，给了我足够多的机会让我走出家门去参会，去学习，去看，去听。我也开始了解国家发展过程中的一些政策和举措，知道了红寺堡这片土地开发的背后，是整个国家投入了大量的财力、人力、物力，才将一片亘古荒原改造成适合人居住和发展的地方，才让我们在近二十年的发展中过上了与老家截然不同的生活。而红寺堡，也在我们的建设之下，一天天地开始美好起来。

当我准备用最好的姿态迎接下一轮生活的时候，我生命中的另一场巨变悄然无声地来临了。因为写作，因为《我是演说家》的影响力，因为农民这个身份，也因为少数民族的原因，二〇一八年一月底，宁夏回族自治区"两会"召开后，经过层层选拔和推荐，我正式当选为第十三届全国人民代表大会代表。在当时全国近十四亿人口中，选举产生的全国人大代表人数不到三千人。在宁夏，因为人口基数原因，历届只会产生一个农民代表，这一届，居然是我！

虽然前期的考察走访让我早有思想准备，但在接到通知的那一刻，我还是有点呆，我居然又要去北京，但这次要去的是人民大会堂，是去开会，是近距离地见到国家领导人。这一切，像一场梦一样。不只我有点呆，天明更是一脸的不可思议，他站在我面前盯着我看了半天，问了一句："你咋能当代表呢？比你能的人、口才好的人都没选上个代表，你竟然被选成代表了。你说，你咋被选上的？"

我翻着白眼把他从我眼前推开："我咋就不能当代表？我是有文化的农民好不好。这说明国家对文化重视，对农民重视，所以就选我当代表了。"

他不服气："农民从来不就是种地的嘛，要文化干啥？能种到地里去，还是能长成庄稼？"

我被天明的歪理逗笑了："你这么好的口才，当个农民实在是委屈你了。文化这个事情，不是一两句话就能说清楚的，但这个世界上能被人记住的、能一直流传的永远只有文化。"

天明撇嘴，一脸不屑。我大笑，不再和他争执。他还看不到文化的重要性，而我一时半会儿也给他解释不清楚。有时候，事实胜过雄辩，我还需要再努力一点才能让他彻底地意识到，我是对的。

我是红寺堡区开发以来的第一个全国人大代表，红寺堡区委、政府对我当选代表这件事情非常重视。领导来家里看望我，希望我珍惜代表荣誉，好好履职。领导的到来让我当选全国人大代表这件事情在玉池村人尽皆知，大家眼里满是惊叹和难以置信。而高干梁的乡亲们那几天见了我都高兴地调侃："哎呀呀，你了不得，都马上要去北京开会了。哎，你去了能见上总书记和总理不？去了向党中央问个好嘛，就说咱们都过好了。"

我开玩笑："你们光拿嘴说啊，都不给党中央带个礼物吗？"

他们说："我们把日子过好就是给党中央的礼物嘛。不过啊，你去了得说，咱们还等着过更好的日子呢，要奔小康，要实现四个现代化，让党中央再给咱们多给点好政策嘛。"

我笑着说："政策再好，还要咱们自己勤快呢，人不勤快，光政策好有什么用？"

他们说："看你说的，咱们也勤快呢，不然日子怕没这么宽展。反正，去给党中央说啊，真好着呢。特别是老年人，都领上养老金了。"

我点头，记下了他们的嘱托。他们是最容易满足的，只要庄稼丰收，只要牛羊不生病起灾，只要能有地方打工挣钱，只要一家老小平安，就是最好的光阴。这几年，政策的扶持加上个人的勤劳，他们的日子一年一个样。调侃归调侃，大家心里是真的踏实和高兴。

母亲已经习惯我来来去去，每次我报出一个陌生的地名，她都会若有所思地想一想，然后说："又要出门了啊！"

我点头，默默陪她坐一会儿，然后在我回来的时候再去看她。父亲去世之后，母亲的听力严重衰退，我们在很多时候都是这样坐着，通过很大声地说话，再夹杂些手势交谈一阵子。母亲是骄傲和固执的，她从不肯接受来自儿女的怜悯，只要自己能做的事情，就不会麻烦别人。我又一次去辞行，只不过这一次出门的地方有点特殊。

我说我要去开会了，要去人民大会堂。她问："能见到总书记和总理不？"

"应该能见到。"我笑着说。

"哎，真好，真好，女子啊，你也是把人活（风光）了。不容易，咱一个老百姓，现在就要去人民大会堂了，要参与国家大事，还要说话呢吧？也不知道你行不行？"母亲用她最大的想象力想象着我要去开会的场景。在母亲心里，那是多大的场面，她太担心我了，怕我做不好。

“肯定会有人教我们的，我也会学习的，您放心。”我安慰她，希望她不要为我担忧。

“就是的，就要多学多看呢。这是多大的事情啊，你自己也要重视。”母亲继续安顿。

我点头，心里有点难过，替她理了理衣服领子。她急忙去照镜子，自己又整理了一遍。镜子里的母亲更加苍老，脸颊上的老年斑明显了起来。自从父亲去世之后，她的后背驼得更厉害了，话也少了。她的一生，都在为这个家、为儿女不停地操劳，但儿女长大了终究都要远行，都要延续她走过的光阴。如今，她的身边已没有儿女的陪伴。

剩下的几天时间，我给自己置办了正装，以及出行需要的其他东西。朋友说：“一定要穿得精精神神的，你代表的可是咱们宁夏农民的形象，可不能让人家觉得我们宁夏农民不行，站不到大台面上去。”

我和明月姐姐以及一些网友分享了我当选人大代表的事情，明月姐姐说：“太为你高兴了，文字的力量居然如此之大，你的彻底改变，源于你对梦想不屈不挠的坚持；当然，更重要的一点是你搭乘了整个时代的快车，我相信，你在任何地方都会一如既往地优秀。”

我使劲点头，还有什么比肯定和鼓励更让人觉得踏实的呢？努力做好手头的事情，努力让自己向前走是我唯一能做的事情。

又一次踏上去北京的路途，和前几次不一样的是，我的胸前佩戴着宁夏代表团的团徽，纽扣大的徽面上是整个宁夏地图。我也不是一个人去参加“两会”，我的身后，是很重很重的嘱托和大家的期望。

到了三月五日这一天，是去人民大会堂正式开会的日子，我心里还是充满了忐忑和紧张，早早地起床，吃完早饭之后就等着出发。我问一起来的方代表：“你紧张不，姐？”

她说：“紧张呢。你看，我的手心都出汗了。”

我说：“我也紧张得很。”

她说：“紧张也没办法，来都来了，就鼓励一下自己吧，加油！”

我点头，说话间车队缓缓出发，出人大会议中心，途经中南海，驶过长安街，在天安门广场停车。各地的代表从不同的宾馆朝这里汇集，很快，车队整齐有序地停靠在指定的位置。广场上的人流密集了起来，执勤的武警战士身姿挺拔得如同西北的钻天杨。清风刮过，各处红旗在朝阳中招展，今天就和往常的日子不同了起来。

一走进人民大会堂，高远空旷的感觉扑面而来。我看到了那架星海牌的巨大钢琴，看到了巨幅的铁画迎客松，看到了微缩版的天坛模型，也看到了摆放着的花花草草。第一次来，生怕耽搁了正事，所以不敢多在大厅停留，找到区位图，根据上面的提示，我进去找到了自己的位置坐下。摸着面前光滑的桌面，环顾四周密密麻麻但又整齐有序的座椅，竟然有点不真实的感觉。在电视画面上看过多少遍的场景，我竟然置身其中了。回头看看方代表，她冲着我笑，我才心里安稳了下来。我们坐的位置离主席台很近，近到可以看见主席台席签上一个个熟悉的名字，想着一会儿就要近距离地看到这些领导人，就又想起来时乡亲们和我开的玩笑。

想起我的乡亲们，我就不由自主想起了高干梁，想起了红寺堡，想起了乡亲们从高干梁到红寺堡前后一点一滴的变化。如果没有共产党的好政策，让我们从高干梁移民到红寺堡，如果没有扬黄工程送来的黄河水滋润着红寺堡，我们便不可能在红寺堡落地生根并一天天地向着好日子奔去。我们期望着，更好的日子还在后头。

九点整，大会正式开始。当雄壮的音乐在人民大会堂奏响，当近万人一起大声唱响国歌时，作为一个中国人的自豪瞬间从心头涌出。如果以前看到的只是我眼前的山、土地、牛羊、庄稼、老人孩子和我想象的风景，那我现在看到的就是整个国家，包括它的发展、它的成就、它的未来，还有它值得人去仰慕的地方。这些发展、成就、未来，是我们每一个人都参与其中，跟随着党和国家的决策奋斗来的。

在这里，我想，我找到了我以前和今后的出路。在这里，我想，我也明白了大家的出路。我们一路走来，我们一路向前！

结束语

我的书写仍然在继续，我的姐妹们，我打工种地的生活，我对红寺堡这片土地的认同，一点点地都在我的笔下呈现。生命一直都是有限和短暂的，只有文字，可以被无限地传播和留存。就如同明月姐姐说的，我们不是为了要成为一个作家才去写作，而是为了用温暖的文字去暖人心。

我庆幸在生命的不同时期总会遇到指引我的朋友，我庆幸因他们的指引而让我一次次地成长和强大起来，更庆幸读书和写作让我一直在进步。经历了这么多之后，我不再恐惧未来，我也不会忧伤过去，我想，不管此后我要去过怎么样的生活，我的精神世界都是充盈和饱满的。

我赞同明月姐姐写过的一段话：

一个女人该有怎样的一生才不会遗憾，当那些箪食壶浆、相夫教子的生活逐渐磨蚀我们灵性的时候，女人啊，千万不要随波逐流。也许生活现在看不见那些优雅的光芒，但是我们的内心里一定要有优雅的向往。当生活日渐沉重，请在内心留一席之地给那些不死不灭的梦想。

从黄土地到人民大会堂，一路走来，往事像一场梦一样在我眼前浮现，从高干梁到红寺堡，从红寺堡到北京，当梦想一次次夭折，当出路一次次被阻断时，我也沮丧过，也想过放弃，但最后我还是选择了前行。我想，生命中的每一次经历都是让人成长的过程。在高干梁的时候，我不停地想逃离，在红寺堡的时候，我仍然心在远方。我以为我会一直向往远方。可当我真正去了远方之后，又无时无刻不在惦念红寺堡。去过数次远方之后，我回过头来重新审视我曾经的故乡，我现在的新家，以及我所到达了的远方，我从不认为是我自己一个人走到了今天。我的身后，是手机，是网络的普及，是明月姐姐，是那些教会我很多知识的网友，是移民搬迁工程，是黄河水的灌溉，更是整个时代的发展带动着我向前走。

在每一个不同的时期，我都会想起父亲，我在擦肩而过的人海中寻找他的身影，我在蓦然回首中仿佛刚刚和他道别。我无数次想，如果父亲还在，看见我现在的样子，他是不是会特别开心？或者，他要是在，说不定又会在村里做出什么让人意想不到的事情呢。想着想着，我会不由自主地微笑，我想，父亲是知道我的想法的，因为我很少梦见他，偶尔梦见，他都是笑眯眯的，一如以前他高兴的时候。